Weitere Titel des Autors

Lautlose Schreie
Brennende Narben

Über den Autor

Leo Born ist das Pseudonym eines deutschen Krimi- und Thriller-Autors, der bereits zahlreiche Romane veröffentlicht hat. Der Autor lebt mit seiner Familie in Frankfurt am Main, wo auch seine unkonventionelle Kommissarin Mara Billinsky ermittelt.

LEO BORN

BLINDE RACHE

EIN MARA BILINSKY THRILLER

BASTEI LÜBBE TASCHENBUCH
Band 17871

Dieser Titel ist auch als E-Book erschienen.

Vollständige Taschenbuchausgabe
der bei Lübbe Digital erschienenen E-Book-Ausgabe

Copyright © 2017 by Bastei Lübbe AG, Köln
Titelillustration: © Shutterstock: Dmitriev Lidiya | Midiwaves | JKI14 |
Sergey Nivens
Umschlaggestaltung: Massimo Peter-Bille
Satz: 3w+p GmbH, Rimpar
Gesetzt aus der Stempel Garamond
Druck und Verarbeitung: CPI books GmbH, Leck – Germany
ISBN 978-3-404-17871-1

5 4 3 2 1

Sie finden uns im Internet unter
www.luebbe.de
Bitte beachten Sie auch: www.lesejury.de

Ein verlagsneues Buch kostet in Deutschland und Österreich jeweils überall dasselbe.
Damit die kulturelle Vielfalt erhalten und für die Leser bezahlbar bleibt,
gibt es die gesetzliche Buchpreisbindung. Ob im Internet, in der
Großbuchhandlung, beim lokalen Buchhändler, im Dorf oder in der Großstadt –
überall bekommen Sie Ihre verlagsneuen Bücher zum selben Preis.

Teil 1

Krähenflug

1

Seine beiden Bodyguards saßen schon seit einiger Zeit im Auto vor dem Haus. Und von der hübschen Dunkelhaarigen war nur noch ein Hauch ihres schweren Parfüms übrig geblieben. Zwei Stunden hatte er sich mit ihr vergnügt, dann hatte er sie wieder gehen lassen. Nicht ohne ihr ein großzügiges Bündel Scheine in die Hand gedrückt zu haben. Warum auch nicht, sie gefiel ihm immer noch. Selbst nach mehreren Monaten wurde er ihr keineswegs überdrüssig – was untypisch für ihn war.

Nun war er allein.

Ivo Karevic genoss es, am Ende des Tages keinen Menschen mehr um sich zu haben, nichts als den seidenen Hausmantel zu tragen, den er sich in Moskau besorgt hatte, und barfuß über die neuen tiefen Teppiche in diesem erst vor Kurzem angeschafften Haus zu gehen. Ein goldener Käfig, den er sich mit Bedacht errichtet hatte, ein Ort des Rückzugs, den niemand betreten durfte außer seiner Leibgarde, seinen engsten Vertrauten und den Frauen, die er sich gönnte und von denen seine Gefolgsleute einen schier unerschöpflichen Vorrat zur Verfügung stellen konnten.

Die Ruhe, die Sicherheit. Hier konnte Karevic sich fallen lassen, für eine ganze Nacht oder nur für ein paar Stunden, Kraft schöpfen, sich entspannen.

Ein Geräusch ließ ihn aufsehen.

Er starrte in das riesige Wohnzimmer, in dem Glas, dunkles Leder und blitzendes Chrom dominierten.

Nein, da war nichts, er musste sich getäuscht haben.

Langsam erhob er sich aus dem Sessel, um sich an der Bar einen Whisky einzuschenken. Selten trank er Alkohol, er rauchte nicht, nahm keine Drogen, schließlich war er ein Mann, der sich unter Kontrolle haben musste. Heute jedoch ließ er sich den vierundzwanzig Jahre alten Malt besonders schmecken. Es lief ja auch alles bestens. Er hatte ein wichtiges Geschäft auf den Weg gebracht, das ihm mit überschaubarem Aufwand eine enorme Menge Geld einbringen würde.

Ja, es lief hervorragend. In Ruhe durchatmen und morgen Abend alles unter Dach und Fach bringen.

Wieder – ein Geräusch.

Ein Knacken, ein ... Was war das?

Karevic stellte den Whisky auf dem Glastisch ab. Mit einem Mal vollkommen konzentriert, bewegte er sich lautlos über den Teppich und blickte den langen Flur hinab, der zu seinem Schlafzimmer und weiteren Räumen führte.

Alles still.

Ein Stück weit folgte er dem Gang, vorbei an einer Tür, hinter der sich ein begehbarer Kleiderschrank verbarg, dann hielt er inne.

Immer noch – Totenstille.

Karevic winkte lässig ab. Ein Schmunzeln umspielte seine Mundwinkel. Was ist los mit dir?, fragte er sich stumm. Wirst du alt?

Er drehte sich um und nahm wieder Kurs aufs Wohnzimmer. Mit den Gedanken war er erneut bei dem morgigen Treffen, als die Tür zu dem Schrank aufsprang.

Noch ehe er wusste, was geschah, spürte er einen Schmerz im Arm. Eine jähe Hitze durchfuhr ihn, jede Faser seines Körpers, rasend schnell. Er fühlte ein Brennen, alles in ihm loderte, dann wurde es schwarz um ihn.

Als er die Augen aufschlug, glomm noch immer die Hitze

unter seiner Haut, hatte jedoch nachgelassen. Er blinzelte und brauchte einige Zeit, um sich zurechtzufinden.

Er befand sich wieder im Wohnzimmer. Der Seidenmantel war verschwunden, Karevic war jetzt nackt. Bäuchlings hatte man ihn auf einen der Ledersessel verfrachtet. Seine Arme umschlossen die Rückenlehne, auf der sein Kinn ruhte. Die Handgelenke waren gefesselt – mit einem Kabel, wie er feststellen konnte, als er mühsam über die Lehne hinweg nach unten spähte. Sein Mund war geknebelt. Um seine Hüfte und die Sessellehne spannte sich eine Kette, die ihm kalt in die Haut schnitt. Der linke Oberarm tat weh – man hatte ihn allem Anschein nach mit einem Elektroschocker außer Gefecht gesetzt.

Wie lange mochte er besinnungslos gewesen sein?

Karevic schnaufte, sein Speichel tränkte den Stoff des Knebels. Erst jetzt, ganz langsam, stieg Wut in ihm auf. Eine gewaltige Wut, fast so stark wie die Hitze von vorhin.

Wer war derart dreist, ihm das anzutun? Wer war so verrückt, ihm das anzutun?

Er drehte den Kopf nach links – niemand da. Dann nach rechts. Zwei Augen starrten ihn an, zwei Augen, die ihn schon einmal betrachtet hatten, er erinnerte sich sofort.

»Was soll das?«, entfuhr es ihm völlig verblüfft. Doch der fest verschnürte Knebel machte aus den Worten nur einen einzigen unverständlichen Laut.

In den Augen schimmerte eine Kälte auf, die ihn im Innersten traf.

Viele Menschen hatte er in seine Gewalt gebracht, sehr viele. Was hatte ihn ihr jämmerliches Winseln angewidert, ihre Feigheit, ihr Zittern. Und immer war ihm klar gewesen, dass ein solches Ende auch auf ihn warten konnte. Nie hatte er Furcht verspürt – oder auch nur für möglich gehalten, dass er Furcht haben würde. Jetzt allerdings kroch sie durch seine

Eingeweide, schwamm sie in seinem Blut: nackte Angst. Todesangst.

Die beiden kalten Augen behielten ihn unentwegt im Blick. Hilflos starrte er in das Gesicht, in dem sich nichts regte. Nichts außer einem schmalen Lächeln.

Karevic schrie auf, voller Angst, Zorn, Hilflosigkeit, Ungläubigkeit. Doch erneut wurde seine Stimme von dem Knebel verschluckt. Er klang so erbärmlich wie all die Opfer, die er immer verachtet hatte. Schweiß strömte ihm aus den Poren, in Sekundenbruchteilen war er klatschnass.

Sein Blick erfasste einen Totschläger, der lässig von einer Hand gehalten wurde.

Er schloss die Augen.

»Sie werden sterben«, drang eine Stimme leise zu ihm. »Aber wie haben Sie es einmal so schön ausgedrückt? Der Tod ist etwas Außergewöhnliches. Man erlebt ihn nur ein einziges Mal, und deshalb sollte man ihn sehr lange genießen dürfen.«

Noch einmal sah Ivo Karevic auf.

Sie waren so unglaublich kalt, diese Augen, die ihn anstarrten.

Eiskalt.

2

In Momenten wie diesem mochte sie Frankfurt am meisten. Wenn die Nacht erstarb und der Morgen langsam und fahl heraufzog. Sie stand auf der Fußgängerbrücke, die Eiserner Steg genannt wurde. Das Licht der Bankentürme spiegelte sich im noch dunklen Wasser des Mains, der besonders eindringlich seinen Geruch verströmte. Ein herbstlicher Wind rauschte heran und ließ sie frösteln.

Das war Frankfurt, ihr Frankfurt, rau, schroff, herausfordernd, und jetzt war sie wieder hier. Mara Billinsky verschränkte die Arme vor der Brust, um sich vor der kühlen Luft zu schützen. Sie ließ den Anblick noch ein wenig länger auf sich wirken – die Atmosphäre erinnerte sie an früher. Sie hatte seit einiger Zeit dafür gekämpft, von Düsseldorf zurück in ihre Heimatstadt versetzt zu werden, und nun war sie fest entschlossen, auch etwas daraus zu machen.

»Willkommen zu Hause«, flüsterte sie sich selbst zu, fast unhörbar leise, ein schmales Lächeln auf den Lippen.

Noch knappe drei Stunden blieben Mara, bis ihr Dienst beginnen würde. Ihr erster Tag an der alten und zugleich neuen Wirkungsstätte. Die meisten Menschen hätten wahrscheinlich darauf geachtet, so viel Schlaf wie nur möglich zu finden, um bestens ausgeruht zu sein. Aber Mara war nie wie die meisten gewesen. Und die Nacht hatte sie immer als eine Verbündete gesehen, sie brauchte nicht viel Schlaf, ganz und gar nicht, sie war versessen darauf, wach zu sein. Versessen darauf, endlich anfangen zu können. Hier, in ihrer Stadt.

In den zurückliegenden Stunden war sie bei einem Punkrockkonzert in einem kleinen, engen Kellerclub auf der anderen Flussseite gewesen, hatte die alten Zeiten aufleben lassen, anschließend weitere Clubs besucht und sogar einige vertraute Gesichter entdeckt, jedoch mit niemandem gesprochen. Es war ihr Rendezvous, ihr Wiedersehen mit Frankfurt, da durfte keiner stören. Sie hatte nur zwei Gläser Rotwein und ansonsten ausschließlich Cola getrunken, um ihre Sinne wach zu halten. So war die Zeit vorübergeflogen. Es war eine schöne Nacht gewesen.

Trotz der deutlich spürbaren Kälte verzichtete Mara auf eine Taxifahrt. Sie legte den ganzen Weg zu ihrer kleinen Wohnung zu Fuß zurück, nahm eine Dusche, trank schwarzen Kaffee. Dazu ließ sie Musik laufen, zu laut für die Tageszeit. Metallica, Social Distortion, Pearl Jam, Songs voll unbändiger Energie, die ihr Kraft geben sollten. Gewiss würden sich bald die ersten Nachbarn beschweren.

Pünktlich erschien sie im Präsidium, in diesem riesenhaften sechsgeschossigen Gebäudekomplex, der im trüben Licht des Morgens, umgeben von Nebel, wie eine Kriegsfestung wirkte.

Sie fühlte sich bereit – für alles, was kommen mochte.

Kaum etwas hatte sich verändert. Einige der Drucke in den schmucklosen, billigen Rahmen waren noch dieselben, obwohl vier Jahre vergangen waren. Es roch sogar noch so, wie Mara es in Erinnerung hatte: nach Putzmitteln, nach dem abgewetzten Kunststoffboden, nach harter Polizeiarbeit und schlechtem Kaffee, nach Routine, nach jäh ausbrechenden Stresssituationen. Nach Schwerverbrechen. Nach dem Schweiß von Menschen, die hier an einem entscheidenden Punkt ihres Lebens angelangt waren.

Das war genau der Ort, an den sie ihrer Meinung nach gehörte.

Also los, sagte sie sich und betrachtete alles mit entschlossener Miene.

Das übliche Alltagsdurcheinander nahm langsam Gestalt an. Zivile wie auch uniformierte Beamte passierten Mara, dampfende Becher in der Hand, vertieft in Gespräche. Telefone klingelten, Türen fielen ins Schloss.

Blicke blieben an ihr hängen. Sie erkannte verschiedene Leute wieder, aber auch Fremde musterten sie eingehend. Mit Sicherheit hatte sich herumgesprochen, dass eine frühere Kollegin die offene Stelle in der Mordkommission besetzen würde. Und auch, um wen genau es sich dabei handelte: Mara hatte sich hier während ihrer ersten Jahre als Kriminalpolizistin nicht gerade viele Freunde gemacht.

Sie bog in den nächsten Gang und betrat ein Großraumbüro, in dem sechs Schreibtische paarweise einander gegenüber angeordnet waren. Nur an einem davon saß jemand, es war ja noch recht früh: ein Beamter in ihrem Alter, um die dreißig. Sie spürte, wie sein Blick vom Kopf bis zu den Füßen an ihr herabwanderte. Und gleich wieder hinauf: von den schwarzen Doc-Martens-Schnürstiefeln über die knallenge schwarze Jeans und die schwarze, etwas zu große Motorradlederjacke bis hin zu den glatten, tiefschwarz gefärbten Haaren, die ihr auf die Schultern fielen – und durch den hellen Teint noch dunkler wirkten.

»Äh, guten Morgen«, sagte der Mann.

Mara nickte ihm nur kurz zu, um sich dann im Büro umzusehen.

Er stand auf. »Kann ich Ihnen helfen?«

»Das Gegenteil ist der Fall«, erwiderte sie. »Ich soll euch helfen.«

»Ach?«, entfuhr es ihm verblüfft.

Offenbar hatte man ihn nicht eingeweiht. Aus den Augenwinkeln bemerkte sie, wie er ihre Piercings an Oberlippe und Braue begutachtete.

»Sie sind die neue ... Kollegin?« Er hatte es endlich begriffen und wirkte noch verdutzter.

Erst jetzt musterte Mara ihn eingehender. Er trug teure, blitzsaubere Halbschuhe, eine graue Stoffhose und einen V-Pullover in einem scheußlichen Fliederfarbton. Rundes Gesicht, schütter werdendes blondes Haar, mittelgroße, schlanke Gestalt. Er erweckte nicht gerade den Eindruck, ein Teufelskerl zu sein.

Mara streckte ihm die Hand hin, und er ergriff sie zögerlich.

»Mara Billinsky.«

»Äh. Jan Rosen.«

Ganz kurz senkte er verlegen die Lider, als ihn ihre von schwarzem Kajal umrahmten Augen erfassten.

»Keine Sorge«, meinte sie, »ich bin es gewohnt, dass die Leute mich nicht für einen Bullen halten.«

Er deutete auf den Platz gegenüber seinem eigenen. »Das ist Ihrer.«

»Okay.« Sie legte ihre beutelförmige schwarze Ledertasche auf dem Schreibtisch ab und schob auch ihr Hinterteil darauf.

Nachdem Jan Rosen noch ein paar Sekunden ratlos auf der Stelle gestanden hatte, ließ er sich wieder auf seinem Drehstuhl nieder.

»Willkommen zurück«, tönte es auf einmal nicht sonderlich herzlich durch das Büro.

Hauptkommissar Rainer Klimmt kam auf Mara zu. Er war damals ihr Chef gewesen – und jetzt war er es erneut. Wie sie mitbekommen hatte, war er alles andere als begeistert über ihre Rückkehr. Ob er auch gezielt dagegen opponiert hatte, wusste sie allerdings nicht.

Ein Händedruck, kürzer und fester als der von Rosen. Um

Klimmts stechende Augen hatten sich zahlreiche Falten eingegraben, seit sie sich zuletzt gesehen hatten.

Sie taxierten sich für einen langen Moment, ehe Klimmt sagte: »Ich werde nachher mit Ihnen die Runde machen und Sie allen vorstellen.«

Mara nickte.

»Und jetzt können Sie erst mal in Ruhe ankommen, sich ein bisschen umsehen.«

»Ruhe brauche ich nicht.« Ein leichtes Grinsen huschte über Maras Gesicht. »Und den Laden hier kenne ich ja schon.«

Klimmt seufzte kaum hörbar. »Na gut, Billinsky, kommen Sie mit in mein Büro.« Er warf dem anderen Beamten einen flüchtigen Blick zu. »Hey, Rosen, stellen Sie für Ihre neue Kollegin ein Dossier zusammen.«

»Dossier? Was für eins?«

»Die Langfingersachen.«

Klimmt marschierte los, Mara folgte ihm.

»Langfingersachen?«, wiederholte sie skeptisch.

»Eine Serie von Wohnungseinbrüchen«, entgegnete er beim Gehen, den Blick nach vorn gerichtet.

»Was wurde gestohlen?«

»Alles Mögliche. Bargeld, Uhren, Schmuck, Laptops, das Übliche halt.«

»Kam es dabei zu Gewalttaten?«

»Eigentlich nicht.«

Klimmt hatte noch immer die untersetzte Figur und den starken, breiten Nacken, der einiges einzustecken vermochte. Doch er war fülliger geworden, sein graues Haar hatte sich gelichtet, die Haut am Hinterkopf schimmerte durch. Mara war früher mehr als einmal mit ihm aneinandergeraten, und sie schärfte sich ein, darauf zu achten, dass es nicht schon in den ersten Tagen zum Zusammenstoß kam.

In seinem Büro schloss er die Tür, nachdem auch sie hereingekommen war.

»Wohnungseinbrüche?« Mara zog eine Augenbraue in die Höhe. »Ich dachte, ich wäre bei der Mordkommission.«

Klimmt ließ sich in seinen Stuhl fallen und deutete beiläufig auf den anderen Platz. »Die Kollegen sind unterbesetzt. Man hat mich um Unterstützung gebeten.«

»Klingt ja großartig.« Mara verzog den Mund. Sie setzte sich nicht.

Er wollte etwas erwidern, doch ein Summen kam ihm zuvor. Rasch zog er sein Handy aus der Hosentasche. Beim Blick aufs Display zeigte sich Überraschung auf seinem Gesicht. Oder Widerwille. Oder beides.

»Hallo? Sind Sie das, Borke? Hatten wir nicht vereinbart, dass Sie mich nicht …« Klimmt ließ den Satz unvollendet und hörte jetzt mit mürrisch gerunzelter Stirn zu.

Mit einer nachdrücklichen Handbewegung wies er Mara an, ihn allein zu lassen.

Sie verließ das Büro – und war ziemlich bedient. Erst die komische Sache mit den Einbrüchen, die ihr nicht passte, und jetzt wurde sie einfach abserviert.

Großartig, sagte sie sich, das ist ja ein richtiger Superstart.

3

In den Straßen und auf den Bürgersteigen herrschte der übliche Trubel. Touristen und Dealer, Spießer und Junggesellenabschiede. Carlos Borke ließ sich von der Menge treiben. Überall erklangen Stimmen, Gegröle und Gelächter. Dazu wummerten die Beats der Musik, die aus den Gebäuden nach draußen quoll. Der Herzschlag dieser Stadt war ein dumpfes Trommeln.

Ab und zu streiften ihn Blicke, grüßten nickende Köpfe in seine Richtung. Borke war ein Teil dieser Welt, er kannte jeden Mülleimer, jeden Laternenpfahl, die ganze Gegend war ihm so vertraut, dass er sie auch mit verbundenen Augen hätte durchqueren können.

Bis zu dem Treffen blieb ihm noch Zeit. Er war gern sehr früh dran, um die Lage zu peilen und die Sinne zu schärfen, erst recht, da er nicht die geringste Ahnung hatte, was sie von ihm wollten.

Rasch hatte sich die Dunkelheit über Frankfurt ausgebreitet. Sternenglitzer zerschnitt den Nebel in viele kleine Fetzen, die über den Dächern schwebten.

Weiterhin ließ Borke sich vom Gewimmel tragen, mied von jetzt an aber sorgsam Gestalten, die ihm bekannt vorkamen. Er trug einen knielangen Ledermantel im Vintagelook, Jeans und spitz zulaufende, knöchelhohe Stiefel. Und über dem kahl rasierten Schädel eine seiner etlichen Wollmützen, auf die er auch bei Sommerhitze nicht verzichtete. Nach einigen Minuten erreichte er den Treffpunkt, eine kleine, auf den ersten Blick völlig unscheinbare, leicht heruntergekommene Bierkneipe an der Ecke.

In Wirklichkeit war Henry's Pinte jedoch eine wichtige Anlaufstelle im Bahnhofsviertel. Hier wurden keine Drogen, Waffen oder Edelsteine unter den Tischplatten weitergereicht, niemals, hier wurde mit etwas gehandelt, das ebenso wertvoll sein konnte: mit Gerüchten. Es wurden Neuigkeiten verbreitet, Unstimmigkeiten ausgeräumt, Warnungen ausgesprochen.

Carlos Borke beobachtete den Eingang von Henry's Pinte eine ganze Weile, ehe er die Kneipe betrat. Fünfzig bis sechzig enge Quadratmeter, deren Zentrum von einem Vierecktresen eingenommen wurde, rechts und links davon Nischen, in denen man zu viert sitzen konnte. Erstaunt stellte Borke fest, dass er trotz seines überpünktlichen Erscheinens bereits erwartet wurde.

In der hintersten der rechts gelegenen Nischen saßen zwei Männer nebeneinander, Rücken an der Wand. Sie sahen ihm entgegen. Ohne ihnen je zuvor begegnet zu sein, wusste er sofort, dass sie seine Verabredung waren.

Er nahm ihnen gegenüber Platz.

Vor jedem von ihnen standen eine Espressotasse und ein Wasserglas. Sie waren mit eleganten Anzügen bekleidet. Schwarze, kurz geschnittene Haare, glatt rasierte Gesichter, die keinerlei Emotionen verrieten. Aufmerksam tasteten sie ihn mit ihren Blicken ab. Niemand äußerte einen Ton, Sekunden verstrichen.

Die Bedienung tauchte auf, Borke bestellte ebenfalls einen Espresso. Und erst als er sein Getränk erhalten hatte, machte einer der beiden Fremden den Mund auf: »Es läuft nicht.«

Ganz ruhig, fast beiläufig waren die Worte ausgesprochen worden.

Borke strich sich über das winzige Spitzbärtchen, das er sich direkt unter der Unterlippe stehen ließ, eine gewohnheitsmäßige Bewegung. »Was läuft nicht?«

Die Männer grinsten.

»Was schon? Dein Geschäft.«

Er lachte auf, machte eine flüchtige Geste mit der Hand, die Gelassenheit demonstrieren sollte. Er merkte, dass sich Nervosität in ihm ausbreitete. »Mein Geschäft? Euer Geschäft, meinst du wohl.«

»Du hast es in die Wege geleitet.«

»Ich habe einen Kontakt hergestellt. Und basta. Ab jetzt geht mich das nichts mehr an. Ab jetzt ist das euer Spiel.«

»Richtig. Den Kontakt hergestellt«, wiederholte der Mann, der etwa Mitte vierzig war, während der zweite, der unerschütterlich schwieg, höchstens Ende zwanzig sein konnte. Bei ihm handelte es sich um einen richtigen Schrank. Breite Schultern, riesenhafte Hände, er war bestimmt über eins neunzig.

»Und für den Kontakt hast du ja auch dein Geld bekommen«, fügte der Ältere hinzu.

»Na klar. So war es abgemacht.« Unter seiner Mütze begann Borke zu schwitzen, was nicht an der stickigen Wärme lag, und er hoffte, sie würden es nicht bemerken. Dieses Gespräch nahm einen merkwürdigen Verlauf, er musste hellwach sein, jede einzelne seiner Silben abwägen. Was ist hier los?, fragte er sich alarmiert.

»Richtig«, sagte der Mann im exakt gleichen Tonfall wie zuvor. »So war es abgemacht.« Er machte eine Pause. »Nur dass der Kontakt nicht mehr da ist.«

Borke straffte sich. »Was soll das heißen? Nicht mehr da? Ihr habt doch mit der anderen Seite bereits gesprochen.«

»Richtig. Haben wir.«

»Wo ist dann das Problem?«

»Du hörst nicht zu. Der Kontakt ist nicht mehr da.«

»Und was soll ich …?«

»Du sollst den Kontakt wiederherstellen«, unterbrach ihn der Mann.

»Aber das kann ich nicht. Ich habe …«
»Doch, du kannst.«
»Ich bin raus aus dem Geschäft«, beharrte Borke. Sie würden doch nicht versuchen, ihn sich vorzuknöpfen? Hier in Henry's Pinte? Das war neutraler Boden im Viertel, hier floss nie Blut. Bisher jedenfalls.
»Nein, du bist nicht raus.« Der Mann verzog den Mund zu einem teuflischen Grinsen. »Sieh mal unter dem Tisch nach.«
»Was?«
»Na los!«
Borke spähte unter die Tischplatte. Der größere der beiden Fremden hielt in der Hand eine Gartenschere. Eine ganz gewöhnliche, wie man sie in jedem Baumarkt fand.
Langsam richtete Borke sich wieder auf. »Und? Wollt ihr einen Kleingärtnerverein gründen?«, brachte er fertig zu sagen.
»Mein Begleiter wird dir einen Finger abschneiden«, erwiderte der Ältere ungerührt. »Dann den nächsten. Und so weiter. So lange, bis du den Kontakt wiederhergestellt hast.«
Irgendwie gelang es Borke, seine Stimme halbwegs unbeeindruckt klingen zu lassen. »Aber das kann ich wirklich nicht. Glaubt ihr, ich habe eine Brieffreundschaft mit der anderen Seite? Oder dass die mir ihre Visitenkarten zugesteckt haben?«
»Nach den Fingern geht es mit den Zehen weiter. Oder mit anderen Dingen, die mein Begleiter an dir entdeckt.« Der Mann ließ die Worte wirken, ehe er fortfuhr. »Nun kannst du gehen. Deinen Espresso übernehmen wir.«
Carlos Borke erhob sich. Ohne noch etwas zu äußern, zog er sich zurück. Diesmal steckte er aber so richtig in der Klemme. Als er ins Freie trat, streifte er die Mütze ab und fuhr sich über den Kopf. Er war endgültig in Schweiß ausgebrochen. Kalte Herbstluft hüllte ihn ein. Und wie er in der Klemme steckte!

4

»Du musst cool bleiben«, versuchte Hanno Linsenmeyer sie zu beruhigen.

»Leicht gesagt«, gab Mara genervt zurück. »Seit drei Wochen bin ich jetzt hier – und was mache ich? Kleinkram. Dabei könnten meine Kollegen Unterstützung gut brauchen.«

Sie standen vor der Außenwand des in Regenbogenfarben gestrichenen Jugendzentrums. Über fünfzig war Hanno inzwischen, mit zu langen, strähnigen, mausgrauen Haaren und ausgewaschener, abgetragener Kleidung. Für Mara war er immer eine wichtige Stütze gewesen – die einzige. Ihr Halt in den harten Zeiten, als sie als Jugendliche beinahe auf die schiefe Bahn geraten wäre. Hanno war als Sozialarbeiter tätig und engagierte sich auch weit über seine Arbeitszeit hinaus, vor allem für Jugendliche, die straffällig geworden waren. Ein Mensch mit Idealen – und dem Mut, sich dafür einzusetzen.

»Ich habe mich darauf eingestellt«, sprach sie weiter, »dass es Spannungen geben, dass es auch mal krachen würde. Besonders zwischen Klimmt und mir. Aber dass der Typ mich einfach aufs Abstellgleis schiebt, also, damit hat er mich kalt erwischt.«

»Vielleicht siehst du zu schwarz.«

»Wohnungseinbrüche«, hielt sie ihm mit düsterem Zorn entgegen. »Mann, Hanno, das ist doch echt nicht zu fassen.«

»Und die anderen Kollegen?«

»Die schneiden mich.« Sie schüttelte den Kopf. »Einer von denen ist ein richtiger Milchbubi – aber kein Bulle.«

Hanno schmunzelte. »Na, den Blick kenne ich doch.« Er

legte den Arm um ihre Schultern. Ihr wurde bewusst, dass er der einzige Mensch war, bei dem sie Berührungen zuließ. Wann hatte sie zuletzt einen Freund gehabt? Einen richtigen Freund? Es war Jahre her.

»Hab einfach Geduld«, riet Hanno ihr. Nur um gleich anzufügen: »Ach, was sage ich da? Du und Geduld ...«

Mara musste lachen.

»Schade, Mara, dass du immer so eisig dreinschaust. Du bist nämlich hübsch – wenn du mal lächelst.«

»Komm mir bloß nicht so.«

»Auch auf die Gefahr hin, dass du wieder sauer wirst: diese Einbrüche.«

»Ja?«

»Hast du nicht gesagt, dass du Erfolg hattest? Ihr habt jemanden festgenommen, richtig?«

Mara nickte. »Eine Jugendbande ist für mehrere Wohnungseinbrüche verantwortlich. Zwei der Mitglieder haben wir geschnappt. Und deshalb bin ich heute auch zu dir gekommen.«

»Ach?« Er sah sie an. »Wie kann ich dir helfen?«

»Es geht um einen Jungen. Soweit ich weiß, hast du ihn bei einem deiner Projekte unter die Fittiche genommen. Und ich habe auch gehört, dass er sich heute bei dir herumtreiben soll.«

»Sein Name?«

»Rafael Makiadi. Sechzehn Jahre alt.«

»Klar, den kenne ich.«

»Sein Name ist mehrmals gefallen. Ich möchte nur mal mit ihm reden.«

»Allerdings glaube ich nicht, dass er rückfällig geworden ist. Ich sehe ihn sogar auf einem recht guten Weg. Ein schwieriger Typ – aber ein besonderer.«

»Was macht ihn denn besonders?«, hakte Mara nach.

»Hm. Vielleicht einfach nur die Tatsache, dass er seine Mutter liebt.« Hannos Miene blieb bierernst.

Maras Augenbraue hob sich. »Du willst mich wohl auf den Arm nehmen.«

Ein verstohlenes Schmunzeln umspielte seinen Mund. »Du wirst mir nicht glauben, aber es war keineswegs zynisch gemeint.« Nachdenklich fügte er hinzu: »Weißt du, Mara, ich habe so oft mit Jungs zu tun, die schon als Dreizehnjährige völlig verroht sind. Die keine Skrupel kennen, die dir, ohne mit der Wimper zu zucken, eine Flasche über den Kopf ziehen. Jungs, die keine Bindungen haben, die nie so etwas wie Vertrauen oder ein Miteinander kennengelernt haben. Einsame kleine Wölfe, die zubeißen, wenn die Gelegenheit kommt, völlig egal, wie gut du vorher zu ihnen warst.«

Mara musterte ihn halb spöttisch, halb liebevoll. »Okay. Und unser Rafael gehört also nicht dazu. Er liebt ja seine Mutter.«

»Wenn du es sagst, klingt es anders.« Hanno blickte versonnen drein. »Rafael schämt sich für seine Mutter. Sie lebt in einer jämmerlichen kleinen Bude und trinkt zu viel und hat das Sorgerecht für ihn verloren. Er erwähnt sie nicht, nie, mit keiner Silbe. Er besucht sie kein einziges Mal. Aber dann, wenn er vergisst, dass er sie eigentlich totschweigen will, kommen derart liebevolle, verständnisvolle Worte von ihm, dass ich jedes Mal staunen muss. Er hat Angst davor, ihr Auge in Auge gegenüberzutreten, weil es ihn zu sehr schmerzt. Etwas Gutes steckt in Rafael, und ich will verhindern, dass das kaputt gemacht wird.«

»Seinen Vater liebt er nicht?«

»Er hat wohl keine Erinnerung an ihn, weil er sich irgendwann aus dem Staub gemacht hat. Aber Rafael wartet auf ihn.«

»Er wartet auf ihn?«

»Er ist fest überzeugt davon, dass sein Vater eines Tages aus dem Nichts auftauchen wird, um ihn in ein anderes Leben mitzunehmen. Das verkündet er immer wieder.«

»Was weißt du über den Vater?«

»Nichts. Außer dass er wohl aus Afrika stammt.«

»Kannst du mich jetzt zu Rafael bringen?«

Hanno ging voran. »Komm mit.«

Sie betraten das Gebäude. Es hatte sich nicht viel verändert, seit Mara vor Jahren zuletzt hier gewesen war. Farbenfrohe Wände, ein Aushang mit neuen Gemeinschaftsprojekten und einer Tauschbörse, dumpfer, deutsch gesungener Hip-Hop aus wuchtigen Boxen, ein großzügig geschnittener Aufenthaltsraum, den sie durchquerten. Hanno bedeutete Mara, kurz zu warten, und verschwand durch eine Tür. Mara sah sich um. Jugendliche beim Abhängen, Quatschen, Darts- und Billardspiel, manche in Sesseln, andere einfach im Schneidersitz auf dem Laminatboden, auf dem mehrere Teppiche lagen.

»Na, Schwarze Witwe«, rief ihr einer der Billardspieler in frechem, doppeldeutigem Ton zu. »Lust auf ein Spielchen?«

Die Unterhaltungen verebbten, überall feixende Gesichter.

»Heute nicht.« Mara warf ihm aus ihren dunklen Augen einen kalten Blick zu.

»Wann dann?« Der Typ wollte die Sache nicht auf sich beruhen lassen.

»Wenn du irgendwann mal groß genug bist und dich rasieren musst.«

Gelächter und Gejohle brandeten auf.

Hanno stand wieder neben ihr. »Rafael ist im Nebenzimmer. Er bleibt gern für sich.« Ein kurzes Heben der Schultern. »Hab Geduld mit ihm.«

Mara grinste. »Da haben wir's wieder: ich und Geduld.«

Sie glitt durch die noch offene Tür in den direkt anschließenden Raum, der wesentlich kleiner war. Poster von Rappern, ein kniehoher Tisch, darauf leere Colaflaschen. Ein großes, selbst gemaltes »Nazis raus«-Plakat. Zwei weitere Sessel. In einem davon saß Rafael Makiadi. Irokesenhaarschnitt, Nike-T-Shirt, Hosen mit Tarnmuster und eine Motorradlederjacke wie die von Mara – nur in auffällig strahlendem Weiß. Er war nicht sonderlich groß, schmal die Schultern, zart die Hände, die in seinem Schoß lagen.

Doch was sie vor allem wahrnahm, waren seine Augen, die sie aus einem fast mädchenhaft hübschen Gesicht mit dunklem Mischlingsteint musterten, traurige, misstrauische, ablehnende Augen, die eher zu einem Erwachsenen als zu einem Sechzehnjährigen passten – auf jeden Fall zu jemandem, der schon zu viel im Leben mit angesehen hatte. Irgendetwas an seiner Art, sie zu betrachten, kam ihr bekannt vor, dabei war sie ihm nie zuvor begegnet.

»Ich bin Mara Billinsky. Kriminalpolizei.«

Keine Antwort.

»Ich ermittle wegen der Wohnungseinbrüche.«

Unverändert lag Rafaels Blick auf ihr, sein Mund ein dünner, abweisender Strich.

»Ich muss dich zu einigen Daten befragen. Also. Der letzte Samstag, besser gesagt, die Nacht auf Sonntag. Wo warst du da?«

Ein knappes Achselzucken. »Hab ich vergessen.«

In den zurückliegenden drei Wochen hatte sie solche Fragen zu Hunderten gestellt – und solche Antworten zu Hunderten erhalten. Zuletzt hatte sie mit zunehmender Gelassenheit darauf reagiert. Doch bei ihm erwachte Wut in ihr, wie sie irritiert feststellte. Sie taxierte Rafael noch eine Weile, bevor sie sich in den zweiten Sessel setzte.

»Hör zu, Rafael, ich will dir nicht auf den Keks gehen.«

Kein Wort. Und keinerlei Reaktion in seiner Miene.

»Aber ich werde mich auch nicht abspeisen lassen.«

Wiederum – kein Ton von ihm.

Ihre Stimme wurde schärfer: »Rafael, bei uns in der Zelle sitzen einige deiner Kumpel – und die haben Sehnsucht nach dir.«

»Ich habe keine Kumpel.« Die Art, wie er das aussprach, entging Mara nicht – eine Ernsthaftigkeit und Düsternis, die sie nicht kaltließ. Und dennoch wurde ihre Wut auf ihn nur noch größer. Es war dieses Aufreizende, das ihr auf die Nerven ging. Warum kannst du nicht gelassener bleiben?, fragte sie sich, verwundert über sich selbst.

Nach einer weiteren Stille wurde ihr Tonfall noch schärfer. »Die Nacht von Samstag auf Sonntag. In Sachsenhausen ist in zwei Wohnungen eingebrochen worden.«

Schweigen.

»Ich hab keinen Bock mehr auf euch kleine Mister Cools«, entfuhr es ihr. »Mit der Maske wirst du jedenfalls nicht weit kommen.«

»Und ich hab keinen Bock mehr auf Leute, die mir Predigten halten.«

»Glaub mir, ich bin kein Pfarrer«, zischte sie. »Ich predige nicht.«

Er seufzte, rollte kurz mit den Augen, spöttisch, überdrüssig, gelangweilt, wie ein alter Gangster, der jede schmutzige Pfütze auf der Welt kannte. Nicht schlecht, wie er das machte, das musste sie diesem mickrigen Kerlchen lassen. Sie stellte weiterhin Fragen, er verzichtete weiterhin auf Antworten. Es war weniger ein Gespräch als ein Ringkampf.

Nach einigen Minuten gesellte sich Hanno zu ihnen, schweigend, fast verstohlen, mit einem aufmunternden Lächeln für Rafael.

»Wenn du hier nicht mit mir sprechen willst, muss ich dich mitnehmen, Rafael. Und dann wirst du den Mund aufmachen. Das tun nämlich alle. Früher oder später.«

»Wie wäre es, Mara«, schlug Hanno vor, »wenn du mir ein paar Minuten allein mit Rafael gibst? Und anschließend kannst du noch mal …«

»Okay«, unterbrach sie ihn. »Einverstanden.«

Und tatsächlich, nach der kurzen Unterhaltung mit Hanno ließ sich Rafael Makiadi doch noch einige Worte entlocken. Er gab Auskunft über seinen Verbleib in den vergangenen Wochen. Offenbar war er dank Hannos Zutun in einem Heim untergebracht worden, und dort würde man bestätigen können, dass er zum Zeitpunkt der letzten Einbrüche in seinem Zimmer gewesen war.

Mara kündigte mit Nachdruck an, dass sie alles überprüfen würde. Sie stand auf, verabschiedete sich mit einem kurzen Nicken, doch Rafael sah stur an ihr vorbei.

Hanno begleitete sie nach draußen zu ihrem schwarzen Alfa Romeo.

»Was hast du über den Jungen gesagt?«, meinte sie spitz. »Auf einem guten Weg? Sieht mir nicht so aus.«

»Abwarten.«

»Ziemlich abgebrühtes Kerlchen.«

»Mag sein«, erwiderte Hanno zurückhaltend.

Mara öffnete die Autotür. »Nächstes Mal werde ich ihn nicht so …« Sie vollendete den Satz nicht, wusste aber, dass das Funkeln in ihren Augen genug sagte.

Er räusperte sich. »Weißt du, der Kleine ist mir irgendwie wichtig geworden. Klar, das gilt für die meisten dieser Jungs. Aber Rafael … Na ja, ich glaube, in ihm schlägt ein gutes Herz.«

Mara glitt hinters Steuer. »Da täuscht man sich leicht.«

»Sei nicht immer so argwöhnisch.«

»Doch, bin ich«, gab sie zurück, jetzt aber immerhin wieder mit einem Lächeln.

Sie startete den Motor, setzte aus der Parklücke, und im

Geiste erschien Rafaels Gesicht vor ihr. Sie wusste jetzt, weshalb er eine unzweifelhafte Wirkung auf sie gehabt hatte. Seinen harten, feindseligen Blick kannte sie nämlich nur allzu gut. Dieser Blick war genau wie ihr eigener. Damals, in einer Vergangenheit, die alles andere als schön, alles andere als einfach für sie gewesen war. Entschlossen trat sie das Gaspedal durch, beschleunigte den Wagen, als könnte sie so den Erinnerungen entwischen.

In den nächsten Tagen mühte sie sich weiter mit den Ermittlungen zu den Einbrüchen in Sachsenhausen ab. Mühsames Auffinden möglicher Zeugen, mühsame Gespräche, wenn man sie denn hatte. Rafael allerdings kam tatsächlich nicht als Täter infrage: Sein Alibi war – zumindest in diesem Fall – wasserdicht. War er wirklich auf einem guten Weg, wie Hanno Linsenmeyer vermutete? Manchmal ertappte sich Mara dabei, dass sie an den verschlossenen Jungen dachte, wie auch jetzt gerade, als sie am Schreibtisch saß und einige Zeugenaussagen miteinander abglich.

Hauptkommissar Klimmt kam auf sie zu, nur aus den Augenwinkeln nahm Mara ihn wahr. Der Bildschirm ihres Laptops flackerte. Ihr Schreibtisch war ein Durcheinander: etliche mit Notizen vollgekritzelte Blätter und Zettel, Ausdrucke mit Adresslisten. Dazu Fotos von Wohnungen, in die eingebrochen worden war, und von Verdächtigen, die als Täter infrage kamen.

Der Platz gegenüber war leer, Jan Rosen war irgendwo im Gebäude unterwegs.

Klimmt stellte sich neben sie.

Mara hob den Kopf und sah ihm in die Augen. Müde wirkte er, die Haare standen ab, der Teint war farblos, die Falten hatten sich während der vielen Überstunden, die hinter ihm lagen, tiefer eingegraben.

Mit einer lässigen Bewegung warf er noch einige weitere Fotografien auf ihren Schreibtisch.

Mara ergriff sie und betrachtete sie eine nach der anderen, bis sie zur letzten gelangte. Sie hielt sich noch einmal die erste dicht vor die Augen: ein Wohnzimmer. Im Zentrum der Aufnahme war ein Ledersessel zu sehen, darauf bäuchlings ein nackter Mann. Der Körper klemmte zwischen den Armlehnen, die Arme umschlangen die Rückenlehne, der Kopf ruhte seitlich darauf. Eine Kette war um die Hüften geschlungen, um ihn in der Position zu halten – jedenfalls als er noch am Leben gewesen war. Auf der Haut des Mannes und rund um den Sessel gab es massenweise dunkelrote Flecken, im hellen Teppich vor dem Sessel außerdem eine weitere, sehr große Lache von der gleichen Farbe.

»Was verkehrt herum in seinem Hinterteil steckt«, sagte Klimmt, »ist eine Saugglocke.«

»Schwer zu übersehen«, erwiderte Mara trocken.

»Die Gerichtsmedizin hat bei der Obduktion festgestellt, dass die Wucht, mit der das Griffholz eingeführt wurde, auch die Blase perforiert hat. Kopf, Arme, Schultern und Rücken«, sprach Klimmt betont sachlich weiter, »weisen dreiundzwanzig Platzwunden auf. Gut möglich, dass sie von einem Totschläger stammen.«

Mara äußerte nichts.

»Welcher der Schläge am Ende für den Tod verantwortlich war, kann man nicht mit Sicherheit festlegen.«

Sie besah sich erneut die übrigen Fotos, alles Nahaufnahmen, darunter die mit Kabeln gefesselten Handgelenke des Ermordeten, das von einem grauenhaften Tod verzerrte Gesicht, einige der Platzwunden.

»Wie hieß der Mann?«, wollte sie wissen.

»Nur ein paar Meter von ihm entfernt«, überging Klimmt ihre Frage, »gibt es einen Tresor voller Wertpapiere und Bargeld. Nicht aufgebrochen worden.«

»Wie hieß der Mann?«

»In einer Kommodenschublade fand man weitere 15.770 Euro in bar.«

»Ist sein Name ein Staatsgeheimnis?«

»Er hieß Ivo Karevic.«

Mara musste nur ganz kurz überlegen. »Kroatische Mafia. Einer der Bosse.« Sie stutzte. »Da sind Sie doch schon eine Weile dran, oder?«

»Ab sofort ist das Ihr Fall. Rosen wird Sie unterstützen.«

»Sonst niemand?«

»Nein, sonst niemand. Sie erhalten alle Informationen von den Kollegen. Es gibt auch noch mehr dieser hübschen Bildchen.«

Skeptisch taxierte sie Klimmt, dessen Miene ausdruckslos war. »Wie komme ich plötzlich zu der Ehre?«

Ein wölfisches Lächeln. »Ein Mordfall. Das wollten Sie doch die ganze Zeit.«

»Kein Wunder, ich bin bei der Mordkommission.«

»Na dann, ran an den Feind.«

»Woher der Sinneswandel?«

»Damit ich den nicht bereue, sollten Sie lieber anfangen.«

»Und die Einbrüche?«

»Werden wir sehen.«

Ohne ein weiteres Wort drehte er sich um. Sie blickte ihm nach, bis er in seinem Büro verschwunden war. Dann betrachtete sie erneut die Fotos, wieder eines nach dem anderen, konzentriert, auf jedes einzelne Detail fokussiert.

Jan Rosen näherte sich ihrem Schreibtisch mit dieser typisch vorsichtigen Art – als müsste er sich dafür entschuldigen, dass er sich hier aufhielt. Sein Blick huschte verwundert über die Fotografien.

»Wenn ich fragen darf ...«

»Dürfen Sie«, unterbrach sie ihn, ohne von den Tatortfotos aufzublicken.

»Die Bilder kenne ich. Sind Sie jetzt etwa an der Sache dran, Billinsky?«

»Nicht ich.« Jetzt sah sie ihn direkt an. »Sondern wir.«

»Ach?« Seine Kinnlade klappte herunter. Das musste er wohl erst mal verkraften. »Echt? Das gibt's doch nicht. Als hätte ich nicht genug Arbeit am Hals.«

»Nur nicht zu viel Euphorie zeigen, Rosen.« Mara wandte sich wieder ihrem Schreibtisch zu.

Den ganzen Nachmittag sammelte sie sämtliche Informationen, die die Kollegen, die bislang mit dem Fall Ivo Karevic betraut worden waren, zusammengetragen hatten. Wie grauenhaft Karevics letzte Stunden verlaufen sein mussten, war offensichtlich. Doch ansonsten gab es jede Menge Fragezeichen. Keine Fingerabdrücke, keinerlei DNA-Spuren. Offenbar hatte Karevic den oder die Täter freiwillig ins Haus gelassen, da sich niemand gewaltsam Zutritt verschafft hatte. Keines der Zimmer war durchsucht worden. Die große Summe an Bargeld und weitere Wertgegenstände, etwa einige besonders teure Uhren, wiesen darauf hin, dass es nicht um Raub ging. Nichts war mitgenommen worden.

Waren Revierkämpfe der Grund für den Mord? Ein Vorstoß, um das Terrain von Karevics Bande zu erobern? Deshalb auch die Brutalität der Tat? Um ein unmissverständliches Zeichen zu setzen? Um alle, die mit Karevic paktierten, darauf hinzuweisen, was ihnen blühen konnte?

Kein einziger Verdächtiger war ermittelt worden. Und zu Karevic selbst gab es ebenfalls kaum etwas Handfestes. Ihm schien es stets gelungen zu sein, im Verborgenen zu bleiben. Sicher, er war einer der Köpfe der kroatischen Mafia gewesen, das wusste man, aber eine konkrete Gesetzesübertretung war ihm nie nachgewiesen worden.

Wo sollte Mara ansetzen?

Sie stand unangekündigt in Klimmts Büro, um ihn zu befragen. Immerhin war er persönlich in die Ermittlungen eingebunden gewesen. Doch selbst jetzt zeigte er ihr die kalte Schulter. »Wenn es mehr zu erzählen gäbe, Billinsky«, blaffte er, »würde es in den Berichten stehen.«

Sie funkelte ihn an. »Aber es muss doch ...«

»Mehr war eben nicht herauszukriegen«, unterbrach er sie barsch. »Jetzt sind Sie an der Reihe.«

Sauer rauschte sie wieder aus dem Raum. Sie suchte weitere Kollegen auf, jedoch ohne Erfolg. Achselzucken, Gleichgültigkeit. Hinter ihrem Rücken imitierte einer von ihnen ein Vogelkrächzen, was Gelächter auslöste. Mara winkte nur ab und zog sich an ihren Schreibtisch zurück. Sie hatte längst mitbekommen, dass man sie insgeheim »die Krähe« nannte. Du hast gewusst, sagte sie sich, dass es nicht einfach werden würde – dass es scheißschwer werden würde. Beschäftige dich nicht mit solchen Idioten, sondern mit dem Job.

Sie vergrub sich wieder in die Fakten des immerhin schon fast vier Wochen zurückliegenden Mordes. Es gab die alte Regel, dass ein Fall kaum gelöst werden konnte, wenn man nicht in den ersten achtundvierzig Stunden nach der Tat entscheidend vorankam. Vielleicht war es besser, nicht allzu sehr an Regeln zu denken. Sie wühlte sich weiter durch die polizeilichen Datenbanken, notierte sich Einzelheiten, suchte auch im Internet.

Es war schon nach Einbruch der Dunkelheit, als sie bemerkte, wie Jan Rosen möglichst unauffällig in Klimmts Büro verschwand und die Tür hinter sich schloss. Nur fünf Minuten später tauchte er wieder auf, sein braves Versicherungsvertretergesicht sichtlich zerknirscht.

»Ich mach dann mal Feierabend«, bemerkte er nur, ohne sie anzusehen.

Schmunzelnd verfolgte Mara, wie er sich mit hängenden Schultern davonmachte. Anschließend blieb sie noch über drei Stunden. Den Fall, der so urplötzlich in ihrem Schoß gelandet war, sah sie als Chance. Darauf hatte sie doch gewartet. Sie versuchte sich dem Mann namens Ivo Karevic zu nähern, aber wie immer bei solchen Typen war das nicht einfach. Leute wie Karevic besaßen keine Arbeitsverträge, keine Gehaltsabrechnungen, keine Versicherungspapiere, sie waren nirgendwo gemeldet, nirgendwo eingetragen, sie hinterließen so gut wie keine Spuren. Mara verfolgte im angelegten Dossier die wenigen Vorgänge auf seinem Konto, obwohl klar war, dass er noch über weitere, bisher unentdeckte verfügen musste. Sie las Punkt für Punkt, was in seinem Haus gefunden worden war, und überprüfte die Männer, die seiner Bande zugerechnet wurden. Nur fünf von ihnen waren mit Namen und Aussehen bekannt. Schließlich musste Mara sich regelrecht zwingen, nach Hause zu gehen.

Am darauffolgenden Morgen war sie als Erste im Büro. Sie machte weitere Einträge in ein abgegriffenes Notizbuch, das sie immer mit sich herumschleppte – oft war sie für diese altmodisch wirkende Angewohnheit belächelt worden, von Kollegen, die sich digital Notizen machten. Doch das Niederschreiben war ihr in Fleisch und Blut übergegangen.

Gewissenhaft legte sie eine Liste mit offenen Fragen an, die ziemlich lang wurde. Irgendwie musste sie reinkommen in diese verdammte Sache. Vier Jahre Abwesenheit von Frankfurt hatten dafür gesorgt, dass sie kein Netzwerk an Informanten mehr hatte, über keine Verbindungen in die Szene verfügte. Sie würde bei null anfangen. Und sie hatte nur eines, was ihr helfen konnte: ihre Entschlossenheit.

Als Jan Rosen sich auf seinen Platz ihr gegenüber setzte, war sie völlig vertieft und nahm ihn kaum wahr. Sie sprang auf, um sich bei den Kollegen Karevics persönliche Dinge anzusehen, die man hierher mitgebracht hatte, darunter einen Hausschlüssel, den sie unbedingt an sich nehmen wollte. Dann zurück an den Schreibtisch.

Der Vormittag zog vorbei.

»Ich gehe in die Kantine«, sagte Rosen. Wieder trug er einen seiner fürchterlichen Pullover, heute in einem Brombeerton. »Sind Sie dabei?«

Mara war überrascht, dass jemand um ihre Gesellschaft bat. Das lag wahrscheinlich daran, dass Rosen innerhalb von Klimmts Truppe ziemlich auf sich allein gestellt war. Oder weil er einfach zu gut erzogen war, um allein loszumarschieren.

»Keinen Hunger«, sagte sie.

Er nickte, als hätte er nichts anderes erwartet.

Als er aufstand und gehen wollte, bemerkte sie beiläufig: »Hat wohl nicht geklappt gestern Abend?«

Rosen hielt inne und runzelte die Stirn. »Ich verstehe nicht.«

»Na, Sie waren doch bei Klimmt, um Ihr Köpfchen aus der Schlinge zu ziehen.«

»Äh. Bitte?«

»Na ja, die Schlinge, mit mir zusammenarbeiten zu müssen.«

Er wurde rot wie ein kleiner Junge. »Quatsch«, brachte er über die Lippen.

»Kein Problem, Rosen. Ich nehme mich der Sache auch allein an.«

»Das ist, äh, wirklich Quatsch.«

»Guten Appetit, Kollege!«

Bedröppelt machte er sich auf in die Kantine.

Klimmt hatte sicher eine Menge Spaß, dachte Mara, als er darauf kam, mir ausgerechnet Jan Rosen zur Seite zu stellen.

Einige Zeit später – Rosen saß ihr wieder schweigsam wie ein Gemälde gegenüber – unternahm Mara den ziemlich aussichtslosen Versuch, etwas Ordnung auf ihrem Schreibtisch zu schaffen. Dann streifte sie sich die Lederjacke über.

»Doch noch Hunger?«, fragte Rosen vorsichtig.

»Nein, ein Date.«

»Ach? Mit wem, wenn ich fragen …«

»Sie dürfen«, stoppte sie ihn. »Mit einem gewissen Malovan.«

Rosen machte große Augen. »Malovan?«

»Nur dass er noch nichts davon weiß.«

»Er gilt als Karevics rechte Hand.«

»Deswegen möchte ich mich mit ihm unterhalten.«

»Lassen Sie's lieber, Billinsky. Klimmt und die anderen haben schon versucht, ihm auf den Zahn zu fühlen. Die sind nicht mal einen Steinwurf an ihn herangekommen.«

»Na und?« Mara warf sich ihre Tasche über die Schulter und suchte darin nach dem Autoschlüssel.

Unentschlossen erhob sich Rosen vom Stuhl. Er nahm seine Jacke von der Lehne, nur um sie gleich wieder darüberzulegen. »Das ist … Wie soll ich sagen?«

»Schwachsinn«, schlug Mara vor.

Er nickte zögerlich. »So was in der Art.«

»An irgendeiner Stelle muss man mal in den Wald schießen.«

»Wie gesagt, Klimmt und die anderen sind nicht an Malovan herangekommen.«

»Wie gesagt: Na und?« Mara hatte den Schlüssel gefunden. Ohne ein weiteres Wort ging sie los. Aus den Augenwinkeln nahm sie wahr, dass Rosen noch einmal nach seiner Jacke griff – und sie doch auf dem Stuhl hängen ließ. Er verharrte auf seinem Platz und blickte starr auf seinen Monitor.

Feigling, dachte sie.

5

Die Nacht ballte sich schwarz vor dem Fenster, das er vorsichtig öffnete. Keiner der drei anderen, mit denen er das Zimmer teilte, wachte auf. Er schob sich über den Sims und sprang auf das Vordach des Eingangsbereichs. Geübt war er darin, ein reines Kinderspiel.

Bei der Rückkehr würde er sich auf das kleine Dach hinaufziehen und einen der drei Zimmerkumpels mit einem Anruf wecken – und der würde ihm dann ein Seil hinablassen, mit dessen Hilfe er rechtzeitig vor dem Wecken wieder im Bett wäre. Auch kein Problem.

Leer lagen die nächtlichen Straßen vor Rafael Makiadi. Er pumpte die frische Luft in seine Lungen, wurde sofort wacher, lebendiger. Noch zwei Kreuzungen, dann erreichte er die Bornheimer Bibliothek. Von dort brachte ihn ein Fußweg zu dem etwas versteckt dahintergelegenen Kindergarten. Das war ihr Treffpunkt. Lässig schwang er sich über den Maschendrahtzaun.

Er wurde bereits erwartet. Sie waren zu dritt. Tayfun fläzte sich auf der steinernen Tischtennisplatte, die anderen waren um ihn herum gruppiert. Hinter ihnen hoben sich Schaukeln, eine Rutschbahn und ein Klettergerüst gegen die Finsternis ab.

»Hey, Raf.«

Sie drückten ihre rechten Fäuste gegeneinander. Tayfun schwafelte etwas von einer neuen Kiste, die auf welchem Wege auch immer in seinen Besitz gelangt war, irgendein Sportflitzer. Er war neunzehn, der Anführer, zumindest derjenige mit der größten Klappe.

»Habt ihr was geplant?«, fragte Rafael, um das Geplapper von dem Auto zu unterbrechen, das ihn nicht juckte. »Heute Nacht?«

»Was denkst du, Alter, warum ich wollte, dass du herkommst?« Tayfun lachte laut. »Kronberg, sag ich nur.«

Rafael betrachtete einen nach dem anderen. »Vielleicht sollten wir mal eine Pause einlegen.«

»Pause? Hast du'n Schuss? Du hast dich schon das letzte Mal in Sachsenhausen gedrückt.«

»Ich hab mich nicht gedrückt. Ich hatte Besseres zu tun.«

»Heute hast du nichts Besseres zu tun. Also bist du dabei.«

»Die Bullen rücken uns immer mehr auf den Pelz. Bei mir war eine Bullen-Lady.«

»Wie? Bei dir?«

»Als ich bei Hanno war.« Er fügte hinzu: »Die haben mich verpfiffen.«

»Wer?«

»Keine Ahnung. Irgendeiner von denen, die sie geschnappt haben.«

»Scheiß drauf, Mann.«

»Da scheiß ich ganz bestimmt nicht drauf«, erwiderte Rafael ruhig.

»Kronberg«, wiederholte Tayfun und glitt von der Tischtennisplatte. »Zwei Häuser. Ärzte oder so. Und die sind weg.«

»Wenn's wahr ist.«

»Echt, Mann. Die sind weg. Alles ausgekundschaftet.«

Die anderen beiden stimmten zu.

Rafael zögerte.

»Was ist, Raf?« Tayfun schlug ihm kumpelhaft gegen den Oberarm. »Willst du lieber zurück ins Bettchen? Willst du pennen – oder leben?«

Rafael gab keine Antwort.

»Oder willst du immer noch darauf warten, dass dein Alter in einer Limousine vorfährt, dich einsteigen lässt und mit dir abrauscht?«

Er warf ihm einen giftigen Blick zu. »Irgendwann wird er kommen. Was dagegen?«

»Aber vorher können wir doch ein Ding drehen.«

»Erwähne meinen Vater nie wieder, okay? Und das Ding könnt ihr auch ohne mich drehen.«

»Schiss in der Hose?« Tayfun grinste. »Kronberg ist nicht Frankfurt, Raf. Das ist ein Spaziergang, eine ganz lockere Sache.«

»Nichts ist locker«, sagte Rafael leise.

Die drei standen da und warteten auf ihn.

Rafael sah stumm in die Dunkelheit.

»Kommst du jetzt mit oder nicht?«

6

Es roch nach Tod.

Egal ob es sich um eine armselige Behausung oder ein großes, schickes Eigenheim wie dieses handelte, jeder Ort, an dem sich ein schweres Verbrechen zugetragen hatte, verströmte diesen kalten, toten Geruch.

Ein Schauer rieselte an Maras Wirbelsäule hinunter.

Und das, obwohl sie sich jetzt schon eine ganze Weile in Karevics Haus umgesehen hatte. Sie erwartete nicht, auf etwas zu stoßen, das andere übersehen hatten. Es ging einfach darum, sich hier aufzuhalten, die Atmosphäre einzuatmen.

Ivo Karevic. Vor sechsundvierzig Jahren im ehemaligen Jugoslawien geboren. Seit fast zwei Jahrzehnten in Deutschland. Allmählicher Aufstieg innerhalb der Organisation. Furchtlos, clever. Fast immer war es ihm gelungen, seinen Namen aus den verbrecherischen Geschäften, mit denen er Geld scheffelte, herauszuhalten. Und jetzt war er abserviert worden.

Es gab keine Hinweise darauf, dass es im Milieu momentan brodelte oder größere Kämpfe ausgetragen wurden. Morde in diesem Umfeld waren oft eine saubere Sache. Ein Schuss, und alles war vorbei. Meist ging es schlicht und einfach darum, einen Gegner aus dem Weg zu räumen.

Warum hatte man ihn gefoltert?, fragte sich Mara. Um ihm ein Geheimnis, eine Information zu entlocken? Oder wollte da jemand einen besonders eindrucksvollen Startschuss abfeuern? War es der Auftakt zu einem Bandenkrieg? Klimmt ging davon aus, wie Mara wusste, und auch sie hatte keine andere Erklärung.

Wer waren Karevics Feinde? Wer seine Verbündeten? Im Leben hatte er es der Polizei schwer gemacht, weil er es verstanden hatte, überaus vorsichtig vorzugehen und keine Fußabdrücke zu hinterlassen. Und im Tod schien es nicht anders zu sein.

Sie verließ das Haus. Seit sie Jan Rosen am Schreibtisch zurückgelassen hatte, waren mehrere Stunden vergangen. Die ganze Zeit hatte sie abwechselnd vor einem Haus am Mainufer verbracht, in dem Malovan laut den Akten eine Dachwohnung bezogen hatte, und vor einem unauffälligen Café in der City, das Karevic und Malovan angeblich in unregelmäßigen Abständen als Treffpunkt nutzten. Aber – umsonst. Keiner der Männer, deren Fotos sie sich am Vorabend eingeprägt hatte, war auf der Bildfläche erschienen.

Inzwischen fuhr Mara die Hanauer Landstraße entlang. Große Betonkästen, in denen Werbeagenturen, Tonstudios und Druckereien untergebracht waren, einige Restaurants, Fast-Food-Läden, großflächige Baustellen. Im Rückspiegel streckte sich die Europäische Zentralbank, umkränzt von Nebelfetzen, in ihrer eigenwilligen Schrägarchitektur einsam dem düsteren Abendhimmel entgegen. Mara bog nach links ab, gleich darauf nach rechts und folgte der Parallelstraße. Kaum Verkehr, eine dunkle, fast schnurgerade verlaufende Häuserschlucht.

Sie parkte den Wagen, stieg aber nicht aus, sondern behielt einen sechsstöckigen Backsteinbau im Auge. In der obersten Etage befand sich ein exklusives, überaus teures Fitnessstudio, in das man nur mittels eines vierstelligen Codes Einlass fand. Karevics spärlichen Kontoverbindungen zufolge war er einer der wenigen Kunden gewesen. Wie Mara wusste, hatten Klimmt und Kollegen dem Studio eines Abends einen Besuch abgestattet – ohne allerdings einen Verdächtigen anzutreffen. Doch sie hatte so wenige Anhaltspunkte, dass sie keinen davon auslassen durfte. Und außerdem waren vier Wochen vergangen, in denen die polizeilichen Ermittlungen im Fall Karevic immer zurückhaltender geführt worden waren. Womöglich krochen die Ratten langsam wieder aus ihren Löchern.

In jedem Fall war Geduld gefragt.

Mara ließ die Scheibe herunter, sofort drang kalte Luft zu ihr herein. Das half, munter zu bleiben. Die Innenraumbeleuchtung warf einen Strahl auf ihre Notizen, die sie immer wieder überflog und hier und da ergänzte.

Sie ließ das Radio bewusst aus, die Stille tat ebenso gut wie die Kälte. Minuten verrannen. Sie dachte nach, grübelte, vertrat sich nur ab und zu die Beine. Nach über vier Stunden – es war mittlerweile halb zwei Uhr nachts – näherte sich ein dunkler Porsche Cayenne, der direkt vor dem Backsteingebäude parkte. Drei Männer stiegen aus und verschwanden, Sporttaschen über den Schultern, zügig in dem Haus.

Mara lächelte.

Einer von ihnen hatte wie Malovan ausgesehen.

Wiederum knappe zwei Stunden später verließen die Männer das Haus. Sie verstauten die Taschen in ihrem Auto, stiegen jedoch nicht ein.

Maras Fuß lag auf dem Gaspedal, sie war bereit zu starten.

Die Fremden schienen zu beratschlagen. Auf einmal setzten sie sich in Bewegung, die Straße hinab, fort von Mara, ganz gemächlich, weiterhin in eine Unterhaltung vertieft. Mara schob sich geräuschlos aus dem Alfa und nahm in einigem Abstand die Verfolgung auf.

Es war verdammtes Glück, Malovan quasi auf einem Tablett serviert zu bekommen. Eine Entschädigung für die letzten, trostlosen Wochen? Sie durfte sich die Gelegenheit nicht entgehen lassen. Klimmt war in der ganzen Zeit nie auch nur in die Nähe von Malovan gekommen.

Die drei Männer, bekleidet mit langen Mänteln, unterhielten

sich nach wie vor miteinander, einer links von Malovan, einer rechts. Noch mehr Nebel hatte sich gebildet, die Sicht wurde schlechter. Mara legte an Tempo zu. Gerade noch erfasste sie, dass die drei nach rechts abgebogen waren, hinein in einen der zahlreichen, zwischen Bürogebäuden liegenden Durchgänge, über die man zur Hanauer Landstraße gelangte.

Mara lief etwas schneller – und hielt abrupt inne. Nichts mehr zu sehen von den dreien.

Plötzlich ein Geräusch hinter ihr.

Sie drehte sich um und starrte in die Gesichter der Männer, die in dem kaum beleuchteten Durchgang schlecht zu erkennen waren.

Erst als sie langsam auf sie zuschritten und bleiches Mondlicht zu ihnen drang, konnte sie ihre Züge deutlicher wahrnehmen.

Zwei Schritte vor Mara hielten sie an.

Sie versuchte ruhig zu bleiben, sich zu konzentrieren.

Grau meliertes, dichtes, welliges Haar, scharfe Züge, eine auffallend schmale, hervorspringende Nase, ein spitzes Kinn. Bei dem Mittleren handelte es sich um Malovan, jetzt war sie endgültig davon überzeugt.

Nur ob es Glück war, ihm über den Weg zu laufen, da war sie sich nicht mehr so sicher wie eben noch.

»Was soll das? Schickt uns Nova eine kleine Lady hinterher?«, meinte derjenige, der links stand, ein junger Mann, etwa Mitte zwanzig, mit einem dünnen, perfekt ausrasierten Kinnbart. Ein hämischer Ton, ein starker Akzent, schwer zu verstehen.

Malovan schenkte ihm einen unmissverständlichen Blick und warf ihm einen Brocken in einer anderen Sprache hin, wahrscheinlich Kroatisch. Ab jetzt würde er wohl die Klappe halten.

»Niemand schickt mich«, sagte Mara. Ihre Stimme war klar, zitterte kein bisschen, und das gab ihr Sicherheit.

Malovan betrachtete sie, nahm alles in sich auf, von ihrer Lederjacke bis hin zu den Doc Martens. Eiskalt war sein Blick, aber dennoch mit einer kaum verhohlenen Neugier. Als wüsste er nicht, ob er alarmiert sein oder schmunzeln sollte.

»Was schleichst du uns hinterher, Punkmädchen?«

»Weder Punk noch Mädchen. Ich bin Polizeioberkommissarin Mara Billinsky.«

Er musterte sie noch aufmerksamer. »Hat man Ihnen auch eine Waffe gegeben, Polizeioberkommissarin Mara Billinsky? Vielleicht eine Wasserpistole?«

Unbeeindruckt hielt sie seinem Blick stand.

»Was wollen Sie von mir, Lady?«

»Reden.«

»Dann reden Sie.«

»Ivo Karevic. Wieso war er Ihnen im Weg?« Ein Schuss ins Blaue, schließlich hatte sie nichts in der Hand. Außerdem war sie noch nie ein Freund von Geplänkel gewesen.

Malovan zeigte ein beinahe sanftes Lächeln, während seine Augen unverändert blieben. »Keine Ahnung, was Sie meinen.«

»Wieso musste er auf diese Art sterben? Und wieso wurde er nicht irgendwo verscharrt? Offensichtlich spielte es keine Rolle, dass seine Leiche rasch gefunden werden würde.«

»Ich kenne keinen Ivo Karevic.«

»Womöglich haben Sie ihn einfach nur kurz vergessen?« Mara brachte es fertig, ihn anzugrinsen. »Er war Ihr Boss.«

Es ging schnell, verdammt schnell. Ohne ein Zeichen, ohne eine Silbe Malovans packten die beiden anderen Männer Mara an den Oberarmen, wirbelten sie herum und drückten sie mit voller Wucht gegen eine Hauswand. Ihre Dienstwaffe wurde aus dem Holster gezogen, das sie am Gürtel trug.

»Merken Sie sich eins, Polizeioberkommissarin Mara Billinsky. Ich kenne keinen Ivo Karevic.« Malovans Gesicht war ihrem Haar ganz nahe, seine Nase berührte es, sie fühlte seinen Atem auf der Wange. »Und ab jetzt sollten Sie mir nicht mehr hinterherschleichen. Das ist nur zu Ihrem Besten.«

Ihre Pistole landete mit metallischem Klacken auf dem Boden.

Malovans Schritte entfernten sich. Mara schluckte. Einer der Männer lachte. Doch dann lösten sich die Griffe. Weitere Schritte bewegten sich von ihr weg.

Sie war allein. Nach einem tiefen Luftholen bückte sie sich, um die Waffe aufzuheben. Ihr entging nicht, dass ihre Hand dabei zitterte.

Jetzt erst heißt es, sagte sie sich, willkommen zurück in Frankfurt.

7

Wieder eine Verabredung, der er nicht gerade mit Leichtigkeit entgegensah.

Die aber dennoch wichtig sein konnte. Überlebenswichtig.

Er selbst hatte auf dieses Treffen ja gedrängt. Drängen müssen.

Aber warum wollten sie ihn ausgerechnet hier sehen? Der Ort schien ein Scherz zu sein. Wollten sie sich lustig über ihn machen? Würden sie ihn versetzen?

Carlos Borke betrat die winzige, schummrige Lokalität, die nicht im Rotlichtviertel, sondern in Messenähe lag. Nur ein paar Minuten von hier entfernt gab es einen Straßenstrich, ansonsten reihten sich unauffällige, etwas heruntergekommene Wohnblöcke aneinander. Es ging ein paar Stufen nach unten, dann stand er mitten im Kleinen Elch. Keine Gäste, dafür war es noch zu früh, nicht einmal zehn Uhr abends. Hinter dem Tresen hielten sich drei Männer auf, die sich mit Lockenperücken und Frauenklamotten aufgedonnert hatten.

Warum hier?, fragte Borke sich erneut.

Eines der drei gelockten Wesen stöckelte mit forschendem Blick auf ihn zu. »Hallöchen«, sagte eine tiefe Stimme.

»Na, alles klar?«, murmelte Borke. Es war Jahre her, seit er im Kleinen Elch gewesen war, der bei Schwulen sehr beliebt war, normalerweise jedoch nicht bei kroatischen Gangstern.

»Ich bin Lorraine, Süßer.«

»Freut mich, Lorraine.«

»Du wirst erwartet.«

»Wo?« Borkes Blick tastete die billigen dunkelroten Plüschsofas und -sessel ab, die unbesetzt waren und von roten Lämpchen nur schwach beleuchtet wurden.

»Es gibt ein Nebenzimmer.« Ein raues Lachen. »Für besonders intime Momente.«

»Nicht viel los heute«, sagte Borke. Er versuchte ein wenig Zeit zu gewinnen, um sich zu akklimatisieren, soweit das möglich war, einfach um etwas mehr Sicherheit zu gewinnen.

»Ach, das wird schon noch. Wart mal ein Stündchen ab, dann tanzt hier der Bär.«

Er folgte der sich allzu heftig in den Hüften wiegenden Lorraine um die winzige Bühne herum, auf der hin und wieder Travestievorführungen gezeigt wurden, und dann in den angesprochenen Nebenraum.

»Hier ist euer Schatz«, sagte Lorraine zu zwei Männern, die mit dem Rücken zur Wand auf einem weiteren dieser Sofas hockten und ihm entgegenblickten. Auf dem kleinen Rundtisch vor ihnen standen Kaffeetassen. Rote Tapeten, wiederum die schwachen Lämpchen, ein roter, zerfranster Teppich, ein gerahmtes Marlene-Dietrich-Poster.

Lorraine war schon wieder verschwunden und hatte die Tür hinter sich zugemacht.

Außer dem Sofa gab es einen Sessel. Borke setzte sich und sank tief in das alte Polster.

Der Mann, der links saß, war Mitte zwanzig. Ein hageres Gesicht mit einem perfekt ausrasierten Kinnbart. Borke war ihm zuvor nur einmal begegnet. Er hieß Zoran, den Nachnamen wusste er nicht.

Den anderen Mann hatte er bereits in Ivo Karevics Begleitung gesehen, kannte aber nicht seinen Namen.

Malovan war also nicht persönlich erschienen, was Borke eine gewisse Zuversicht gegeben hätte. Denn dann hätten sie dem Treffen durchaus Wichtigkeit beigemessen.

Er starrte kurz in Marlene Dietrichs schmale Augen und dachte an das Treffen mit der Gegenseite in Henry's Pinte. Die heutige Umgebung war ganz anders, seltsam bizarr – und doch herrschte genau dieselbe gespannte Atmosphäre. Wie damals spürte er, dass plötzlich Schweißtropfen auf seiner Stirn standen.

»Ist das eure neue Stammkneipe?«, fragte er und bemühte sich um einen lässigen Tonfall.

Der Ausdruck des einen Mannes blieb unverändert, während Zoran nur ein fieses Grinsen zeigte.

»Kein Wunder, dass man euch nicht mehr sieht.«

»Wie meinst du das?«, fragte Zoran leise, doch jede einzelne Silbe betont, wie mit einem Messer aus dem Satz herausgeschnitten.

»Mal ganz ehrlich: Wo steckt ihr? Ich versuche jetzt schon länger, mit euch in Kontakt zu treten.«

»Er will frech werden.« Zorans Grinsen wurde breiter.

»Ich will nicht frech werden, ich will gesund bleiben.« Borke zog die Mütze vom Schädel, um damit rasch die Schweißperlen wegzuwischen, und behielt sie in der Hand. »Da läuft nämlich jemand herum, der hat eine Gartenschere dabei. Und der will komische Sachen mit dem Ding anstellen.«

»Sachen mit dir, nehme ich an«, sagte der andere Mann.

»Ihr habt mich ganz schön hängen lassen.«

»Dich?« Ein gleichgültiges Zucken mit den Schultern. »Überhaupt nicht. Mit dir war alles klar.«

»Ich habe für euch einen Kontakt hergestellt.«

»Warum wolltest du dich mit uns treffen?«

»Warum?« Borke rollte mit den Augen. »Ich bin nicht blöd, mir ist schon klar, warum ihr auf Tauchstation gegangen seid. Und warum ihr mich ausgerechnet hierher bestellt habt. Abgelegen. Ein Geheimtipp für ein bestimmtes Klientel, aber nicht für eure Kreise. Klar weiß ich das. Ihr seid abgetaucht wegen Karevics Tod. Jeder weiß, was mit ihm passiert ist.«

»Und?« Der Blick des Mannes bohrte sich in ihn.

»Aber deswegen könnt ihr doch nicht ...« Borke verfiel jäh in Schweigen. Pass auf, Mann!, warnte er sich selbst.

»Was können wir nicht?«

»Die Gegenseite denkt, ihr treibt ein falsches Spiel.«

Plötzlich sprang die Tür auf, ein dritter Mann stand hinter ihm und hielt ihm eine Pistole an den Kopf. Borkes Mütze glitt ihm aus den Fingern und landete auf dem Teppich.

Eine Hand zog ihn nach oben, die Mündung blieb, wo sie war, kalt und schwer und hart. Ja, er steckte in der Klemme, steckte doppelt in der Klemme.

Borke wurde aus dem Zimmer geschoben, alle drei Männer unmittelbar hinter ihm. Quer durch den Kleinen Elch, die Blicke der Transvestiten auf ihnen, vorbei an der Theke, durch eine weitere Tür, einen Gang entlang bis zur Hintertür, die nach draußen führte. Gefliester Boden, grelles Licht von einer Neonröhre, die Absätze von Borkes Stiefeletten klackerten.

»Auf die Knie«, befahl Zoran.

Borke gehorchte. Vor sich sah er nichts als das stumpfe Grau der geschlossenen Stahltür.

Die Pistole drückte in seine Kopfhaut.

»Wollen die anderen wirklich das Geschäft mit uns machen? Oder ist das eine Finte?«

»Ich sag doch: Die denken, ihr verarscht sie.«

»Du hast die Sache angeleiert.«

»Sie sind auf mich zugekommen. Sie haben jemanden gesucht, der den Kontakt zu Karevic herstellt.« Er kämpfte darum, dass seine Stimme nicht schrill, nicht verzweifelt klang, und hatte keine Ahnung, ob es gelang. »Das wisst ihr doch alles.«

Die Pistole verschwand, und als Borke schon durchatmen

wollte, spürte er die dünne Schlinge, wohl aus Draht, die hart um seinen Hals gelegt wurde. Er schluckte, in seinem Magen bildete sich ein Klumpen aus Eis.

»Letzte Nacht hatten wir eine Begegnung mit einer Polizistin«, sagte Zoran.

Borke wusste die Information nicht einzuordnen, war verwirrt von dem Gedankensprung. »Na ja«, sagte er vorsichtig, »kein Wunder, dass die Bullen euch wegen Karevics Tod ...«

»Billinsky«, fiel Zoran ihm ins Wort.

»Was?«

Die Schlinge wurde enger gezogen, Schmerz durchfuhr ihn, er versuchte sie zu fassen zu kriegen, schaffte es aber nicht – sie war schon zu tief ins Fleisch gedrungen.

»So heißt sie. Kennst du sie?«

»Nie gehört, den Namen«, röchelte er.

»Wir waren ein wenig erstaunt über den Auftritt der Kleinen«, erwiderte der andere Mann. Die Gelassenheit in seiner Stimme zerrte fast noch mehr an Borkes Nerven als der Draht. »Seit Wochen hatten wir Ruhe vor denen. Und plötzlich steht diese merkwürdige Lady vor uns.«

»Wieso erzählt ihr mir das?« Sein Röcheln hörte sich immer schlimmer an.

»Immerhin heißt es, du hast gute Connections zu den Bullen.«

»Glaubt mir, ich kenne sie nicht.«

»Was ist mit Klimmt?«

»Was soll mit ihm sein?« Der Schweiß lief in Strömen über Borkes Gesicht.

»Was hat er vor?«

»Das weiß ich doch nicht!«

»Also zurück zu unserem Geschäft.«

»Was?«, ächzte Borke, dessen Gedanken kaum folgen konnten. Ihm wurde schwarz vor Augen.

»Wird etwas daraus?«

»Das liegt an euch«, brachte er hervor. »Ich stecke jedenfalls in der Scheiße, wenn etwas dazwischenkommt.«

Sie unterhielten sich in ihrer Sprache miteinander.

Dann sagte Zoran: »In einem Punkt muss ich dir recht geben: Du steckst in der Scheiße. Und zwar dann, wenn du uns verarschen willst.«

»Ich bin anscheinend der Einzige«, keuchte Borke, »der niemanden verarscht.«

»Wir können dich kaltmachen, jetzt und hier, das ist dir klar, oder? Für uns ist das nichts anderes, als einen Käfer zu zertreten.«

Er wollte etwas erwidern, doch über seine Lippen kam nur ein jämmerlich schwaches Japsen.

Erneut wurde alles schwarz vor Carlos Borkes Augen.

8

Mara Billinsky starrte aus dem Fenster des Großraumbüros. Sie war genervt, sauer, unruhig. Es lief einfach nichts zusammen.

Der Himmel überzog sich mit tintiger Dunkelheit. Mara knipste die Schreibtischlampe an. Ringsum machten sich die Kollegen nach und nach fertig für den Feierabend.

Sie stand auf und schritt zu dem Kaffeeautomaten auf dem Gang. Ein Rotwein wäre ihr lieber gewesen. Auf dem Rückweg hörte sie hinter sich einmal mehr, wie jemand Vogelkrächzen nachahmte. Ohne sich umzudrehen, hob sie nur kurz den ausgestreckten Mittelfinger. War ja auch egal, um welchen von den Idioten es sich handelte. Die waren das kleinere Übel. Es ging um den Fall, den musste sie irgendwie zu packen kriegen.

Sie hatte den Becher fast geleert, als sie bemerkte, dass Jan Rosen sie von seinem Platz aus ansah. Sie erwiderte den Blick, und er machte sich sofort wieder an seiner Computertastatur zu schaffen.

»Gibt's irgendetwas, Rosen?«

»Nein, nein.« Er legte die Stirn in Falten. »Ich habe mich nur gefragt, ob Sie weitergekommen sind.«

Rosen hatte sich bei seiner von Klimmt angekündigten Unterstützung ziemlich zurückgehalten. Es war unübersehbar, dass er mit Maras direkter Art gewisse Schwierigkeiten hatte.

»Warum wollen Sie das wissen?«

Verdattert sah er auf. »Na ja, weil … Also, ist doch klar, dass es mich etwas angeht, falls …«

»Finden Sie?«, unterbrach sie ihn.

»Wie meinen Sie das?«

»Hören Sie zu, Rosen, ich hab Ihnen klipp und klar gesagt, ich zieh das Ding auch allein durch. Ich hab nämlich keine Lust, um Hilfe betteln zu müssen.«

Eine Stimme aus einigem Abstand fuhr ihr dazwischen: »Tschüss, Spätzchen!« Das war Patzke, einer der Kollegen, der sich mit einem Grinsen verabschiedete. Zuerst dachte Mara, der spöttische Tonfall hätte sich auf sie bezogen, doch an Rosens säuerlicher Miene erkannte sie, dass er gemeint war.

»Spätzchen? Sagen Sie nicht, dass man Sie so nennt.«

»Auch nicht schlimmer als Krähe«, gab er verdrießlich zurück. »Sie sind die Krähe. Das haben Sie doch mitbekommen, oder?«

»Ehrlich, das geht mir an einer ganz bestimmten Körperstelle vorbei.« Sie grinste. »Ihnen wohl nicht.«

»Na ja, jedenfalls kam ein Witzbold auf die Idee, dass zu einer Krähe ein Spatz ganz gut passen würde.«

Ihr Blick wurde ernster. »So? Ich finde nämlich nicht, dass wir gut zusammenpassen.«

Klimmt hatte sich genähert. »Wie sieht's aus bei euch? Was macht die Karevic-Sache?« Es war das erste Mal, dass er sich nach dem Stand der Ermittlungen erkundigte.

Rosen verzog das Gesicht und starrte demonstrativ auf seinen Bildschirm.

»Ich bin da dran«, entgegnete Mara. Sie hatte nichts von ihrer Begegnung mit Malovan und seinen Leuten berichtet, schließlich war sie dadurch keinen Schritt vorangekommen. »Übrigens, Chef – sagt Ihnen der Name Nova etwas? Oder ein ähnlicher Name?«

»Nova? Wer soll das sein?«

»Weiß ich selbst noch nicht so genau.«

Leise und betont bemerkte Klimmt: »Wer die großen Bissen kauen will, muss sie auch runterschlucken können.«

»Toller Spruch«, gab sie unbeeindruckt zurück.
»Noch toller wären Ergebnisse.«
»Ich bin da dran«, wiederholte sie.
»Das müssen Sie auch, Billinsky.« Er machte kehrt und begab sich in sein Büro.

Mara brütete vor sich hin. Es schien auf der ganzen Welt niemanden zu geben, der je mit Karevic gesprochen hatte. Malovan war mit seinem Gefolge schon wieder wie vom Erdboden verschluckt. Seit der Begegnung mit ihm hatte Mara seine angeblichen Fixpunkte mehrmals abgeklappert, sie war unermüdlich durchs Bahnhofsviertel marschiert, hatte versucht sich umzuhören, irgendetwas aufzuschnappen. Ohne jeglichen Erfolg. Alles blieb vage, wie hinter Nebeln verborgen. Wo zum Teufel konnte sie ansetzen? Die Zeit lief ihr davon, Klimmts Worte waren ein deutlicher Beleg dafür.

Von Neuem ging sie ihre Notizen durch. Spitznamen, Vornamen. Einer davon war ihr in einem Strip-Schuppen genannt worden, und sie hatte ihn als einzigen unterstrichen: Aileen.

Mara schnappte sich die Jacke und brach auf.

Kurz darauf war sie wieder im Bahnhofsviertel. Am Eingang des Golden Eagle versperrten die Türsteher ihr den Weg. Das Vorzeigen des Dienstausweises und einige nachdrückliche Drohungen waren nötig, um Einlass zu finden. Gerammelt voll, laute Musik, Hitze, glotzende Typen, junge Mädchen, die im eigenen Schweiß badeten, während sie sich auf der Bühne entblätterten.

Mara erkundigte sich nach Aileen, und erneut musste sie einigen Widerstand überwinden, bis man sie hinter die Bühne ließ. Dort fand sie diejenige, die sie suchte: eine kaum Zwanzigjährige, die sich unwillig als Aileen zu erkennen gab. Karevic war unter anderem in Zwangsprostitution verstrickt gewesen, und bei ihr handelte es sich angeblich um eine seiner ehemaligen Huren.

Mara gelang es, sich mit ihr in einen engen Flur zurückzuziehen, der zum Hinterausgang führte. Eine schwache Glühbirne, die ohne Schirm von der Decke hing, warf grelles Licht. Schlechte feuchte Luft, es roch nach Schimmel.

Aileen, fast nackt unter ihrem fleckigen Frotteemantel, rauchte eine Zigarette und vermied jeden Augenkontakt. Mara startete ihr Feuerwerk aus Fragen. Nach Karevic, nach Malovan, nach möglichen Verbündeten, nach möglichen Feinden. Aileen hob genervt die Schultern, ließ sich aber zumindest entlocken, dass sie Karevic gekannt hatte. Mehr als das schien für Mara nicht drin zu sein. Sie fragte nach Freundinnen Karevics oder Malovans. Ein Aufblitzen in Aileens Augen. Der Name Isabell fiel. Offenbar eine Frau, auf die sie eifersüchtig war, jedenfalls schloss Mara das aus einigen hingeworfenen giftigen Bemerkungen.

»Isabell hatte etwas mit Karevic?«, hakte sie ein.

»Na klar, die kleine Arschwacklerin.« Aileen drückte den Zigarettenstummel an der Wand aus und warf ihn auf den Boden. »Früher musste sie im Puff anschaffen. Aber als Karevic dann auf sie abgefahren ist, war das vorbei. Es ging eine ganze Weile mit ihr und Karevic. Bis er tot war. Unsere niedliche Polenmaus.«

»Also eine Polin.«

»Nee. Keine Ahnung, wo genau die herkommt.«

»Aber auf jeden Fall eine Ausländerin?«

»Irgendwo aus Osteuropa, weiß der Geier.«

»Wie ist ihr Nachname?«

»Irgendwas mit Lubi und irgendwas mit Matsch. Ist sowieso nicht ihr richtiger Name. Den hat sie von Karevic bekommen, und seither heißt sie eben so. Wahrscheinlich steht das auch in ihren Papieren. Falls sie welche hat, sind sie garantiert falsch.«

»Wo finde ich Isabell?«, fragte Mara ohne große Hoffnung auf eine hilfreiche Antwort.

Doch die Stripperin nannte eine Straße und eine Hausnummer. Womöglich war Aileens Eifersucht auf Isabell noch größer als zunächst angenommen. »Dort hat er ein kleines Liebesnest für sich und sein Mäuschen eingerichtet.«

Mara brach unverzüglich auf und fuhr in die Schlossstraße, eine lang gezogene Wohnstraße, die die Innenstadt mit Bockenheim verband. Ein großer, unauffälliger Block mit vielen, offenbar kleineren Wohnungen. Mara suchte die Klingelschilder ab. Auf einem in der obersten Reihe las sie Isabell Ljubimac.

Sie drückte mehrere Klingeln, jedoch nicht die von Isabell. Als sich einige Stimmen über die Sprechanlage meldeten, murmelte sie etwas vom Fahrstuhl-Service, und das einladende Summen ertönte.

Innen war es so unauffällig wie außen. Alles sauber, keine Schmierereien an den Wänden. Mit dem Aufzug fuhr Mara nach oben. Vor der Tür mit Isabells Namensschild blieb sie stehen und läutete. Gleich darauf gab es Geräusche im Inneren. Sie ahnte, dass sie durch den Spion angestarrt wurde.

»Ja?« Eine Frauenstimme.

»Sorry, dass ich störe. Ich, äh, bin gerade hier im Haus eingezogen.« Sie brachte ein biederes Lächeln zustande, jedenfalls hoffte sie es. »Mir ist die Tür zugefallen. Schlüssel drin, Handy drin. So ein Mist! Bin total aufgeschmissen. Ehrlich, ich müsste nur kurz telefonieren. Dauert eine Minute. Würden Sie mir Ihr Handy …?«

Die Tür ging auf – eine Frau Mitte zwanzig, hübsches Gesicht, dunkelbraunes Haar, schulterlang. Barfuß, gehüllt in ein schickes seidenes Bademäntelchen.

Mara schob ihren Fuß in den Türspalt. »Tut mir leid, Isabell, das war eine Lüge.«

Sie hielt ihren Dienstausweis vor zwei erschrockene Augen.

»Mara Billinsky, Kriminalpolizei.«

Isabell wollte die Tür zustoßen, doch Mara stemmte sich mit der Schulter dagegen. Furcht flackerte im Blick der Frau, sie biss sich auf die Unterlippe.

»Keine Angst, ich bin gleich wieder weg«, sagte Mara mit Nachdruck. »Das war keine Lüge, Sie sind mich in ein paar Minuten los. Okay? Bitte, lassen Sie mich herein.«

Isabell ergab sich in die Situation und trat zur Seite.

»Ich werde mich über Sie beschweren«, verkündete sie. »Das war ein mieser Trick.« Der osteuropäische Akzent war hart, die Stimme zitterte.

»Das war es.« Mara sah ihr in die Augen.

»Ich werde mich über Sie beschweren«, wiederholte Isabell, während sie die Tür zumachte.

»Das steht Ihnen frei.« Mara winkte lässig ab. »Als Herzdame von Ivo Karevic wird man Sie mit offenen Armen empfangen, das kann ich Ihnen versichern.«

Sie standen sich im Flur gegenüber, ein weicher Teppich, eine Garderobe aus dunklem Holz, ein Spiegel. Drei Türen führten zum Rest der nicht sonderlich großen Wohnung. Isabell bat sie verständlicherweise nicht in die Wohnküche, die Mara durch eine der Türen erkennen konnte. Und erneut stellte sie ihre Fragen, eine nach der anderen, in schneller Folge, damit für Isabell möglichst wenig Zeit blieb, sich Lügen einfallen zu lassen.

Aber die junge Frau hatte sich von ihrem Schreck erholt. Sie gab Antworten, mit denen wenig anzufangen war. Ja, sie habe Karevic gekannt, auch Malovan, aber seit Längerem keinen Kontakt mehr zu ihnen. Feinde? Schulterzucken. Geschäftspartner? Schulterzucken. Andere Frauen? Schulterzucken. Mögliche Gründe für den Mord? Schulterzucken.

»Okay«, sagte Mara mit einem abschätzenden Blick. »Ziehen Sie sich etwas an. Ich muss Sie mitnehmen.«

»Was?«, empörte sich Isabell. »Das dürfen Sie nicht.«

»Ob ich's darf oder nicht – ich werd's einfach tun. Entweder Sie geben sich mehr Mühe mit den Antworten, oder wir beide sitzen uns in den nächsten Stunden in einem Verhörraum gegenüber.«

Isabells Augen blitzten voller Zorn. »Ich weiß nur, dass Ivo ein großes Ding geplant hat.«

»Wann?«

»Kurz vor seinem Tod. Er war sehr zufrieden mit sich. Ich habe ihn gesehen – kurz bevor er starb.«

»Um was ging es bei der Sache? Drogen? Waffen? Frauen?«

Isabell lachte hart auf. »Glauben Sie, das hätte er mir erzählt?«

»Erzählt nicht, aber man schnappt doch manchmal etwas auf.«

»Nicht bei Ivo. Der war vorsichtig. Ich war nur für den Sex da. Und dabei hat er nicht geredet.«

»Mit wem hatte er Kontakt? Ich meine, abgesehen von seinen eigenen Männern.«

»Pfff«, machte sie. »Keine Ahnung. Wirklich.«

»Er hatte oft Sex mit Ihnen. Richtig?«

»So oft auch nicht.«

»Mensch, Kleine«, wechselte Mara jäh zu einem schärferen Tonfall, »er hat Ihnen die Bude hier eingerichtet. Oft, oder?«

»Schon.«

»Und da hat er nie telefoniert? Außerdem habe ich gehört, dass er zwei Leibwächter hatte. Aber bei Ihnen ist er immer allein aufgetaucht?«

»Das nicht, aber er war eben sehr vorsichtig. Am Telefon und auch sonst. Er hat nie ein Wort zu viel gesprochen.«

»Kam er immer hierher?«

»Manchmal ließ er mich auch zu sich holen, in sein Haus.«

»Nova«, sagte Mara übergangslos.

»Was?«

»Schon mal gehört, den Namen?«

»Nein.« Die Stimme klang gereizt, der Blick war wütend.
»Einen anderen Namen?«
»Nein.«
»Je schneller Sie mir was erzählen, desto eher bin ich weg.«
Isabell sah an Mara vorbei, ihr Mund eine dünne Linie.
»Hören Sie zu, Isabell.« Aus Maras Ton war alle Schärfe gewichen. Sanft fuhr sie fort: »Ivo Karevic ist tot. Ich will mir nur ein Bild von ihm machen und wissen, wer als Mörder infrage kommt. Denken Sie, ich möchte Ihnen schaden? Ganz bestimmt nicht. Was Sie mit Ihrem Leben anfangen, ist Ihre Sache. Ich bin keiner der üblichen Bullen. Das sieht man doch, oder?«
Isabell schwieg, aber sie ließ wieder Augenkontakt zu.
»Was wird jetzt aus Ihnen, da Karevic tot ist? Müssen Sie wieder zurück in den Puff?«
Unter dem letzten Wort zuckte Isabell zusammen.
»Keine schönen Aussichten, was? Vielleicht brauchen Sie mal Hilfe. Ich könnte bestimmt etwas für Sie tun. Damit Sie nicht wieder im Dreck landen.«
Schweigen.
»Es muss doch mal ein Name gefallen sein. Mehr will ich doch gar nicht von Ihnen.«
Isabell biss sich wie zuvor auf die Unterlippe. »Also«, begann sie zögernd, »bei dem Geschäft, das für Ivo so wichtig war, da hat er öfter mit einem Kerl telefoniert.«
»Ja?«
»Er nannte ihn Carlos.«
»Carlos? Das ist alles?«
»Ja.«
»Um was ging es bei dem Geschäft?«
»Keine Ahnung.«
»Carlos? Mehr nicht?«
»Carlos«, wiederholte Isabell leise.

9

Der Mann saß breit und schwer auf dem Motorrad, eine imposante Gestalt in schwarzer Lederjacke und gleichfarbigem Helm. Er passierte das große Universitätsgebäude und folgte einer Straße, die zwischen recht eleganten Villen hindurchführte. Dann bog er ab und fuhr auf einer Durchgangsstraße, die aus Frankfurt hinausführte. Er beschleunigte, der Motor röhrte eindrucksvoll. Villen gab es keine mehr. Zu beiden Seiten standen jetzt hässliche Wohnklötze, die Platz für viele Familien boten, und dazwischen brauste auf vier Spuren der wie immer dichte Verkehr. Noch ein Stück, dann steuerte er seine Harley-Davidson Twin Cam 88 in eine Seitengasse.

Marek Pohl parkte die Maschine, legte den Helm auf dem Sattel ab und sah sich um. Es war kurz nach Einbruch der Dunkelheit. Der Wind wehte ein paar verlorene Regentropfen vor sich her, es war kühl. Ein guter Ort für ein Treffen, vor allem, wenn man ungestört bleiben und von niemandem gesehen werden wollte. Pohl war überrascht gewesen, als ihn die SMS mit dem Angebot zum heutigen Gespräch erreicht hatte. Und neugierig. Zu verlockend war der Gedanke an das, was er heute alles erfahren würde. War er so wichtig geworden? Keine Frage, es schmeichelte ihm.

Pohl ging zwischen zweien der trostlosen Blöcke hindurch. Er wusste, dass früher einmal amerikanische Soldaten und ihre Familien hier untergebracht waren. Nach deren Abreise hatte man Sozialwohnungen daraus gemacht. Vor allem ausländische Familien hatten hier gelebt, arme Leute, Arbeitslose. Jetzt standen die Wohnungen leer. Tote Hüllen, die etwas Gespenstisches ausstrahlten.

Ja, ein idealer Treffpunkt.

Nun befand er sich hinter jenem Gebäude, das ihm in der Nachricht mitgeteilt worden war. Abfälle und zersplitterte Schnapsflaschen, ein Gestänge, an dem früher Kinderschaukeln gehangen hatten, verwilderte Sträucher, hohe Gräser. Der Verkehrslärm drang nur noch schwach bis zu dieser Stelle. Das Krächzen einiger Raben, wieder das leise Rauschen des Windes.

Pohl hatte erst mit dem Gedanken gespielt, sich von ein paar anderen Bravados den Rücken frei halten zu lassen. Doch er war so nachdrücklich gebeten worden, allein zu erscheinen, dass er davon abgesehen hatte. Wozu auch Verstärkung?

Er grinste, als er an das bevorstehende Gespräch dachte.

Während er sich der Rückseite des Hauses näherte, schob er sich eine Zigarette zwischen die Lippen. Im kurzen Aufflackern der Feuerzeugflamme wirkten die Fenster, viele mit eingeworfenen Scheiben, wie schwarze Augen, die auf ihn herabstarrten. Hinter ihm ein Laut, kaum hörbar. Pohl wollte sich umdrehen, als ihn ein brennender Schmerz durchfuhr.

Das Nächste, was er bemerkte, war die Kälte.

Eine beißende Kälte, die in ihm war, überall in ihm, er zitterte, seine Augen stierten auf eine große rote Kerze, die einen kahlen Raum erhellte. Ein Keller, leer und schmutzig. Steinboden. Darauf lag er, seitlich, Hand- und Fußgelenke gefesselt mit Kabelbindern, die ins Fleisch schnitten. Er war nackt bis auf seine Socken. Seine Haut war schon ganz blau angelaufen. Es fühlte sich an wie auf einer Eisscholle. Ein paar Schritte entfernt befanden sich seine Sachen. Die Motorradstiefel, die Lederjacke mit dem Bravados-Schriftzug, die restliche Kleidung, seine Pistole, sein Klappmesser, sein Handy.

»Heey!«

Der Schrei war seiner Kehle entwichen, ohne dass er es wollte.

Stille – bis auf das dumpfe Motorenbrummen, das von der Straße her bis nach hier unten gelangte, ganz leise nur.

Marek Pohl wollte zu seinen Klamotten kriechen, da fiel sein Blick auf weitere Gegenstände, die fein säuberlich nebeneinander abgelegt worden waren, als wäre es überaus wichtig, Ordnung zu halten. Eine zusammengefaltete Wolldecke. Ein Benzinkanister. Ein schlichter verchromter Gasanzünder, wie man ihn für Kerzen benutzte. Ein Totschläger.

Der Gestank von Benzin kroch in seine Nase. Offenbar war die Decke damit getränkt worden.

Nur warum?

Wieder brüllte er, wie unter Zwang. Die Hilflosigkeit machte ihn verrückt, zerrte an seinen Nerven.

Man hatte ihn nicht geknebelt. Also war man sicher, dass niemand ihn hier hören konnte.

Auf einmal ertönte eine Stimme.

Ein paar Worte, eine kurze, formlose Verabschiedung – anscheinend wurde ein Telefonat beendet. Gleich darauf der Klang von Schritten. Jemand betrat den Raum. Und erneut die Stimme. Diesmal richtete sie sich an ihn. »Hallo, Herr Pohl! Wie schön, dass Sie sich die Zeit genommen haben.«

»Hey!«, kreischte Pohl erneut.

»Wirklich, es ist mir eine Freude.« Ein zufriedenes Nicken. »Frieren Sie? Keine Sorge, gleich wird Ihnen wärmer ums Herz.«

Aus dem gekippten Kanister schwappte weiteres Benzin auf die Decke.

»Was soll das?« Jetzt war seine Stimme nur noch ein dünnes Flüstern, ein jämmerlicher Laut der Verzweiflung. Die Angst, die sich durch seine Eingeweide fraß, war so eisig wie der Boden unter ihm. Mit aufgerissenen Augen verfolgte er, wie eine Hand den Gasanzünder ergriff.

»Wie haben Sie einmal so schön gesagt, Herr Pohl? Im Leben gibt es keinen Platz für Weicheier. Ja, von diesem tollen Ausspruch habe ich ganz zufällig erfahren. Aber er ist mir im Gedächtnis geblieben.«

Hilflos starrte er zu dem Gesicht empor, zu den Lippen darin, auf denen sich ein gnadenloses Lächeln zeigte. »Dann wollen wir doch mal sehen, wie hart Sie sind, Herr Pohl.«

10

Mara Billinsky stellte ihre Fragen. In Kneipen, Cafés und Clubs. Den Bedienungen, den Rausschmeißern und den Männern, die vor den Türen der Strip-Schuppen standen, um Passanten zu einem Besuch zu überreden. Sie ging in Obst- und Gemüseläden, türkische Geschäfte, Asia-Shops und sprach mit den Verkäufern. Den ganzen Nachmittag war sie schon wieder im Bahnhofsviertel unterwegs. Und endlich einmal hatte sie nicht nur Schweigen geerntet.

Der Name Carlos rief hier und da Reaktionen hervor. Man kannte ihn. Südländisch, untersetzt, kahl rasiert. Immer mit Wollmütze, sogar in den Sommermonaten. Kleines, spitzes Bärtchen unterhalb der Unterlippe. Was er tat, wer seine Kontakte waren, darüber schien jedoch niemand etwas äußern zu können oder zu wollen. Sein Nachname war ebenfalls weniger geläufig, aber als er ausgesprochen wurde, klingelte es in Maras Kopf: Borke. Wo und wann war dieser Name schon einmal in ihrer Gegenwart genannt worden?

Mara kehrte zurück ins Präsidium, das in der langsam aufziehenden Dunkelheit ganz besonders düster und abweisend wirkte. Sie wollte sich einfach mal sammeln, Kaffee trinken, durchatmen, ein weiteres Mal die Datenbanken überprüfen. Beiläufig dachte sie daran, dass es Zeit wurde, mehr auf ihre Fitness zu achten. In Düsseldorf hatte sie regelmäßig Sport getrieben. Laufen und Kickboxen. Wohl kein Zufall, dass es sich bei beiden nicht um Teamsport handelte. Sie mochte es, für sich allein zu kämpfen, und ihr war nur zu klar, dass diese Eigenschaft und ihr Berufsleben manchmal kollidierten.

Jan Rosen linste über seinen Monitor hinweg. »Äh, darf ich Sie mal etwas fra–«

»Dürfen Sie«, unterbrach ihn Mara, nahm einen letzten Schluck und stellte ihren Kaffeebecher auf dem Schreibtisch ab.

»Ich habe mir noch mal die Tatortfotos von Karevic angesehen.«

»Was Sie nicht sagen, Kollege.« Ihre Augenbraue hob sich.

»Es geht um ein bestimmtes Detail. Der Griff der Saugglocke, der in Karevics, äh …«

»Popo steckt«, warf Mara ein. »Was wollten Sie fragen?«

»Haben Sie schon mal an Araber gedacht?«

Sie runzelte die Stirn. »Araber?«

»Nun ja, eine Folterung auf diese Art wird bei arabischen Gruppierungen als größtmögliche Demütigung angesehen.«

Sie wartete, dass er fortfuhr.

»Hm, war nur so ein Gedanke.«

»Aha.«

Damit war das Gespräch auch schon wieder beendet. Rosen verkroch sich hinter seinem Monitor. Sollte sie sich etwa bedanken für den Tipp? Warum eigentlich, immerhin war das ja auch sein Job. Komischer Typ, dachte Mara mal wieder.

Irgendwann stand sie auf, um sich einen weiteren Kaffee zu holen. Doch am Automaten hing ein »Defekt«-Schild, was ihre Stimmung nicht gerade aufhellte. Als sie sich umdrehte, streifte ihr Blick einen knapp einen Meter neunzig großen Mann, der sich von Klimmt verabschiedete – und sie verharrte mitten in der Bewegung, wie erstarrt.

Natürlich, es war nur eine Frage der Zeit gewesen, bis sie sich über den Weg laufen würden, hier oder im Gerichtsgebäude oder auch nur während eines Einkaufs mitten in der Stadt zwischen Konstabler- und Hauptwache. Frankfurt war schließlich keine Megacity.

Ja, bloß eine Frage der Zeit, bis das passierte.

Und obwohl sie mit einer Begegnung hatte rechnen können, traf es sie dennoch wie ein Blitz, ihn zu sehen.

Seine nach wie vor schlanke Gestalt war wie immer gehüllt in einen perfekt sitzenden italienischen Anzug, einen Aktenkoffer lässig in der Hand, den Mantel über den Unterarm gelegt. Die Schuhe, gleichfalls italienisch, glänzten durch den gesamten Flur bis hin zu Mara. Grau war sein noch erstaunlich volles Haar, glatt rasiert das hart hervorspringende Kinn. Die Tränensäcke unter den Augen und die leicht gerötete Nase ließen darauf schließen, dass er gutem Cognac, Calvados und Grappa immer noch so zugetan war wie früher. Die Neonröhre befand sich genau über ihm, und Mara konnte jede Einzelheit in seinem Gesicht so deutlich erkennen, als stünde sie neben ihm, auch den altbekannten, einstudiert überheblichen Blick und den süffisanten Zug um die Mundwinkel. Es sah aus, als hätte er sich einigermaßen gut gehalten. Und gewiss hatte er sich auch kein bisschen geändert.

Dagegen wirkte Klimmt mit müden Augen, stoppligem Kinn, ausgebeulter Anzughose und zerknittertem Hemd wie ein Bauarbeiter. Der Hauptkommissar verzog das Gesicht – offenbar war es kein schönes Treffen mit dem eleganten Herrn gewesen – und winkte genervt ab. Mit einem kalten Blick verabschiedeten sich die beiden voneinander, Klimmt marschierte zurück in sein Büro, während der Besucher sich umdrehte, um sich dem anderen Ende des Flurs und sicherlich dem Ausgang zuzuwenden.

Mara hoffte, er würde sie nicht entdecken, und im selben Moment hasste sie sich für diesen Wunsch. Denn genau das war doch der Grund dafür, dass sie sich in seiner Gegenwart immer klein fühlte. Warum konnte sie auf diesen Mann niemals so abgebrüht reagieren wie auf andere Menschen? Es passte ihr nicht, dass sie automatisch jeden Gedanken an ihn immer schlagartig verdrängte, dass sie – genau wie jetzt – einen trockenen Mund und feuchte Hände bekam, wenn er sich in der Nähe befand. Und dass sie bei seinem Anblick unwillkürlich auf Konfrontationskurs ging. All das zeigte ihr doch, dass sie nicht über ihn hinweggekommen war, dass er eine Wunde in ihrem Leben war, die von Zeit zu Zeit eiterte.

Seine Augen verengten sich, als er sie erfasste, seine Lippen wurden zu einem harten Strich. So viel war geschehen, über einen so langen Zeitraum hinweg. Zu viel. Und auch wenn sie sich seit mehr als vier Jahren nicht begegnet waren, in diesem Moment war alles wieder da, stand alles wieder zwischen ihnen.

Für eine Sekunde schien er versucht zu sein, so zu tun, als hätte er sie nicht bemerkt. Aber das hätte nicht zu ihm gepasst, nicht zu seinem Wesen. Er ging nichts und niemandem aus dem Weg.

Also schlenderte er betont gleichmütig auf sie zu, jetzt wieder lächelnd, ein wenig gönnerhaft. Schon früher hatte sie dieser Ausdruck dazu verleitet, wegen rein gar nichts mit ihm herumzustreiten.

Genau einen Schritt vor ihr, als gäbe es eine unsichtbare Verbotslinie für sie beide, blieb der Mann stehen, um auf sie hinunterzuschauen. Sie roch sein Aftershave, ein wahnsinnig teures, den Duft kannte sie noch.

Keine Berührung, nicht einmal eine flüchtige.

»Es hat sich herumgesprochen«, sagte er, »dass du wieder in der Stadt bist. Hast dich nicht verändert. Vor allem nicht deinen Kleidungsstil, falls man es so nennen kann.« Sein Blick wischte über ihr schwarzes Oberteil, ihre schwarze Jeans, ihre schwarzen Stiefel hinweg.

»Was machst du hier?«, entgegnete sie, ohne die Schärfe in ihrer Stimme vermeiden zu können.

»Ich hatte mit deinem Boss zu reden. Über einen meiner Mandanten, dem der übereifrige Hauptkommissar Klimmt allzu sehr auf die Pelle gerückt ist. Eine reine Formalität.«

»Wie überraschend. Also kein Besuch, um deine geliebte Tochter mal wieder zu treffen.«

Edgar Billinsky lächelte. »Ach, Mara, wie lange haben wir uns nicht gesehen? Und trotzdem musst du gleich so bissig sein.«

»Über vier Jahre. Typisch, dass du es nicht mal weißt.«

»Dafür weiß ich, woran du arbeitest. Auch das hat sich herumgesprochen.« Er stellte den Aktenkoffer ab und schlüpfte in den Mantel. »Sollen wir nicht zusammen einen Kaffee trinken? Vielleicht würde dich das etwas lockerer machen.«

»Wenn du anders wärst, das würde mich lockerer machen.«

»Ich? Anders?« Er nahm den Koffer wieder an sich. »Ein Papi wie all die anderen. Das wird wohl nichts mehr.«

»Nein, kaum anzunehmen.«

»Also, Kaffee? Um des lieben Friedens willen. Womöglich kreuzen sich unsere Wege jetzt häufiger. Und da wäre es doch besser, wenn wir uns nicht jedes Mal angiften würden, findest du nicht?«

»Der Automat hat den Geist aufgegeben.«

»Ich dachte auch eher an einen gemütlicheren Ort als den traurigen Flur hier. Irgendein nettes Café.«

»Um des lieben Friedens willen«, wiederholte Mara seine Worte mit einem resignierten Kopfschütteln. »Das ist auch typisch für dich.«

»Wie meinst du das? Was ist verkehrt daran?«

»Verkehrt ist, dass das im Grunde alles ist, was du von mir willst. Immer wolltest. Mal gemeinsam einen Kaffee schlürfen, ein paar belanglose Worte wechseln. Eben den lieben Frieden. Das ist es, was du von allen willst. Dass man dich in Ruhe lässt, dir nicht auf den Geist geht, dich nicht von den Dingen ablenkt, die dir wichtig sind. Schon gar nicht mit irgendwelchen Problemen. Schon gar nicht, wenn es sich um deine Tochter handelt.«

Er warf einen beiläufigen und zugleich demonstrativen Blick auf seine Rolex. »Du kannst einfach nicht anders, oder? Du musst immer gleich Krawall machen, oder?« Ein missbilligendes Heben der Hand. »Ich verstehe dich wirklich nicht, Mara.«

»Das willst du ja auch gar nicht.«

»Ich sag dir nur: Lass dich nicht verarschen.«

»Was soll das heißen?« Überrascht von seinem plötzlichen Kurswechsel sah sie ihn fragend an.

»Ich sagte doch, ich weiß, worauf man dich angesetzt hat. Den Karevic-Fall.«

»Na und?«

»Mara.« Er sprach ganz betont ihren Namen aus, als wäre sie noch die Fünfzehnjährige von damals. »Klimmt und seine Jungs machen eine Weile an dem Mord herum, kriegen nichts heraus – und dann erbst du die Sache. Eine junge Polizeioberkommissarin, die erst seit Kurzem im Team ist. Falls sie dich tatsächlich im Team aufgenommen haben.« Ihr Vater, neunundfünfzig Jahre alt, der Rechtsanwalt, der Lebemann, war immer schon recht gut darin, die Dinge zu durchschauen. »Es ist doch klar, warum sie das an dich weitergereicht haben, oder? Morde in solchen Kreisen versprechen weder Erfolg noch Reputation, dafür aber jede Menge fruchtloser Überstunden. Die Aufklärungsquote ist erbärmlich. Zeugen, wenn es sie gibt, schweigen aus Angst. Selbst Freunde der Opfer tragen nicht zur Aufklärung bei, sondern wollen die Sache lieber eigenhändig regeln. Da kommt man nur als Verlierer raus …« Er schenkte ihr diesen tadelnden Blick, den sie ebenso wenig mochte wie das Gönnerhafte. »Deshalb hast du den Fall, Mara.«

»Ich komm schon klar«, antwortete sie. Defensiver, als ihr lieb war.

»Wie viele Zeugen gibt es? Wie viele Hinweise? Welche Verdächtigen hast du?«

»So düster sieht es nun auch wieder nicht aus.«

»Und ob es das tut«, gab er mit seiner Besserwisserstimme zurück. »Wie sollte es denn sonst aussehen, Mara?«

Sie wich seinem prüfenden Blick aus. »Den Kaffee verschieben wir lieber, ich habe noch zu arbeiten.« Damit rauschte sie an ihrem Vater vorbei, der nichts erwiderte, und sie rempelte beinahe Jan Rosen an. Eine ganze Zeit hatte er wohl schon dort gestanden.

Sie setzte sich an den Schreibtisch, wirbelte mit ihren Notizzetteln herum, versuchte sich auf die hingekritzelten Worte zu konzentrieren, um der Begegnung von eben irgendwie ihre Wirkung zu nehmen.

Rosen kehrte zurück an den Schreibtisch und nahm Platz. Er schielte zu ihr herüber. »Sie kennen den Anwalt?«, erkundigte er sich mit vorsichtiger Stimme. Wahrscheinlich sah er ihr an, wie sehr es in ihr brodelte.

»Sie auch?«, fragte sie zurück und vermied dabei Blickkontakt.

»Nur flüchtig, vom Sehen.«

»Ich leider weniger flüchtig.«

»Woher?«

»Er ist mein Erzeuger.«

»Ihr Vater?«, entfuhr es ihm verdattert.

»Nein, mein Erzeuger«, betonte Mara.

Eine ganze Weile gab er nichts mehr von sich, ehe er dann doch sagte: »Ich kam nicht umhin, einige seiner Bemerkungen aufzuschnappen.«

»Ging mir dummerweise auch so«, brummte Mara und dachte in Wirklichkeit: Halt die Klappe!

»Vor allem die Bemerkungen über den Karevic-Fall. Und ich fürchte, da hat Ihr Vater nicht unrecht.«

Ihr Vater, hallte es in Maras Kopf wider. Wie falsch das klang, auch wenn es der Wahrheit entsprach. Wie ungern sie es hörte.

»Denn wie es aussieht, ist der Fall eine Einbahnstraße und ...«

»Stopp!«, unterbrach sie ihn schneidend. »Ich hab's mir ja schon von ihm anhören müssen. Das reicht mir. Und auch wenn Sie und er es nicht glauben, ich bin kein dummes kleines Mädchen. Was diesen Fall betrifft, habe ich mir von Anfang an keine Illusionen gemacht. Ich wusste, wie schwer das wird. Aber soll ich Ihnen noch was sagen?« Mara spießte ihn mit einem Blick auf.

»Äh ...« Er wirkte, als würde er am liebsten in Deckung gehen.

»Es ist mein einziger richtiger Fall. Hätte ich etwa gleich die Segel streichen sollen? Was bleibt mir denn anderes übrig, als mich da reinzuhängen?«

»Sorry«, murmelte Jan Rosen.

»Nova«, sagte sie übergangslos.

»Bitte?«

»Nova. Klingelt da irgendetwas bei Ihnen?«

»Nein. Sorry. Das haben Sie schon Klimmt gefragt, richtig?«

»Und was ist mit Carlos Borke?«

Rosens Gesicht tauchte über dem Monitor auf. »Klar. Jeder von uns kennt Carlos Borke. Ein Spitzel. Ich traue ihm nicht, aber manche von uns machen sich hin und wieder sein Wissen zunutze.«

Warum habe ich ihn nicht eher gefragt?, ärgerte sich Mara. Jetzt erinnerte sie sich auch wieder, aus wessen Mund sie den Namen Borke zum ersten Mal gehört hatte. »Sein Wissen? Was weiß dieser Borke denn?«

»Alles und nichts, wie ich finde. Er kennt jeden und niemanden. Er macht Geschäfte mit Gangstern, aber auch mit uns. Er taucht mal da auf, mal dort. Steckt seine Nase in alle möglichen krummen Dinger.«

Mara erhob sich. Ohne noch etwas zu äußern, ging sie auf Klimmts Büro zu. Die Tür stand offen, er kauerte müde in seinem Drehstuhl, die Füße auf der Schreibtischplatte.

Sie betrat den Raum und sah ihn nur an.

»Billinsky. Ich hatte vorhin das zweifelhafte Vergnügen mit Ihrem Herrn Papa.«

»Reden wir lieber über Carlos Borke«, forderte sie.

»Borke? Wie kommen Sie auf den?«

»Eine Zeugin behauptet, Karevic habe kurz vor seinem Tod regen Kontakt mit einem gewissen Carlos gehabt.«

»Borke ist nicht der einzige Carlos auf der Welt, schätze ich.«

»Borke hat Sie vor Kurzem angerufen«, erwiderte sie. »An meinem ersten Tag hier. Ich habe es zufällig mitbekommen.«

Genervt pustete er die Luft aus. »Er ist ein Informant. Einer, der uns schon öfter einen Tipp gegeben hat. Das ist alles.«

»Was wollte er von Ihnen? Bei dem Telefonat?«

»Hm, er hat versucht, mir Informationen aus der Nase zu ziehen. Als wäre ich sein Informant.« Ein abfälliges Kopfschütteln. »Das probiert er hin und wieder. Hält sich für ein ganz schlaues Kerlchen.«

»Was für Informationen?«

»Über die Kollegen vom Drogendezernat. Ob die an einer großen Sache dran wären. Er hätte gehört, sie pflügen das Bahnhofsviertel um. Klang irgendwie komisch für mich, wie er seine Fragen stellte. Ich habe ihn abgewimmelt.«

»Wo finde ich ihn?«

»Sind Sie bei Ihren Vernehmungen auch immer so ... geradlinig?« Er versuchte sie mit einem ironischen Grinsen hochzunehmen. »Ihre Fragen kommen mir vor wie Kinnhaken.«

Mara ließ sich nicht ablenken. »Also, was ist mit Borke?«

»Ach, was soll er mit einem Anführer wie Karevic zu tun haben?« Klimmt zog seine Füße vom Tisch und straffte den

Oberkörper. »Und überhaupt: Bisher wusste ich nichts von einer Zeugin? Wer soll das sein?«

»Eine Frau, die Karevic als Bettgespielin benutzt hat.«

Zum ersten Mal wirkte er aufmerksamer. »Sie haben sie aufgespürt? Was hat sie Ihnen noch erzählt?«

»Wo finde ich Borke?«, wiederholte Mara stur.

»Sie sind echt eine harte Nuss. Liegt bei Ihnen wohl in der Familie.« Ein flüchtiges Abwinken. »Borke findet man nicht.«

»Er hat Sie angerufen. Ich möchte seine Nummer.«

»Mann, bin ich müde.« Klimmt stützte sich auf die Ellbogen und vergrub das Gesicht in den Händen. »Ich sage Ihnen, bei Borke muss man sehr vorsichtig sein.«

»Seine Nummer?«

Er sah sie wieder an, irgendwie nachdenklich. Tatsächlich, er wirkte hundemüde. »Billinsky, warum tragen Sie eigentlich immer schwarz?«

»Weil mir Blusen mit Blümchenmuster einfach nicht stehen.«

»Wir müssen uns noch über Ihre Piercings unterhalten.«

Mara verdrehte die Augen. Klar, dass das kommen musste.

»Das war ja schon mal ein Thema zwischen uns beiden«, redete er weiter. »Als Sie das erste Mal zu uns gehört haben, Sie erinnern sich bestimmt.«

»In der Tat, ich erinnere mich«, sagte sie trocken.

»Die Dinger müssen weg aus Ihrem Gesicht.«

»So?«

»Sicher, da ist man hier strikt.«

»Ach? Ich hatte mich erkundigt, und so exakt scheint das ja nicht festgelegt zu sein. Es gibt eine Toleranzschwelle, und je nach Dienststelle ...«

»Okay.« Abwehrend hob er die Hand. »Ich werde mich deswegen noch einmal ganz genau informieren und Ihnen dann Bescheid geben.«

Sie legte die Hände auf die Hüften. »Borkes Nummer, Chef.«
»Ich schicke sie Ihnen per SMS. Und jetzt lassen Sie mich wieder allein, ja? Ich würde mich gern erschießen.«

»So schlimm?«

»Ach, eigentlich nur das Übliche. Zu viele Fälle, zu viele Überstunden, zu viele ...« Er hielt inne. Wohl weil ihm aufgefallen war, dass er sich zum ersten Mal in ihrer Gegenwart hatte gehen lassen. »Schönen Abend, Billinsky!«

Nur ein paar Minuten später erhielt sie von ihm Carlos Borkes Nummer. Sie rief den Mann sofort an.

Eine leise, kehlige Stimme meldete sich: »Ja?«

Mara stellte sich kurz vor und bat ohne Umschweife um ein Treffen.

Ohne den Mann zu kennen oder sein Gesicht zu sehen, konnte sie fühlen, wie argwöhnisch und wachsam er sofort wurde. »Von wem haben Sie die Nummer?«

»Von meinem Chef, Hauptkommissar Klimmt. Keine Angst, ich bin okay, ich bin sauber.«

»Wer ist das schon, Senhorita?«

Erneut drängte sie auf ein Treffen, worauf er zu erfahren verlangte, um was es gehe. Mara erwiderte, das könne sie schlecht am Telefon erklären. »Glauben Sie mir, ich gehöre wirklich zu Klimmts Mannschaft.«

»Na gut.« Seine Stimme wurde noch leiser, als er ihr eine Straßenecke im Bahnhofsviertel nannte.

»In einer halben Stunde kann ich da sein«, versprach sie.

»Dann werde ich mich jetzt schick machen für unser erstes Rendezvous«, gab er spöttisch zurück, und die Verbindung war beendet.

Als Mara bald darauf an der betreffenden Ecke ankam, wurde sie verschluckt vom üblichen Gedränge. Neonlichter, Abfall auf den Gehsteigen, quietschende Autoreifen, Gelächter, Elektromusik. Sie rief sich die kurze Beschreibung ins Gedächtnis, die Rosen von Carlos Borke gegeben hatte. Ihr Handy klingelte. Es war Borke. Charmant entschuldigte er sich dafür, dass er nicht da war. Dann lotste er sie zu einer anderen Straße. Hier war deutlich weniger los, es war dunkler, leiser, der Wind zischte durch die Häuserschlucht. Der nächste Anruf. Abermals sollte sie sich woandershin begeben.

»Wollen Sie mich verarschen, Borke?«

»Sie möchten doch mit mir reden, oder? Also los, geben Sie Gas, ich erwarte Sie.«

Sämtliche Warnsignale tönten in Maras Kopf. Vorsichtiger bahnte sie sich ihren Weg, langsamer wurden die Schritte, angespannter die Blicke, die sie in alle Richtungen warf. Es kam ihr vor, als würde sie beobachtet. Der Wind legte sich, dafür klatschte ihr ein blitzartiger Regen ins Gesicht. Automatisch legte sie ihre Hand auf den Pistolengriff, ohne dass sie die Waffe aus dem Holster zog. Sie dachte daran, wie leicht sie es Malovan gemacht hatte, so etwas wollte sie nicht noch einmal erleben.

Hier war der neue vorgegebene Treffpunkt: ein Hinterhof, der so finster war, dass sie kaum die Hand vor Augen sehen konnte. Ihr Herz schlug wild, als sie den Hof betrat, Schritt für Schritt weiterging, bis sie die hintere Mauer erreichte. Dort hielt sie inne. Kein fahrendes Auto auf der Straße, keine Passanten. Der Regen nahm zu. Sie ließ den Blick kreisen. Rundherum hohe Häuserblöcke, in denen nur wenige Fenster erleuchtet waren.

Mara wartete. Fünf Minuten, zehn Minuten.

Kein Anruf mehr, also meldete sie sich bei ihm. Doch es erklang lediglich die Mailboxstimme.

»Du hast mich also doch verarscht«, knurrte sie in sich hinein. Sie stand in einer Pfütze, Regen im Haar und auf den Wangen. Und plötzlich hätte sie heulen können, einfach so. Nicht nur wegen der miesen Nummer, die Carlos Borke gerade mit ihr abzog, vor allem wegen der Begegnung mit ihrem Vater, wie ihr schlagartig bewusst wurde. Sie schob ihn rasch aus ihren Gedanken, versuchte sich von Neuem zu konzentrieren. Pass weiter auf, ermahnte sie sich, bloß nicht in Sicherheit wiegen. Sie zwang sich, wieder aufmerksamer, wachsamer zu sein, und plötzlich meinte sie am Eingang des Hofs eine schwarze Silhouette wahrzunehmen.

Dort hinten, da stand doch jemand.

Borke?, fragte sie sich stumm und mit einem klammen Schaudern. Sie setzte sich in Bewegung, genau auf die Gestalt zu, die Hand erneut an der Waffe. Ihre Anspannung wuchs, ihre Kehle war rau.

Und im nächsten Moment verschwammen die Konturen der Gestalt, sie löste sich in nichts auf, war einfach nicht mehr da. Mara hastete weiter, raus aus dem Hof. Sie warf den Kopf nach rechts, nach links.

Niemand zu sehen.

Das Prasseln wurde immer stärker. Kleine Seen bildeten sich auf dem Asphalt, die Luft drang nass und kalt unter Maras Haut. In der einsamen Straße wurde ihr auf einmal mit dumpfer Endgültigkeit bewusst, dass sie allein auf weiter Flur stand. Und dass das, was vor ihr lag, viel zu groß, viel zu gewaltig für sie sein konnte.

11

Er kotzte sich die Seele aus dem Leib.

Hohes braunes Gras, Unkraut und erfrorene Brennnesseln wurden mit unverdauten Muschelnudeln und Gulaschbrocken aus der Kantine gesprenkelt. Er würgte noch einmal, dann richtete er sich auf und warf einen Blick auf die Rückseite des großen, verwahrlosten Gebäudes.

Zwei der Streifenbeamten, die den Tatort sicherten, glotzten aus einiger Entfernung zu ihm herüber, und das nervte ihn.

Es war früher Nachmittag, empfindlich kalt, der Himmel grau in grau.

»Rosen? Was machen Sie denn hier?« Hauptkommissar Klimmt kam auf ihn zu. »Außer kotzen.«

»Ich war auf dem Präsidium und habe mitbekommen, dass etwas passiert ist. Und da bin ich sofort losgefahren.«

Jan Rosen wühlte ein Papiertaschentuch aus der Packung und säuberte sich den Mund. Er wusste, dass er bleich wie ein Bettlaken sein musste. Es war ihm ziemlich peinlich. Sicher, er hatte schon vorher Leichen gesehen, Mordleichen, doch mit dem Toten in dem Keller war es etwas anderes. Wie ein massiger Haufen rohes Fleisch hatte er dagelegen. Der Anblick hatte Rosen völlig unvorbereitet getroffen, er hatte nur gewusst, dass jemand umgebracht worden war.

Klimmt fischte eine Zigarette aus seiner Schachtel. »Sie können ruhig zurück ins Präsidium fahren. Ich kümmere mich um die Angelegenheit.«

»Was hat man mit dem Kerl gemacht? Kann die Spurensicherung schon was sagen?«

»Die brauche ich nicht für das Offensichtliche.« Klimmt nahm einen tiefen Zug und stieß den Qualm aus. »Haben Sie die fast völlig verbrannte Decke gesehen, die in der Ecke liegt? Die wurde mit Benzin getränkt und angezündet. Dann hat man sie dem Kerl auf den nackten Leib geworfen, ein paar Sekunden gewartet – und sie wieder von ihm weggezogen.« Klimmt schwieg einen langen Moment. »Beim Wegziehen sind mehrere Hautschichten an der Decke kleben geblieben.«

Rosen verspürte schon wieder ein Würgen, unterdrückte es aber.

»Deshalb das widerliche Bild, das der Tote abgibt. Sein Rücken, seine Hinterbacken, der rechte Arm, der rechte Oberschenkel. Fast komplett gehäutet.«

»Meine Güte«, gab Rosen gepresst von sich.

»Wie es aussieht, hat der Mann auch vorher schon einiges erleiden müssen. Die Körperstellen, an denen die Haut noch vollständig ist, sind übersät mit Wunden. Einige schlimme Hämatome. Und jede Menge kleinere Verletzungen. Zuerst dachte ich, von einer brennenden Zigarette. Aber dafür sahen sie zu schlimm aus. Stammen eher von einem Gasanzünder oder irgendetwas in der Art.«

»Meine Güte«, sagte Rosen erneut. Er kam sich reichlich blöde vor, weil ihm nichts anderes einfiel.

»Und nach der Sache mit der brennenden Decke war's auch noch nicht vorbei.«

»Da hat er noch gelebt?«

»Gut möglich, dass man ihm das Benzin zusätzlich aufs rohe Fleisch geschüttet hat. Und als der oder die Täter zufrieden mit sich waren, haben sie ihm schließlich die Kehle durchgeschnitten. Um ganz sicherzugehen. Mit seinem eigenen Messer.«

»Wer hat ihn gefunden?«

»Ein Rentner, der hier mit dem Hund spazieren geht. Der Köter hat wie wild angeschlagen und immerzu eines der Kellerfenster angekläfft. Und sein Besitzer hat schließlich einen Blick ins Innere geworfen.«

»Muss ein schöner Schock gewesen sein.«

»Kotzen musste er jedenfalls nicht.« Klimmt war immer gut für einen Seitenhieb.

Langsam schritten sie auf das Gebäude zu. Das Team der Spurensicherung hatte Verstärkung erhalten, auch zusätzliche Beamte in Uniform tauchten gerade auf.

»Haben Sie Billinsky verständigt?«, wollte Rosen wissen.

»Wozu?«, brummte Klimmt unwirsch.

»Na ja, das Opfer wurde ausgiebig gefoltert. Wie Karevic. Und da dachte ich, man sollte Billinsky darauf aufmerksam …«

»Haben Sie die Harley gesehen?«, unterbrach Klimmt ihn und wies auf das abgestellte Motorrad.

»Selbstverständlich.«

»Auch den Helm darauf, besser gesagt, die Aufschrift auf dem Helm? Dieselbe wie auf der Lederjacke im Keller.«

»Sicher.« Rosen nickte eifrig. »Bravados. Eine Rockergang.«

»Was wissen Sie über die Bravados?«

»Bislang weiß niemand sonderlich viel über sie, würde ich sagen. Die treiben sich vor allem in Darmstadt und Offenbach herum, in Frankfurt sind sie bis jetzt nicht auffällig geworden. Nicht gerade Chorknaben, aber …«

»Aber nicht zu vergleichen mit jemandem wie Karevic, stimmt's?«

»Genau.«

Klimmt schnippte seine Kippe weg und schüttelte den Kopf. »Die Darmstädter Bravados und die kroatische Mafia – die sind Welten voneinander entfernt. Nein, das passt nicht zusammen.«

»Aber die Folterungen«, gab Rosen zu bedenken.

»Billinsky kommt schon mit dem Karevic-Mord nicht klar. Und Sie sind ihr wohl auch keine große Hilfe.«

Rosen spürte, dass er knallrot anlief. Er machte den Mund auf, brachte aber keinen Ton über die Lippen.

»Wenn ich unserer kleinen schwarzen Krähe jetzt auch noch den gehäuteten Rocker aufhalse«, fuhr Klimmt fort, »bricht sie zusammen. Nein, ich nehme mich der Sache erst mal selbst an. Schauen Sie doch mal, was der Computer über die Rocker ausspuckt.«

»Wissen wir schon, wie der Ermordete hieß?« Rosen fand endlich seine Stimme wieder.

»Marek Pohl. Sein Personalausweis steckte im Geldbeutel, der in der Jackentasche war. Schon mal gehört, den Namen?«

»Nein. Einer der Bosse?«

»Müssen wir noch rauskriegen.«

Die beiden Männer hielten inne, blieben nebeneinander stehen. Der Schatten des Hauses fiel auf sie.

»Noch was, Rosen.«

»Ja?«

»Wie ist Ihr Eindruck von der Krähe?«

»Von Billinsky?« Er war überrascht, dass Klimmt seine Meinung einholte. »Na ja, sie ist etwas ... eigenwillig, würde ich es nennen.«

»Im Fall Karevic hat sie nichts in der Hand, oder?«

»Nicht, dass ich wüsste. Warum?«

»Ich werde jetzt unserem Freund Marek Pohl noch mal Gesellschaft leisten, bevor er abtransportiert wird. Kommen Sie mit?«

»Klar«, sagte Rosen. Sein Magen krampfte sich schon wieder zusammen.

12

»Alles wird gut. Keine Angst, alles wird gut.«

Die Frau lag da, als würde sie schlafen. Die Arme von sich gestreckt, der Gesichtsausdruck entspannt, fast befreit.

Ein riesiges Wohnzimmer mit verschiedenen Ebenen, Parkettboden, sündhaft teure Polster, keinerlei Schnickschnack. Die Westseite des Raums bestand komplett aus Glas, das sich öffnen ließ, um die warme Sonne einzulassen.

Jetzt allerdings war es bewölkt. Früher Nachmittag. Das zierliche zehnjährige Mädchen war von der Schule gekommen und fast über die Frau gestolpert. Seit gut einer Stunde kauerte es ganz dicht neben ihr, streichelte sie, redete ihr gut zu.

»Alles wird gut, alles wird gut.«

Schatten krochen heran und tauchten das Innere in ein diffuses Grau. Kein Geräusch, die ganze Zeit über, abgesehen von der Stimme des Mädchens, das nicht müde oder durstig oder hungrig wurde, das einfach nur wusste, dass etwas nicht in Ordnung war. Und dennoch unbeirrbar versuchte, der Frau Mut zuzusprechen.

Erst als der Mann das Haus betrat und das Kind behutsam fortführte, verspürte es eine gewisse Erschöpfung, bleiern die Glieder, ein Brennen in den Augen.

Allein lag die Kleine auf der mit Pferdemotiven gemusterten Tagesdecke ihres Bettes im ersten Stock. Stimmen erklangen im Erdgeschoss, auf einmal ganz viele, und sie schlich auf Zehenspitzen aus dem Zimmer. Auf den Knien rutschte sie zum Geländer, um zwischen den Holzstreben nach unten spähen zu können.

Männer in normaler Kleidung, Männer in Polizeiuniform.

Doch sie achtete nicht auf sie, auch nicht auf ihren Vater, der sie zuvor in ihr Zimmer gebracht hatte. Nichts sah sie. Nichts außer den Händen, die die Tote ergriffen, um sie in eine hellgraue Kiste zu legen. Der Deckel wurde geschlossen. Unter den Augen der Kleinen wurde die Kiste nach draußen getragen. Sie wusste genau, dass dieses Bild sie für immer begleiten, sie niemals loslassen würde.

Auch knappe zwanzig Jahre später war es bei ihr, als sie mitten in der Nacht auf dem Boden hockte, im Wohnzimmer ihrer düsteren Wohnung, in der es keine Farben gab außer dem tiefen Rot des sizilianischen Weins, von dem sie sich gerade nachgoss. Ein neuerlicher Regenschauer klatschte ans Fenster. Die Heizung war zu stark aufgedreht, dagegen war die Musik bewusst leise gehalten. Patti Smiths raue, eigenwillige Versionen von Rockklassikern umschmeichelten kaum hörbar Maras Ohr, während sich ihr Blick in der Vergangenheit verlor, an jenem Tag, als ihre Mutter starb.

Ein Mord, der nie aufgeklärt worden war. Eine Tat, die ein Leben zerstörte und ein anderes Leben völlig aus dem Gleichgewicht brachte. Von da an war Mara auf ihren Vater angewiesen – von da an drohte sie unterzugehen.

Die Jahre, die auf den Mord folgten, waren von Einsamkeit geprägt, vom Warten darauf, dass Edgar Billinsky sie wahrnehmen, berühren, lieben würde. Mit vierzehn, fünfzehn hatte sich nichts geändert, sie wartete noch immer, nach wie vor behütet von wechselnden Kindermädchen, die nicht dank ihrer Fähigkeiten, sondern aufgrund ihres attraktiven Äußeren vom Vater eingestellt wurden – und die Mara längst nicht mehr beachtete.

Das war das Alter, in dem sie sich immer mehr fallen ließ, tiefer ins Schwarze sank, ihr Haar, ihre Kleidung, ihre Schminke. Eine Neigung, die ihrem Vater missfiel, fast so sehr wie Maras

Umgang: gleichermaßen schwarz gekleidete Figuren, die Gras rauchten, die Schule schwänzten, Ladendiebstähle begingen. Zum ersten Mal brachte ihr Vater eine Reaktion auf sie hervor: Er war außer sich, verbot ihr all das, worauf sie sich eingelassen hatte – und sie hielt sich nicht daran. Sie stritten oft, zusehends heftiger, wilder, rücksichtsloser.

Mara wandelte auf einem dünnen Seil, sie wusste es, doch es reizte sie, reizte sie gewaltig, und es lag noch nicht in ihrer Kraft, sicher zum Ende dieses Seils zu gelangen.

Das Schwarz war in ihrem Leben geblieben, bis heute, ebenso wie der Moment, in dem die graue Kiste aus dem Haus getragen wurde. In letzter Zeit war es ihr recht gut gelungen, dieses Erlebnis abzuschütteln. Aber die Begegnung mit ihrem Vater hatte alles wieder an die Oberfläche gespült.

Über vierundzwanzig Stunden lag ihre Unterhaltung zurück, doch Mara war noch immer damit beschäftigt, sich davon zu erholen. Zumal der Tag darauf nicht erfreulich verlaufen war. Sie war so verzweifelt angesichts der fehlenden Ergebnisse im Fall Karevic, dass sie sogar versucht hatte, Jan Rosens vagem Hinweis nachzugehen. Sie hatte Kollegen befragt, die schon lange ihren Dienst hier verrichteten, sich durch Datenbanken und Akten gekämpft, war jedoch auf kein halbwegs nützliches Anzeichen dafür gestoßen, dass eine arabische Verbrechergruppierung etwas mit dem Mord zu tun haben könnte. Nichts als Zeitverschwendung.

Der Nachmittag war wiederum mit zähen Versuchen vorbeigezogen, im Bahnhofsviertel Spuren zu finden, die eine neue Richtung vorgaben. Doch niemand sprach über Karevic. Oder eher: Niemand wagte es, sich über ihn zu äußern.

Als ihre Stimmung an einem Tiefpunkt angelangt war, hatte Kommissar Dörflinger vom Einbruchsdezernat bei ihr angerufen. In Kronberg war in zwei benachbarte Wohnhäuser eingebrochen worden, und Mara sollte am nächsten Tag hinfahren, um eine Zeugin zu befragen, die sich gemeldet hatte. Keiner der zuständigen Kollegen hatte offenbar Zeit dafür, und Klimmt hatte laut Dörflinger zugestimmt, dass Mara abkommandiert werden dürfe.

Wie viele dieser jugendlichen Kleinkriminellen gab es eigentlich, fragte sie sich. Schnappte man einen, schienen an der nächsten Ecke zwei neue aus dem Boden zu wachsen. Mara kannte solche Kids. Sie war selbst eines von ihnen gewesen.

Mitten in der Nacht war es inzwischen, sie war müde und aufgedreht zugleich. Zum ersten Mal seit Jahren hatte sie wieder geraucht, die ausgedrückten Zigarettenstummel bildeten einen kleinen Hügel in der zum Aschenbecher umfunktionierten Untertasse. Der Tabak kratzte in ihrem Hals, der schwere Rotwein stieg ihr zu Kopf. Erst gegen fünf Uhr stand sie vor dem Badezimmerspiegel und wusch sich den dicken Kajal weg. Nur noch ein paar Stunden, und sie würde wieder im Revier sein. Sie schrubbte sich das Gesicht, und die Augen wirkten nicht mehr ganz so dunkel und abweisend wie sonst. Der Schutzschild, den sie sich vor langer Zeit zugelegt hatte, löste sich auf. Was zum Vorschein kam, war fast wieder das Gesicht des zehnjährigen Mädchens, das einst mit einer Toten geredet hatte. Alles wird gut, alles wird gut.

Im Laufe des Morgens hörte Mara, dass Klimmt und weitere Kollegen mit einem neuen Fall beschäftigt waren, über den sie jedoch nichts Konkretes erfuhr. Dann die Fahrt nach Kronberg, das Gespräch mit der Zeugin, die vor einigen Nächten mit ihrem Hund unterwegs gewesen war, der noch mal das Bein heben musste. Wie sich herausgestellt hatte, war zu diesem Zeitpunkt in zwei Häuser eingebrochen worden, deren Besitzer für einige Zeit verreist waren, zwei befreundete Ärzteehepaare. Deshalb waren die Verbrechen auch mit Verspätung ans Tageslicht gekommen.

Nach der Befragung rief Mara bei Hanno Linsenmeyer an, und sofort darauf setzte sie sich ans Steuer, um nach Bornheim zu seinem Jugendzentrum zu fahren.

Er empfing sie mit skeptischer Miene. »Ich habe dir ja schon einmal gesagt, dass der Junge auf einem guten Weg ist.«

»Ich glaube, er hat einen Umweg genommen.«

»Ich vertraue Rafael.«

»Ich nicht.«

Wenige Minuten später saßen sich Mara und Rafael Makiadi in demselben Zimmer gegenüber wie beim letzten Mal. Die Kopfhaut rechts und links von seinem Irokesen war ordentlich nachrasiert worden. Er trug dieselben Tarnhosen, aber einen himmelblauen Hoodie, der brandneu aussah.

»Deine tolle weiße Lederjacke«, sagte Mara. »Die hast du heute nicht dabei?«

Er bemühte sich, einen möglichst arroganten Ausdruck hinzubekommen. »Sie sind echt eine Blitzmerkerin.«

»Ich finde, die Jacke hat dir ganz gut gestanden.« Sie wollte sich nicht aus der Reserve locken lassen – obwohl die Wut auf ihn schon wieder erwachte.

»Und ich finde, Ihr ewiges Schwarz ist langweilig.« Abschätzig wanderte sein Blick über Jeans, Lederjacke und das pechschwarze Oberteil, das darunter zu sehen war. Die kleinen weißen Flecken darauf entpuppten sich bei genauerem Hinsehen als Totenköpfe.

»Die Einbruchsserie«, kam Mara abrupt zur Sache. »Du erinnerst dich?«

Seine Antwort war ein provozierendes Gähnen.

Sie nannte das Datum jener Nacht, als man in die beiden Kronberger Wohnungen eingedrungen war und Bargeld sowie Laptops, Schmuck und Armbanduhren gestohlen hatte.

Wieder nur Schweigen.

Leise schob sich Hanno ins Zimmer. »Störe ich?«

»Wo warst du in dieser Nacht, Rafael?«, wollte Mara von dem Jungen wissen, ohne Hanno zu antworten. »Nicht in Kronberg, nehme ich an?«

»Nee, da hab ich in meinem Bettchen im Heim geschlafen.«

»Braves Kerlchen«, meinte sie sarkastisch. Kleines Arschloch, dachte sie.

»Sonst noch was?«

»Ja, sonst noch was.« Mara federte hoch und stand kerzengerade vor ihm. »Kannst du mir sagen, warum in der Nacht in unmittelbarer Nähe der Wohnungen eine Gruppe Jugendlicher gesehen worden ist, von denen einer eine weiße Motorradlederjacke getragen hat?«

Ein freches Grinsen in seinem schmalen Gesicht. »Gibt bestimmt mehr als ein Exemplar von dieser Jacke.«

»Aber die Zeugin sagt, dass der Junge mit der Jacke einen Haarschnitt hatte, der so aussieht wie deiner.«

»Zufälle gibt's«, erwiderte Rafael unbeeindruckt.

»Mara«, meldete sich Hanno zu Wort. »Wenn ich mich einschalten darf? Also, die Jacke und die Frisur ...«

»Nein, du darfst dich nicht einschalten«, stoppte ihn Mara. »Denn dummerweise hat die Zeugin gehört, dass der Junge mit der Jacke und der Frisur auch noch als Rafael angeredet worden ist. Drei Zufälle sind mir mindestens einer zu viel.«

Ein paar Sekunden völliger Ruhe.

Zwischen Hannos Augen erschien eine Sorgenfalte, Mara kannte sie sehr gut. Und Rafael strengte sich noch mehr an, überheblich und unbeeindruckt auszusehen.

»Diesmal muss ich dich mitnehmen, Rafael.«

Ein Muskel in seiner Wange zuckte.

»Na los, hoch mit dir!«

»Ich komme nicht mit«, brummte er.

»Doch, das wirst du.«

»Leck mich doch am Arsch, Bullenschlampe.«

»Nein, das werde ich nicht. Ich weiß, was du mir hier zeigen willst. Wie cool du bist. Und dass nicht nur ich, sondern die ganze Welt dich am Arsch lecken kann.« Sie trat noch näher an ihn heran, und er zwang sich, durch sie hindurchzustarren. »Ich sag dir nur eines. Irgendwann tut die Welt nämlich genau das: Sie wird dich am Arsch lecken. Sogar Hanno. Denn dann bleibt auch ihm keine andere Wahl mehr, als dich aufzugeben. Am Anfang, also wahrscheinlich jetzt noch, mag alles geil für dich sein. Wie ein Fallschirmsprung durchs Leben. Immer schneller, immer schneller. Allen anderen den Mittelfinger zeigen und den Rausch genießen. Den Rausch, den es dir bringt, wenn du auf der anderen Seite bist. Dort, wo es keine Regeln gibt. Wo alles möglich zu sein scheint. Wo der Nervenkitzel ist. Weit weg von den ganzen Langweilern mit ihren kleinen Jobs und kleinen Wohnungen. Immer schneller wird der Fallschirmsprung. Dann kommt ein grauenhafter Moment. Der Moment, wenn du plötzlich merkst, dass sich der Scheißfallschirm nicht öffnet. Das Ding geht einfach nicht auf, und du rast auf den Boden zu. Und dir wird klar, dass du keine Chance mehr hast. Dass sich keiner mehr um dich schert. Und wenn du dann noch irgendwelche Dinge klarstellen willst, hört dir niemand mehr zu. Und du fällst und fällst und fällst, schneller und schneller. Und alles, was dir noch sicher ist, ist der Aufprall.«

Rafael schluckte. »Also doch noch eine Predigt«, stieß er zwischen fast geschlossenen Lippen hervor. »Auswendig gelernt?«

»Mara«, wandte sich Hanno beschwörend an sie. »Gib mir ein paar Minuten mit Rafael. Bitte. Lass mich mit ihm reden.«

»Ich gehe nicht mit ihr«, sagte Rafael und sah zu Hanno. »Wenn ich erst mal bei den Bullen bin, komme ich da nicht mehr raus.«

»Dann mach endlich deinen Mund auf«, verlangte Mara von ihm.

»Ich komme nicht mit.«

»Mara«, drängte Hanno. »Nur ganz kurz, er und ich, allein. Wenn nicht für ihn, dann tu's für mich.«

Sie verließ das Zimmer, durchquerte den großen Aufenthaltsraum und stellte sich vor den Eingang. Es verlangte sie nach einer Zigarette, und das ging ihr fast so sehr gegen den Strich wie dieser überhebliche Rafael Makiadi. Warum, fragte sie sich, reagierst du schon wieder so heftig auf ihn? Dabei wusste sie doch die Antwort: Er ist, wie du warst, sagte sie sich düster.

Nach nicht einmal zwei Minuten erschien Hanno bei ihr. Sofort sah sie ihm an, dass etwas nicht stimmte.

»Mara, er hat mich umgestoßen.« Bekümmert breitete er die Arme aus. Die strähnigen Haare hingen ihm in die Stirn.

»Umgestoßen? Wo ist er?« Sie wollte nach drinnen stürmen, hielt aber in der Bewegung inne. »Sag nicht, er ist weg.«

»Mara.« Eine schuldbewusste Miene, ein tiefes Seufzen. »Er ist aufgesprungen, hat mich weggeschubst und ist wie eine Rakete losgerannt.«

»Wohin?«

»Durch eines der Fenster auf der Rückseite.«

»Scheiße!«

»Es tut mir leid. Mara, ich hätte nie damit gerechnet, dass er …« Hanno beendete den Satz nicht. »Das habe ich nicht gewollt.«

»Nicht du, Hanno. Ich hätte damit rechnen müssen.« Mara starrte stinksauer vor sich hin.

13

Rosens Kopf tauchte über seinem Monitor auf. »Kann ich Sie …?«

»Was fragen?« Mara sah nicht von ihrem Bildschirm auf. In Gedanken war sie noch bei Rafael Makiadi. Hoffentlich kam nicht heraus, dass ihr jemand entwischt war, der im Verdacht stand, an den Einbrüchen beteiligt gewesen zu sein. Bei dem schweren Stand, den sie im Team hatte, würde das kaum hilfreich sein. Mehrfach hatte sie in dem Heim angerufen, in dem der Junge untergebracht war, dort war er jedoch nicht aufgetaucht.

»Äh, hätten Sie nachher Lust, noch ein Bier oder einen Wein mit mir zu trinken?«

Jetzt blickte sie doch auf. Was soll das denn?, fragte sie sich.

»Also, wenn Sie keine Zeit haben, dann, äh, kein Problem. Vielleicht klappt's ja ein …«

»Okay, Rosen, ich bin dabei.«

»Wirklich?« Verdutzt hing sein Blick an ihr. »Äh. Gut.«

Eine Stunde später befanden sie sich in einem Apfelweinkeller auf der Berger Straße. Schwaches Licht, nackte Steinwände, leise Musik, die Stimmen der anderen Gäste. Ein altes Weinfass diente als Stehtisch. Er trank einen badischen Grauburgunder, sie einen samtigen sizilianischen Donne del Sole, dessen Rot so dunkel war, dass er schwarz wirkte.

»Also, Rosen«, sagte Mara nach einer Weile. »Sie wollen doch etwas loswerden.«

»Loswerden?«, wiederholte er, als müsste er Zeit zum Überlegen gewinnen.

»Ihnen liegt schon die ganze Zeit etwas auf der Zunge. Was ist los? Könnte es sein, dass es Klimmt nicht gefällt?«

»Was soll ihm nicht gefallen?«

Mara grinste ihn spöttisch an. »Das, was Sie mir gleich erzählen werden.«

Rosen sah in sein Weinglas. »Ich finde einfach, Sie sollten davon wissen.«

»Wovon?«

»Von Marek Pohl. Die Umstände, also, die Brutalität, mit der er umgebracht wurde, das ist ...«

»Rosen«, unterbrach sie ihn. »Fangen Sie doch von vorn an. Wer ist dieser Pohl? Oder wer war er?«

Sie steckten die Köpfe zusammen, und Rosen senkte die Stimme, als er ihr die Einzelheiten des Mordes an dem Rocker schilderte. »Klimmt geht davon aus, dass das nichts mit dem Karevic-Fall zu tun hat. Und das mag ja auch stimmen. Aber die Art und Weise ...«

»Ich verstehe.« Mara nickte. »Sagen Sie mir alles, was Sie wissen.«

»So viel ist das noch nicht.« Er sah sie an und gleich wieder weg. »Aber ich habe einige Zeit damit verbracht, mich durch die Akten zu graben, die es über die Bravados gibt. Und morgen früh werde ich damit weitermachen.«

»Sie sind also im Team, das den Fall bearbeitet.«

»Ach.« Er winkte ab, es war ihm unangenehm.

»Sie sollten ja eigentlich auch mich unterstützen.«

»Sicher, sicher. Es ist nur ...« Wieder sein Abwinken. »Na ja, die Recherche, die Aktenwälzerei, das Zusammentragen von Fakten ...«

»Das drückt man Ihnen ganz gern auf die Backe.«

»Schön gesagt«, erwiderte er zurückhaltend.

»Übrigens, was machen denn unsere Freunde, die Bravados,

den lieben langen Tag?«, wechselte Mara das Thema. »Bestimmt nicht nur auf ihren Harleys durch den Taunus fahren?«

»In erster Linie machen sie wohl Ärger. Wenn auch eher in kleinerem Rahmen. Schutzgelderpressung bei Gastronomen in Darmstadt und Offenbach, Körperverletzung, Sachbeschädigung. Zuerst waren sie wohl noch recht friedlich, doch vor ein paar Jahren haben sie sich intensiver um kriminelle Einkunftsquellen bemüht. Seither haben unsere dortigen Kollegen jedenfalls regelmäßig mit ihnen zu tun. Wie gesagt, morgen versuche ich noch mehr herauszubekommen.«

»Was ist mit Drogenhandel? Menschenhandel? Waffenhandel?«

»Nein. Wie es aussieht, spielen die nicht in der Champions League.«

»Vielleicht wollen sie das ja und sind dabei irgendwem auf die Füße getreten.«

»Etwa einem Herrn Karevic?«

»Gab womöglich Ärger zwischen den beiden Seiten.«

»Bisher deutet nichts darauf hin, dass es Berührungspunkte zwischen den beiden Gruppen gibt.« Rosen hob die Schultern. »Klimmt hat wochenlang alles abgeklopft, was Karevic angeht. Auf den Namen Bravados ist er nicht gestoßen.«

»Hm. Dann hätten wir es einfach mit zwei voneinander unabhängigen Morden zu tun.«

»Vielleicht war der Karevic-Mord eine Inspiration für den Mord an Pohl. Gewisse Einzelheiten sprechen sich ja immer herum und ...«

»Was hat Klimmt jetzt vor?«, unterbrach Mara ihn.

»Wir haben heute eine Liste erstellt, auf der alle Bravados aufgeführt sind, die uns namentlich bekannt sind«, berichtete Rosen. »Klimmt wird sich mit seinem Team die Rocker vorknöpfen. Möglichst einzeln. Wir haben auch zwei, drei Namen von Exmitgliedern, aber die lassen wir erst mal außen vor.«

»Danke für die Infos.«

»Übrigens ... Sorry.«

Sie hob eine Augenbraue. »Ja?«

»Es ist nicht okay von uns.«

»Was?«

»Sie links liegen zu lassen.«

Mara grinste. »Finden Sie?«

»Ich ... äh.« Rasch trank er einen Schluck. »Ich war nicht scharf darauf, mit Ihnen zusammenarbeiten zu müssen.«

»Hat man Ihnen fast nicht angemerkt«, bemerkte sie mit genüsslicher Ironie.

Sie tranken noch einen Wein, und bald darauf verabschiedeten sie sich vor dem Eingang zu dem Weinkeller voneinander. Mara schritt die Berger Straße hinab. Ihr Atem bildete Wölkchen vor ihrem Gesicht. Schon wieder begann es zu regnen.

Ihre Wohnung lag nicht weit entfernt. Den Wagen hatte sie vor der Verabredung mit Rosen in der Nähe abgestellt. Nur fünfzehn Minuten später schloss sie die Tür des Hauses auf, in dem sie wohnte, ein typischer verschnörkelter Frankfurter Altbau, in dem es nach Staub und Vergangenheit roch. Die alten Holzstufen knarrten, als sie unter dem schwachen Lichtschein nach oben in den zweiten Stock ging.

Mara wollte gerade den Schlüssel ins Schloss schieben, da wurde sie von einem unangenehmen Gefühl erfasst. Sie wirbelte auf den Absätzen herum.

Dunkle Augen starrten sie an.

Sie ließ die Tasche fallen, ihre Finger umschlossen die Pistole, ohne sie zu ziehen.

Der Mann grinste, die vollen Lippen eine zynische Sichel im Gesicht. Er war nicht einmal so viel größer als sie und hatte eine untersetzte Figur.

Maras Griff um die Waffe wurde fester.

Er trug spitze Stiefeletten, Jeans, darüber einen knielangen dunklen Ledermantel, einen mehrfach geschwungenen Schal und auf dem Kopf eine Wollmütze. Keine Tropfen waren darauf zu erkennen – er wartete also schon länger auf sie im Treppenhaus. Sein Gesicht war breit, mit starken Wangenknochen, die Nase sprang wuchtig, mit auffallend geweiteten Nasenflügeln daraus hervor. Der Teint war dunkel wie der eines Südländers. Unter der Unterlippe befand sich das kleine Bärtchen, das Mara bei der Beschreibung dieses Mannes genannt worden war.

Sein Blick tastete sie ab. »Vom Regen überrascht worden, was?« Das R ließ er rollen, die einzige Andeutung eines Akzents.

»Was wollen Sie?«

Er wirkte nicht im herkömmlichen Sinne attraktiv auf sie, doch er war das, was man einen Typ nennen konnte, jemand, der aus einer Gruppe herausstach, der Blicke auf sich zog.

»Ihr Haar glänzt wie schwarzes Gefieder. Wie das einer Krähe.« Sein Grinsen wurde breiter. »Der Spitzname passt wirklich ganz gut zu Ihnen.«

»Was wollen Sie?«, wiederholte Mara unbeeindruckt. »Mich mit Ihrem Insiderwissen überraschen?«

»Sie wollten etwas von mir. Schon vergessen?« Eine großspurige Geste mit der Hand. »Übrigens, die Pistole können Sie stecken lassen.«

»Das entscheide ich selbst.« Mara zeigte, dass auch sie überheblich zu grinsen verstand.

»Tut mir leid, dass es kürzlich nicht geklappt hat mit unserer Verabredung. Umso schöner, dass sich das Warten heute für mich gelohnt hat. Es freut mich sehr, Mara Billinsky kennenzulernen. Zumal Sie im Gegensatz zu Klimmts sonstigen Langweilern mal eine echte Abwechslung sind, das muss ich Ihnen lassen.«

»Und Sie sind Carlos Borke.«

»Fühle mich sehr geehrt, Mara, dass Sie im Viertel so angestrengt nach mir suchen. Sie haben doch nichts dagegen, dass ich Sie Mara nenne?«

»Und ob ich etwas dagegen habe«, erwiderte sie trocken.

»Okay, schon gut.« Er hob beschwichtigend die Hände. »Wollen Sie mich nicht hereinbitten?«

»Nein, ganz bestimmt nicht. Wie haben Sie herausgefunden, wo ich wohne?«

»Ach, wenn man gute Ohren hat, hört man einiges. Ich sollte eigentlich bei eurer Mannschaft mitspielen.«

»Bei welcher spielen Sie stattdessen?«

»In einem One-Man-Team.« Er zwinkerte ihr zu. »Also, wo können wir uns unterhalten? Da mir Ihre Tür ja leider nicht offen steht.«

»Oben.« Mara deutete auf die Treppe, die hinaufführte. »Nach Ihnen.«

Gleich darauf standen sie sich auf dem Dachboden gegenüber. Eine nackte Neonröhre tauchte alles in weißes Licht. Spinnweben, Staubmäuse, altes Gerümpel in gestapelten Kartons, die anderen Mietern gehörten.

»Nicht sehr romantisch für ein erstes Rendezvous«, bemerkte Borke.

»Ihr schmieriges Rendezvous-Getue können Sie sich schenken.« Mara taxierte ihn. »Ivo Karevic. Was hatten Sie mit ihm zu schaffen?

Er lachte. »Ho, ho, ruhig Blut, Senhorita.«

»Darf ich Carlos zu Ihnen sagen?«

»Na klar.«

»Ich will es aber nicht«, bemerkte sie mit jäher Schärfe. »Ich bin auch keine Senhorita. Nennen Sie mich Billinsky, denn das ist mein Name. Und noch etwas: Ich weiß, dass ich eine Frau bin. Ich weiß auch, dass ich erst seit Kurzem hier bin. Aber tun

Sie nicht ständig so, als wäre ich ein Dummchen. Sonst trete ich Ihnen in den Arsch.«

Carlos Borke behielt sein Grinsen bei. Aber dass er nicht sofort eine Entgegnung ausspuckte, zeigte Mara, dass sie den richtigen Ton getroffen hatte. »Und jetzt sagen Sie mir, in welcher Beziehung Sie zu Ivo Karevic standen. Haben Sie mit ihm zusammengearbeitet? Aufträge für ihn erledigt? Seine Schuhe geputzt?«

»Ich habe den Mann nie getroffen, nie ein Wort mit ihm gewechselt.«

»Da habe ich andere Informationen.«

»Von wem?«

»Ich weiß«, erklärte Mara, »dass Sie oft mit ihm telefoniert haben. Kurz bevor er umgebracht worden ist.«

»Das muss ein Missverständnis sein«, erwiderte er, nicht mehr so überheblich wie zuvor, sondern eindeutig wachsamer.

Karevics Telefone waren überprüft worden, aber keine einzige Nummer konnte ermittelt werden: Prepaid-Telefone, die nach den Gesprächen mit Karevic nicht mehr verwendet wurden.

»Es gibt mehrere Personen«, behauptete Mara aufs Geratewohl, »die Sie in Zusammenhang mit Karevic bringen.«

Borke schien zu überlegen. Er schwieg.

»Was wissen Sie über den Mord an Karevic?«

»Das, was in der Zeitung stand.«

»Ich habe mich über Sie informiert.«

»Wie schmeichelhaft.«

»Sie sind selbst fast so etwas wie eine Zeitung. Bekommen alles mit. Geben es auch weiter. Haben Ihre Ohren überall, wie Sie vorhin selbst sagten. Sie wissen, was im Milieu los ist. Wer mit wem paktiert, wer mit wem Krieg führt.«

Er winkte ab. »Ach, Quatsch. So ist es ganz sicher nicht.«

»Dann wären Sie bestimmt nicht einer von Klimmts Spitzeln.«

»Ich bin kein Spitzel«, widersprach er.

»Was wissen Sie über Karevic?«

»Das hatten wir doch schon: gar nichts.«

»Was wissen Sie über Nova?«

Seine Augen verengten sich zu schmalen Schlitzen. »Über wen?«

»Sie haben mich doch gehört.«

»Nova, sagten Sie? Hm, keine Ahnung.«

»Ich frage Sie noch einmal: Was wissen Sie über Karevic? Wen kennen Sie, der ihn kannte?«

»Ich glaube«, antwortete er gedehnt, »dass ich mal eine Frau gesehen habe, von der es hieß, dass sie was mit Karevic hat.«

»Wie hieß die Frau?«

»Isabell.«

»Durch Isabell bin ich auf Sie gekommen.« Mara maß ihn abschätzig. »Und mein Gefühl sagt mir, dass Sie das wussten.«

»Und auf das Gefühl einer Frau ist Verlass.« Er fand wieder zu seiner spöttischen Art.

»Warum haben Sie sich die Mühe gemacht, meine Adresse herauszufinden? Mich aufzusuchen? Auf mich zu warten?«

»Eine ehrliche Antwort?«

»Welche sonst?«

»Interesse. Ich habe mitbekommen, dass Sie nach mir gefragt haben. Und da dachte ich ...«

»Schon wieder eine Lüge«, unterbrach sie ihn gelassen.

»Nein, ehrlich. Ich wollte wissen, wer die Cop-Lady ist, die neuerdings im Viertel unterwegs ist.«

»Ich glaube, Sie wollten mal vorfühlen, ob ich irgendetwas weiß.«

»Und – wissen Sie etwas?«

»Wieso haben Sie kürzlich bei Hauptkommissar Klimmt nachgefragt, was bei den Kollegen im Drogendezernat läuft?«

»Habe ich das?«

»Welches Spiel spielen Sie?«

»Mein eigenes. Wie gesagt, ich bin ein One-Man-Team.« Leiser schob er hinterher: »Wollen Sie wissen, was mir mein Gefühl sagt?«

»Fakten sind mir lieber als Gefühle.«

»Wie schade«, meinte er anzüglich. »Mein Gefühl sagt mir, Sie sollten sich um die Rocker kümmern.«

»Ach?« Sie grinste schmal. »Das können Sie wohl kaum aus der Zeitung haben. Da stand es nämlich noch nicht.«

»Sehen Sie doch mal nach, was die Bravados unter ihren Kopfkissen alles verstecken.«

»Kannten Sie Marek Pohl?«

»Ich gebe mich nicht mit Rockern ab, alles Idioten. Das sollten Sie übernehmen. Dann werden Sie weiterkommen.« Er rückte sich mit der Hand die Mütze zurecht. »Bleiben wir doch mal bei Ihnen. Wie ich das sehe, haben Sie tatsächlich noch nicht sonderlich viel herausgefunden. Aber trotzdem sind Sie dabei, Staub aufzuwirbeln.«

»Und?«

»Und?« Carlos Borke lachte. »Lady, Sie sind dabei, dem Teufel in die Suppe zu spucken. Und der mag das nicht, glauben Sie mir.«

»Wer ist der Teufel?«

»Was ich Sie die ganze Zeit schon fragen wollte …« Ein freches Schmunzeln. »Haben Sie auch an anderen Körperstellen Piercings?«

»Wer ist der Teufel?«, wiederholte Mara ungerührt.

»Ihre Aufmachung. All dieses Schwarz, die Lederjacke, die schwarz geschminkten Augen …« Sein Blick wurde intensiver, durchdringend. »Was wollen Sie dadurch verstecken?«

»Wer ist der Teufel?« Sie ließ sich nicht ins Wanken bringen.

»Finden Sie es heraus.« Leiser setzte er hinzu: »Oder besser für Sie: Finden Sie es nicht heraus.«

14

Den ganzen Abend und die ganze Nacht war er unterwegs gewesen. Er war hundemüde, sein Magen knurrte, er fror, sein Hoodie war pitschnass, seine Füße taten weh. Wenigstens hatte es aufgehört zu regnen. Halb Frankfurt hatte er abgeklappert, mit der U-Bahn, dann zu Fuß, dann mit einem Fahrrad, das er in Bahnhofsnähe einem eingenickten Penner geklaut und wieder irgendwo stehen gelassen hatte.

Angesichts der Kälte hatte er sich vorzustellen versucht, wie heiß es in Tansania sein, wie einem dort die Sonne den Schweiß aus dem Körper pressen mochte. Wie wäre es, in genau diesem Moment durch die Straßen Daressalams zu gehen, die ihm nur von Bildern aus dem Internet geläufig waren? Er hatte an seinen Vater gedacht und das Gesicht dieses Mannes, wie er es von einem vergilbten Foto kannte, vor seinem inneren Auge entstehen lassen. Und er hatte an seine Mutter gedacht, daran, wie sie ihn früher immer angelächelt und an sich gedrückt hatte, sie allerdings sofort ausgeblendet, weil er es einfach nicht ertragen konnte. Damit war er unwillkürlich wieder in der kalten Gegenwart gelandet, allein, frierend.

Erst jetzt, als die Sonne sich allmählich ihren Weg am aschgrauen Himmel erkämpfte, gönnte sich Rafael ein erleichtertes Durchatmen. Dort hinten, eingangs der abzweigenden Straße, parkte Tayfuns Chrysler.

Tayfun war ein Arsch, aber heute auch Rafaels letzte Hoffnung. Schon vor Stunden war er kurz hier gewesen, in Bockenheim, wo Tayfuns Eltern in der Leipziger Straße einen kleinen

Laden besaßen. Doch ihr Sohn, hatten sie ihm erzählt, hätte sich schon seit zwei Tagen nicht mehr zu Hause blicken lassen.

Rafael eilte über das rutschig-nasse Kopfsteinpflaster und hielt an der Ecke des Hauses inne. Er suchte kleine Steinchen, die er dann eines nach dem anderen an Tayfuns Fenster im ersten Stock werfen konnte. Vielleicht war Tayfun inzwischen da.

Nach dem neunten oder zehnten Treffer wurde endlich geöffnet. Tayfuns verschlafenes Gesicht tauchte auf. »Rafael? Hast du sie noch alle?«

»Warum hast du nicht geantwortet? Ich hab dir vier oder fünf WhatsApp geschrieben.«

»Na und?«

»Kann ich bei dir pennen?«

Tayfun gähnte ausgiebig. »Du hast sie echt nicht alle.«

»Nur ein paar Stunden, Mann. Von mir aus auf dem Boden.«

»Was ist denn mit deinem Heim?«

»Diese Bullen-Lady war bei Hanno. Die hat mich am Arsch.«

»In Kronberg hast du echt eine große Schnauze gehabt.« Tayfun glotzte auf ihn herunter. »Heute nicht mehr.«

»Ich hab dir schon öfter geholfen.«

»Ich sag nur Kronberg.«

»Lass mich nicht hängen.«

Tayfun gähnte schon wieder, Rafael hätte ihm am liebsten eine reingehauen.

»Na gut, ich mach dir auf.«

Es dauerte nicht lange, bis die Eingangstür an der Giebelseite des Ladens aufsprang. Tayfun, in Muskelshirt und Boxershorts, ließ ihn herein.

»Ich bin saumüde«, erklärte Rafael.

»Sei leise, Mann, meine Eltern dürfen nicht wach werden. Ich habe echt keinen Bock, noch mehr Zoff mit denen zu kriegen.« Sie schlichen hoch in die Wohnung, die über dem Laden lag. In Tayfuns Zimmer angekommen, sagte er: »Bevor du dich hinlegst, Raf, müssen wir über die Bullentante sprechen.«

»Wieso?«

»Du hältst doch die Schnauze, oder?«

»Habe ich auch nur einmal jemanden verpfiffen?«

»Ich würd's dir nicht raten, Raf.«

»Ich muss einfach nur schlafen.«

Im Dunkel des Zimmers standen sie da. Durch das noch offen stehende Fenster drang ein Schwall frischer Luft herein. »Ich würd's dir nicht raten, Raf«, wiederholte Tayfun leise.

Als Rafael endlich die Beine lang machen und sich in eine Decke einwickeln konnte, war das eben noch übermächtige Schlafbedürfnis plötzlich wie weggeblasen. Er konnte es nicht fassen, aber er war hellwach und drehte sich von einer Seite auf die andere. Und Tayfun schnarchte, Geräusche wie von einer Elektrosäge. Mit frisch aufwallender Wut erinnerte er sich daran, dass Tayfun ihm einmal ein Mädchen ausgespannt hatte.

Ja, Tayfun war ein Arsch. Erst recht wegen dieser anderen Sache mit dem Mädchen. Mit Selina. Rafael kannte die Kleine nicht persönlich, hatte nur von der Geschichte gehört, als sie von Mund zu Mund gegangen war, geflüstert, geraunt, mit gewaltigem Respekt.

Was hättest du getan, fragte er sich, wenn du damals dabei gewesen wärst? Mitgemacht? Wie Tayfuns Freunde? Und anschließend? Bei den Einschüchterungen, die folgten? Nein, gab sich Rafael die stumme grimmige Antwort, er hätte nicht mitgemacht. Und doch blieb ein Zweifel. Was, wenn man nicht mitmachte? Kronberg kam ihm in den Sinn, ebenso wie Tayfuns kaum verhohlene Drohung von vorhin. Ich würd's dir nicht raten, Raf.

Mittlerweile schaffte es Tayfun, noch lauter zu schnarchen.

Wie konnte man derart entspannt schlafen, wunderte sich Rafael, wenn man so viel Dreck am Stecken hatte? Würde es auch ihm gelingen, sich eine solche Elefantenhaut zuzulegen? Wollte er das überhaupt? Kronberg. Hatte er sich richtig verhalten – oder falsch? Plötzlich musste er an die Bullen-Lady denken, an ihre eindringlichen Sätze, an ihren stechenden Blick.

Tayfun drehte sich im Schlaf, brabbelte etwas, schnarchte weiter.

Konnte man Rücksichtslosigkeit lernen und einüben? Oder musste man sie von Anfang an unter der Haut tragen? Rafael fragte sich düster, welcher Weg vor ihm liegen mochte.

15

All die Gräber. Unzählige, weit verstreut. Eine Welt für sich. Vor allem im Herbst, wenn der Nebel sich senkte, immer tiefer, als könnte er alles für immer verschwinden lassen.

Es herrschte eine scheinbar undurchdringliche Stille. Die Nacht kam. Niemand zu entdecken, keine Menschenseele. Bis auf die Jugendliche in Schwarz, die neben dem teuren Grabstein kauerte, den Blick verloren im Nichts, ein Bild der Traurigkeit und der Einsamkeit. Mit fünfzehn, sechzehn, siebzehn Jahren hatte sie sich bei einsetzender Dunkelheit immer wieder hierher gestohlen. Ein Platz, der ihr die innere Unruhe nahm, der sie durchatmen ließ.

Die dunstige Luft, die kahlen Bäume und Sträucher, die Grabsteine.

Mara sah das alles vor sich, als wäre sie auch jetzt dort, als läge ihr letzter Besuch am Grab nicht Jahre zurück.

Seit ihrer Rückkehr nach Frankfurt hatte sie den Hauptfriedhof gemieden, wie sie um alles einen Bogen machte, was die Vergangenheit zurückbringen konnte. Doch die Erinnerung daran war in diesem Moment besonders intensiv, denn auch hier, weit weg vom Grab ihrer Mutter, bei dieser Schrebergartenkolonie am Stadtrand, war es einsam und neblig und kalt.

Später Nachmittag, eine Atmosphäre, als würde nie wieder die Sonne scheinen. Maras Blick wanderte über die kleinen aneinandergrenzenden, mit Maschendrahtzaun getrennten Parzellen, jede davon mit einem Schuppen, vor denen hier und da noch die Plastik- oder Holzstühle standen, auf denen die Leute die Sommernachmittage hatten vorbeiziehen lassen.

Sie hielt sich in unmittelbarer Nähe auf, etwas abgeschirmt von einer bräunlich verfärbten Hecke, die nicht nur sie, sondern auch ihren geparkten Wagen verdeckte. Informationen zufolge müsste der Mann, auf den es ihr ankam, um diese Zeit hier auftauchen. Aber wer konnte schon wissen, was diese Informationen wert waren?

Also wartete sie bereits seit einer Stunde. Wie sehr sie das hasste! Wie viel Zeit hatte sie schon damit verbracht zu warten? Oft genug umsonst. Viel zu viel Zeit. Manchmal kam es ihr so vor, als ob dreißig oder vierzig Prozent der Polizeiarbeit dafür draufgingen. Was an ihren Nerven zerrte, war die Tatsache, dass sie dann immer besonders wehrlos war. Wehrlos gegen die Gedanken, die Erinnerungen, die Bilder von früher, die sich auch jetzt wieder anschlichen, um sie zu packen und in sich hineinzuziehen, immer tiefer hinein in die Jahre nach dem Tod ihrer Mutter. Jene Zeit der sich stetig aufbauenden Hoffnung, dass ihr Vater sich endlich der eigenen Tochter zuwenden würde. Und der Wut auf ihn, als genau das nicht passierte. Die Streitereien, das Schulschwänzen, das Fortbleiben über Nacht. Der Trotz, mit dem Mara schwarze Lederklamotten trug.

Sie stiefelte in Nobelrestaurants, wenn sie wusste, dass Edgar Billinsky sich dort aufhielt, um sich mit wichtigen Klienten zu treffen. Peinliche Situationen, die Billinsky allerdings kein einziges Mal seine Beherrschung verlieren ließen. Doch der Zorn, der hinter seiner ausdruckslosen Miene loderte, war für Mara stets spürbar.

Sie erinnerte sich an ihren ersten Ladendiebstahl, an den Schmerz, den ihr das erste Tattoo einbrachte – und an die Genugtuung, als sie es betrachtete. Denn auch das würde Edgar Billinskys Zorn wieder anfachen. Es handelte sich um den amateurhaft gestochenen Kopf eines Steinbocks, das Sternzeichen ihrer Mutter. Sie erinnerte sich an ihren ersten Joint, an die erste bunte Pille, die sie forttrug vom Jetzt.

Und sie erinnerte sich daran, als ihr Vater mit wehenden Mantelschößen auf dem Polizeirevier erschien, um sie abzuholen, keine Verärgerung, sondern eine Verachtung im Blick, die sie traf wie ein Faustschlag und schlimmer war als jeder Wutanfall. Dieser Blick, der ihr endgültig klarmachte, dass nicht einfach nur ein Graben zwischen ihnen lag, sondern der Grand Canyon. Bei diesem ersten Abholen nach ihrem mittlerweile vierten oder fünften Ladendiebstahl war etwas zerbrochen, dessen Scherben bis heute in Maras Alltag herumlagen.

Damals war sie oft zum Hauptfriedhof gegangen, um bei Sonne oder auch im Regen allein vor dem Grab zu stehen und ihren Vater zu verachten, der seine Trauer, falls es sie gab, versteckte. Und auch die Polizei zu verachten, die unfähig war, einen Verdächtigen im Mordfall Katharina Billinsky zu ermitteln. Das bestärkte Mara noch in dem Hass, der sich auf alles und jeden ausdehnte. Die Welt der Erwachsenen war eine falsche, hinterlistige, heuchlerische Welt. Der Mord an ihrer Mutter kümmerte niemanden, und sie selbst war nur ein Staubkorn in einem riesenhaften, rücksichtslosen Gefüge.

Ein dröhnender Motor riss sie aus ihren Gedanken, im Nu war sie zurück in der Gegenwart – und auch ziemlich erleichtert darüber. Die Silhouette des Motorradfahrers zerschnitt den Nebel wie einen Vorhang. Der Mann wirkte groß und kräftig. Mara schob sich etwas weiter hinter die etwa schulterhohe Hecke.

Sie dachte zurück an das letzte Gespräch mit Jan Rosen, am frühen Morgen im Präsidium. Er arbeitete eine Mitgliederliste der Bravados ab. Womöglich kam ja der – oder die – Mörder Marek Pohls aus den eigenen Reihen. Und da war noch eine weitere, wesentlich kürzere Liste. Drei Namen ehemaliger Mitglieder. Da Klimmt zunächst die derzeitigen Bravados überprüfen wollte, blieben doch die Exmitglieder für sie, hatte Mara sich gesagt und ihrerseits Nachforschungen angestellt. Bei Karevic kam sie nicht weiter – vielleicht ließ sich ja doch eine Brücke von ihm zu Pohl schlagen.

Der Motorradfahrer erreichte den Rand der Schrebergartenkolonie und verringerte das Tempo. Er fuhr noch ein ganzes Stück über einen schmalen Trampelpfad, bis er die Maschine abstellte. Den Helm unter dem Arm, marschierte er zu dem Maschendrahtzaun. Er öffnete das Tor mit einem Schlüssel, glitt hindurch und verschwand in einem der Holzschuppen.

Der Klingelton von Maras Handy ertönte. Rosen, wie sie auf dem Display las.

»Was gibt's, Rosen?«, fragte sie leise, den Blick auf den Schuppen gerichtet.

»Ich habe gesehen, dass Sie sich mehrmals bei mir gemeldet haben – zu viel los, ich konnte nicht zurückrufen.«

»Hat sich heute bei euch irgendetwas ergeben?«

»Klimmt und die anderen haben mehrere Bravados befragt, den ganzen Tag über. Die sind erst seit einer halben Stunde wieder zurück.«

»Und?«, drängte Mara ungeduldig.

»Nichts, rein gar nichts. Die Rocker haben anscheinend keine Ahnung, wer es auf Pohl abgesehen hatte. Und warum es ausgerechnet ihn getroffen hat.«

»Was wisst ihr mittlerweile sonst noch über ihn?«

»In Kurzform: zweiunddreißig Jahre alt, unverheiratet, keine Kinder. Geboren in Offenbach. Abgebrochene Lehre als Kfz-Mechatroniker. Einige Vorstrafen. Körperverletzung, unerlaubter Waffen- und Drogenbesitz, Vandalismus. Zwei kürzere Gefängnisaufenthalte.«

»War er einer der Bosse?«

»Es gibt wohl nur einen einzigen Mann, der sich Chef nennen darf. Bertram Grabow, genannt Butsch. Ähnlicher Werdegang wie Pohl, nur ein paar Jahre und ein paar Straftaten mehr auf dem Buckel.«

»Hat Marek Pohl sich etwas zuschulden kommen lassen, was innerhalb der Gruppe nicht gern gesehen wurde?«

»Nicht, dass wir wüssten.«

»Keine Streitereien unter den Bravados?«

»Sieht nicht so aus.«

»Keine Kämpfe mit anderen Rockergruppen?«

»Ich habe vormittags noch mal mit Kollegen in Darmstadt und Offenbach telefoniert. Da weiß man nichts über einen anstehenden Rockerkrieg.«

Der breitschultrige Mann verließ den Schuppen wieder und lehnte einen Spaten gegen die Wand. Seine Motorradjacke hatte er gegen einen blauen Arbeitskittel getauscht. Er trug Gummistiefel und streifte sich Handschuhe über.

»Okay. Und was ist mit einer möglichen Auseinandersetzung mit einer anderen Verbrechergruppierung?«

»Billinsky, ich weiß natürlich, dass Sie Karevic meinen.«

»Mein Gespür sagt mir, dass da ein Zusammenhang besteht.«

»Etwas Konkretes in dieser Richtung haben wir aber immer noch nicht.«

Mara verfolgte, wie der Mann seinen Garten umzugraben begann. »Wissen Sie, wer mir gegenüber die Bravados erwähnt hat? Carlos Borke.«

»Sie haben mit ihm gesprochen?«, fragte Rosen überrascht.

»Er hat gemeint, ich solle mich um die Bravados kümmern.«

»Hm. Merkwürdig. Die Provinz-Rocker und Borke – das passt für mich überhaupt nicht zusammen.«

»Okay, Rosen. Bis später!«

»Bis dann!«

Noch immer kam ihr Rosen zögerlich und zimperlich vor, aber immerhin schien er seit dem gemeinsamen Wein hilfsbereiter zu sein.

Während sie das Handy wegsteckte und hinter der Hecke hervortrat, wurde ihr wieder bewusst, dass ihr die Unterhaltung mit Isabell im Unterbewusstsein keine Ruhe ließ. Sie hätte einhaken, nachbohren sollen. Auf jeden Fall würde sie erneut mit der Frau reden müssen.

Jetzt allerdings war jemand anders an der Reihe.

Mara passierte das abgestellte Motorrad. Eine Harley-Davidson, allerdings ohne Bravados-Schriftzug. Die Zeiten waren für Alex Kügler ja auch vorbei. Sie öffnete das Türchen im Zaun und ging auf den Mann zu. Er rammte den Spaten in die Erde und sah ihr misstrauisch entgegen.

»Billinsky. Kriminalpolizei Frankfurt.« Sie blieb vor ihm stehen.

In der Tat, ein großer, überaus kräftiger Kerl. Rasierter Schädel, harte Wangenknochen, rötlich grauer Vollbart. Sie schätzte ihn auf Ende vierzig. Viel mehr als seinen Namen wusste sie nicht über ihn.

»Sie sind Alex Kügler?«

»Warum fragen Sie, wenn Sie's doch sowieso wissen?« Eine raue Stimme, weiterhin Misstrauen in den hellen Augen. Er streifte die Handschuhe ab und stopfte sie in die Jackentasche. Finger, Handrücken und -gelenke waren übersät mit Tätowierungen. HATE & BLOOD, konnte Mara lesen.

»Marek Pohl«, sagte sie schlicht.

Er gab keine Antwort, sondern steckte sich eine Zigarette an.

»Er wurde umgebracht.«

»Ich hab davon gehört.«

»Von wem wissen Sie das? Haben Sie noch Kontakt zu den Bravados?«

»Von Lehmann«, gab er mit einem Brummen zurück. »Bei dem Sie heute Mittag schon waren und nach Pohl gefragt haben.«

»Sie und Lehmann, sind Sie Freunde?«

»Na ja, wir kennen uns eben.«

»Seit Ihrer gemeinsamen Zeit bei den Bravados, nicht wahr? Warum sind Sie eigentlich ausgestiegen? Oder mussten Sie aussteigen?«

Er nahm einen tiefen Zug. »Ich musste nicht. Ich wollte.«

»Weshalb?«

»Weil es mir nicht gefallen hat, wie sich der Verein verändert hat.«

»Inwiefern hat er das?«

»Leute wie Lehmann und ich, also die älteren, wir hatten noch ...« Er suchte nach einem Wort. »Grundsätze. Prinzipien. Oder wie man es nennen soll.«

»Und die jüngeren Mitglieder?«

»Die wurden immer rücksichtsloser. Brutaler. Und gleichzeitig feiger.«

Mara forschte in seinem Gesicht. »Sie wurden«, sagte sie, »vor allem krimineller. Richtig?«

Er schwieg.

»Und weil Sie eher der rechtschaffene, gesetzestreue Typ ...«

»Ich bin ausgestiegen, und das war's für mich«, schnitt er ihr barsch das Wort ab. »Keine Treffen mehr, kein Garnichts mehr. Die gehen mir am Arsch vorbei.«

»Kann man das? So einfach aussteigen?«

»Vor ein paar Jahren schon noch. Gerade wenn man älter war. Lehmann, ich und noch ein oder zwei andere haben versprochen, über unsere Zeit bei den Bravados nie irgendetwas auszuplaudern. Und daran halte ich mich.«

»Die Prinzipien eben, stimmt's?«

Eine Zornesfalte entstand zwischen seinen rötlichen Brauen. »Mehr jedenfalls als bei euch Bullen.«

»Und was machen Sie heute?«

»Ich schraube an Bikes herum und kümmere mich um den Garten meiner Mutter. Sonst noch Fragen?«

»Und ob.« Mara grinste ihn an. »Immer noch Marek Pohl. Sie kannten ihn, oder? Er war doch schon bei den Bravados, als auch Sie noch dazugehörten.«

»Hm.« Er blies eine Qualmwolke aus.

»Was für ein Typ war er?«

Ein Heben der breiten Schultern. »Damals war er noch ziemlich feucht hinter den Ohren. Aber es zeigte sich, dass er einer von den harten Jungs werden würde. Einer, auf den man sich verlassen kann.«

»Also kein Revoluzzer? Jemand, der es darauf anlegt, selbst das Sagen zu haben?«

»Quatsch.« Kügler ließ den Zigarettenstummel fallen und zertrat ihn.

»Warum hat es gerade Pohl erwischt? Und das auch noch auf ziemlich scheußliche Art?«

»Keine Ahnung.« Er schlüpfte wieder in die Handschuhe. »Und es ist mir auch völlig egal.«

»Sie haben überhaupt keine Vorstellung, wer für den Mord infrage kommen könnte?«

»Nee.«

»Gab es nicht Ärger mit den Kroaten? Sie wissen schon, mit Ivo Karevic?«

»Mit wem?« Er wirkte nicht überrascht angesichts des Namens, eher so brummig wie zuvor.

»Als Sie noch bei den Bravados waren, haben Sie da nie von Karevic gehört? Oder Gespräche mitbekommen, bei denen ...«

Er machte einen Schritt auf sie zu und starrte auf sie herunter. »Seit über zwei Jahren habe ich kein Wort mit einem Bravado gewechselt. Die Suppe, die die kochen, schmeckt mir nicht.« Zum ersten Mal glühte offene Aggressivität in seinen Augen. »Und wenn einer nach dem anderen von den Bravados abgeschlachtet wird – mich kümmert's einen Scheißdreck. Jetzt lassen Sie mich in Ruhe. Oder ich grab Sie hier ein, Kätzchen.«

»Was Sie nicht sagen, Katerchen«, entgegnete sie herablassend.

Seine Pranke schoss nach vorn, er wollte den Kragen ihrer Jacke packen, doch erstaunt stellte er fest, dass seine Finger ins Leere grapschten.

Mara war blitzschnell ausgewichen und trat ihm von hinten ins Knie. Er knickte ein, sie drehte ihm das Handgelenk mit aller Kraft auf den Rücken und zog gleichzeitig ihre Pistole. Die Mündung ruhte an seinem Schädel.

»Vielen Dank für die nette Unterhaltung«, sagte sie gelassen und drückte sein Handgelenk noch weiter nach oben.

Er japste.

Als sie von ihm abließ, rieb er sich das Gelenk. Er sah sie nicht mehr an.

»Und weiterhin viel Spaß im Garten.«

Die Befragung war ein Schuss in den Ofen gewesen – aber nach den ganzen Enttäuschungen hatte es ihr gutgetan, diesem Kerl auf den Leib zu rücken, das gestand sie sich ein. Dass großkotzige Typen wie er sie nicht ernst nahmen, reizte sie erst recht, es ihnen zu zeigen.

Gleich darauf saß sie wieder hinter dem Steuer, um zurück nach Frankfurt zu fahren. Sie quälte sich durch den immer dichter werdenden Stadtverkehr und reihte sich schließlich ein in den Wurm aus zahllosen Autos auf der Schlossstraße. Auf einem Supermarktparkplatz stellte sie ihren Wagen ab. Fünf Minuten später befand sie sich vor dem Haus, in dem Isabell wohnte. Davor stand ein Laster, in den Möbelpacker gerade ein Sofa wuchteten.

Mara glitt durch die Haustür, die mit einem Holzkeil offen gehalten wurde, und fuhr mit dem Aufzug in die oberste Etage.

Dort stellte sie überrascht fest, dass auch Isabells Wohnungstür sperrangelweit offen stand: Hier fand der Umzug statt.

Sie betrat die Bleibe der jungen Frau. Keine Pflanzen, keine Alltagsutensilien, fast keine Einrichtung mehr. Dafür im Wohnzimmer ein paar der letzten Umzugskartons, eine große Reisetasche, eine große Plastiktüte, bis zum Rand gefüllt mit High Heels. Totenstille. Mara spähte in jeden Raum. Niemand da.

Sie ging zurück ins Wohnzimmer und öffnete den Reißverschluss der Tasche: Frauenklamotten, achtlos zusammengeknüllt und reingestopft.

Hinter ihr ertönten Schritte, Mara wirbelte herum.

Einer der Möbelpacker mit blauer Arbeitshose und kariertem Flanellhemd. Er musterte sie.

»Ich wollte zu Isabell Ljubimac«, sagte sie rasch. »Sie ist eine Freundin von mir.«

Er hob die Schultern. »Ich bin nur fürs Schleppen zuständig.«

»Aber Sie wissen doch, wo die Reise hingehen soll?«

»Reise?«, wiederholte er begriffsstutzig.

»Wohin wird umgezogen?«

»Ach so. Sachsenhausen. Mein Kollege hat die genaue Adresse.«

»Danke, dann frage ich mal den Kollegen.«

»Die anderen beiden sind unten. Rauchen noch eine.«

Mara schob sich an ihm vorbei und aus der Wohnung hinaus.

Nachdem sie die Information hatte, kaufte sie sich schnell noch Pasta, Parmesan und Rotwein in dem Supermarkt, wo ihr Auto stand. Ein Anruf bei Hanno Linsenmeyer brachte keine Neuigkeiten: Er hatte nichts von Rafael Makiadi gehört – der Junge blieb verschwunden, auch in seinem Wohnheim hatte er sich nicht mehr blicken lassen.

In der Nähe der Adresse, die ihr genannt worden war, stellte sie ihren Alfa ab. Der Sachsenhäuser Berg, mit Blick auf die City. Sicher, keine High-Society-Ecke, aber doch eine sehr ordentliche Gegend. Sie wunderte sich, aus welchen Gründen es jemanden mit Isabells Umfeld ausgerechnet hierhin verschlagen hatte, zumal es sich auch noch um ein Einfamilienhaus mit umliegendem Rasen handelte. Hier? Eine Exhure und Gespielin eines berüchtigten Unterweltanführers?

Sie beobachtete aus einiger Entfernung, wie die drei Möbelpacker die Einrichtung ausluden, und wartete ab. Kein Riesenumzug. Mit Sicherheit würde so manches Zimmer leer bleiben angesichts der überschaubaren Ladung des Lasters. Ein Doppelbett und ein Kleiderschrank waren offenbar die einzigen größeren Möbelstücke.

Bald schimmerte Licht im Inneren auf, es wurden also gerade die Lampen angeschlossen.

Maras Geduld wurde erneut auf eine harte Probe gestellt.

Bei Einbruch der Dunkelheit war der Laster leer, der Laderaum wurde geschlossen. Da tauchte ein Taxi auf, Isabell stieg aus und unterhielt sich kurz mit den Möbelpackern. Einem wurde ein Bündel Scheine zugesteckt, der Preis für den Umzug, dann gab es noch für jeden einzelnen ein Trinkgeld. Die Männer verabschiedeten sich, Isabell wollte gerade das Haus betreten, als Mara wie aus dem Nichts neben ihr stand.

»Sie? Schon wieder?«

Für einen kurzen Moment schien die junge Frau gewillt, hineinzustürmen und die Tür hinter sich zuzuknallen. Doch sie verharrte an Ort und Stelle.

»Sie werden mich wohl nicht los.« Mara sah ihr in die Augen. »Es sei denn, Sie lüften mal ein paar Geheimnisse.«

»Was wollen Sie von mir?«

»Also geht's für Sie doch nicht zurück in den Puff, was?«

»Ich werde nie wieder anschaffen.«

»Letztes Mal waren Sie sich da nicht so sicher. Zwischenzeitlich im Lotto gewonnen?«

»Ich habe nichts zu sagen.«

Ja, Mara konnte sich gut vorstellen, dass die Männer ganz verrückt nach Isabell waren. Das lange weiche Haar, die ebenso weichen, zarten Gesichtszüge, das Schmollmündchen. Die tolle Figur, die in Minirock und hochhackigen Stiefeletten sehr gut zur Geltung kam.

Isabell schloss die Messingknöpfe ihrer eleganten hüftlangen Steppjacke, wie um ihre Reize vor Mara zu verbergen.

»Isabell.« Mara starrte ihr unentwegt ins Gesicht. »Ich werde wühlen, immer weiter, immer mehr. Und ich werde es herausfinden.«

»Was denn?«

Maras Stimme wurde härter, eindringlicher. »Zum Beispiel, wer Ihren Umzug bezahlt hat.«

»Ich.«

»So?« Mara runzelte die Stirn. »Aber wer hat Ihnen das Geld dafür gegeben?«

»Wie kommen Sie dazu, mich so unter Druck zu setzen?«, gab Isabell schrill zurück.

»Ljubimac. Ein schöner Name. Den hat Ihnen Ivo Karevic verpasst, nicht wahr? Auf Kroatisch heißt das Liebling, ich hab's nachgeschlagen.«

»Na und? Das ist mein Name«, log Isabell.

»Ich werde wühlen und wühlen«, fuhr Mara stoisch fort. »Bis ich mehr weiß.«

»Hauen Sie endlich ab!« Sie klang noch schriller. Isabells Augen flackerten und ließen erkennen, wie sehr sie sich in die Enge getrieben fühlte.

»Hören Sie zu, ich schätze mal, Sie haben kein Interesse daran, dass ich Ihnen richtig auf die Pelle rücke, oder? Soll ich Ihre Papiere überprüfen? Ihren Mietvertrag? Denn dieses Häuschen, das haben Sie doch nicht gekauft, oder? Dann wäre da natürlich noch Ihre Aufenthaltsgenehmigung …«

Ein eisiges Schweigen schlug ihr entgegen. Sekundenlang. Dann äußerte Isabell zischend: »Wissen Sie noch, was Sie letztes Mal zu mir gesagt haben? Ich bin keiner der üblichen Bullen. Eine Lüge, was sonst? Sie sind genau wie alle Bullen.«

»Weil Sie mir keine andere Wahl lassen.«

Mara hasste es, jemandem wie Isabell zuzusetzen. Zumindest noch lag nichts gegen sie vor – ihr einziger Fehler war es womöglich gewesen, sich mit den falschen Typen eingelassen zu haben.

»Wer hat den Umzug bezahlt?«, nahm sie unnachgiebig den Faden wieder auf. »Und wessen Idee war diese Adresse? Warum hier?«

»Warum nicht?« Isabell starrte auf den Kiesweg, der durch den Rasen zum Haus führte, und tat alles, um Maras Blick auszuweichen.

»Malovan? Hat er gezahlt? Sind Sie jetzt sein Herzchen? Nachdem Karevic sich verabschieden musste?«

»Malovan ist ein Schwein«, entfuhr es Isabell.

»Und Karevic? War der auch ein Schwein?«

»Das sind sie alle. Einer wie der andere. Bestien. Und jetzt hauen Sie endlich ab!«

»Haben sie Sie geschlagen? Karevic und die anderen?«

»Wenn es nur das wäre«, erwiderte Isabell bitter.

»Was haben Sie Ihnen noch angetan?«

»Lassen Sie mich bitte in Ruhe!«

Mara hatte versucht, in den polizeilichen Datenbanken mehr über Isabell herauszufinden, aber ohne Erfolg. Frauen wie sie waren zumeist praktisch namenlos, Randnotizen im zermürbenden Kampf gegen die Hintermänner.

»Kennen Sie die Bravados?«

»Die Rocker? Ich hatte nie mit denen zu tun.«

»Und Karevic? Hatte der mit ihnen zu tun?«

»Das weiß ich nicht.«

»Marek Pohl. Was ist mit dem? Schon mal getroffen, den Herrn?«

»Nein.«

»Bei unserem letzten Gespräch«, setzte Mara neu an, »haben Sie Carlos erwähnt. Um was ging es bei den Telefonaten zwischen ihm und Karevic?«

»Ich sagte doch: Das weiß ich nicht.«

»Ein großes Ding. Das waren Ihre Worte.« Mara trat noch dichter an sie heran. »Und die haben mir keine Ruhe gelassen. Also los. Was steckt dahinter?«

Isabell rollte mit den Augen, presste hart die Lippen aufeinander.

Leichter Regen setzte ein, es war noch dunkler geworden. Das Licht, das aus der offenen Haustür hinausströmte, umschmeichelte die junge Frau mit gelblichem Schein.

»Was steckt dahinter?«, wiederholte Mara.

»Drogen.«

»Drogen welcher Art?«

»Das habe ich nicht mitgekriegt, und es ist mir auch völlig egal.«

Maras Handy klingelte. Sie zog es aus der Jacke und betrachtete das Display: Jan Rosen.

Plötzlich kam Bewegung in Isabell. Sie tat, was sie schon die ganze Zeit vorgehabt hatte, und hastete ins Innere der Wohnung. Die Tür fiel mit einem lauten Knall ins Schloss.

Der Klingelton erstarb, und Mara war unentschlossen, ob sie die junge Frau weiter bedrängen und läuten sollte. Sie atmete durch, spürte die Regentropfen im Haar. Schließlich entfernte sie sich von Isabells neuem Unterschlupf und ging zurück zum Auto, das Handy am Ohr. Sie hatte Rosens Nummer gewählt.

»Billinsky? Hier Rosen.«

»Was gibt's Neues? Irgendeine Spur?«

»Ich muss Sie warnen«, antwortete er auffallend leise, als wollte er nicht, dass andere ihn hörten.

»Wovor?«

Sie bekam mit, dass er gerufen wurde – und erkannte Klimmts Stimme.

»Rosen«, sagte sie rasch, »wovor wollen Sie mich …?«

»Sorry, ich muss Schluss machen. Melde mich.«

Weg war seine Stimme. Stille.

Warnen, hallte es in Maras Ohr wider. Und ein Wort Isabells ging ihr auch nicht aus dem Sinn. Drogen. Hatte Carlos Borke nicht versucht, Klimmt auszuhorchen, was gerade in Sachen Drogeneinsätzen lief? Ein großes Ding? Was war das für ein Deal? Lag hier der Grund für Karevics brutales Ende? Sie kam sich vor wie ein vom Pech verfolgtes Eichhörnchen, das mühsam die Informationen aufsammelte wie Krümel, ohne etwas anzuhäufen.

Sie setzte sich hinters Steuer und startete den Motor. Carlos Borke hatte ihr nahegelegt, sich mit den Rockern zu befassen – dadurch würde sie mehr erfahren. Offenbar war es cleverer, sich eingehender um Borke selbst zu kümmern. Sie fuhr los, und ihre Reifen quietschten.

16

Er hatte keine Ahnung, wohin er sollte.

Alles war scheiße gelaufen.

Die Dunkelheit fiel über ihn her, die Kälte kroch ihm unter die Haut.

Er latschte durch die Straßen des Bahnhofsviertels, mutlos, müde, hungrig. Seine Nase lief. Nicht einmal an Hanno konnte sich Rafael Makiadi noch wenden. Dafür war der zu vertraut mit der Bullen-Lady.

Vorhin war er mit der U-Bahn unterwegs gewesen und während der Fahrt ohne Ziel einfach eingenickt. Er hatte geträumt, wieder einmal denselben Traum, der ihn immer wieder einholen würde: Mittagshitze, ein Marktplatz, ein riesiges Gewimmel, er mittendrin. Ohne jemals da gewesen zu sein, wusste er, dass er in Daressalam war. Er war seltsam vertraut mit der Umgebung, den Gerüchen, dem fremden Zungenschlag. Jemand ging neben ihm. Und auch wenn er den Mann nie zuvor gesehen hatte, war er von der tiefen, beruhigenden Gewissheit erfüllt, dass es sich um seinen Vater handelte. Im Traum war alles so klar, so deutlich, auch die Gesichtszüge des Mannes, die dann, nach dem Aufwachen, immer sofort verschwammen. Der Marktplatz, die Menschen und dann das riesige Monster, das brüllend in die Massen rauschte. Hilfeschreie, Schmerzensschreie, ein einziges Chaos. Verzweiflung. Der Mann, der sein Vater war, lag tot auf der Erde und bestand nur noch aus einer blutigen Masse.

Die U-Bahn hielt ratternd, die Türen öffneten sich zischend, und Rafael war nicht mehr in Daressalam, sondern in Frankfurt.

Er war von seinem Platz aufgesprungen und nach draußen gerannt, weiterhin ohne Ziel.

Und jetzt?

Tayfun? Schon wieder? Nein, das ging nicht, diesmal würde Tayfun nicht mitspielen. Zumal er ihm nicht mehr trauen konnte. Es gab sowieso kaum jemanden, dem er traute.

Seit der Nacht, als er bei Tayfun auf dem Boden geschlafen hatte, war er allein unterwegs gewesen, hatte seine letzten Scheinchen und Münzen für etwas zu beißen ausgegeben.

Er brauchte eine Dusche, Wärme, eine große Portion Schlaf, was Richtiges zu essen. Hanno war immer der letzte Notnagel gewesen. Verdammte Bullen-Lady.

Niddastraße, Moselstraße, Münchener Straße. Die Zuhälter, die Nutten, die Touristen, die ausgemergelten Drogengespenster, die Streifenbullen – immer das gleiche Bild, das gleiche Gedrängel, der gleiche Lärmpegel. Sicherlich ganz anders als der Marktplatz von Daressalam.

Scheiße, wohin sollte er gehen, wo sollte er schlafen?

Rafael war verzweifelt, schlimmer als sonst, schlimmer als je zuvor in seinem Leben. Er stammte aus einem Problemviertel in Offenbach, wobei es Stimmen gab, die die ganze Stadt als Problemviertel bezeichneten. Seine Mutter war eine Frau, vor der sich das Leben wie eine riesige Mauer auftürmte. Sie verausgabte sich dabei, mit jeder Menge geplatzter Träume fertig zu werden und mit drei schlecht bezahlten Aushilfsjobs gleichzeitig zu jonglieren. Gern suchte sie Trost in der Flasche. Rafael vermied es, allzu viel an sie zu denken, das tat zu sehr weh, es war ein einziger Schmerz. Allerdings stach es auch in sein Herz, nicht an sie zu denken.

Rafael hatte kaum Schulbildung. Was er konnte, hatte er auf der Straße gelernt – sagte er jedenfalls, weil es cool klang. Jugendgangs, Besserungsanstalten. Manchmal scrollte er in Internetsuchmaschinen wahllos durch Fotografien von Tansania und Daressalam. Er versuchte sich vorzustellen, wie es wäre, wenn er dort, in diesem fremden Land, in dieser fremden Stadt leben würde: Savannen, Löwen, armselige Hütten, enge belebte Gassen, Menschen in knallbunten Stoffen, der Rhythmus der Trommeln, Marktstände.

Häufiger noch verlor er sich in den Klängen und Texten deutschsprachiger Rapsongs; er wünschte sich, auch so etwas machen zu können. Er hatte von Bibi Bourelly gehört, einer jungen Berlinerin, die die Schule geschmissen hatte, um Musik zu machen. Von Kreuzberg hatte sie es bis nach L.A. geschafft, wo sie Songs für Rihanna schrieb und mit Kanye West und Usher zusammentraf. Auf YouTube sah er sich ihre Clips an und war mächtig beeindruckt. Kaum zu glauben – sie war nur ein paar Jahre älter als er.

In Hanno Linsenmeyers Jugendzentrum hatte er oft stundenlang einfach nur Musik gehört, die Augen geschlossen, selbstvergessen. Da waren Songs, die ihm nicht mehr aus dem Kopf gingen. Das unnachgiebige Wummern des Sounds war wie sein eigener Herzschlag, etwas an den Wörtern zog ihn an, kam ihm vertraut vor, als gehörte es irgendwie zu ihm – ein Gefühl der Geborgenheit, das er sonst nicht kannte. Insgeheim träumte er von eigenen Songs, von eigenen Texten, die er der Welt entgegenschreien konnte. Niemals jedoch hätte er das vor irgendjemandem zugegeben, er wollte kein Weichei sein.

Die Hände tief in den Hosentaschen vergraben, ging er weiter, immer weiter durchs Bahnhofsviertel, um die nächste Ecke und gleich wieder um die nächste herum, mit eingezogenem Kopf rein in eine Spielothek. Man fragte ihn nach dem Ausweis, was man nie tat, wenn Tayfun und die anderen dabei waren, und er wurde wieder auf die Straße gespuckt. Verfluchte Kälte, die Luft nass und schwer auf seinen Klamotten, in seinem Gesicht.

Immer wieder war er in schlimme Situationen geraten, doch diesmal schien sich die Schlinge enger um seinen Hals zusammenzuziehen. Man konnte ihn direkt mit den Wohnungseinbrüchen in Kronberg in Verbindung bringen. So düster hatte es selten ausgesehen, das war ihm klar. Und unwillkürlich musste er wieder an die Worte der Bullen-Lady denken, Worte, die sich genauso kalt anfühlten wie die Windböen, die durch die Häuserzeilen fegten. Der Fallschirmsprung, bei dem sich der Schirm nicht öffnete. Entnervend klar und deutlich lag ihm ihre Stimme im Ohr.

Sein Handy meldete sich. Er starrte im Gehen darauf. Eine Nachricht von Tayfun, der ihn aufforderte, beim üblichen Treffpunkt aufzukreuzen. Er hätte etwas vor und könnte Unterstützung brauchen. Rafael schob das Handy zurück in die Tasche seiner Cargohose in Tarnfarben.

Etwas vorhaben. Typisch Tayfun. Die Großschnauze. Aber automatisch lenkte Rafael seine Schritte bereits in Richtung U-Bahn-Haltestelle. Ich würd's dir nicht raten, Raf, klang Tayfuns Stimme noch in ihm nach, leise und drohend, als sie sich zuletzt gesehen hatten, doch er hatte niemanden sonst, kein Ziel, kein Dach über dem Kopf, keine Hoffnung.

Nicht einmal zwanzig Minuten später stieg er an der Haltestelle Höhenstraße aus, weg von der hell erleuchteten Berger Straße mit ihren Geschäften und Kneipen, hinein ins Gewirr der dunklen Nebengassen. Vorbei an der Bibliothek, dann zeichnete sich das Kindergartengebäude ab.

Über den Maschendrahtzaun, jetzt noch ein paar Meter, und er war da. Wiederum hockte Tayfun auf der steinernen Tischtennisplatte, ein Grinsen im Gesicht.

»Hey, Alter!«

»Hey, Tayfun!«

Tayfun schob sich von der Platte, und sie drückten die Fäuste gegeneinander.

»Was gibt's? Was hast du vor?«, wollte Rafael sofort wissen, obwohl er noch müder geworden war, er hatte das Gefühl, auf der Stelle einschlafen zu können.

Tayfun grinste. »Wo warst du?«

»Wie? Wo war ich?«

»Hast dich rumgetrieben, hä? Versteckt? Das Köpfchen eingezogen?«

»Ich komm schon klar«, antwortete Rafael vorsichtig. Auf einmal war er angespannt.

»Hast deine Klappe gehalten, hoffe ich.«

»Wie meinst du das?«

»Wie schon? Die Bullen.«

»Ich habe dir doch gesagt, ich verpfeife niemanden.« Rafael wurde immer misstrauischer.

»Die Frage ist, wie lange noch?« Tayfuns Grinsen hatte etwas Fieses. »Darüber müssten wir mal reden.«

Aus der Dunkelheit, dort, wo Schaukeln, Rutschbahn und Klettergerüst standen, näherten sich drei schemenhafte Gestalten.

Endlich kapierte Rafael.

Also das war es, was Tayfun vorhatte. Ihm eine Lektion erteilen. Ihm einbläuen, dass man ihm nicht mehr traute, dass er zu einem Risiko geworden war. Dass man ihm schmerzhaft klarmachen musste, die Klappe zu halten.

Blitzschnell rannte Rafael los. Keine Müdigkeit mehr, kein Hunger, nur noch Angst, eine Scheißangst, die ihm im Nacken saß, die ihm den Magen zusammenzog. Er rannte wie der Teufel, wie nie zuvor im Leben, glitt über den Zaun und hetzte weiter. Hinter ihm ertönten die Schritte der vier Verfolger, die ausgeruhter und kräftiger waren und näher und näher kamen.

17

Früher Morgen. Kein Sonnenstrahl, der Himmel war eine stumpfe, farblose Masse, im Präsidium war noch alles ruhig. Mara saß am Schreibtisch. Seit Stunden war sie wach, ruhelos, jedoch ohne einen klaren Gedanken fassen zu können. Erst jetzt stellte sich eine gewisse Müdigkeit ein. Sie trug schwarze Beats-Kopfhörer und ließ sich die Gehirnzellen durchpusten. Ramones, White Stripes, Cranberries, Jimi Hendrix, ein wilder Mix, der ihre Mattigkeit verscheuchen sollte.

Am Vorabend hatte sie mehrfach versucht, Carlos Borke telefonisch zu erreichen. Doch er war nicht drangegangen. Sie hatte ihn förmlich vor sich sehen können, den spöttischen, herausfordernden Blick auf ihre Nummer im Display gerichtet. Er war ein undurchsichtiger Vogel, ein windiger Typ, dem man nicht trauen durfte, das war klar. Aber möglicherweise wusste er etwas, das ihr weiterhelfen konnte. Anschließend hatte sie erneut einschlägige Adressen rund um den Hauptbahnhof abgeklappert und dabei auch nach ihm gefragt. Wiederum ohne Erfolg. Borke schien wie ein Phantom zu sein. Alle hatten von ihm gehört, aber mit ihm geredet, ihn getroffen, da sah es anders aus.

Heute in der Frühe hatte Mara schon ein Telefongespräch mit Hauptkommissar Meichel geführt, dem Leiter des Drogendezernats. Meichel erklärte, dass es im Moment recht ruhig sei. Nichts deute auf einen Bandenkrieg hin – oder darauf, dass größere Mengen als gewöhnlich in Umlauf seien.

Mara hatte sich bedankt und dachte auch jetzt noch über das Gespräch nach. Karevic. Drogen. Borke. Pohl. Bravados. Diese

Worte standen in fahrigen Großbuchstaben vor ihr auf einem Blatt Papier. Gab es Linien, durch die sich die Begriffe verbinden ließen? Am besten eine einzige Linie? Waren die Drogen der Schlüssel für die beiden Morde?

Außerdem hatte sie sich noch mal mit Isabell Ljubimac beschäftigt. Im Gegensatz zu dem Apartment war Isabell bei dem Haus am Sachsenhäuser Berg tatsächlich als Mieterin gemeldet. Die Kaution und die Miete für den ersten Monat waren bei einer gewissen Gesellschaft für Leben & Wohnen eingegangen, die sowohl Wohnungen als auch Häuser vermietete – und zwar von einem Konto, das auf Isabell Ljubimac ausgestellt war. Die Firma schien sauber zu sein. Also hatte Mara Isabells Bankverbindung unter die Lupe genommen. Das Konto war erst kürzlich eingerichtet worden. Von einem anonymen Nummernkonto einer Schweizer Bank war darauf eine stattliche Summe überwiesen worden, die für die Zahlungen für das gemietete Haus genutzt wurde. Wer überwies der jungen Frau Geld? Wer hatte ihr die Tür zu diesem Haus geöffnet? Malovan? Aber warum sollte er einen derart großen Aufwand und ziemlich hohe Kosten auf sich nehmen? Allein weil Isabell so verführerisch war? Es gab viele hübsche junge Frauen. Nein, hier lag etwas im Dunkeln, Mara konnte es spüren, aber einfach nicht sehen.

Eine Hand berührte plötzlich ihre Schulter, und sie vermied es zusammenzuzucken. Sie nahm die Kopfhörer ab und starrte in Jan Rosens besorgtes Gesicht. Heute trug er eine elegante Hose in Beige und einen leuchtend türkisfarbenen Pullover.

»Guten Morgen, Billinsky«, stieß er gepresst hervor. »Lassen Sie uns einen Kaffee holen und kurz miteinander quatschen.«

Mara legte die Kopfhörer weg und schaltete die Musik in ihrem Smartphone aus. »Das alberne Siezen sollten wir langsam ablegen, findest du nicht?« Sie stand auf. »Was wolltest du gestern loswerden? Und warum hast du dich nicht mehr gemeldet?«

»Es geht um die Bravados«, erwiderte er nach wie vor leise. »Du hast doch die beiden Exmitglieder verhört.«

Sie kamen am Automaten an, der inzwischen repariert worden war, steckten die Münzen in den Schlitz und standen dicht beisammen.

»Und?«

»Hm, es tut mir leid«, druckste er herum. »Ich habe mit Klimmt geredet, also, na ja ...«

»Und?«, wiederholte Mara und fühlte Ungeduld in sich aufsteigen. Dieser Rosen!

»Also, es war so ...«

»Billinsky!«, brachte ihn eine vertraute Stimme zum Schweigen. »Kommen Sie mal!«

Klimmt war am Ende des Flurs aufgetaucht und winkte Mara zu sich.

Gleich darauf stand sie vor seinem Schreibtisch, während der Hauptkommissar Platz nahm. Sein dünnes Haar war strubbelig, seine Augen rot unterlaufen. »Warum bleiben Sie eigentlich immer stehen?«, murrte er. »Können Sie sich nicht einfach hinsetzen wie die anderen?«

»Kann ich Ihnen irgendwie behilflich sein, Chef?«

»Bei Karevic kommen Sie nicht weiter.« Es war keine Frage.

»Ich bin dran. Und ich bleibe dran.«

»Es ist nur so: Wenn man bei dem einen Fall keine Fortschritte macht, kann man nicht einfach auf den nächsten losstürmen.«

»Was soll das heißen?«, wollte sie wissen – obwohl sie es ahnte.

»Rosen hat sich verplappert«, antwortete Klimmt angesäuert.

»Was hat er denn gesagt?« Sie hob eine Augenbraue.

»Ob es Ihnen passt oder nicht, Billinsky, hier nehme ich die Einteilungen vor. Ich verteile die Jobs, ich weise die Aufgaben zu.«

»Nichts dagegen.«

»Nichts dagegen«, äffte er sie nach und wuchtete sich hoch. Wohl um nicht immer zu ihr nach oben sehen zu müssen. »Wieso schnüffeln Sie bei den Rockern herum?«

»Die Umstände der Morde an Karevic und Pohl …«

»Lassen Sie die Finger von den Bravados«, unterbrach er sie.

»Aber bei beiden Morden spielt das Foltern eine zentrale Rolle, und deshalb glaube ich …«

»Was Sie glauben, ist mir wurscht. Fakten sind mir nicht wurscht. Und da wird's dünne bei Ihnen.«

»Carlos Borke hat die Bravados auch erwähnt. Komischer Zufall, finden Sie nicht?«

»Borke? Haben Sie einen Narren an ihm gefressen, oder was ist los? Hören Sie mal zu, Borke ist ein Mann ohne Gewissen, ohne Skrupel. Der verkauft seine Großmutter für zwei Schachteln Zigaretten. Er ist mein Spitzel, ich weiß ihn zu nehmen. Aber Sie …« Er vollendete den Satz nicht.

»Ich kann ganz gut auf mich aufpassen.«

»Das wird sich zeigen.« Er winkte ab. »Wie auch immer. Was soll ausgerechnet Borke mit den Rockern zu tun haben? Kümmern Sie sich um Karevic. Und wenn Sie da kein Land sehen, geben Sie's einfach zu.«

»Lassen Sie mir den Fall!« Wie sie es hasste, bitten zu müssen.

»Ich habe mit jemandem über Sie gesprochen.«

»Mit wem?«, entfuhr es Mara argwöhnisch.

»Das werden Sie schon noch erfahren.«

»Soll das ein vorweihnachtliches Rätsel sein, oder was?«

»Billinsky«, sagte er dumpf und ließ sich erneut auf den Schreibtischstuhl plumpsen. »Ich werde über den Karevic-Fall nachdenken. Lassen Sie uns ein anderes Mal weiterreden.«

Sie brummte etwas Unverständliches und verließ den Raum. Als sie ihren Schreibtisch erreichte, glühten Rosens Wangen.

»Sorry, es ist mir rausgerutscht, das mit Ihnen und den Rockern.«

Mara gab ihm keine Antwort, nahm Platz und brummte noch einmal etwas vor sich hin, das nicht einmal sie selbst verstand.

»Sorry! Klimmt hat gestern gebabbelt und gebabbelt, und irgendwann kamen wir auf Sie und auf Karevic und auf die Rocker ...«

»Rosen«, unterbrach sie ihn und sah ihm über ihre beiden Schreibtische hinweg in die Augen. »Wenn du noch einmal Sie sagst, beiße ich in meinen Monitor.«

»Sorry.«

»Und wenn du noch einmal Sorry sagst ...«

»Sor–« Er nickte. »Das war es, weswegen ich dich warnen wollte. Ich hatte das Gefühl, dass Klimmt dir wegen der Rocker ...«

Diesmal unterbrach ihn das Klingeln von Maras Bürotelefon. Die Nummer auf dem Display kannte sie nicht. Sie nahm den Anruf entgegen. Eine Frau namens Müller stellte sich als Mitarbeiterin von Staatsanwältin Angelika Taubner vor und bat Mara, zu einem dienstlichen Gespräch vorbeizukommen.

»Und wann soll das sein?«, fragte Mara etwas überrumpelt.

»Am besten noch heute Vormittag, wünscht Frau Taubner. Um elf Uhr würde es bestens passen.« Sie fügte noch an, wo Mara erwartet wurde, und verabschiedete sich förmlich.

Mara legte auf.

»Was ist los?« Rosen spähte zu ihr herüber.

»Ich soll zu Angelika Taubner.« Ich habe mit jemandem über Sie gesprochen, hörte Mara noch einmal Klimmts Stimme. »Rosen, du kennst doch die Taubner?«

»Klar.« Er nickte eifrig. »Sie ist die leitende Staatsanwältin in beiden Fällen. Ivo Karevic und Marek Pohl. Und sie hatte sich schon davor eine ganze Weile an Karevic und seiner Bande festgebissen.«

Mara warf einen Blick auf die Zeitanzeige in ihrem Monitor. Sie war Angelika Taubner nie begegnet. »Wie ist sie so, die Staatsanwältin?«

»Hm. Sehr tough, sehr erfolgreich. Genießt beruflich einen absolut tadellosen Ruf.«

»Und außerberuflich?«

Er schmunzelte. »Das weiß ich nun wirklich nicht.«

»Klimmt hat mit ihr über mich geredet.« Mara klappte den Laptop zu und schlüpfte in ihre Jacke. »Schmeckt mir gar nicht, die Sache.«

»Das glaube ich«, meinte Rosen kleinlaut.

18

Er schob das Handy in die Manteltasche. Keiner zu erreichen. Es schien, als hätten sich alle in Luft aufgelöst.

Er ging schneller, auch wenn ihm die Müdigkeit in die Knochen kroch. In den letzten Tagen hatte er kaum einmal länger als vier oder fünf Stunden am Stück geschlafen. Nervös war er, angespannt, und es wurde mit jeder Minute schlimmer. Nie hatte er seine Zuversicht verloren, nie seinen Galgenhumor, doch das Ungewisse an seiner Situation machte ihn allmählich fertig.

Ständig ertappte er sich dabei, wie er Blicke über die Schulter warf, wie er Fremde länger als nötig in Augenschein nahm, wie er bei Kleinigkeiten gereizt reagierte. Alles war doch so gut gelaufen. Er hatte sein Geld erhalten, hatte sich aus der Angelegenheit bereits wieder zurückgezogen, dann der Mord an Karevic, und plötzlich gab es um ihn herum nichts als Misstrauen. Und das richtete sich vor allem gegen ihn. Von zwei Seiten schoss man sich auf ihn ein, dabei war er doch das kleinste Rädchen in dem Spiel. Zuerst hatte er gehofft, dass ihm zumindest aus Malovans Richtung kein Ärger drohte, doch der Zwischenfall mit der Drahtschlinge hatte ihn eines Besseren belehrt. Sein Hals schmerzte nach wie vor, der Abdruck des Drahts war noch deutlich zu sehen, und es kam ihm vor, als hätte sich die Schlinge nicht nur in seine Haut eingebrannt.

Viel hatte nicht gefehlt. Fast hätten sie ihn in dem Gang des jämmerlichen Kleinen Elchs um die Ecke gebracht. Fast. Er hatte das Bewusstsein verloren, und als er wieder zu sich gekommen war, waren sie bereits verschwunden.

Eine Galgenfrist hatte er erhalten.

An einem Eckhaus blieb Carlos Borke stehen. Wieder ließ er den Blick wandern, die Straßen hinauf und herunter. Die Neonlichter, der Lärm, die vielen Passanten – es war wie immer. Anders war nur, dass er Angst hatte. Zum ersten Mal im Leben, wie es ihm erschien. Eine Furcht, die ihm all sein Selbstvertrauen, seine Lässigkeit, seine Selbstgewissheit nahm. Es fiel ihm zunehmend schwerer, den Eindruck zu erwecken, er wäre ganz der Alte, derjenige, der immer davonkam, der über den Dingen stand, der so smart war, dass er immer einen Ausweg fand.

Er setzte seinen Weg fort, beschrieb absichtlich einen weiten Bogen, der unnötig war, wartete noch ein wenig ab. Dann ging er zum Hauptbahnhof, um in ein Taxi zu steigen und sich ein Stück weit kutschieren zu lassen. Mehrfach spähte er dabei aus dem Rückfenster, ob sich ein Verfolger ausmachen ließe.

Abrupt ließ er den Fahrer anhalten, zahlte rasch, eilte Sekunden später schon wieder einen Gehweg entlang, direkt auf eine U-Bahn-Haltestelle zu. Vier Stationen, dann stieg er aus, mit schnellen Schritten, den Mantelkragen hochgeschlagen, den Kopf voller Sorgen. Die Treppe nach oben und weiter durch stille Seitengassen, seinem Ziel entgegen, dorthin, wohin ihm noch nie jemand hatte folgen können.

Keine Menschen zu sehen, niemand, aus der Nähe drangen Motorengeräusche zu ihm, sonst war nur das rhythmische Trommeln seiner Absätze zu hören. Er tauchte ein in die Dunkelheit zwischen den roten Backsteinbauten, erlaubte sich ein Aufatmen, einen Moment der Ruhe, als seitlich von ihm ein Geräusch ertönte. Sein Kopf ruckte nach rechts.

Eine Gestalt.

Carlos wollte losrennen, als ihm von hinten geschickt ein Bein gestellt wurde und er auf dem nassen Asphalt landete. Er starrte nach oben, wehrlos, hilflos, geblendet vom Strahl einer Taschenlampe.

Nichts als Stille um sie herum. Kein Autolärm mehr, eine Lautlosigkeit, die Borke durch Mark und Bein ging.

Malovans Männer?, durchzuckte es seinen Schädel.

Das Licht der Lampe erlosch. Er blinzelte. Seine Augen benötigten mehrere Sekunden, um sich an die Finsternis zu gewöhnen. Sein Herz hämmerte.

Er starrte nach oben, direkt in die Gesichter zweier Männer, denen er erst einmal zuvor begegnet war. In Henry's Pinte. Also nicht Malovans Leute.

Die Gegenseite.

Die noch unberechenbarer war als Malovan.

Ja, es waren dieselben Kerle. Der Ältere, etwa Mitte vierzig, und der Jüngere, Ende zwanzig, der Riese mit den beeindruckenden Pranken. Eine davon zog der Mann gerade aus der Manteltasche. In seinen dicken Fingern hielt er einen Gegenstand.

Carlos starrte darauf, konnte den Blick nicht davon abwenden. Fieberhaft suchte er nach den richtigen Worten, Erklärungen, Beschwichtigungen, doch sein Mund war wie ausgetrocknet.

»Du erinnerst dich doch noch an uns?«, sagte der Ältere.

»Und an das hier?«, meinte der Jüngere. Er hielt die Gartenschere vor Carlos' Augen und grinste ihn an.

19

Schon vor dem Eingang des Gerichtsgebäudes hatte es ein dichtes Gedrängel gegeben. Mara kämpfte sich durch die Menge, die auch den langen Flur bevölkerte. Etliche Vertreter der Presse, vor allem von der Boulevardfraktion, gaben sich die Ehre. Die Kameras mehrerer TV-Sender waren zu sehen. An diesem Tag mussten ein Fernsehpromi und außerdem ein Fußballprofi von der Eintracht vor den Kadi. Der eine wegen des Verdachts der Steuerhinterziehung, der andere wegen einer angeblichen Nachtclub-Schlägerei. Ausgerechnet heute, dachte Mara genervt.

Irgendwo in diesen Gängen hatte sich Staatsanwältin Angelika Taubner ein zweites Büro eingerichtet – bei dem Trubel musste man es nur erst mal finden.

Zwischen hastenden Menschen entdeckte Mara plötzlich den groß gewachsenen, eleganten Mann, der gerade eine Tür hinter sich schloss, einen Aktenkoffer in der Hand, einen selbstzufriedenen Ausdruck im Gesicht. Nein, nicht das noch, dachte sie nur und versuchte sich unwillkürlich etwas kleiner zu machen.

Er sah sie dennoch.

Mit nicht zu deutendem Blick betrachtete er sie.

Und sie gab es auf, sich an ihm vorbeizudrücken.

Voreinander standen sie da, um sie herum weiterhin Gedränge und Stimmengewirr.

»Hallo, Mara!« Er richtete seinen klassischen, perfekt gebundenen Windsor-Krawattenknoten, obwohl das gar nicht nötig war. Wie immer wirkte er wie aus dem Ei gepellt, wie aus einem Modemagazin für den gut betuchten Gentleman in den besten Jahren.

»Hallo«, gab sie tonlos zurück.

Sie maßen sich lange.

»Was machst du hier, Mara?«

»Ein Termin«, antwortete sie mit einem jähen bockigen Unterton, den sie von früher kannte, wenn sie mit ihrem Vater sprach.

»Ach? Mit wem?«

»Soll das wieder eine nette, fröhliche Plauderei werden? Mir reicht noch die vom letzten Mal.«

»Warum schon wieder so giftig?« Mit Unschuldsmiene schob er hinterher: »Etwa wegen der Karevic-Sache?«

Ein älterer Herr kam vorbei und wurde auf ihren Vater aufmerksam. Sofort näherte er sich für einen schnellen Händedruck mit Edgar Billinsky.

»Schön, Sie zu sehen, Edgar.«

»Freue mich auch, Claus-Peter.«

»Bald mal wieder ein gemeinsames Essen?« Der Mann schenkte Mara nur einen abwertenden Seitenblick.

»Es wäre mir eine Ehre.« Ihr Vater nickte ihm zu, dann war der Fremde bereits wieder verschwunden.

»Also, Mara. Was ist mit Karevic?«

Sie verdrehte die Augen und machte Anstalten, ihren Weg fortzusetzen. »Ich muss weiter.«

»Ich sage dir nur eins: Du solltest nicht versuchen, über jedes Stöckchen zu springen, das man dir hinhält.«

Widerwillig stoppte sie mitten in der Bewegung. »Karevic ist kein Stöckchen. Das ist ein Fall, den ich bearbeite.«

»Ach, Mara.« Da war es wieder, dieses Geringschätzige, dieses Abfällige, das immer klang wie »Du kleines Ding, du hast ja überhaupt keine Ahnung«. »Glaub mir, da ist nichts zu holen für dich. Die verheizen dich. Und dann ist Schluss, dann bist du verbrannt. Sie werden dich abschieben, zurück nach Düsseldorf oder wohin auch immer.«

»Ich bearbeite einen Fall«, wiederholte sie, die Silben ein Stakkato. »Das ist alles.«

»Eigentlich ist es doch immer derselbe Fall, dem du hinterherjagst, nicht wahr? Ohne wirklich voranzukommen, ohne ihn zu fassen zu kriegen. Ob in Düsseldorf oder in Frankfurt. Ob ein Gangster abgemurkst wird oder sonst irgendwer, ganz egal, wen es trifft, du versuchst immer, ein und denselben Fall zu lösen.«

»Was redest du da?« Alarmiert starrte sie ihn an.

»Du weißt genau, welchen Fall ich meine.«

Sie biss die Zähne zusammen, ihr war, als würde sich eine Eisschicht über sie legen.

»Es hat eine ganze Weile gedauert«, fuhr Edgar Billinsky fort, »bis ich darauf gekommen bin, warum du damals zur Polizei gegangen bist. Ausgerechnet du. Das Mädchen, das vorher am liebsten Steine auf die Bullen geschleudert hätte.«

»Übertreib's nicht«, sagte sie ganz leise.

»Du bist für die Übertreibungen zuständig. Früher schon.« Er ließ seine Worte wirken, ehe er anfügte: »Na los, gib zu, dass ich recht habe.«

»Du denkst ja, du hast immer recht.«

»Der eine bestimmte Fall, dem du hinterherrennst, der über deinem schwarzen Köpfchen klebt wie eine Regenwolke, seit du ein kleines Mädchen warst. Seit so vielen, vielen Jahren.«

Selbst heute noch fühlte sie sich von ihm ertappt, überrumpelt, von seiner überlegenen Art zu sprechen, von seiner Selbstgerechtigkeit. Es gelang ihr einfach nicht, sich darauf einzustellen oder dagegen zu wappnen.

»Mara, so ist es doch, mach dir nichts vor.«

»Und das wirfst du mir hier an den Kopf?« Sie hatte das Gefühl, gleich zu platzen. »Das muss wirklich unbedingt hier sein?

Quasi im Vorbeigehen, zwischen zwei beruflichen Besprechungen, zwischen zwei Tassen Kaffee.« Sie schüttelte heftig den Kopf. »Wie kann man nur so sein?«

»Wo und wann man die Wahrheit ausspricht, ist doch egal. Hauptsache, man verschließt sich nicht vor ihr.«

»Du bist es, der sich vor ihr verschließt«, gab sie mit mühsamer Beherrschung zurück. »Oder nein, es ist schlimmer. Du gehst einfach über sie hinweg, du ignorierst sie. So wie alles, was dir nicht in den Kram passt. Auch wenn es ein Mord ist. Auch wenn es der Mord an deiner eigenen Frau ist. Warum sich auch lange damit aufhalten? Dir ist ja nichts passiert. Und es gibt so viele Frauen.«

In seinem Gesicht zuckten ein paar Muskeln. Endlich einmal eine kleine Reaktion, dachte sie, eine Regung, ein Kratzer in seiner Hülle aus Arroganz und Egomanie.

»Was hätte ich denn tun sollen, Mara? Ins Kloster gehen? Ich wollte nicht auch tot sein, sondern weiterleben.«

»Ja, leben. Das kannst du.«

»Ach, was soll's«, antwortete er verächtlich. »Weißt du was? Wir sind hier an einem Gericht. Verklag mich doch! Weil ich lebe. Weil ich weitermache. Hätte ich zum Mönch werden sollen? Mein Gott, es gibt eben nicht nur eine Frau auf der Welt. Und ich hatte schon immer mehr als nur eine.«

»Aber du hast nur eine Tochter«, sagte sie prompt. Und endlich schaffte sie es, sich loszureißen. Von ihm, von dieser Situation. Sie ließ ihn stehen, stampfte los und rempelte mehrere Leute an, spürte dabei seinen Blick im Rücken.

Ein weiterer langer Flur, eine Treppe führte nach oben. War sie hier überhaupt richtig? Weniger Menschen, weniger Gedränge. Mara sog die schlechte Luft ein. Sie versuchte ihre Gedanken zu ordnen, sich wieder auf die Suche nach dem Büro der Staatsanwältin zu konzentrieren.

Als sie zuvor das Auto geparkt hatte, war sie noch völlig gefasst gewesen, bereit für das Gespräch, das anstand. Doch jetzt … Auf einmal verspürte sie den unwiderstehlichen Drang, eine Zigarette zu rauchen. Und einen Rotwein zu trinken. Oder etwas Stärkeres. Manchmal kannte das Leben wirklich keine Gnade. Ausgerechnet jetzt musste sie ihm über den Weg laufen. Ausgerechnet vor dem Taubner-Termin, der gewiss nicht einfach sein würde und eigentlich ihre ganze Aufmerksamkeit verlangte. Hunderte Menschen, und sie traf natürlich auf ihn.

Durcheinander und aufgewühlt war sie auch dann noch, als sie Minuten später endlich vor der richtigen Tür stand, wie ein kleines Namensschild an der Wand daneben auswies.

Noch einmal tief durchatmen. Und anklopfen.

Eine weibliche Stimme forderte sie auf einzutreten, und Mara ging hinein.

Sie hatte eine Assistentin in einem Vorzimmer erwartet, doch sie stand mitten in einem kleinen Büro mit einem kleinen Schreibtisch. Dahinter saß eine attraktive Frau, die sofort aufstand, um ihr entgegenzutreten und die Hand zu reichen.

»Frau Billinsky, nehme ich an? Bitte schön.« Sie wies auf den Besucherstuhl.

Mara setzte sich und sah sich um. Bei der leitenden Staatsanwältin hätte sie etwas anderes erwartet als dieses bescheidene Refugium.

Angelika Taubner lächelte, als sie den Blick bemerkte. »Das ist nur eine Art Rückzugswinkel. Um es mal so zu sagen. Hier kann ich mich verstecken und einen klaren Kopf kriegen.«

Die Frau ließ sich nicht wieder auf ihrem Stuhl nieder, sondern stellte sich an das einzige, sehr große Fenster des Zimmers, direkt hinter dem Schreibtisch. »Nett von Ihnen, dass Sie sich Zeit für mich nehmen.«

Mara nickte nur, misstrauisch wie eh und je. Erst recht, wenn man ihr freundlicher gegenübertrat, als sie das erwartete. Lass dich bloß nicht einlullen, sagte sie sich. Nicht beschwatzen, nicht austricksen. Nein, sie mochte Anwälte nicht besonders, egal um welche Ausprägung dieser Spezies es sich handelte. Und das lag nicht nur an Edgar Billinsky. Sie waren allesamt zu glatt und zu schnell bereit, die eigene Position für eine andere, möglicherweise erfolgversprechendere aufzugeben.

»Stört es Sie, wenn ich ein bisschen Frischluft hereinlasse?«

»Nein«, erwiderte Mara.

Die Staatsanwältin kippte das Fenster und drehte sich wieder zu ihr um, ein verhaltenes Lächeln auf den Lippen.

Ja, auffallend attraktiv. Anfang vierzig, lange hellblonde Haare, hochgesteckt. Sportliche Figur, ganz bestimmt eine eifrige Gym-Besucherin und Joggerin. Bluse, enger dunkelblauer Rock, hohe Absätze. Manchmal konnte sich Mara angesichts solcher Frauen einer gewissen Befangenheit nicht erwehren. Karrierefrauen, wie sie sie immer verächtlich nannte. Oder wenn sie schlecht drauf war: Schlangenweiber. Intelligent, erfolgreich, gewinnend, einnehmend. Ausgestattet mit Selbstvertrauen, mit Disziplin – und der Fähigkeit, sich kalt lächelnd durchzusetzen. Frauen wie Taubner standen für das Establishment, für das, was Mara lange verhasst war und mit dem sie sich auch nach Jahren als Beamtin nicht anzufreunden vermochte.

»Ich wollte mich unbedingt einmal mit Ihnen persönlich unterhalten.« Frau Taubner sank nun doch in ihren lederbezogenen Drehstuhl, eine geschmeidig fließende Bewegung. »Immerhin habe ich einiges über Sie gehört.«

Endgültig leuchteten alle Warnlichter bei Mara auf. »So?«, gab sie knapp zurück.

»Und je früher, desto besser, dachte ich mir.«

Was hat Klimmt über mich gequatscht?, lag es Mara auf der Zunge. Doch noch verordnete sie sich Schweigen.

»Immerhin sind Sie erst seit Kurzem hier.« Das Lächeln blieb. »Und gleich hat man Ihnen eine ziemliche Nuss zu knacken gegeben. Um es mal so platt zu sagen.«

»Schon in Ordnung«, erwiderte Mara schmallippig. »Ich habe quasi darum gebeten.«

Die blauen Augen taxierten Mara, schienen jede Einzelheit an ihr wahrzunehmen. Grazile Finger spielten mit einem silbernen Füllfederhalter.

Mara konnte sich die Dame bestens in einem Gerichtssaal vorstellen. Jederzeit beherrscht, eloquent, mit dieser Eleganz, die so mühelos wirkte, niemals vordergründig, sondern geradezu beiläufig. Sie sah Angelika Taubner im Jurastudium vor sich, die winzigen Fältchen um Augen und Mundwinkel noch in weiter Ferne, die Blonde, die jedem Kommilitonen sofort auffiel, die zu jeder Semesterparty eingeladen wurde – und auf die die Kommilitoninnen neidisch waren.

Angelika Taubner strich sich eine vorwitzige Strähne aus der Stirn. »Ach, mir liegt es eigentlich nicht, um den heißen Brei herumzureden. Was ich sagen will: Frankfurt ist anders. Einfach anders.«

»Ich bin Frankfurterin.«

»Ja, es ist eine Rückkehr für Sie, ich weiß. Was ich meine: Damals hatten Sie nicht eine derart exponierte, verantwortungsvolle Position. In Düsseldorf ist Ihnen ein schöner Karrieresprung gelungen und ...«

»Ergebenen Dank«, warf Mara süffisant ein.

»Bitte nicht falsch verstehen. Das war keineswegs gönnerhaft gemeint. Es ist mir wichtig, Sie darauf hinzuweisen, dass Frankfurt in Sachen Polizeiarbeit – jedenfalls in meinen Augen – ein besonders schwieriges, hartes Pflaster ist.«

»Das schreckt mich nicht«, bemerkte Mara nicht ohne Schärfe.

»Auch das habe ich gehört. Und das finde ich bewundernswert. Umso entscheidender ist es für mich ...«

»Sehen Sie«, unterbrach Mara sie bestimmt, »ich mag den heißen Brei auch nicht. Sagen Sie mir doch einfach, welche Dummheiten Klimmt über mich loswerden musste und welche Steine Sie mir in den Weg legen wollen.«

Angelika Taubners blaue Augen weiteten sich. Ihr Mund klappte auf und wieder zu. Und erst dann kam ein Wort über die dezent bemalten Lippen: »Hoppla!«

Ein Schweigen entstand. Mara fühlte das Funkeln, das aus ihren eigenen Augen stach, während der Blick der Staatsanwältin sich veränderte.

»Frau Billinsky, ich muss da unbedingt etwas klarstellen.« Sie machte eine Pause. »Ich habe Sie keineswegs zu mir gebeten, um Ihnen Steine in den Weg zu legen. Im Gegenteil.«

»Soso«, erwiderte Mara skeptisch.

»Woher der Argwohn, Frau Billinsky?«

»Reine Gewohnheit.«

Frau Taubner schob den Füllfederhalter beiseite. »Tatsächlich, ich habe mit Herrn Klimmt über Sie gesprochen. Und gut möglich, dass er sich auf seine bärbeißige Art nicht allzu vorteilhaft über Sie geäußert hat. Aber – ich kenne ihn eben. Und: Ich bilde mir immer ein eigenes Urteil. Frau Billinsky, ich habe mich schon vor der Unterhaltung mit Klimmt, die übrigens rein zufällig zustande kam, über Sie erkundigt. Weshalb auch nicht, Sie sind eine neue Kommissarin im Team. Zudem spricht es sich herum, mit wie viel Engagement Sie sich dem Mordfall Ivo Karevic widmen.«

»Das ist mein Job«, sagte Mara, nun jedoch defensiver.

»Das ist es. Und dennoch finde ich Ihren Einsatz großartig.«

Jetzt war Mara endgültig erstaunt.

»Zumal es«, fuhr die Staatsanwältin fort, »sicher nicht so

einfach ist für Sie. In diesem Männerhaufen, mit einem Stier wie Klimmt als Chef. Nur mal unter uns.« Ein offenes, aber kein anbiederndes Lächeln. »Wie gesagt, Ihr Einsatz imponiert mir. Und daher möchte ich Ihnen meine Unterstützung zusagen. Wann immer es etwas gibt, bei dem ich helfen kann, lassen Sie es mich wissen.«

»Okay ...« Mara konnte ihre Verblüffung noch immer nicht verbergen – sie war auf etwas anderes gefasst gewesen.

»Bleiben Sie dran.«

»Das werde ich«, versicherte Mara.

Sie unterhielten sich noch eine ganze Weile. Die Staatsanwältin schilderte ausführlich ihre seit Längerem andauernden, äußerst mühsamen und bislang erfolglosen Versuche, Ivo Karevic und seiner Bande das Handwerk zu legen.

Endlich mal, dachte Mara insgeheim, eine Verbündete.

Als sie später das kleine Büro verließ, hörte sie den Klingelton ihres Handys. Sie begab sich an den Rand des langen Flurs und wandte sich einem Fenster zu. Auf dem Display las sie: Hanno.

»Hi, Hanno, hier ist Mara.«

»Wie geht's dir?«

»Wie immer. Ich bin genervt, weil ich unentwegt auf der Stelle trete. Ich weiß nicht einmal mehr, wen ich noch befragen sollte oder könnte.«

»Mach's doch wie früher.« Er lachte leise. »Na ja, du hast mal gesagt, wenn du alle verhört und nichts in der Hand hast, dann fängst du einfach von vorn an und befragst jeden aufs Neue.«

Mara musste schmunzeln. »Hm. Weißt du was? Vielleicht versuche ich es genau damit.« Sie stutzte. »Sag mal, hast du was von deinem Freund Rafael gehört? Deshalb dein Anruf?«

»Keine Spur von ihm. Weder im Wohnheim noch bei mir im Jugendzentrum. Nichts. Keine WhatsApp von ihm, keiner, der ihn gesehen hat. Und du weißt offenbar ebenfalls nicht mehr.« Er fügte hinzu: »Worüber ich andererseits auch wieder heilfroh bin.«

»Heilfroh? Warum?«

»Na ja, wenn du vor mir etwas hörst, wäre das eventuell ein verdammt schlechtes Zeichen, oder?«

»Könnte gut sein.« Sie hörte aus seinem Tonfall, wie sehr er sich Sorgen machte. »Hanno, ich musste Rafael zur Fahndung ausschreiben.«

»Dachte ich mir schon«, gab er ganz leise zurück.

»Du musst mir unbedingt sagen, wenn du etwas aufschnappst, ja? Etwas über Rafael.«

»Klar, Mara, dann melde ich mich bei dir.«

Sie hoffte inständig, dass er das auch wirklich tun würde.

20

Er trat das Gaspedal noch einmal durch, bevor er an einer Straßenecke bremste. Seine Kumpels stiegen aus. Er wechselte noch ein paar Worte über Rafael mit ihnen. »Macht's gut, ihr Pfeifen, bis morgen«, rief Tayfun dann und drehte den Hip-Hop-Lärm aus den geklauten Boxen mächtig auf. Schon beschleunigte er wieder, ließ den Motor aufheulen, um den Jungs noch einmal zu zeigen, was der Chrysler draufhatte – und wer unter ihnen die Nummer eins war.

Du bist neunzehn, sagte er sich. Fucking neunzehn, und du fährst durch Mainhattan wie einer von den großen Fischen. Der Crossfire unter seinem Hintern brüllte auf und jagte auf dem Asphalt dahin. Wen scherte es schon, dass das gute Stück ein Unfallwagen war? Wochenlang hatte Tayfun geholfen, das Ding wieder fahrtauglich zu machen, in einer Schrottwerkstatt in Rödelheim – der Besitzer war ein Verwandter. Und irgendwann hatte er genug Kohle zusammen, um den Chrysler zu kaufen. Baujahr 2007, 218 PS, 250 Stundenkilometer.

Wirklich, die letzten Beutezüge hatten sich gelohnt, schon vor der erfolgreichen Nacht in Kronberg. Und die Drogen, die er vertickte, wurden ihm sowieso fast aus den Händen gerissen.

Tayfun war eben kein Dummkopf, er war auf dem Sprung nach oben. Jetzt brauchte er noch eine Bude, damit er nicht immer wieder bei den Eltern oder einer Schnalle unterkriechen musste, aber das würde schon klappen. Erneut trat er das Gaspedal durch, die Geschwindigkeit kribbelte in seinem Bauch. Das Gefühl, unaufhaltsam zu sein, erfasste ihn mit jäher Kraft.

Kurz dachte er an den Panamera 4S, der ihm so verdammt gut gefiel, den er unbedingt haben wollte, haben musste. Schwindelerregende 440 PS, satte 289 Spitze. Der völlige Wahnsinn.

Dann jedoch brachte er seine hüpfenden Gedanken wieder zur Ruhe. Cool bleiben, sagte er sich. Er verringerte das Tempo.

Den Treffpunkt, der bei dem kurzen Telefonat genannt worden war, kannte er nicht. Doch den würde er schon finden, das war das kleinste Problem. Ja, auf dem Sprung nach oben. Sonst wäre ihm dieses Business nicht angeboten worden. Ein Business. Was für ein geiles Wort! Auf jeden Fall eine Sache, die ihm bestimmt einen Haufen Geld einbringen, die ihn größer, wichtiger machen würde.

Er überquerte den Main, bog einmal ab, gleich noch einmal, dann stellte er den Wagen in einer völlig leeren Straße ab. Er stieg aus und warf einen Blick über die Schulter. Industriebauten, die leer standen, Abfall, eine riesige Werbeplakatwand. Kaum Laternen, ein toter, finsterer Punkt inmitten der Stadt, die anderswo ihren üblichen Lärm produzierte. Das träge, in der Dunkelheit geradezu schwarz wirkende Wasser des Flusses war aus einiger Entfernung zu sehen.

Tayfun überprüfte seinen Standort mittels einer Navigations-App seines Smartphones. Ja, kein Zweifel – er war richtig hier.

Ohne Hast bewegte er sich auf das halb offen stehende Tor eines eingezäunten Schrottplatzes zu und glitt hindurch. Von Rost zerfressene Autowracks, Berge aus niemals wieder benötigten Ersatzteilen, im Hintergrund eine alte Autopresse, die schon lange keine Karosserie mehr zerquetscht hatte. Tayfun blinzelte in die Finsternis, bis er den Arbeiterschuppen entdeckte, der bei dem Telefonat erwähnt worden war. Mit dem Licht seines Handys leuchtete er kurz in die Richtung, dann machte er es wieder aus.

Seine Schritte knirschten im Dreck, seine Augen hatten sich besser an die Dunkelheit gewöhnt. Er hielt inne. Die Tür des Schuppens war angelehnt. Er zog sie auf und trat ins Innere. Im selben Moment ein brennender Schmerz – und nichts als Schwärze und Stille und Leere.

Vielleicht war es die Helligkeit, die ihn wach werden ließ. Das Licht, das in seine Augen stach, stammte von einer roten Kerze. Sie erleuchtete den Schuppen: den sandigen Boden, die Blechwände, an denen Poster mit nackten Frauen klebten. Jetzt erst bemerkte er, dass er gefesselt worden war. An den Hand- und den Fußgelenken, mit mehreren Lagen aus Klebeband. Und ein Knebel ließ jeden Laut, der seine Kehle hochkroch, sofort absterben.

Der brennende Schmerz war noch da – und plötzlich weg. Denn da gab es nichts mehr außer der Angst. Einer Angst, die über ihn hinwegschwappte, als würde man einen großen Eimer Eiswasser über ihm ausleeren.

Angst. Heiß, kalt, ein lautes Dröhnen in den Ohren und zugleich entnervende Stille. Totenstille.

Bis eine Stimme ertönte: »Hallo, Tayfun!«

Geschickte Finger in Handschuhen machten sich an ihm zu schaffen, zogen seine Jeans und die Unterhose bis zu den Knöcheln herunter. Die Kälte des Sandes kroch unter die Haut seiner Gesäßbacken. Sein Hodensack schrumpfte zusammen. Er merkte, dass er unkontrolliert zu zittern begann, die Beine zuckten, die Arme.

»Mein Kompliment.« Wieder diese eisige Stimme. »Für dein Alter, Tayfun, bist du ja wirklich schon ein großer Schweinehund. Zeit, dass jemand eingreift, nicht wahr? Dass jemand dafür sorgt, dass du nicht noch ein größerer Schweinehund wirst.«

Tayfun spürte, dass seine Augen fast aus den Höhlen sprangen, als er die Klinge sah: ein großes Küchenmesser. Er wollte schreien, doch der Knebel sorgte dafür, dass die Furcht sich nicht entladen konnte, sondern in seinem Innersten gefangen blieb. Er merkte, wie er wild zu zittern begann, er konnte nichts dagegen tun.

Das Messer wurde emporgehalten. »Ein schönes Exemplar, stimmt's? Damit machen wir dich ein Stückchen kleiner, mein Freund Tayfun.«

Teil 2

Krähenwut

21

Ein von Mauern umschlossener Hinterhof, übersät von Abfall und totem Laub. Links und rechts der Stahltür befanden sich Graffitischmierereien, die Fenster waren von innen mit Pappe abgedunkelt. Durch das Gemäuer drang die stampfende Elektromusik, die im Inneren lief, nur gedämpft bis hierhin, in diese geisterhafte Ruhe. Ebenso leise wie das fast niemals absterbende Motorenbrummen aus den umliegenden Straßen.

Mara Billinsky wartete schon seit geraumer Zeit.

Nebel krallte sich grau und schwer an den umliegenden Gebäuden fest, darüber hier und da schwarze Fetzen des Himmels, durchsetzt von Sternen.

In gewissen Abständen öffnete sich der Hintereingang, und einzelne Gestalten schlüpften ins Freie, zumeist junge Frauen, um sich auf den Weg nach Hause oder wohin auch immer zu machen. Aber noch nicht die, deretwegen Mara noch einmal einiges ihrer zerrinnenden Zeit aufs Spiel setzen wollte.

Fast halb fünf Uhr morgens, rund um das Bahnhofsviertel schlief die Stadt, aber Mara hatte alle Müdigkeit aus ihren Gliedern verjagt. Sie setzte auf ihre Energie, vertraute darauf, dass sie lange durchzuhalten vermochte. Zudem hatte ihr das Gespräch mit Angelika Taubner, das unerwartet verlaufen war, Auftrieb gegeben.

Eine weitere halbe Stunde später verließen erneut zwei junge Frauen den Golden Eagle.

Endlich, dachte Mara.

Sie duckte sich ein wenig, verschmolz mit der Nacht – zum

ersten Mal empfand sie den Spitznamen »Krähe« nicht als die Beleidigung, als der er gemeint war. Das Bild des schwarzen Vogels im Geiste, kam ihr ein flüchtiges Schmunzeln. Lautlos nahm sie die Verfolgung auf.

Die beiden Frauen trennten sich an der nächsten Ecke mit einem kurzen Gruß, und Mara blieb einer von ihnen auf den Fersen. Aus den eben noch beleuchteten Straßen wurden dunkle schmale Gassen, die Geräuschkulisse des Bahnhofsviertels wurde noch mehr gedämpft, keine Strip-Schuppen mehr, keine Neonlichter mehr.

Die Frau hielt an einem Opel Corsa und wollte gerade einsteigen, als Mara sich plötzlich geräuschlos aus der Nacht schälte.

Aileen zuckte erschrocken zusammen. »Scheiße! Haben Sie mich erschreckt.«

»War nicht meine Absicht.«

»Drauf geschissen.«

»Ich dachte«, sagte Mara mit gelassener Stimme, »Sie würden ein wenig entspannter mit mir reden, wenn niemand von unserem Gespräch weiß.«

»Meine Güte, Sie sind wirklich hartnäckig.« Aus einer billigen Kunstledertasche zog die Stripperin den Fahrzeugschlüssel, mit dem sie den Wagen entriegelte.

»Nur ein paar Minuten«, forderte Mara.

»Ich bin todmüde.«

Sie öffnete die Fahrertür ein Stück, doch Mara drückte sie zu. »Lieber bei mir im Büro? Oder bei Ihnen zu Hause? Oder wieder im Eagle?«

Aileen seufzte. »Scheiße!«

»Woher kannten Sie Isabells Adresse in der Schlossstraße?«

»Deswegen quatschen Sie mich nicht um fünf Uhr morgens an, oder?«

»Woher?«

»Ach, die Adresse hat sich bei uns rumgesprochen.«
»Bei uns? Den Stripperinnen im Golden Eagle.«
Schulterzucken. »Bei uns Mädels halt.«
Mara musterte sie abschätzend. Was für eine harte, trostlose Welt, die Aileen mit ihren kaum zwanzig Jahren bislang kennengelernt haben mochte. Diese jungen Frauen aus dem Milieu – egal, wie vielen von ihnen Mara noch begegnen mochte, es ließ sie niemals kalt. Vergeudete Leben, allesamt.

»Und jetzt? Wohnt Isabell immer noch dort?«, machte Mara eine kleine Probe.

»Hm. Keine Ahnung, wahrscheinlich schon. Oder haben Sie sie dort etwa nicht gefunden?«

»Wann haben Sie sie zuletzt gesehen?«

»Seit sie nicht mehr angeschafft hat, nur ein paarmal. Immer im Schlepptau von Karevic. Wie ein treues Hündchen ist sie ihm nachgelaufen, hat den Mund nicht aufgemacht.«

»Kann man ihr nicht verdenken, oder?«

»Nee, kann man wohl nicht.« Aileen wühlte Zigarettenschachtel und Feuerzeug aus ihrer Tasche.

»Sie haben doch auch für Karevic und Malovan angeschafft. So wie Isabell.«

»Schon möglich.« Kurz erhellte die Flamme das müde Gesicht der Frau, deren Schminke sich auflöste.

»Wie sind Sie von denen weggekommen?«

»Glück gehabt.«

»Wie?«, wiederholte Mara nachdrücklich.

»Die haben mich weiterverscherbelt. Wie ein Stück Vieh. Und jetzt genügt es meinem neuen Boss, wenn ich mich ausziehe. Hat genug andere Mädels laufen. Morgen schickt er mich vielleicht wieder auf den Strich. Was weiß ich? Scheiß drauf.«

Am Himmel zeigten sich erste hellere Flecken, der neue Tag schlich sich heran.

»Wie war es, für Karevic auf den Strich zu gehen?«

»Bescheuerte Frage.«

Mara musste ihr recht geben. Aber es war nicht immer leicht, die richtigen Worte zu finden. »War es schlimmer, als für andere anzuschaffen?«

»Ich war ein dummes junges Ding. Und heute bin ich immer noch jung – aber nicht mehr ganz so dumm. Egal, ich war nur so etwas wie ein durchlaufender Posten.«

»Was heißt das?«

»Karevic hatte mich einem anderen Boss abgekauft, zusammen mit zwei anderen Frauen, und nach relativ kurzer Zeit weiterverkauft. Üblicher Vorgang, wen kümmert es schon, wie's hier abläuft?« Sie holte Luft. »Die Politiker quatschen immer nur davon, das organisierte Verbrechen zu bekämpfen. Aber wirklich was tun – wer nimmt das schon auf sich? Da wird's nämlich ungemütlich. Eigentlich will man alles nur unter den Teppich kehren. Was dann unter dem Teppich abgeht, das ist egal – solange es die Öffentlichkeit nur nicht direkt mitkriegt.«

»Isabell war kein durchlaufender Posten?«, fragte Mara, ohne darauf einzugehen – das würde nur zu einer endlosen Debatte führen, die nichts brachte, aber Zeit kostete.

»Sie gehörte zu den ganz armen Schweinen. Zu den Dingern aus dem Ostblock.« Aileen zog an ihrer Zigarette. »Diese naiven Mädchen, die mit Versprechen in den Westen gelockt werden. Ein guter Job in einem Hotel oder Reisebüro, eine kleine Wohnung und so weiter. Wunderbar. Und dann sind sie hier, man schlägt sie, vergewaltigt sie, um ihren Willen zu brechen. Man setzt sie unter Drogen. Man nimmt ihnen die Papiere weg, um sie endgültig zu einer Ware zu machen. Sie verstehen die Sprache nicht, jedenfalls am Anfang, sie zittern vor Angst, sie wissen weder ein noch aus.«

»Isabell hat das alles durchleiden müssen?«

»Hat sie. Und etliche andere auch.«

»Trotzdem sind Sie neidisch auf sie?«

»Ich?« Empört starrte Aileen sie an.

»Ich hatte den Eindruck.«

»Neidisch doch nicht. Aber ...« Aileen schnippte die Kippe weg. »Na ja, wenn eine der Frauen einen Aufstieg macht wie Isabell, dann ...«

»Gönnt man es ihr nicht?«

»Ach, eigentlich schon. Aber ihr ging's plötzlich echt gut. Nicht mehr anschaffen müssen, nicht mal mehr strippen. Ausgerechnet der brutale Karevic wird bei ihr halbwegs zahm. Richtet ihr diese Liebeshöhle ein, gibt ihr Kohle.«

»Der brutale Karevic?«, wiederholte Mara betont.

»Wenn Frischfleisch aus dem Osten eintrifft, ist es besonders schlimm. Alle werden sie vergewaltigt. Von Karevic und seinen Männern. Und Karevic galt immer als der mieseste von allen. Jemand, der das nicht nur aus praktischen Gründen macht – also zur Unterwerfung, um die Mädchen einzuschüchtern und gefügig zu machen, sondern zusätzlich aus reinem Vergnügen. Ein echter Sadist. Im Viertel treiben sich viele Schweine rum. Er war das größte Schwein von allen.«

»Isabell zählte zu diesem Frischfleisch?« Mara spuckte das Wort aus. Sie hasste es schon, nur davon zu hören, hasste diese Männer aus tiefstem Herzen, Typen wie Karevic und sein Gefolge.

»Auch Isabell gehörte zuerst einem anderen Boss.«

»Wem?«

»Einem Russen namens Igor Selmikov. Der ist tot.«

Mara hatte im Zuge ihrer Nachforschungen über ihn gelesen. »Er wurde irgendwann mit einer Kugel im Kopf gefunden.«

»Genau. Und viele seiner Mädchen gingen in den Besitz von

Karevics Truppe über. So wurde Karevic auf Isabell aufmerksam.« Ein kurzes spöttisches Auflachen. »Er hatte einen Narren an ihr gefressen. Und von da an durfte sie nur noch für ihn da sein. Eigene Wohnung, nicht mehr im Puff, Geld, Geschenke.«

»Jetzt ist sie sogar in einem Haus untergebracht. Ganz allein in einem Einfamilienhaus.«

»Was?« Überrascht sah Aileen auf.

»Können Sie sich vorstellen, wie sie das geschafft hat?«

»Nicht die leiseste Ahnung.« Aileen schob sich die nächste Zigarette zwischen die Lippen. »Seit Karevic tot ist, sind seine Männer ziemlich vorsichtig, achten genau darauf, wo und wann sie ihre Fressen zeigen.«

»Vielleicht vergnügt sich Malovan inzwischen mit Isabell?«

»Hm. Wenn er der neue Boss ist, fährt er doch nicht mit Karevics altem Auto herum. Und das gilt auch für Karevics Frauen. Der will was Neues. Außerdem gibt es für Malovan und seine Jungs jetzt Wichtigeres, um das sie sich kümmern müssen. Wichtigeres als einen hübschen Weiberarsch.«

»Was denn?«

»Na ja, die schmutzigen Geschäfte müssen weiterlaufen. Karevics Nachfolger, also wohl Malovan, braucht Zeit, um in den Sattel zu steigen und alles unter Kontrolle zu kriegen. Eventuell muss er den einen oder anderen Typen, der auch gern den Posten übernommen hätte, ruhigstellen. Was auch immer.«

»Wo haben Sie für Karevic angeschafft?«

»Im Nummer 12.«

»Das ist kein offizieller Name, nicht wahr?« Mara nickte. »Ich habe davon gehört.«

»Ist zum Glück schon eine Weile her, dass ich dort war.« Aileen starrte auf den Asphalt zu ihren Füßen. »Grauenhafte Zeit. Besonders wenn Karevics Freunde kamen. Männer, die Geschäfte mit ihm laufen oder eine Abmachung mit ihm hatten.

Die durften sich dann kostenlos im Puff vergnügen. Für null Komma nix. Und die durften echt alles mit uns machen.«

»Wer gehörte zu diesen Freunden oder Geschäftspartnern?«

»Fuck, ich bin saumüde.« Aileen gähnte.

»Sie sind mich gleich los. Also: Wer?«

»Alle möglichen Typen.«

»Carlos Borke?«, fragte Mara.

»Nee, Borke doch nicht.« Sie schnippte auch die zweite Kippe durch die Luft.

»Sie kennen ihn ja doch. Letztes Mal waren Sie sich nicht so sicher.«

»Dem läuft man schon mal über den Weg.«

Ein Lächeln huschte über ihr Gesicht, ganz versteckt, kaum wahrnehmbar. Mara hatte den Ausdruck schon oft bei Frauen gesehen, wenn ein Mann erwähnt wurde, der ihnen das Herz gebrochen hatte.

»Verstehe. Sie kennen ihn etwas besser.«

»Keiner kennt ihn besser.«

»Aileen, Sie hatten etwas mit ihm. Das sieht ein Blinder.«

»Carlos hatte schon mit Tausenden was. Das ist ja das Problem mit ihm. Man darf ihm einfach nicht trauen.«

»Wo finde ich ihn? In welchem Mauseloch verkriecht er sich, wenn ihm der Boden zu heiß wird?«

»Glauben Sie, das erzählt er mir, nur weil wir ein paar Nächte zusammen waren? Er ist vorsichtig.« Aileen zog eine Schnute. »Fragen Sie doch lieber Ihre Kollegin. Mit der ist er doch zuletzt öfter unter die Bettdecke gekrabbelt.«

»Eine Polizistin? Wie heißt sie?«

»Keine Ahnung. Ist mir auch total wumpe. Der wird sie eh fallen lassen. Oder hat's längst getan.«

Mara wechselte das Thema und pikte noch einmal ins Blaue.

»Und ein gewisser Nova? Sagt Ihnen der Name etwas?«

»Nee.«

»Wer dann? Wen gab es da noch? Und wer war am schlimmsten von Karevics Freunden?«

Aileen lachte hart auf, wie eine alte Frau, nicht wie eine etwa Zwanzigjährige, ihre ganze Verbitterung kam durch. »Besonders widerlich waren die Kuttenträger. Die haben gestunken, grölten besoffen rum, hatten immer eine große Schnauze. Zum Glück habe ich nicht so viel von denen mitbekommen. Absolute Arschlöcher.«

»Kuttenträger?«, wiederholte Mara, hellhörig geworden.

»Rocker.«

»Sie meinen doch nicht etwa die Bravados?«

»Klar.«

»Die waren da?«

»Ein paar von denen. Hatten irgendetwas zu tun mit Karevic.«

»Zu tun? Was heißt das?«

»So genau weiß ich das auch nicht. Aber was ich weiß, ist Folgendes: Früher hat das Nummer 12 Karevic gehört. Und jetzt den Bravados.«

»Sieh mal einer an.« Mara pfiff leise durch die Zähne. »Sie haben es Karevic abgekauft? Freundschaftlich? Oder war es eher eine feindliche Übernahme?«

»Keine Ahnung. Man hat das Geschäft wohl ziemlich stillschweigend über die Bühne gebracht, erst jetzt spricht es sich so langsam herum. Aber wie das ablief, das weiß ich nicht.« Sie hustete. »Ich kümmere mich nur um meine Angelegenheiten, damit habe ich genug zu tun. Und gesünder ist es auch.«

Mara verfügte über kein Foto von Marek Pohl, also zückte sie ihr Smartphone. Auf der Website einer Boulevardzeitung war Pohls Gesicht abgebildet worden – sie hatte den dazugehörigen Artikel gelesen. Sie rief die Seite auf und zeigte sie Aileen. »War dieser Mann dabei?«

»Ähm.« Aus müden Augen starrte die junge Frau auf das Display. »Na klar, der war auch dabei.«

»Was wissen Sie über ihn?«

»Nur, dass er halt bei den Bravados war. Na ja, und dass er zu denen gehört hat, die sich bei den Mädchen besonders unbeliebt gemacht haben. Hat sich wohl recht wüst aufgeführt. Ein Fiesling. Der wollte nicht nur vögeln, sondern hat auch ganz gern zugeschlagen.«

»Sie haben ihn nie getroffen?«

»Nein.«

»Kannte Isabell die Bravados?«

»Durch Karevic kannte sie sie bestimmt. Aber als die Bravados zum ersten Mal in den Puff kamen, um ihren Spaß zu haben oder was sie dafür halten, hat Isabell nicht mehr dort gearbeitet. Da war sie längst schon Karevics Prinzessin.«

»Kannte sie Marek Pohl?«

»Keine Ahnung. Wirklich.« Aileen gähnte ausgiebig. »Kann ich jetzt nach Hause? Ich schlafe hier gleich im Stehen ein.«

Mara steckte das Handy weg.

Endlich eine Verbindung, dachte sie, eine Linie von einem Punkt zum anderen. Endlich!

22

»Ist es euch lieber, wenn ich mit dem ganzen Orchester anrücke und in eurem miesen Puff jede Staubmaus ein paarmal umdrehen lasse?«

Die beiden Muskelberge starrten auf Mara herab, offenbar noch unschlüssig, wie sie sie einschätzen sollten.

»Würde euch das besser gefallen?«, fuhr sie in gelassenem Ton fort und streckte ihren Dienstausweis weg. »Wie wär's abends, wenn möglichst viele Freier hier sind? Ist ja immer eine tolle Werbung, wenn meine Kollegen aufmarschieren. Vor allem, weil ihr hier neu seid.«

»Was liegt denn gegen uns vor?«, wandte einer der zwei muskelbepackten Türsteher ein.

»Vorliegen?« Sie grinste. »Denkt ihr wirklich, es wäre ein Problem für mich, gegen euch einen Verdacht zu präsentieren und bei der Staatsanwaltschaft eine Genehmigung zu kriegen, hier mal richtig durchzufegen?« Spöttisch schob sie hinterher: »Hm, ihr Saubermänner?«

Die beiden glotzten sich kurz an. Sie trugen keine Lederkutten, aber die Tätowierungen, die Quadratschädel und -schultern ließen kaum einen Zweifel daran, in welchem Umfeld sie sich bewegten.

»Die Alternative: Ihr gebt mir fünf Minuten«, sprach Mara weiter, »und ich schaue mich hier um. Allein, ohne Wirbel zu machen. Mehr will ich nicht.«

Wieder ein Blick der beiden. Dann verschwand einer im Inneren, um gleich darauf wiederzukehren, ein gemurmeltes

Okay auf den Lippen. Anscheinend hatte er sich mit einem Boss abgesprochen, vor Ort oder am Telefon.

Mara betrat das Haus, das im Viertel als Nummer 12 bekannt war, auch wenn die Ziffer nirgendwo zu lesen war.

Sie folgte einem schmalen Gang, schritt dann eine Treppe nach oben in den ersten Stock. Ein roter, ausgelatschter Teppich, rot bemalte Wände mit Drucken, die Fünfzigerjahre-Pin-up-Motive zeigten. Schwach beleuchtet, die Türen zu den Zimmern weiß mit roten Herzen und Nummern darauf. Der Geruch von Desinfektionsmitteln und billigen Parfümnoten, die sich vermischten. Es lag noch etwas anderes in der stickigen Luft, etwas, das Mara kannte, das sie immer noch schmerzte, sooft sie es auch schon gerochen haben mochte: das Aroma von verschwendeten Leben, von Gewalt, von Trostlosigkeit, von einer Härte, für die man verdammt stark sein musste, um sich nicht von ihr unterkriegen zu lassen. Ihr wurde bewusst, dass sie immer noch angewidert war angesichts solcher Etablissements und der Schicksale, die sich in ihnen abspielten. Und sie nahm sich vor, so zu bleiben, niemals abgestumpft zu werden.

Einer der beiden Türsteher blieb ihr bei jedem Schritt stoisch auf den Fersen.

Es war früher Nachmittag, eine tote Zeit, kaum etwas los. Mara traf auf einige spärlich bekleidete Huren, die gelangweilt bis abweisend durch sie hindurchstarrten. Keine Kunden. Leise Musik, die von irgendwoher zu ihr drang. Keine Insignien der Bravados, kein Hinweis auf den oder die Betreiber des Bordells. Sie spähte in eine kleine Küche. Am Tisch saßen zwei Huren mit Kaffeetassen und plauderten, Zigaretten im Mundwinkel. Die beiden sahen nur kurz auf und unterhielten sich weiter.

Mara betrat die Küche nicht, sondern ging weiter, lugte durch die offene Tür eines Zimmers, das gerade von einer Putzfrau gereinigt wurde. Schmales Bett mit Plastiklaken, eine winzige Kommode mit Sexspielzeug.

»Was suchst du eigentlich?«, fragte Maras Schatten.

Mara drehte sich zu ihm um. »Kanntest du Marek Pohl? Soll ich mein Beileid aussprechen?«

»Nie gehört, den Namen.«

»Klar.« Sie starrte den düsteren Gang hinab. »Wie heißt du eigentlich?«

»Arnold Schwarzenegger.« Er grinste sie an. »Und du? Calimero? Ohne Sombrero?«

Das kleine pechschwarze Zeichentrickvögelchen. Mara erinnerte sich. Der Kerl hatte sogar Humor. Man hatte ihr schon schlimmere Spottnamen an den Kopf geworfen. »Seit wann gehörst du zu den Bravados?«

»Ist das eine Band, oder was?«

»Richtig. Die machen eine Scheißmusik. Wird Zeit, dass man denen den Saft abdreht.«

Gleich darauf verließ sie das Haus. Sie hielt auf dem Gehsteig inne und warf einen Blick zurück auf die Fassade mit den vielen Fenstern. Ärger stellte sich ein, eine Wut auf sich selbst, die sie nur allzu gut kannte. Was hatte diese Aktion eingebracht? Nichts, gar nichts. Was hatte sie sich eigentlich davon versprochen? Was hatte sie erwartet, im Nummer 12 zu finden? Mara atmete durch. Warum konnte sie sich zuweilen einfach nicht zurückhalten?

In einer schräg gegenüberliegenden, nahezu leeren Kneipe bestellte sie einen doppelten Espresso und versuchte, mehr über das Nummer 12 herauszubekommen. Doch der Wirt und die Bedienung wussten angeblich nichts über die Betreiber des Hauses, das Wort Bravados und der Name Ivo Karevic entlockten ihren ausdruckslosen Mienen keinerlei Reaktion.

Mara bezahlte ihren Kaffee, immer noch verärgert über die

kopflose Aktion, und trat auf die Straße. Sie rief Rosen an. »Gibt es etwas Neues zu den Rockern?«

»Nein, nichts«, antwortete er. »Dieser Butsch Grabow spielt den Unwissenden. Klimmt hat ihn mehrfach verhört, ohne dass auch nur das Geringste dabei ans Licht gekommen wäre.«

»Ich war im Nummer 12.«

»Was? Allein?«

Sie sah seine verblüffte Miene förmlich vor sich. »Hättest du mitkommen wollen?«

»Klar.«

»Klar«, wiederholte sie spöttisch.

»Was soll ich denn machen? Klimmt spannt mich die ganze Zeit ein.«

»Eigentlich warst du mir zugeteilt.«

»Ich weiß«, murmelte er.

»Mir ist schon klar, dass du nichts dafür kannst«, bemerkte Mara milder. Sie ging auf ihren am Straßenrand abgestellten Alfa zu. »Wenigstens wissen wir jetzt, dass es doch eine Verbindung zwischen Karevics Bande und den Rockern gibt.«

»Wenn sie in einem derart etablierten Laden das Sagen haben, dann heißt das für die Bravados, dass sie einen großen Schritt gemacht haben. Mitten ins Bahnhofsviertel. Mitten ins große Geld.«

»Hast du es Klimmt mitgeteilt? Ich meine, das von den Bravados und dem Nummer 12?«

»Sicher. Das wolltest du doch, als wir heute Morgen im Präsidium miteinander gesprochen haben.«

»Ich hoffe, das gibt ihm zu denken.«

Rosen lachte leise auf. »Er lässt sich nie etwas anmerken, du kennst ihn ja.«

»Du hast ihm doch nicht gesteckt, dass die Info von mir kam, oder?«

»Nein, das war ja dein ausdrücklicher Wunsch. Auch wenn ich es nicht verstehe.«

»Im Moment ist es besser für mich, wenn mein Name und die Bravados nicht im gleichen Satz genannt werden.«

»Ich werde ihn einweihen, wenn der Zeitpunkt dafür gekommen ist«, versicherte er mit Nachdruck. »Was hast du als Nächstes vor, Billinsky?«

»Ich habe eine Verabredung.«

»Mit wem? Hoffentlich nicht wieder mit Malovan oder ähnlichen Typen.«

»Malovan und sein Gefolge sind abgetaucht. An die komme ich einfach nicht mehr ran. Der Abgang ihres Chefs hat die Jungs wohl ziemlich durcheinandergewirbelt.«

»Mit wem dann? Hast du deswegen den ganzen Morgen schätzungsweise tausend Kollegen Fragen gestellt? Geht es darum?«

Mara lachte. »Bis später, Rosen!« Sie setzte sich hinters Steuer und startete den Motor.

Einige Zeit später betrat sie ein Café, das nicht weit entfernt vom Präsidium lag. Die Frau, mit der sie verabredet war, hatte auf einem neutralen Ort als Treffpunkt bestanden; es war ihr nicht angenehm, über das zu sprechen, worüber Mara unbedingt mit ihr reden wollte.

Mara setzte sich auf den freien Stuhl an dem kleinen Zweiertisch.

»Hallo«, sagte sie knapp.

Die junge Frau mit dem blonden Pferdeschwanz nickte ihr zu. Mitte zwanzig, schätzte Mara. Eine recht hübsche, aber auch etwas unauffällige, bieder wirkende Beamtin, die inzwischen ausschließlich im Innendienst tätig war.

Außer ihnen war nur eine ältere weißhaarige Dame zu Gast, der gerade eine Tasse Tee und ein Stück Apfelkuchen serviert wurden.

»Danke für Ihre Zeit«, begann Mara. »Es wird auch nicht lange dauern.«

Die Frau bedachte sie mit einem Blick, den sie kannte – Polizisten erwarteten nicht jemanden wie Mara, wenn sie auf eine Kollegin trafen.

»Wie haben Sie das herausgefunden?«, fragte Tina Kloppek mit zurückhaltender Stimme. »Das mit Carlos Borke und mir.«

»Der Ausgangspunkt war reiner Zufall.« Sie musterte die andere. »Alles, was ich wusste, war, dass es eine Polizistin gab, der unser Carlos das Herz gebrochen hat.«

»Er hat mein Herz nicht gebrochen«, warf Tina etwas pikiert ein.

»Also habe ich den ganzen Vormittag damit zugebracht, Kollegen zu befragen. Am Telefon, persönlich. Einundzwanzig waren es. Keiner konnte mir Ihren Namen nennen. Dann wurde mir klar, wie dumm ich war. Und dann habe ich mich an Kolleginnen gewandt. Zwölf waren es diesmal. Doch – wieder Fehlanzeige. Ihr Geheimnis ist wirklich in guten Händen. Ich wollte aufgeben, traf mich mit einer letzten Kollegin zum Mittag in der Kantine. Stellen Sie sich vor, wir stehen in der Schlange, der Name Carlos Borke fällt, und die Frau, die uns den Kartoffelbrei auf die Teller schöpft, sagt: Ach, der hübsche Kerl mit der Mütze. Der was mit der netten Tina hatte? Tja, und jetzt sitzen wir beide hier zusammen.«

»Na toll«, meinte die nette Tina verschnupft.

»Keine Sorge, es wird unter uns bleiben.«

»Dafür wäre ich Ihnen dankbar. Ich bin nicht stolz darauf.«

»Wieso?«, fragte Mara unverblümt.

»Dieser Mann ist niemand, mit dem man sich einlassen sollte. Erst recht nicht, wenn man bei unserem Verein ist. Na ja, er ist kein Gangster. Denke ich zumindest. Aber er hat mit wirklich dubiosen Figuren zu tun, kennt alle möglichen Halsabschneider. Ich war dumm.«

»Wie kamen Sie beide zusammen?«

»Er war zu einer Befragung im Präsidium. Auf dem Flur rempelte er mich unabsichtlich an …«

»Oder vielleicht weniger unabsichtlich?«

»Ja, oder das. Ich gefiel ihm. Aber ihm gefallen viele Frauen.«

»Und er gefällt vielen Frauen.«

»Er kann ein Charmeur sein – doch er kann, glaube ich, seine Herzensdamen auch ziemlich schnell wieder fallen lassen.«

»Ist Ihnen das passiert?«

Heftiges Kopfschütteln. »Hauptkommissar Meichel hat mir nahegelegt, die Verbindung zu beenden. Was er gar nicht hätte tun müssen. Ich wollte sowieso nichts mehr mit Carlos zu tun haben.«

»Warum nicht?«

»Na ja, er ist ein Geheimniskrämer, hat zu niemandem Vertrauen, gibt kaum etwas von sich preis. Wir waren einige Wochen zusammen, und ich weiß nichts über ihn. Seine Herkunft, seine Familie, seine Freunde, seine Jobs, falls er mal welche hatte. Alles Fragezeichen für mich.« Wieder das entschiedene Kopfschütteln. »Er ist niemand, mit dem man eine Beziehung aufbauen kann. Er will gar keine Beziehung. Ich kann nur jede vor ihm warnen.« Tina sah auf. »Wieso sind Sie so interessiert an ihm?«

»Ich glaube, er weiß etwas, das wichtig sein könnte. Aber er hat sich dünnegemacht.«

Tina zog eine Schnute. »Das kenne ich.«

»Sie erwähnten Hauptkommissar Meichel. Er war Ihr Chef? Sie haben also für das Drogendezernat gearbeitet.«

»Schon klar, was Sie jetzt denken. Carlos hat mich nicht nur deshalb angerempelt, weil ich eine so atemberaubende, charismatische und wahnsinnig attraktive Frau bin. Sondern weil es für ihn ganz hilfreich sein kann, einen guten Draht ins Drogendezernat zu haben.« Tina Kloppeks Kinn ruckte vor. »Hören Sie, ich habe ihm niemals etwas Dienstliches oder Geheimes anvertraut. Gar nichts. Nicht einmal Dinge, die nicht geheim wären. Intern blieb bei mir intern.«

»Ich habe nichts dergleichen gedacht«, entgegnete Mara gelassen. »Für mich ist es wichtig, mehr über ihn zu erfahren. Das ist alles. Woher kommen seine Verbindungen ins Verbrechermilieu?«

Nur ein Schulterzucken.

»Wieso weiß er so viel über Drogengeschäfte? Oder – scheint es zumindest zu wissen.«

»Das kann ich Ihnen nicht sagen. Jedenfalls hat er nie versucht, mich auszuhorchen. Oder er hat es so geschickt angestellt, dass ich es nicht merkte. Ehrlich, ich habe Sie nicht angelogen. Carlos und ich haben nicht über Internes geredet. Nicht über Polizeiarbeit.«

Ob das der Wahrheit entsprach oder nicht – Mara konnte es letztlich egal sein. Ihr ging es allein um Borke.

»Hat Carlos jemals den Namen Ivo Karevic erwähnt?«

»Nein. Ganz sicher nicht.«

»Den Namen Malovan?«

»Nein.«

»Hat er sich jemals – egal, wie beiläufig es sein mochte – über die Bravados geäußert?«

»Die Rocker? Nein.«

»Wo wohnt Carlos Borke?«

Ein kurzes Auflachen. »Das ist die schwierigste Frage überhaupt. Ich weiß es nämlich nicht. Und ich kenne niemanden, der es wissen könnte.«

»Mehrere Wochen ging das mit Ihnen beiden? Und Sie können nicht sag–«

»Nein, kann ich nicht«, schnitt Tina ihr das Wort ab, zum ersten Mal mit offener Ungeduld. »Wir trafen uns jedes Mal irgendwo in der Stadt. Oder bei mir zu Hause. Er hat es immer geschafft, sich herauszuwinden, wenn ich ihn darauf ansprach, wo er wohnte.« Sie seufzte. »Na ja, einmal bin ich ihm nachgeschlichen.« Sie war wohl auch darauf nicht sehr stolz, wie ihre Miene verriet.

»Ach?«

»Er ist ein Stück mit der U-Bahn gefahren und dann in Richtung Westbahnhof gegangen.«

»Westbahnhof? Und Sie sind ihm gefolgt?«

»Bis ich ihn verloren habe. Aber es könnte sein, dass dort irgendwo sein Schlupfwinkel ist. Denn so etwas muss er doch haben. Irgendwo ein Dach über dem Kopf, das braucht sogar Carlos Borke.«

»Wo haben Sie ihn verloren?«, fragte Mara aufmerksam nach.

Tina Kloppek musterte sie. »Ihnen gefällt er wohl auch?«

»Nein, tut er nicht.«

»Wie gesagt, ich kann Sie nur vor ihm warnen.«

»Erklären Sie mir bitte ganz genau, wo Sie ihn verloren haben.«

23

Sie parkte den Alfa in der Kreuznacher Straße, einem trostlosen Streifen rissig gewordenen Asphalts, an dessen Seite die erhöhten S-Bahn-Schienen verliefen. Hässliche Wohnblocks, ein heruntergekommenes Hotel, eine schäbige Bierkneipe. Dunkelheit kroch zwischen die Gebäude, von der nahen Voltastraße drang der Lärm des Verkehrs bis hierher. Der nächste Regen lag bereits in der Luft. Wind trieb Papierfetzen vor sich her.

Ein vergessenes Fleckchen Stadt, wie es viele gab in Frankfurt.

Mara näherte sich dem Westbahnhof; sie kannte die Gegend noch von früher. Damals hatte sie manchmal mit ihren nicht vorzeigbaren Freunden hier herumgegangen, in einer winzigen Parkanlage, die auch heute noch existierte und die man über eine gemauerte Treppe erreichte.

Mara nahm die paar Stufen nach oben und sah sich um. Praktisch unverändert. Ein kleines Rasenviereck, eingekreist von der bedrückenden Wucht des Betons, dürre Bäume, eine Rutschbahn, ein rostiges Schaukelgestell ohne Schaukel, zwei Sitzbänke mit Schmierereien. Mara ging zur ersten davon und blieb stehen. In den Holzstreben der Rückenlehne sah sie die mit einer Messerklinge eingeritzten, krakeligen Buchstaben: MARA, KRUXX, FUCK THE WORLD, NEVER SURRENDER. Und so weiter, jede Menge davon.

Sie erinnerte sich, wie die Stunden hier immer dahingeschlichen waren. Joints rauchen, Bier trinken, quatschen, schweigen. Kruxx war ihr erster Freund gewesen. Grün gefärbte Haarsträhne, ausgezehrtes Gesicht, ein Blick wie ein Greifvogel, der die Beute ins Visier nahm. Aggressiv, wagemutig, einer, mit dem man alle Pferde dieser Welt stehlen konnte. Adrian Krucksdorf. Was mochte aus ihm geworden sein? Hatte er diese schweren Zeiten überlebt?

Abrupt machte Mara auf dem Absatz kehrt, wie um der Vergangenheit zu entwischen. Auch wenn sie genau wusste, dass das unmöglich war. Über den Rand der Mauer, die den Park umschloss, sah sie auf die S-Bahn-Haltestelle, die nicht einmal einen Steinwurf entfernt lag. Sie ging die Treppe wieder nach unten und überquerte die Straße. Große Backsteingebäude ragten vor ihr auf. Vor etlichen Jahren hatten diese Bauten der Deutschen Bahn gehört. Inzwischen beheimateten sie viele unterschiedliche Firmen wie Werbeagenturen, IT-Unternehmen oder auch Studios von Fotografen. Tagsüber herrschte hier ein ziemliches Gedränge, das wusste sie noch: Angestellte, Fahrradkuriere, Taxis. Jetzt allerdings, während die Finsternis immer dichter wurde, strahlte das Areal etwas Unheimliches aus. Eine kleine, abweisende, bizarre Geisterstadt.

Mara ging weiter und tauchte ein in die schmalen Gassen zwischen den Backsteinklötzen. Nur in einigen davon war die fahle Notbeleuchtung eingeschaltet. Es war gar nicht so leicht, nicht die Orientierung zu verlieren. Sie rief sich die Sätze Tina Kloppeks ins Gedächtnis, ganz exakt, den genauen Wortlaut. Mal bog sie hier ab, dann dort. Stille, zahllose schwarze Fenster, ein paar Tropfen vom Himmel, doch der Regen kam nicht.

Sie machte kehrt und brach an ihrem Ausgangspunkt zu einer neuen Runde durch diese Geisterstadt auf. Langsam fand sie sich besser zurecht. Irgendwo zwischen diesen Bauten war Carlos Borke seiner Verfolgerin entwischt. »Vielleicht hat er mich ja doch bemerkt«, hatte Tina in dem Café etwas ratlos geäußert. »Wie auch immer, ich habe den Rückzug angetreten.

Auf einmal fand ich es peinlich, wie ich ihm da hinterherschlich. Es war würdelos. Und ich ging zurück nach Hause, allein und enttäuscht – von ihm genauso wie von mir. Danach habe ich Carlos nie wiedergesehen oder auch nur am Telefon mit ihm geredet. Das mit uns, es ist einfach eingeschlafen. Und ich denke, das war ihm ganz recht.«

Mara drehte eine weitere Runde durch die düstere Lautlosigkeit, die sie vom Rest der Stadt abschnitt. Neuerliche Windböen verwehten die vereinzelten Regentropfen, die Luft blieb nass und rau. Noch einmal betrachtete Mara die Reihen aus schwarzen Fenstervierecken – dunkle Augen, die auf sie herabstarrten. Verschwinde, sagte sie sich, das ist reine Zeitverschwendung. Sie bewegte sich jetzt eiliger, nicht mehr so aufmerksam und konzentriert wie eben, in Gedanken noch einmal völlig unerwartet bei Kruxx und der Vergangenheit, als sie plötzlich etwas hörte.

Sofort hielt sie inne.

Was war das?

Sie wandte sich einem der Gebäude zu und legte ein paar lautlose Schritte zurück.

Wieder das Geräusch.

Es schien von den Mülltonnen zu kommen, klobigen schwarzen Kunststoffcontainern auf Rädern.

Mara schlich darauf zu.

Erneut – das Geräusch.

Sie legte ihre Hände auf die vorderste Mülltonne und schob sie ein Stück beiseite. Im nächsten Moment tastete sie nach ihrer Pistole.

Auf der Erde lag jemand. Seitlich, den Rücken an die Wand des Baus gedrückt.

Ein Stöhnen. Das war das Geräusch. Ein ziemlich armseliges Wimmern.

Sie zog dennoch die Waffe.

Die Gestalt rührte sich nicht. Etwas Weißes schimmerte auf. Ein Verband?

Mit der linken Hand zog Mara ihr Smartphone hervor und leuchtete mit der kleinen Lampe darin auf den Boden.

Spitz zulaufende Schuhe, Bluejeans, ein langer Mantel. Und eine dunkle Wollmütze.

»Sieh mal einer an«, flüsterte sie, steckte das Telefon weg, behielt aber ihre Pistole in der Hand. Vorsichtig betastete sie den Mann, der erneut aufstöhnte. Sie stieß auf keine Waffe bei ihm und ließ die eigene verschwinden. Dann schleifte sie den Liegenden von der Wand weg, damit ihn das Licht einer der wenigen Laternen erfassen konnte.

Die eben noch geschlossenen Augen öffneten sich, jedenfalls soweit das angesichts der geschwollenen Lider möglich war. »Eine Krähe am Abend«, murmelte Carlos Borke. »Welch erfreulicher Anblick.« Schmerzhaft verzog er das blutverschmierte Gesicht.

»Sind Sie gegen einen Bus gerannt?«, fragte Mara.

»Gegen mehrere. Und ich muss zugeben, die waren alle stärker.«

»Ich werde einen Arzt verständigen.«

»Bloß nicht!«, wehrte er sich mit jäher Sorge in der Stimme.

»Haben Sie hier irgendwo eine Wohnung? Ein Versteck?«, fragte Mara.

»Erwarten Sie nicht, dass ich Sie zum Tee einlade.«

»Wo?«

»Ich würde lieber draufgehen, als jemandem zu sagen, wo …«

»Sie sind fast draufgegangen«, unterbrach sie ihn. »Borke, Sie haben die Wahl: entweder ein Arzt oder Ihr Sofa. Falls Sie so etwas besitzen.«

»Bei mir ist leider nicht aufgeräumt. Und mal ehrlich, ich

hatte noch nie einen Gast – und ich will auch keinen, nicht einmal Sie.«

»Wo?«, fragte sie erneut. Knapp und unerbittlich.

Carlos Borke versuchte sich auf die Beine zu kämpfen, und Mara stützte ihn. »Wo?«, sagte sie zum dritten Mal.

Er deutete auf einen unscheinbaren Eingang, eine schmale Stahltür an der Rückseite eines der Gebäude. »Beinahe hätte ich es geschafft«, japste er. »Aber dann wurde mir schwarz vor Augen. Ich lag da, starrte in den Himmel und war überzeugt, ich müsste sterben. Dann hörte ich Schritte. Ich dachte, sie kommen zurück, und konnte gerade noch hinter die Tonnen kriechen.«

»Sie? Wen meinen Sie damit? Wer war das?«

»Ich dachte wirklich« – er ging nicht darauf ein – »mit mir ist es aus.«

»Scheint nicht viel zu fehlen.« Mara grinste schmal. »Und jetzt los.«

24

Es war ein idealer Rückzugswinkel.

Unter dem Dach gelegen, ganz versteckt, direkt über einer Werbeagentur, die die Stockwerke darunter einnahm. Zu erreichen nur über ein enges Treppenhaus an der Rückseite des Gebäudes.

Drei Industrielampen in skandinavischem Design erzeugten ein klares, fast weißliches Licht. Backsteinwände, zwei große Fenster in Richtung Westbahnhof, eine weiß getünchte Decke, ein heller Parkettboden, aus dem sich mächtige Stahlträger bohrten. Mehr ein Atelier als eine Wohnung. Für Carlos Borke wohl vor allem ein Unterschlupf.

Die Gesichter starrten Mara an, sehr viele, kleine wie große, alte wie junge. Doch sie achtete nicht darauf, sie hatte damit zu tun, ihn auf dem Weg zum Bett zu stützen, das die Mitte des großen Raumes einnahm. Er sank darauf, völlig entkräftet, augenblicklich fielen ihm die Augen zu. Seine großen Nasenflügel blähten sich bei jedem Atemzug.

Die vom Zugang abgesehen einzige Tür führte zu einem winzigen Bad mit Duschkabine. Mara nässte ein Handtuch mit warmem Wasser und Seife und eilte zurück zu ihm. Sie nahm ihm seinen Schal ab. Quer an seinem Hals verlief eine dünne rote Linie. Zuerst hielt sie es für ein geschmackloses Tattoo, dann wurde ihr klar, dass es sich um eine Verwundung handelte – als hätte man ihn gewürgt, mit einer Schnur, einem Draht, was auch immer.

Vorsichtig säuberte sie sein Gesicht; er hatte einiges abbekommen. Nicht nur die Lider waren geschwollen, auch Ober- und Unterkiefer. Womöglich waren Knochen gebrochen. Die Lippen waren aufgeplatzt. Sie starrte auf den Verband an seiner linken Hand, den sie zuvor schon in der Dunkelheit bemerkt hatte. Er war zwar schmutzig, aber professionell angebracht worden. Die Abreibung, die man Carlos Borke verpasst hatte, musste erfolgt sein, als er den Verband bereits getragen hatte. Behutsam öffnete sie die Klemmen der Binde. Sie legte die Hand frei und besah sich ziemlich schockiert, was sich ihr offenbarte. Der kleine Finger fehlte. Die Wunde war gereinigt und versorgt worden, sie roch das Desinfektionsmittel. Mit einem verwunderten Kopfschütteln bandagierte sie die Hand wieder.

Borkes Atemzüge waren ruhig und gleichmäßig. Erst jetzt nutzte Mara die Gelegenheit, sich genauer umzusehen. Vor den Fenstern stand ein Schreibtisch, rechts davon ein schwarzer Büro- und ein schwarzer Kleiderschrank. Auf einem einfachen Gestänge hingen Jacken, Mäntel und Hemden. Hinter einer Spanischen Wand, die mit Titelseiten von Comics verziert war, entdeckte sie eine behelfsmäßige Küche: kleiner Gaskocher, Mikrowelle, winziger Kühlschrank. Mehrere Rotweinflaschen, leere wie volle.

Mara trat wieder vor die Wand und betrachtete das, was schon vorher ihren Blick auf sich gezogen hatte: die Gesichter auf den Backsteinmauern. Ganz nah stellte sie sich vor die Bilder. Es handelte sich um Fotografien, die man auf Leinwand ausgedruckt und auf Holzrahmen gezogen hatte. Großformatig, schwarz-weiß und auch in Farbe.

Eingehend besah sie sich die DIN-A2 große Porträtaufnahme einer jungen Frau. Das Haar hing ihr in Strähnen in die Stirn, sie trug verschmiertes Make-up, hatte eine Zigarette zwischen den Lippen, hagere Wangen. Und Augen ohne Glanz, die sich nicht auf die Kamera, sondern in eine tiefe Leere richteten.

Man konnte jede Pore in der Haut, jedes winzige Körnchen des Mascaras sehen. Was jedoch so beeindruckte, so fesselte, war das, was man nur fühlte. Die unendliche Müdigkeit der Frau, die harten Zeiten, die sie erlebt hatte und die sich in hauchfeinen Fältchen zeigten, die den Mund hart werden ließen. Das Gesicht wirkte wie die Landkarte einer Gegend, von der man sich besser fernhielt.

»Eine Nutte«, drang plötzlich Borkes Stimme heiser zu Mara, die sich genügend im Griff hatte, um nicht zusammenzuzucken. »Um sechs Uhr morgens, beim Feierabend, kurz vor dem Nachhauseweg.«

Sie drehte sich zu Borke um, der sie aus fiebrigen Augen anstarrte. Ohne etwas zu erwidern, wandte sie sich dem nächsten Bild zu: ein Obdachloser, wohl irgendwo am Rande der Zeil. Er lag in einem Bundeswehrschlafsack auf einer Styroporplatte, schlafend, das Gesicht von Kälte und Entbehrungen gezeichnet. Neben ihm waren Rucksack und Schnapsflasche, um ihn herum schmutziger, platt getrampelter Schnee.

Maras Blick wanderte zu dem Bild einer Frau, die an einem Tisch mit einem kleinen Teller voller Münzen saß. Falten, dick und tief, wie eingefugt in das kleine, verkümmerte Gesichtchen. Kopftuch, grimmiger Ausdruck, der Mund ein messerscharfer Strich. Hinter ihr waren die Tür zu Toiletten, schmutzige Fliesen, eine Neonröhre an der Decke. Auf der nächsten bedruckten Leinwand sah sie einen einsamen Gitarrenspieler auf dem Eisernen Steg, eingefangen beim Anschlagen eines Akkords, das Geländer und der graue, träge Main im Rücken. Es gab weitere Gesichter, die die gleiche Wirkung auf Mara ausübten wie die Prostituierte, die sie zuerst angesehen hatte.

»Es ist schwer, Ihre Miene zu deuten«, ließ Borke sich vernehmen, mit schwerer Zunge, die seinen Mund wie etwas Fremdes auszufüllen schien. Er klang erschöpft, hatte wohl ziemliche

Schmerzen. Als sie wieder nichts äußerte, fügte er ähnlich mühsam hinzu: »Das ist ein Kompliment. Jedenfalls bei mir. Wirklich, es ist schwer, aus Ihnen schlau zu werden.«

Sie schenkte ihm noch mehr von ihrem kühlen Schweigen.

»Also – gefallen Ihnen die Bilder nun, oder nicht?«

»Ich dachte, Sie schlafen.«

»Ich würde doch keine Sekunde Ihrer Gegenwart verpassen. Schon gar nicht mit Schlafen.«

»Eigentlich hatte ich angenommen, Sie wären nicht so dämlich.«

»Dämlich?«, wiederholte er verdutzt.

»Sie müssten doch kapiert haben, dass solche Sprüche bei mir nicht ziehen. Im Gegenteil.«

»Nun ja, starrköpfig, wie ich bin«, nuschelte er dicklippig, »glaube ich, dass jede Frau für eine Schmeichelei empfänglich ist. Man muss nur den richtigen Moment erwischen.«

»Den gibt's bei mir nicht.«

»Das werden wir sehen.«

Mara näherte sich dem Bett ein paar Schritte, bemerkte den Schweiß in seinem Gesicht. Ein dünner Strahl Blut floss aus seiner Nase. Rasch wusch sie im Bad das Handtuch aus, um sich dann ans Bett zu knien und erneut sein Gesicht zu säubern.

»Erst dachte ich«, sagte sie, »Ihr Kiefer wäre gebrochen – sieht aber nicht so aus.«

Sein Hinterkopf ruhte auf dem Kissen, seine Augen musterten sie, abgekämpft und frech in einem.

»Von mir aus«, raunte er ihr zu, »können Sie meinen ganzen Körper waschen.«

»Ich eigne mich nicht als Krankenschwester.« Sie legte das Handtuch auf dem Nachttisch ab, der sonst nur eine Kerze, die auf einer leeren Weinflasche steckte, und einen dicken, unbeschriebenen Notizblock mit Bleistift trug.

»Bitte, machen Sie doch weiter, ich werde mich nicht wehren, versprochen.« Er schenkte ihr einen tiefen Blick.

Mara stand auf und wandte sich wieder den Aufnahmen zu. »Was hat es mit den Bildern auf sich?«

»Ich habe fast unbewusst damit angefangen. Ein Schnappschuss hier, ein Schnappschuss da. Mit dem Smartphone. Dann habe ich mich ertappt, wie ich mir die Bilder immer wieder auf dem Display angesehen habe – und brachte es nicht über mich, sie zu löschen. Sie waren wie Gemälde. Und da dachte ich, es wäre doch großartig, genau das aus ihnen zu machen: Gemälde. Ein Fotograf, den ich flüchtig kenne, half mir dabei, sie auf Leinwand zu übertragen. Die besten Ergebnisse sehen Sie hier an den Mauern.« Er hielt in seinem Redeschwall inne, wartete offensichtlich auf eine Reaktion ihrerseits. Als sie schwieg, setzte er hinzu: »Das macht für mich den Reiz aus. Dieser Gegensatz. Die Leinwand symbolisiert das Klassische. Und das eigentliche Foto, nur mit einem Handy gemacht, steht für die Schnelllebigkeit unserer Zeit. Für das Flüchtige, für das Gehetzte. Momentaufnahmen. Im wahrsten Sinne. Aber solche, die bleiben sollen.«

»Was haben Sie damit vor? Eine Ausstellung?«

»Nein. Ich halte mich lieber im Hintergrund.« Er grinste. »Aber irgendwann, eines schönen Tages, werde ich ein Buch daraus machen. Einen fantastischen Fotoband. Unter einem Pseudonym, das ist mir lieber. Ich bin noch auf der Suche nach dem geeigneten Titel für das Buch. Frankfurt Faces. Etwas in der Art. Oder fällt Ihnen was ein?«

»Frankfurter Herzschläge«, erwiderte Mara spontan.

»Gar nicht übel. Werde ich mir merken.« Borke legte die Stirn grüblerisch in Falten. »Herzschläge, das gefällt mir.«

»Wie wählen Sie die Leute für die Fotos aus? Zufall?«

»Rein intuitiv. Wie faszinierend Gesichter doch sein können.« Er räusperte sich, setzte sich etwas im Bett auf. »Ich finde, es gibt nur zwei Sorten von Menschen. Die, die eine Geschichte haben. Und die, die keine haben.«

»Was Sie nicht sagen.«

»Sie haben eine Geschichte, da wette ich. Und ich würde sie allzu gern erfahren.«

»Ich würde auch gern einiges erfahren«, gab Mara trocken zurück.

»Das dachte ich mir.«

»Zum Beispiel Ihr Überfall kürzlich bei mir ...«

»Nennen wir es einen Freundschaftsbesuch«, warf er nuschelnd ein.

»Nennen wir es Neugier.«

»Neugier?« Er strich sich flüchtig über sein Bärtchen.

»Genau. Sie waren tatsächlich einfach nur gespannt, wer der neue Bulle ist, der sich ab jetzt in Ihrem Hoheitsgebiet herumtreibt, oder? Zunächst habe ich mir Gedanken gemacht, aber mehr steckte nicht dahinter. Und natürlich haben Sie die Gelegenheit genutzt, um mal vorzufühlen, ob ich irgendetwas herausgefunden habe, was Ihnen schaden könnte.«

Er grinste schief. »Ich bitte Sie, es gibt nichts, was mir schaden könnte. Ein unbescholtener Bürger, das bin ich.«

»Erzählen Sie das den Herren, die Sie in die Mangel genommen haben – die lachen sich tot.« Jetzt war es Mara, die grinste. »Übrigens: Wer war das?«

»Ach, verderben Sie nicht unsere romantische Zweisamkeit mit Nebensächlichkeiten.«

Mara stellte sich dicht ans Bett und trat plötzlich mit einer derartigen Wucht gegen den Rahmen aus dunklem Holz, dass Borke förmlich von der Matratze hochfederte. Endlich verlor er einmal die Fassung. Seine Kinnlade klappte herunter, mit offenem Mund glotzte er sie an.

»Zum letzten Mal, lassen Sie den Schmalz weg. Sie müssen mir auch keine Rosen schenken.«

»Okay«, murmelte er. »Kapiert.«

»Hoffentlich.« Mara zeigte auf seinen Verband. »Was ist mit Ihrer Hand?«

»Bei der Gartenarbeit verletzt.«

»Na klar.« Sie musterte ihn. »Also: Wer hat sie zusammengeschlagen?«

»Ob Sie's glauben oder nicht: diese Rocker.«

»Ach? Die Bravados? Haben Sie sie geärgert?«

»Nicht im Geringsten. Mit denen habe ich nichts zu tun – das sagte ich Ihnen letztes Mal schon. Ich mache einen Bogen um solche Typen.« Er fand sein Grinsen wieder. »Man sollte schließlich auf seinen Umgang achten.«

»Deshalb sind Sie so vertraut mit Karevics Gefolge.«

»Nicht gerade vertraut, aber selbst die sind mir lieber als die Lederjackenträger.«

»Wieso?«

»Weil die Bravados Schwachköpfe sind. Typen, die nicht nachdenken. Die erst mal draufhauen. Die ohne jeglichen Stil durch die Landschaft trampeln.«

»Und jetzt sind sie ganz stillos auf Ihrem Gesicht herumgetrampelt. Ich frag noch mal: aus welchem Grund?«

»Beim besten Willen – das kann ich Ihnen nicht beantworten.«

»Und weshalb haben Sie mir bei unserem letzten Treffen geraten, ich solle mich, wenn ich den Karevic-Mord aufklären will, um die Rocker kümmern.«

»Das habe ich gesagt?« Er spielte den Unschuldigen.

»So in etwa.«

Seine Augen, die ebenso dunkel waren wie ihre, richteten sich auf Mara. Er gab sich Mühe, ehrlich und überzeugend zu wirken, das war allzu deutlich. »Ich hatte und habe nichts mit den Bravados zu schaffen. Ich wusste nicht mal, dass die meinen Namen kennen. Ich frage mich, woher.«

»Immerhin haben die Bravados von Karevics Bande das Nummer 12 übernommen.«

»Das habe ich gehört. Aber ich weiß keine Einzelheiten darüber. Ich hatte nur mitgekriegt, dass die Rocker schon länger versucht haben sollen, einen Fuß ins Bahnhofsviertel zu bekommen.«

»Und jetzt haben sie ausgerechnet Carlos Borke vermöbelt?«

»Sieht so aus.«

Mara betrachtete ihn lange. »Ich glaube Ihnen nicht«, sagte sie dann mit fester Stimme – auch wenn sie keineswegs überzeugt war. Sie versuchte einfach, ihn aus der Reserve zu locken.

»Warum sollte ich lügen?«

»Wahrscheinlich weil Sie's gewöhnt sind«, erwiderte sie herablassend. »Weil es Ihnen längst in Fleisch und Blut übergegangen ist.«

»Was soll das? Versuchen Sie mich zu beleidigen?« Zum ersten Mal funkelte er einen zornigen Blick zu ihr herüber. »Ich kenne die Rocker nicht. Ich wusste nicht einmal, dass sie mich kennen.«

»Was haben sie zu Ihnen gesagt, bevor sie zuschlugen?«

»Dass ich meine Nase nicht in ihre Angelegenheiten stecken soll.«

»Auch das ist gelogen«, sagte Mara kühl.

»Wie kommen Sie darauf?«, gab er bissig zurück.

»Weil ich es riechen kann.« Abfällig schüttelte sie den Kopf. »Jedes Ihrer Worte stinkt nach Lüge.«

»Wissen Sie was? Dann verpissen Sie sich doch von hier.« Borke hatte tatsächlich die Maske des lässigen Spötters fallen gelassen, er wirkte wütend – und längst nicht mehr so überheblich, wie er sich sonst zeigte.

»Wenn ich mich von hier verpisse, dann kommen Sie mit.«

»Wollen Sie mich aufs Revier schleifen?«

»Wenn es sein muss.«

»Ich will Ihnen mal etwas sagen.« Er stützte sich auf seine Ellbogen. »Ich stehe unter dem Schutz Ihres Chefs. Klimmt. Wenn sich rumspricht, dass die Frankfurter Polizei ihren Informanten in den Arsch tritt, dann geht das nach hinten los. Für Sie alle. Und ganz besonders für Sie persönlich.«

Mara hielt seinem zornigen Blick stand, erwiderte jedoch nichts. Ihr war klar, dass an dem, was er sagte, etwas dran war. Spitzel waren ein heikles Thema. Solange sie nicht gerade riesigen Mist bauten, behandelte man sie behutsam und ließ ihnen so einiges durchgehen. Man war angewiesen auf sie, und das wussten sie im richtigen Moment auszuspielen.

»Und wer hat Ihnen eigentlich das Andenken an Ihrem Hals verpasst? Sieht wirklich böse aus. Ein Draht, stimmt's?«

»Ich habe wohl einfach eine Pechsträhne.«

»Ihre Porträts gefallen mir.« Sie sah, wie er angesichts des unerwarteten Themenwechsels verdutzt aufblickte, und musste lächeln.

Abwägend taxierte er sie. »Ach? Tatsächlich?«

»Ja. Tatsächlich.« Mara lächelte noch immer. »Wie wär's, wenn Sie mal einen Rotwein aufmachen würden? Könnte die Schmerzen in Ihrem Lügenschnabel vielleicht ein wenig betäuben.«

Er runzelte die Stirn. Ihr entging nicht, wie wachsam er gleich wieder wurde. »Was soll das jetzt? Ein cleveres Manöver in Ihrer Befragungstaktik? Auf der Polizeischule gelernt?«

»Ich hole mal lieber selbst den Wein.«

»Lassen Sie sich nicht aufhalten, Billinsky. Da müssten auch irgendwo zwei Gläser sein.«

Heimlich huschten die Minuten vorbei, ohne dass Mara es merkte oder merken wollte, obgleich sie sich einschärfte, aufmerksam zu bleiben in Gegenwart dieses rätselhaften Kerls, der ständig zu lügen schien – und bei dem es ihr trotzdem schwerfiel, ihn zu verachten.

Sie hockte auf dem Boden, den Rücken an seinem Bett, die Knie angezogen. Er lag nach wie vor im Bett, nickte nach dem ersten Glas ein, dann jedoch war er wieder recht munter. Seine Stimme litt weiterhin unter den Nachwirkungen der Schläge, dennoch gelang es ihm, ihr einen Klang zu verleihen, der sich geschickt bei ihr einschmeichelte. Sie registrierte es, aber sie ließ es zu. Auch wenn sie sich immer noch ermahnte, auf keinen Fall die Konzentration zu verlieren.

Wieder war es um die Aufnahmen gegangen, aus denen Borke einen Fotoband machen wollte. Sie lauschte ihm, es war angenehm, nicht mehr an die Morde zu denken, nicht mehr an Wohnungseinbrüche. Der schwere spanische Wein tat gut, auch wenn sie nicht wollte, dass er guttat.

Borke rauchte und bot Mara ebenfalls eine Zigarette an, doch sie lehnte ab, wenigstens da durfte sie nicht schwach werden. Sie würde sich sonst wieder hassen am folgenden Tag.

Er ging auf die Toilette, leicht schwankend. Dann setzte er sich neben Mara auf den Boden, ihre Oberarme berührten sich. Auch das ließ sie zu, obwohl sie sich in Gedanken befahl, wegzurücken und endlich wieder klarer im Schädel zu werden, nicht zu entspannt, nicht zu gelassen.

Borkes Stimme erfüllte die Stille in dem großen Raum; er ließ das R mit seinem undefinierbaren Akzent rollen und erzählte von einer Chilereise. Von Pisco Sour und den besten Steaks der Welt, von der erhabenen Schönheit der schneebedeckten Anden, von den hügeligen Straßen Valparaisos und von der Atacama-Wüste in der Stunde des Sonnenaufgangs, gehüllt in eine zeitlose Stille, noch klar und kalt die Luft von der Nacht, in die die ersten wärmenden Lichtstrahlen des nahenden Tages stachen.

»Das Schönste, was ich je auf dieser Welt gesehen habe«, fügte er hinzu, gar nicht mehr nuschelnd, und er beugte sich zu Mara herüber, seine Augen ganz nahe, sein Atem in ihrem, seine Lippen auf ihren. Sie küssten sich, seine Zunge in ihrem Mund, seine Hände sanft auf ihren Armen, ihren festen Brüsten, unter ihrem Oberteil, direkt auf der Haut. Sie erschauerte. Die Berührungen wurden intensiver und schafften das, was Mara selbst nicht gelungen war – klar zu werden. Schlagartig war sie wieder wach, aufmerksam, geistesgegenwärtig.

Ihre Lippen gefroren förmlich, wurden steinhart, ihr ganzer Körper spannte sich derart an, dass Borke jäh zurückwich.

»Was ist?«, fragte er mit leiser, rauer Unschuldsstimme, die tief aus seiner Kehle hervorkroch.

Mara federte hoch, stand vor ihm und sah einen langen Moment in seine Augen, die völlig verwundert zu ihr nach oben starrten.

»Danke für den Wein«, sagte sie schlicht.

»Was? Aber …«

Ohne jegliche Hast und ohne ihn noch einmal zu betrachten, zog sie die zuvor abgestreifte Lederjacke an und glitt mit einer geschmeidigen Bewegung durch die Tür ins Treppenhaus.

25

Die Dunkelheit wölbte sich über der Stadt. Die Straßenlaternen warfen gelbliche Lichtkegel. Wieder einmal war er viel länger im Jugendzentrum geblieben, als er vorgehabt hatte; es gab einfach immer etwas zu tun.

Ein Scheinwerfer seines rumpelnden VW-Busses war kaputt – höchste Zeit, dass er ihn reparieren ließ. Aber heute war es zu spät. Und morgen? Mal sehen, sagte er sich.

Hanno Linsenmeyer befand sich inmitten des langsam vorankommenden Verkehrs und wollte nach Hause in seine Altbauwohnung, die er schon seit den Achtzigern bewohnte, als er noch an den Protesten gegen die Wiederaufbereitungsanlage Wackersdorf teilgenommen hatte. Ein kleines, etwas verschlamptes Domizil mit dem berüchtigten Kuriosum, das Frankfurter Bad genannt wurde: eine enge abgeteilte Duschzelle, die in der Küche untergebracht war und wovon es auch heute noch viele in der ganzen Stadt verteilt gab.

Hanno dachte an Rafael, einmal mehr, natürlich voller Sorge, und so kam ihm auch Mara in den Sinn. Wie hatte er sich über ihre Rückkehr gefreut, doch nach allem, was sie seither berichtet hatte, hatte sie keinen leichten Start. Er sah sie vor sich, mit fünfzehn oder sechzehn, ein wildes, starrköpfiges, dürres Ding, bereit, die Welt herauszufordern; sie wusste gar nicht, wohin mit ihrer Energie, und versuchte sie mit Alkohol und Zigaretten und Pillen abzutöten. Knapp war es gewesen, äußerst knapp, fast wäre sie noch weiter abgerutscht – so weit, dass ein Zurück in ein geordnetes Leben nicht mehr möglich gewesen wäre.

Zum Glück war es anders ausgegangen. Woran hatte es gelegen? An dem Fallschirmsprung, bei dem sie die Erde auf sich zurasen sah? Hanno wusste es nicht. Sicher, der Zwillingssprung war seine Idee gewesen. Er sprang bereits seit vielen Jahren, doch ob dieses Erlebnis am Ende wirklich ein Umdenken bei Mara eingeleitet hatte, das war ihm schleierhaft. Die Leute glaubten immer, er besäße eine Gabe, er könnte in die Jugendlichen hinein- und vorhersehen, wann sie genug hätten von ihrem wilden, ungezügelten Dasein. Sie nahmen an, Hanno wäre unfehlbar darin, diese eigentlich unberechenbaren Mädchen und Jungen zu lenken, sie staunten über seine Erfolge bei solchen Bemühungen und waren überzeugt, er wüsste immer genau, was zu tun war. Woher ist dir klar, was du wann sagen, wann du nachgeben, wann du ermutigend oder streng sein musst?, fragten sie ihn. Und wie er erkannte, ob es sich lohnte, für jemanden besonders hart zu kämpfen. Die Wahrheit hätte die Leute verblüfft – er wusste es nämlich überhaupt nicht. Er vertraute einfach auf sein Gespür, das war alles. Es klang so simpel, doch das war im Grunde das ganze Geheimnis. Gespür, Mitgefühl, Geduld. Das war Hannos Rezept, sein einziges. Bereits damals, als Mara noch eines seiner Sorgenkinder gewesen war.

Im Gegensatz zu vielen anderen stammte Mara aus einem guten Haus, sogar einer Villa in einer der kurzen, feinen, stets sauberen Straßen des Westends. Der Großvater war ein Anwalt, der Vater ein Anwalt, doch dann der Verlust der Mutter – nein, stoppte sich Hanno, nein, er wollte gar nicht mehr an die Mara von damals denken, und als er im Geiste die heutige Mara vor sich sah, kam ihm unwillkürlich wieder das Gesicht von vorhin in den Sinn: die hübschen Züge Rafael Makiadis, dessen Ausdruck, wie Hanno fand, manchmal Maras nicht unähnlich war.

Wo mochte der Junge untergekommen sein? Bei ihm war

Hanno zuversichtlich gewesen, dass er Gewissensbisse verspürte angesichts seiner kleineren und wohl auch größeren Gesetzesübertretungen, dass da tatsächlich etwas Gutes in ihm steckte. So oft hatte Hanno ihm zugeredet, sich nicht mehr mit Gesindel einzulassen. Wie schade, wie sich alles entwickelt hatte. Beim Fahren wählte er mit seinem abgegriffenen Mobiltelefon die letzte Handynummer an, die er von Rafael kannte.

Ein Tuten und sonst nichts.

Wo bist du, Junge?

Beiläufig sah er zum Beifahrersitz: zwei Einkaufstaschen aus Jute.

Er hat etwas vergessen – einen Teil seines Einkaufs. Hackfleisch, Käse und Butter waren noch im Kühlschrank des Jugendzentrums. Er startete ein waghalsiges Wendemanöver, wurde lautstark angehupt und fuhr in die Richtung, aus der er gekommen war.

Zurück im Zentrum, vor dem Kühlschrank, füllte er die Lebensmittel in eine der Taschen. Ein kühler Windzug erwischte ihn. Hatte er etwa auch vergessen, eines der hinteren Fenster zu schließen? Hanno stellte die Tasche ab und stiefelte im Halbdunkel zum hinteren Teil des Gebäudes, in dem sich so spät niemand mehr aufhielt – er selbst war es, der viermal in der Woche als Letzter hinausging und abschloss. Das Licht aus der Kochnische wies ihm nur schwach den Weg, aber er hätte sich hier blind zurechtgefunden.

Sein Blick fiel auf schimmernde Glasscherben. Die Scheibe eines Fensters war eingeschlagen worden.

Hanno überlegte rasch. Er war gar nicht lange weg gewesen. Hatte seine Rückkehr den Einbrecher in die Flucht geschlagen?

Totenstille.

Auf einmal erstarrte Hanno. Er war nicht allein. Er spürte es. Seitlich von sich nahm er eine blitzschnelle Bewegung wahr.

Er spürte einen gewaltigen Schmerz, der sich im Nu in seinem ganzen Körper ausbreitete.

Und er tauchte in ein endlos tiefes, makelloses Schwarz ein.

26

Sie saß an ihrem Platz und sah ihn an der offenen Tür des Großraumbüros stehen bleiben. Etwas Gehetztes beherrschte sein Gesicht, in seinen rot unterlaufenen Augen war ein Flackern. Er kam nicht von zu Hause, es war schon nach elf Uhr, sondern von einem Einsatz; offenbar war er bereits seit Stunden auf den Beinen.

»Bitte in mein Büro«, rief er kurz angebunden und verschwand.

Sofort stand Mara auf, um ihm zu folgen. Wollte er mit ihr darüber reden, dass zwischen den beiden Morden doch eine Verbindung bestehen konnte? Wahrscheinlich hatte Rosen ausgeplappert, dass es Mara gewesen war, die herausgefunden hatte, dass die Bravados im Nummer 12 das Sagen hatten.

Sie schloss die Tür hinter sich und sah zu, wie Hauptkommissar Klimmt aus der Jacke schlüpfte und sie an einem Haken aufhängte. Während er sich in seinen Drehstuhl setzte, deutete er auf den Besucherstuhl, doch Mara blieb vor dem Schreibtisch stehen.

»Sie weigern sich aus Prinzip, sich zu setzen, oder?«, grummelte er. »Mir kommt es vor, als würden Sie alles aus einem Trotz heraus machen. Liege ich damit richtig?«

»Na gut«, murmelte sie und nahm Platz.

»Ich werde zu alt für den Job.«

»Wo waren Sie unterwegs?«

»Mitten in der Nacht erhielt ich einen Anruf. Ich hatte nicht mal Zeit, einen schnellen Kaffee zu schlürfen.«

»Was war denn los?«

»Billinsky, Sie haben einmal eine Zeugin erwähnt«, wechselte er seelenruhig das Thema. »Und zwar eine – Ihr Ausdruck – Bettgespielin von Ivo Karevic. Wer ist die Frau? Ihr Name. Ihre Adresse, falls sie eine hat.«

»Sie heißt Isabell.«

»Der Nachname?«

»An ihrer Türklingel steht Ljubimac, aber das ist wohl nur ein Falschname.«

»Was wissen Sie von ihr? Und über sie?«

»Ich habe in einem Zwischenbericht meine Schritte und Ergebnisse zusammengefasst. Ich wollte ihn Ihnen schon einmal vorlegen und alles besprechen, aber Sie hatten keine Zeit.«

»Noch weitere Zeugen?«, ging er darüber hinweg.

»Eine gewisse Aileen. Durch sie habe ich erfahren, dass sich die Bravados im Nummer 12 breitmachen – und dass es zuvor Karevic gehört hat.«

»Ach?« Er taxierte Mara. »Das kam von Ihnen?«

Sie nickte. Rosen, dachte sie, hatte es ihm gegenüber also doch noch nicht erwähnt.

»Möglicherweise kann das von Bedeutung sein«, sagte der Hauptkommissar verhalten.

»Möglicherweise?«, wiederholte Mara ironisch.

»Möglicherweise auch nicht«, erwiderte er trocken.

»Soll das ein Witz sein? Danach haben wir doch die ganze Zeit gesucht.«

»Danach haben Sie gesucht.«

»Natürlich.«

»Mag ja sein, dass es diese Verbindung gibt. Aber Auseinandersetzungen zwischen Karevic und den Rockern? Interessenkonflikte? Gar ein Krieg? Wir haben auch unseren Job gemacht, und ich sage Ihnen: Nichts deutet auf irgendetwas hin, das solche Gewalttaten erklären würde.«

»Das wissen wir eben noch nicht. Mein Gespür hat mir von Anfang an gesagt, dass die beiden Morde miteinander zusammenhängen. Ich bin mir sicher.«

Er musterte sie lange, ohne etwas zu äußern.

»Chef, was wollen Sie mir mitteilen?«

»Will ich das?«

»Ich denke schon. Irgendetwas wollen Sie loswerden.«

»Legen Sie mir Ihren Bericht vor.«

»Klar.«

Wieder sah er sie schweigend an.

»Kann ich jetzt gehen?«

»Nein, können Sie nicht.« Klimmt räusperte sich. »Was war das für eine unsinnige Aktion?«

»Was meinen Sie?«

»Ihr Herumschnüffeln im Nummer 12.«

Sie verzog den Mund. Es war klar gewesen, dass das auf sie zurückfallen würde.

»Ohne Plan, ohne Ziel«, fuhr er fort. »Ohne jegliche Grundlage. Allein. Was sollte das?«

»Wollen Sie mir jetzt auch noch vorwerfen, dass ich allein handle? Ich bin allein.«

»Was sollte das?«, wiederholte er stur. »Was haben Sie erwartet, dort vorzufinden? Einen Mörder, in seinen Fingern einen Totschläger, von dem Blut tropft? Dadurch erreicht man nichts. Außer dass man Staub aufwirbelt, der einem die Sicht noch schlechter macht.«

»Hat sich Rosen etwa wieder verplappert?«, fragte sie sarkastisch.

»Das war nicht nötig. Sie wissen doch, dass ich diesen Butsch Grabow verhört habe. Was glauben Sie, was der mir als Erstes auf die Nase bindet? Dass da eine Bullen-Lady ohne Verdachtsmoment – und vor allem ohne eine rechtliche Basis wie etwa einen Durchsuchungsbefehl – in seinen Laden stürmt und alles auf den Kopf stellt.«

»Alles auf den Kopf stellt«, wiederholte Mara abfällig. »Das ist Unfug.«

»Sie sind es, die Unfug macht. So etwas müssen Sie mit mir absprechen. Aber das haben Sie nicht. Natürlich nicht. Denn ich hatte Ihnen ja untersagt, Ihre Nase in den Fall Marek Pohl zu stecken. «

»Es war keine Durchsuchung. Es war kein Großangriff. Ich habe mich mal etwas umgesehen, das ist alles. Einfach keinen Schritt voranzukommen ...« Mara bremste sich abrupt. Sie wollte sich nicht anhören, als wäre sie darauf aus, Verständnis von ihm zu erhaschen.

»Das Beste kommt erst noch«, meinte Klimmt sarkastisch. »Grabow hat mir nämlich einen Vertrag präsentiert, der ihn als rechtmäßigen Pächter des Nummer 12 ausweist. Kapiert, Billinsky? Das Nummer 12 ist ordnungsgemäß von Karevics Bande auf Grabows Haufen übergegangen. Da gibt es nichts, was nach einem Streit zwischen diesen beiden Seiten riecht, aber auch gar nichts.«

Klimmt erhob sich langsam und stellte sich ans Fenster. Ohne sie anzublicken, sagte er: »Ich nehme Ihnen den Karevic-Fall wieder weg.«

Mara federte hoch. Sie stand kerzengerade da, fixierte seinen Hinterkopf – das Gesicht war der Straße zugewandt –, doch kein Laut kam über ihre Lippen.

Nein, sagte sie sich stumm, nicht erneut betteln, bitten oder sonst etwas.

»Okay«, stieß sie nur hervor, beherrscht, betont sachlich. »Sonst noch was?«

Er drehte sich um. »Kein Widerspruch? Kein Wutanfall? So kenne ich Sie gar nicht.«

Sie überzog ihn mit einem vernichtenden Blick und verschwand aus dem Büro. Am Schreibtisch hockte sie anschließend minutenlang regungslos da; sie brütete vor sich hin, die Zähne zusammengebissen.

Rosens Stuhl war leer, er hatte einen Zahnarzttermin, von den vier übrigen Plätzen waren drei besetzt. Patzke, Schleyer und Stanko saßen an den Computern, gingen ihrer Arbeit nach und beachteten Mara nicht.

Etwas Unheilvolles lag in der Luft, sie fühlte sich ungerecht behandelt, abserviert, ausgeknockt. Am liebsten hätte sie ihre Kaffeetasse gegen die Fensterscheibe geschleudert. Aber sie blieb ebenso beherrscht wie beim Gespräch mit Klimmt.

Der Hauptkommissar tauchte auf, redete leise mit den drei anderen, Mara hörte nicht hin. Gleich darauf schnappten Schleyer und Stanko ihre Jacken und verschwanden nach draußen; offenbar hatten sie eine Anweisung erhalten. Klimmt sah kurz zu Mara hin, sie bemerkte es, auch wenn sie demonstrativ auf ihren Monitor blickte. Dann ging er, begleitet von Patzke, wieder zurück in sein Büro.

Du hast vom ersten Moment an keine Chance gehabt, sagte sie sich dumpf. Sie haben dich von Anfang an aufs Abstellgleis geschoben. Allein gelassen. Sie pfeifen hier auf dich. Sie hatte einen bitteren Geschmack im Mund. Plötzlich musste sie an Angelika Taubner denken. War das eine Option? Vielleicht ihre einzige? Sie holte die Visitenkarte, die Taubner ihr am Ende ihres gemeinsamen Termins überreicht hatte, und rief die einzige Nummer an, die darauf stand, jene Festnetznummer, über die Mara kürzlich zu der Unterredung gebeten worden war.

Es meldete sich Frau Müller, die erklärte, dass Frau Taubner im Moment nicht zu sprechen sei, aber auszurichten versprach, dass Mara einen Rückruf wünsche.

Zu Maras Überraschung klingelte ihr Apparat nur fünf

Minuten später – Angelika Taubner erkundigte sich, worum es ging. Mara hasste es, bitten zu müssen, aber sie sah einfach keine andere Möglichkeit. In knappen Worten schilderte sie, dass man ihr den Fall weggenommen habe und dass das der Moment wäre, in dem sie tatsächlich etwas Unterstützung brauchen könnte.

Frau Taubner überlegte kurz, dann sagte sie: »Ich werde mich der Sache annehmen. Vielleicht kann ich …« Ein Zögern. »Frau Billinsky, ich verspreche Ihnen, das nicht auf sich beruhen zu lassen. Okay? Da ist das letzte Wort noch nicht gesprochen. Sie haben Eindruck auf mich gemacht, und ich werde mich für Sie starkmachen. Ehrlich, das ist ein Versprechen.«

Mara atmete erleichtert auf – vielleicht war doch noch nicht alles vorbei. Sie bedankte sich und verabschiedete sich von der Staatsanwältin.

Kurz darauf erschien Jan Rosen. Er hob die Hand zum Gruß und nuschelte mit schwerer Zunge etwas von einer Wurzelbehandlung. Als Mara nicht antwortete, musterte er sie eingehend. »Was ist los?«

»Gar nichts«, zischte sie.

Er setzte sich hin. »Du weißt es schon?«

»Schon? Was soll das heißen? Dass du es weißt? Und alle anderen auch?«

»Er hat dich vom Karevic-Fall abgezogen.«

»Dieser Arsch.«

Rosen betastete sich vorsichtig das Kinn. Unvermittelt sagte er: »Was weißt du über den dritten Mord?«

»Welchen dritten Mord?« Klimmt hatte kein Wort darüber verloren, was sie gleich noch zorniger machte.

Rosen runzelte die Stirn. »Ich meine, hat deine Absetzung irgendetwas mit dem anderen Mord zu tun?«

»Von was um alles in der Welt redest du?«

»Andererseits wäre das nicht unbedingt logisch, denn …«

Brüsk fiel sie ihm ins Wort: »Rosen! Welcher andere Mord?«
»Lass uns zum Kaffeeautomaten gehen und dort quatschen.«
Mara sprang auf. »Dann los.«
»Oder noch besser: Lass uns irgendwo in der City etwas essen gehen. Dann können wir in Ruhe reden. Allzu viel weiß ich ja selbst noch nicht.«

Sie war schon in ihre Jacke geschlüpft.

»Ich hoffe nur, ich kann kauen«, meinte er gequält und befühlte wieder sein Kinn.

»Nun mach schon«, drängte Mara ungeduldig.

27

Was wäre, wenn sie nicht auftauchen würden?

Sie hatten es ihm zugesagt, aber was mochte das schon heißen?

Das war seine letzte Chance, er spürte es.

Würde das Ganze jetzt nicht wieder in Gang kommen, konnte er sich gleich um seine eigene Beerdigung kümmern.

Das dünne Eis unter seinen Füßen bekam immer mehr, immer stärkere Risse.

Carlos Borke stand mitten auf einer der größten Wiesen des Grüneburgparks. Seine noch ziemlich neuen Stiefeletten sanken in den von den letzten Regengüssen aufgeweichten Boden. Grashalme und Erde klebten an dem teuren Leder, und er ärgerte sich darüber.

Denk nicht an deine Schuhe, sondern an dein Leben, sagte er sich.

Schließlich war er es selbst gewesen, der diesen Treffpunkt ins Spiel gebracht hatte. Am helllichten Tag, an einem öffentlichen, stark frequentierten Platz, der in alle Richtungen gute Sicht bot. Das waren seine Bedingungen gewesen, auch wenn er, wie sie ihm klarmachten, gar nicht in der Lage war, irgendwelche Forderungen zu stellen. Doch er hatte trotz allem auf dem Park bestanden, der selbst bei ungemütlichem Herbstwetter von vielen Menschen aufgesucht wurde. Rentner machten Spaziergänge, Studenten joggten, Jugendliche schwänzten die Schule, Angestellte vertraten sich in ihrer Pause die Beine und aßen Sandwiches.

Was wäre, wenn sie nicht kämen?

Auf sein Herz drückte ganz leicht die Pistole, die er in die Innentasche gesteckt hatte. Eine Glock 17. Siebzig Prozent Kunststoff. Fühlte sich an wie ein Kinderspielzeug und war doch eine präzise Tötungsmaschine. Er konnte ganz gut damit umgehen – aber er mochte es nicht sonderlich. Gute Geschäfte waren solche, bei denen keine Waffen nötig waren. Und in den letzten Jahren hatte er sich zumeist so geschickt verhalten, dass das kein Problem war. Bis diese verdammte Sache gekommen war, die immer größere Kreise gezogen hatte und sich als Abgrund vor ihm auftat. Eine hübsche Stange Geld hatte er damit verdient, inzwischen jedoch hätte er liebend gern darauf verzichtet.

Borke schob sich eine Zigarette in den Mund und zündete sie an. Er inhalierte tief, es brannte auf den noch geschwollenen Lippen. Wann war ihm derart zugesetzt worden wie zuletzt? Noch nie.

Mittagszeit. Hässliche gelbe Wolken. Es war empfindlich kühl. Er schlug den Kragen seines Mantels hoch. Früher als verabredet war er hier erschienen, wie immer. Seine Füße wurden kalt, er trat auf der Stelle, spähte in alle Richtungen, dorthin, wo die Bäume dichter standen, zu den Bänken, zu dem kleinen eingezäunten Bereich, der den Hundehaltern und ihren Tieren vorbehalten war.

Was wäre, wenn sie nicht kämen?

Die ganze Zeit über loderte diese Frage in ihm.

Was würde ihm noch übrig bleiben? Wohl nur eines: abzuhauen. So schnell wie möglich fort von hier. Er war nicht mehr sicher in Frankfurt. Vor Mara Billinsky hatte er, jedenfalls für sein Empfinden, die innere Unruhe gut verbergen können. Doch er wusste, dass sich die Schlinge immer enger um seinen Hals zusammenzog, noch enger als im Kleinen Elch.

Womöglich zwei Schlingen auf einmal.

Bisher hatte er nur einen kleinen Finger eingebüßt. Seinen Kopf wollte er nach Möglichkeit behalten. Er dachte mit Schaudern an die schmerzhafte Behandlung, als sich ein befreundeter Arzt der widerlich klaffenden Wunde angenommen und den überlappenden Hautfetzen zugenäht hatte. Gut, dass dieser Freund aufgrund einiger Übertretungen in Sachen Betäubungsmittelgesetz offiziell nicht mehr praktizieren durfte. Borke war schon oft bei dem verschwiegenen Mann aufgetaucht, wenn er Hilfe nötig gehabt hatte.

Oder täuschte er sich? Seine Gedanken sprangen zurück zu Mara. Hatte sie ihn etwa doch durchschaut? Hatte sie ihm angesehen, dass er die Hosen voll hatte?

Ja, Mara. Normalerweise war er imstande, sich rasch ein verlässliches Urteil über andere zu bilden. Bei ihr jedoch ... Der Gedanke an sie löste ein Kribbeln in ihm aus, trotz aller Sorgen, die ihn plagten. Dabei war sie gar nicht sein Typ. Wobei man sich fragen konnte, wessen Typ sie überhaupt sein mochte. Etwas Reizvolles ging von ihr aus, von der Polizistin, die nicht wie eine Polizistin aussah. Sie schien jemand zu sein, der erst auf den zweiten Blick offenbarte, wie viele Facetten seine Persönlichkeit in Wirklichkeit hatte.

Der erste Kuss kam ihm in den Sinn. Ein ganz spontaner Moment, er hatte gar nicht anders gekonnt, als es nicht zu versuchen. Die Berührungen, die folgten, waren ihm durch und durch gegangen. Wann war das zuletzt so gewesen? Auf einmal war Mara wie versteinert gewesen, als verfügte ihr Körper über eine automatische Abwehrfunktion. Wie ausgewechselt, von einem Sekundenbruchteil zum nächsten.

Er musste an diese Hülle aus Schwarz denken, die sie sich zugelegt hatte, an die Blicke, die sie in die Welt schoss wie Projektile; das alles schien nur ein Schutzpanzer zu sein. Aber wovor wollte oder musste sie sich schützen?

Er verjagte die Gedanken an Mara, versuchte sich wieder zu konzentrieren.

Was wäre, wenn sie nicht kämen?

Es war nun eine halbe Stunde über der ausgemachten Zeit.

Borke spürte die Nervosität, die an ihm hochkroch, die ihn unter seiner Mütze wieder einmal gehörig ins Schwitzen brachte, dabei war es doch kalt genug, um ins Schlottern zu geraten.

Sie kommen nicht, sagte er sich.

Sie kommen nicht!

Und da sah er sie.

Zu zweit schlenderten sie zwischen Passanten hindurch, ihre Mantelschöße wehten. Derjenige, der links ging, war derselbe, den Borke im Kleinen Elch getroffen hatte: Zoran. Doch es war der andere, der seinen Blick auf sich zog.

Grau meliertes, dichtes, welliges Haar, scharfe Züge, eine auffallend schmale, hervorspringende Nase, ein spitzes Kinn. Das war Malovan. Der Mann, der – nach allem, was rund um den Hauptbahnhof geflüstert wurde – Karevics Nachfolge antreten sollte.

Das ist ein gutes Zeichen, redete sich Borke ein. Wenn der Boss kam, würden sie nicht versuchen, ihn über die Klinge springen zu lassen. Die Drecksarbeit würde Malovan andere erledigen lassen, da wäre er nicht in der Nähe.

Lass dich bloß nicht dazu überreden, sie irgendwohin zu begleiten, schärfte er sich ein. Du darfst nur allein aus dem Park verschwinden.

Borke blickte sich um – gab es noch weitere von ihnen? Diesmal durfte er sich auf keinen Fall derart übertölpeln lassen wie zuletzt.

Vor ihm blieben sie stehen. Zoran grinste, Malovan hatte eine Miene aufgesetzt, die nicht zu entschlüsseln war.

»Danke, dass ihr hergekommen seid«, begann Borke bewusst vorsichtig.

Keine Antwort.

»Es ist nämlich so: Die andere Seite macht sich Sorgen.«

»Wir sind es, die sich Sorgen machen«, entgegnete Malovan.

»Dazu besteht kein Grund.«

Die Männer schmunzelten überheblich.

»Was ist mit deiner Hand passiert?«, fragte Zoran. »Verletzt? Hast du zu viel in der Nase gebohrt?«

»Ich würde der anderen Seite gern mitteilen«, sagte Borke, »dass jetzt alles wie geplant über die Bühne gehen kann.«

»Das kann es auch.« Malovan taxierte ihn aus stechenden Augen. »Warum auch nicht?«

»Warum? Weil ihr ...« Er lächelte verkrampft. »Weil es schwierig war, mit euch den Kontakt zu halten.«

Malovan lächelte. »Möglich, dass wir uns etwas rar gemacht haben. Wie du dir vorstellen kannst, gab es bei uns einiges neu zu regeln, neu zu überdenken. Das ist abgeschlossen. Deshalb bin ich hier. Um es dir höchstpersönlich zu sagen: Auf uns ist Verlass. Oder denkst du, ich wäre ein Lügner, ein Mann, der nicht aufrichtig ist? Denkst du das?«

»Nein, sonst hätte ich ja nicht so oft versucht, wieder mit euch ins Gespräch zu kommen.«

»Oder hast du einfach nur eine Scheißangst?« Zoran lachte.

»Deshalb bin ich hier«, wiederholte Malovan, ohne Zoran Beachtung zu schenken. »Um dir zu sagen: Auf uns ist Verlass.«

»Auf mich auch.«

»Und auf die anderen?«

»Das hoffe ich doch.«

»Daran hatten einige von uns Zweifel. Sogar daran, ob es diese andere Seite, wie du sie nennst, überhaupt gibt.«

»Die gibt es«, bekräftigte Borke rasch.

»Und dabei handelt es sich nicht etwa um die Bullen?«

»Nein.« Borke hob seine bandagierte Hand. »Sonst hätte es diesen, äh, Zwischenfall nicht gegeben, das steht fest.«

Malovan lächelte erneut. Aufreizend, entspannt, als wäre das alles ein Spaß. »Ich muss sagen, da ist was dran. Da hast du wirklich ein überzeugendes Argument aus der Tasche gezogen.«

Zoran lachte laut.

»Nun ja, ihr seid auch nicht gerade zimperlich mit mir umgesprungen.« Ein säuerlicher Zug umspielte Borkes Mund.

»Wie gesagt, bei uns gab es einige Zweifler. Sie hielten es für angebracht, dir ein wenig auf den Zahn zu fühlen.«

»Das ist gelungen.«

»Deinen Humor, Borke«, meinte Malovan, »den mag ich. Erhalte ihn dir.«

Erneut lachte Zoran.

»Also gut«, sprach Malovan ruhig weiter, »dann ist alles in bester Ordnung.«

»Natürlich.«

»Wir reden über drei Tonnen, es bleibt doch dabei?«

Borke zuckte unwillkürlich zusammen. Es war nicht das erste Mal, dass in seiner Gegenwart Fakten genannt wurden, und das gefiel ihm nicht – je weniger Details man über solche Transaktionen wusste, desto besser. Er kannte das entscheidende Datum, außerdem den Ort, an dem alles über die Bühne gehen sollte. Und jetzt auch noch diese Zahl.

»Die Einzelheiten gehen mich nichts an«, brachte er leise hervor. »Ich sollte nur den ...«

»... Kontakt herstellen«, schnitt Malovan ihm das Wort ab.

»Genau.« Drei Tonnen, hallte es in seinem Kopf nach. Dreitausend Kilo. Eine beängstigende Zahl.

»Du solltest auf deine Hände aufpassen«, riet ihm Zoran spöttisch.

»Und auf den Rest von dir«, fügte Malovan hinzu. Sein Zeigefinger, verhüllt vom Leder eines eleganten Handschuhs, wies in Borkes mitgenommenes Gesicht. »Wie es aussieht, hast du kürzlich schon wieder einiges einstecken müssen.« Er runzelte die Stirn. »Etwa erneut die ach so vertrauenswürdige Gegenseite?«

»Nein, das waren ein paar unwichtige Idioten, von denen wir uns nicht ablenken lassen sollten.«

»Dann haben die Schläge nichts mit unserem Geschäft zu tun?«

»Nein«, erwiderte Borke.

Sie grinsten ihn an, und er fühlte dieses Grinsen auf sich, als wäre es eine Berührung. Er war in Schweiß gebadet, und zugleich war ihm eiskalt.

28

Er hatte sich lange mit Patzke besprochen. Patzke war ein erfahrener Mann, auf dessen Meinung er immer schon viel gegeben hatte. Gemeinsam hatten sie die Fakten aufgezählt, sie hatten abgewogen, Überlegungen angestellt, ins Blaue spekuliert.

Lange war es in Frankfurt relativ ruhig gewesen, fast den gesamten Sommer über. Die Hitze raubte die Energie, hatte anscheinend alles erstarren lassen. Mit dem Beginn des Herbstes war wieder mehr los. Als würden der jähe Wind und die aufziehende Kälte bei den Menschen Aggressionen wecken und ihre alten Feindschaften beleben. Als würde die zurückweichende Hitze eine Wut frei machen, die wochenlang eingeschläfert worden war. Es gab überdurchschnittlich viele Fälle, die auf einmal bearbeitet werden mussten. Totschlag und häusliche Gewalt, brutale Raubattacken und blutige Schlägereien, die mit Klinikaufenthalten endeten. Und jetzt diese drei Morde innerhalb kurzer Zeit. Drei Opfer, die nicht – oder nur bedingt – in ein und dieselbe Reihe passten. Drei Morde, die allesamt mit alarmierender Brutalität durchgeführt worden waren.

Es war rätselhaft, und Hauptkommissar Klimmt hatte ein denkbar schlechtes Gefühl, was die ganze Sache betraf.

Patzke hatte das Büro verlassen, seit gut zehn Minuten war Klimmt wieder für sich. Aus der Schublade zog er die Fotografien, die im Laufe der frühen Morgenstunden von den Kriminaltechnikern angefertigt worden waren und von denen man ihm Abzüge übergeben hatte, bevor er ins Präsidium gefahren war. Er betrachtete sie ganz genau, obwohl er in der Nacht selbst am

Tatort gewesen war und alles mit eigenen Augen gesehen hatte. Dann stand er auf und öffnete das Fenster, um die abgestandene Luft nach draußen zu lassen. Er steckte sich eine Zigarette an, obwohl im gesamten Gebäude Rauchverbot herrschte, und qualmte genüsslich Zug um Zug.

Das Telefon auf dem Schreibtisch klingelte. Er schnippte die Kippe ins Freie und setzte sich wieder. Ein Blick aufs Display. Die Nummer, die angezeigt wurde, kannte er.

»Klimmt«, meldete er sich knapp, ohne verhindern zu können, dass er sich so müde und erschöpft anhörte, wie er es war.

»Ich grüße Sie, Herr Klimmt, hier ist Angelika Taubner.«

»Hallo«, sagte er nur und unterdrückte ein Gähnen.

»Hätten Sie ein paar Minuten Zeit für mich, oder soll ich später noch einmal anrufen?«

»Kein Problem.«

»Ich möchte mit Ihnen über Polizeioberkommissarin Mara Billinsky sprechen.«

»So?« Er hatte mit etwas anderem gerechnet. Beiläufig dachte er an die Wette, die es in seinem Team gab und von der er zufällig erfahren hatte. Man setzte Geld darauf, wie lange Billinsky in der Abteilung überleben würde, bis sie versetzt oder freiwillig die Segel streichen würde. Zwischen vier Wochen und zwei Monaten gab man der Krähe noch bis zu ihrem Absturz, von dem alle felsenfest überzeugt waren.

»Ja, über Frau Billinsky«, bekräftigte die Staatsanwältin. »Und damit auch über den Karevic-Fall.«

»Also nicht über Tayfun Köybasi?«

»Ich verstehe nicht«, entgegnete sie irritiert. »Wer soll das sein?«

»Das werde ich Ihnen sagen, Frau Taubner.«

»Bitte«, erwiderte sie mit dieser kühlen Beherrschung, um die er sie zuweilen beneidete.

»Tayfun Köybasi wurde von einem Penner gefunden. In einem Schuppen auf einem alten Schrottplatz, der nicht mehr in Betrieb ist. Der Penner hatte sich dort für ein paar Stunden in seinen Schlafsack legen wollen.«

Sie stellte keine Frage, sondern wartete schweigend ab, dass er fortfuhr.

»Der Penner hat seinen Fund gemeldet, weil er wohl auf eine Belohnung spekuliert hat. Na ja, wir haben uns Tayfun Köybasi genauer angesehen. Und ich kann Ihnen versichern, dass das kein schöner Anblick war.«

»Er wurde ermordet, nehme ich an?«

»Richtig, Frau Taubner. Und der Mörder hat sein Werk auf ziemlich schmutzige Weise vollbracht.«

»Ich höre, Herr Klimmt«, bemerkte sie auf ihre übliche selbstsichere, unerschütterliche Art.

29

Schon als sie das Alte Portal mit der Trauerhalle und dem Krematorium aus der Entfernung erblickte, rieselte ein Schauer durch ihren Körper. Ein düsterer neoklassizistischer Gebäudekomplex, dessen Anblick sie tief in eine Phase ihres Lebens zurückzog, die vergangen, allerdings nicht vorbei war.

Seit einiger Zeit war Mara jetzt bereits wieder in ihrer Heimatstadt, doch sie hatte es noch nicht über sich gebracht hierherzukommen. Hatte immer eine andere Ausrede gefunden, den Besuch des Hauptfriedhofs aufzuschieben. Heute allerdings hatte sie sich ein Herz gefasst, heute war sie da.

Schließlich hatte sie von Anfang an gewusst, dass sie nur dann wirklich nach Frankfurt zurückkehren konnte, wenn sie nicht so tat, als gäbe es diesen Ort nicht.

Mara betrat das über siebzig Hektar große Grundstück, diese morbide Welt für sich, die mitten in der Stadt lag – und doch den Eindruck vermittelte, weit weg von allem zu sein. Kahle Hecken und Sträucher, etliche Kilometer asphaltierte Wege und unbefestigte Pfade. Einem davon folgte sie mit langsamen Schritten. Ihre Sohlen knirschten in der Stille. Sofort fand sie sich zurecht, als wäre sie niemals fort gewesen, und das kam ihr beinahe ein wenig unheimlich vor.

Sie erreichte das Grab. Der schlichte Granitstein mit gusseisernen Buchstaben und Ziffern: Vor- und Nachname sowie Geburts- und Todesjahr. Ihr Vater bezahlte jemanden, um sich darum zu kümmern. Sie konnte sich nicht vorstellen, dass Edgar Billinsky jemals hier erschien; das hatte er früher schon nicht getan, als der Tod von Maras Mutter noch ganz nah gewesen war.

Die Luft war kalt und feucht, der tiefe Himmel eine zerrissene Masse in unterschiedlichen toten Grautönen. Mara legte eine rote Rose am Grab ab und beschwerte den Stiel mit einem Stein. Sie weinte nicht, keine einzige Träne kam ihr, sie starrte nur auf das Grab, verloren in Gedanken, die ineinanderwirbelten und zu nichts führen würden. Und dennoch war es wichtig, hier zu sein. Sie musste sich dem stellen, diesem Loch in ihrem Herzen. Dieser Wunde, die nie so ganz vernarbte, die immer wieder einmal nachblutete.

Sie wandte den Blick ab von den gusseisernen Namenslettern. Was würde ihre Mutter denken, könnte sie sie jetzt hier sehen? Was würde sie überhaupt über Mara denken, welches Urteil fällen? Sie hatte ihre Mutter immer vermisst. Ohne sie aufzuwachsen, war in etwa, als würde man von einem Schatten verfolgt werden, der sich jedes Mal, wenn man sich nach ihm umdrehte, im Tageslicht auflöste. Ein Geist, der keine Angst einjagte, der nie eine Frage stellte oder eine beantworten konnte, der Mara nachschlich, beobachtete, der immer da – und doch nie da war.

Der Tod ihrer Mutter hatte Maras ersten Zweifel an der Welt gesät. Alles war ins Wanken geraten. Das Leben war nichts Verlässliches, wie zuvor gedacht, sondern das genaue Gegenteil: etwas völlig Unberechenbares, etwas Gnadenloses. Ein großer schwarzer Abgrund, vor dem man stand, allein und schutzlos. Damals hatte sich ein Misstrauen bei ihr eingebrannt, das bis heute geblieben war, genau wie der Geist, der sie verfolgte.

Sie war ein Mädchen gewesen, zehn Jahre alt, dünn wie ein Strohhalm. Aber als die Polizei keine Verdächtigen präsentierte und die Ermittlungen nach und nach einschliefen, hatte sie ihrem Vater voller Entschlossenheit vorgeschlagen, dass sie beide gemeinsam herausfinden sollten, wer für den Mord an der Mutter verantwortlich war. Unvergesslich, mit welch verdattertem Gesichtsausdruck er sie angestarrt hatte, halb gerührt, halb überfahren. Und ziemlich unsicher, wie er ihr dieses Vorhaben ausreden sollte, das in ihrem Köpfchen konkrete Formen angenommen hatte. »Wir können nicht Detektiv spielen, Mara«, hatte er irgendwann in diesen Tagen zu ihr gesagt, und das war das erste Mal, dass sie sich von Edgar Billinsky im Stich gelassen fühlte. Kurz darauf hatte er sie suchen müssen, weil sie allein auf ihren dürren Beinchen durch Frankfurt stromerte, auf der Suche nach dem Mörder, als würde er ihr einfach so über den Weg laufen und sich zu erkennen geben.

Voller Wut auf ihren Vater saß sie bei der Fahrt nach Hause auf dem Rücksitz, den Blick auf sein Profil gerichtet, ihm stumm Schimpfnamen an den Kopf werfend.

Kein Wunder, dass sie gerade jetzt daran denken musste, an diesem Ort, der es den Erinnerungen leicht machte, über sie herzufallen. Und dennoch war Mara erleichtert darüber, dass sie hierhergekommen war. Denn wie sie feststellte, gelang es ihr ausgerechnet hier zum ersten Mal, die vergangenen Tage mit einem gewissen Abstand zu betrachten. Weniger verbissen, weniger zwanghaft. Sie hatte unbedingt einen Erfolg vorweisen wollen, allein schon aus dem Gefühl heraus, es den Kollegen zeigen zu müssen, allen voran Hauptkommissar Klimmt. Aber im Leben war es eben immer komplizierter, nicht so klar, nicht so eindeutig.

Es gefiel ihr ganz und gar nicht, aber in Gedanken sah sie sich unwillkürlich wieder als Zehnjährige, die mit finsterem Blick und langen, staksigen Schritten die Stadt durchquert, um einen Mörder zu entlarven. War sie wirklich immer noch die Kleine von damals? Hatte sie so wenig dazugelernt? Und erneut fühlte sie die unsichtbare Gegenwart ihrer Mutter: ein Schatten, der sie beobachtete, der – womöglich – an ihr zweifelte.

Mara verspürte den jähen Drang, in Bewegung zu sein, und sie ging los, ohne auf die Richtung zu achten, bis der Zufall sie in die Nähe des Mausoleums Reichbach-Lessonitz trieb, eines eindrucksvollen Sandsteinbaus. Sie überwand die kleine Anhöhe, auf der das Mausoleum stand, und betrachtete die byzantinische Architektur, die eine Atmosphäre wie in uralten Gruselgeschichten verströmte, erst recht an düsteren Tagen wie diesem.

Es passte zu ihrem Leben, dass sie ausgerechnet vor einer derartigen Kulisse ihre Jungfräulichkeit verloren hatte. Auf einem Friedhof, im Schatten einer Begräbnisstätte. Heute schlich sich angesichts dieser Tatsache ein schiefes Grinsen in ihr Gesicht. Adrian Krucksdorf. Kruxx. Der mit der grünen Haarsträhne und der großen Klappe. Oft hatten sie sich damals vor dem Gebäude aufgehalten, mit ihrer Clique, aber auch zu zweit. Und einmal, befeuert von Rotwein und Joints und verborgen vom plötzlichen Aufziehen der Dunkelheit, war es nicht beim Knutschen geblieben.

Mara und Kruxx. Ein anderes Leben war das gewesen. Oder doch nicht? Automatisch erschien das Gesicht von Carlos Borke vor ihrem inneren Auge. Sie rief sich die Fotografien in Erinnerung, die an seinen Wänden hingen. Damit hatte er sie überrascht. Das passte nicht zu jemandem, der sich in einem solchen Umfeld bewegte. Welche Facetten seines Wesens mochte er noch verbergen?

Seine Berührungen, erst zärtlich, dann wilder, fordernder. Was hast du dir dabei nur gedacht?, wunderte sie sich, immer noch irritiert, dass sie es so weit hatte kommen lassen. Ausgerechnet bei ihm, bei diesem undurchsichtigen Kerl. Er war doch überhaupt nicht ihr Typ. Wobei sie sich angesäuert fragen musste, wer denn schon ihr Typ war.

Eine kalte Windböe brachte sie zurück ins Hier und Jetzt,

und sie hatte nichts dagegen. Nicht auch noch über Borke nachgrübeln, sagte sie sich.

Mara ging die Anhöhe wieder hinab, von weiteren Böen umweht, und auf einmal schoss ihr Blick wie ein Pfeil in die düstere Umgebung. Der große Friedhof lag still um sie herum, Nebel schmiegte sich an Grabsteine, Hecken und Buchen.

Niemand zu entdecken. Und vielleicht gerade deshalb wurde sie von dem Gefühl erfasst, dass sie nicht allein war – dass da irgendwo Augen waren, die jeden ihrer Schritte verfolgten. Aufmerksamer als zuvor folgte sie einem der vielen Pfade. Die Stille wurde einnehmender, kroch wie ein bizarrer großer Wurm hinter ihr her. Sie atmete tief ein, sog die klare Luft in ihre Lungen, als könnte sie ihr neue Kraft geben.

Aus der Ferne sah sie nun das Mausoleum Gans, und erneut wurde sie ein Opfer der Erinnerungen. Dort, hockend auf den Stufen, hatte sie Kruxx zum letzten Mal gesehen. Ein heftiger Streit, sie hatten sich gegenseitig unzählige Gemeinheiten an den Kopf geworfen, und er war davongestiefelt, die Hände zu Fäusten geballt, als wäre er kurz davor gewesen, auf Mara einzuschlagen.

Die Trennung von ihm war der Anfang vom Ende dieser unsicheren Zeiten – mithilfe von Hanno Linsenmeyer kriegte sie die Kurve. »Was uns vom Tier unterscheidet, ist unter anderem«, hatte Hanno damals gesagt, »dass wir das Leben wirklich genießen können. Dass wir wissen, wenn ein Moment ein außergewöhnlicher ist. Ein unvergesslicher. Und dass wir unserem Leben einen Sinn geben können. Dass wir nicht einfach nur aufstehen, fressen und für immer einschlafen. Dass wir etwas bewirken können.«

Mit Hannos Unterstützung schaffte Mara ihr Abitur. Sicher auch aus dem Antrieb, ihrem Vater, der sie abgeschrieben hatte, zu beweisen, dass sie keine tumbe Versagerin war. Sie überdachte ihr Leben. In ihr wuchs der Wunsch, dem eigenen Dasein endlich eine Perspektive zu geben. Nur welche? Auf keinen Fall wollte sie sich mit langweiligen Berufen abgeben, nicht mit einem Wirtschaftsstudium, nicht mit der Suche nach einem reichen Ehemann – und erst recht nicht mit einer selbstsüchtigen, auf nichts und niemanden Rücksicht nehmenden Laufbahn, wie ihr Vater sie verfolgte.

Immer wieder rief sie sich Hannos Worte ins Gedächtnis: Ihr Leben sollte einen Sinn haben. Sie wollte etwas bewirken, etwas bewegen. Also bewarb sie sich bei mehreren Hilfsorganisationen, deren Einsatz sie mächtig beeindruckte. Doch die bürokratischen Strukturen, die Atmosphäre der Selbstgefälligkeit, die milde Überheblichkeit, mit der man sie als junge Bewerberin behandelte, verärgerten sie – und verdarben ihr letztlich den Berufswunsch. Welche Möglichkeiten blieben ihr? Wie konnte man etwas bewegen?

Wie aus dem Nichts und vor allem für sie selbst völlig überraschend kam ihr die Idee mit der Polizei. Es war wie ein Blitzschlag. Je mehr sie darüber nachdachte, desto stärker war der Reiz, den sie verspürte. Mitten im Geschehen zu sein, die elektrisierende Gefahr und das jederzeit Unvorhersehbare, das zog sie gewaltig an. Schwachen helfen und rücksichtslosen Starken in die Suppe spucken zu können, das war ganz nach ihrem Geschmack. Sie wagte es. Und erneut folgte Ernüchterung. Wiederum eingestaubte, bürokratische Strukturen und dazu eine leere Abgestumpftheit.

Doch nichtsdestotrotz hatte Mara Feuer gefangen. Sie kämpfte dagegen an, sich vom Alltag mit vielen zähen, unbefriedigend verlaufenden Kriminalfällen betäuben zu lassen. Immerzu aufmerksam und hellwach bleiben, die Augen offen halten, den eigenen Instinkt schärfen, Ängste ausblenden. Und den Regeln folgen – vor allem den eigenen. Womit sie unversehens aneckte. Mara wurde ausgegrenzt, angefeindet, dann die Versetzung nach Düsseldorf.

Auch am Rhein gab sie sich keineswegs verbindlicher, zugänglicher, war einmal mehr die Außenseiterin. Sie stemmte sich dagegen, ihren Charakter verwässern, ihm die Schärfe nehmen zu lassen. Ihrer geringen Beliebtheit zum Trotz kam der Erfolg. Düsseldorf war die Stadt, in der sie sich freischwamm. Und jetzt würde sie das erneut tun müssen. Wenn auch unter wesentlich schwierigeren Vorzeichen.

Plötzlich hielt Mara inne, riss sich aus den Gedanken. Sie ließ den Blick kreisen, hinweg über die Gräber des Frankfurter Hauptfriedhofs.

Wieder war da dieses Gefühl, als würde sie beobachtet. Zwischen Platanen hindurch starrte sie den Pfad hinab, dem sie folgte. Nichts zu hören, nichts Auffälliges zu sehen.

Langsam setzte sie ihren Weg fort. Sie schlug einen großen Bogen, passierte weitere mächtige Bäume, diesmal Kastanien und Eichen, und warf weiterhin einen gelegentlichen Blick nach hinten. Minuten verstrichen. Sie erreichte die Gedenkstätte Ein Hauch von Leben. Auch an sie erinnerte sie sich. Hier wurden seit vielen Jahren auf einer zuvor verwahrlosten Grabstätte tot geborene Kinder anonym beigesetzt. Diese Kinder hatte Mara irgendwann – mindestens so stark wie Hannos eindringliche Worte – als eine Aufforderung an sich selbst verstanden, ihr eigenes Leben nicht wegzuwerfen. Ja, etwas bewegen. Ging es nicht immer genau darum?

Sie zückte ihr Notizbuch und las die Stichworte durch, die sie sich mittags während des Gesprächs mit Jan Rosen in einem kleinen Bistro in City-Nähe aufgeschrieben hatte.

Es war also erneut jemand ermordet aufgefunden worden.

Tayfun Köybasi, neunzehn. In seine wenigen Lebensjahre hatte er bereits einiges hineingepackt, wovon man eigentlich die Finger lassen sollte: Körperverletzung, Laden- und Autodiebstahl. Außerdem hatte er in dem Verdacht gestanden, mit Ecstasy und Amphetaminen zu handeln. Mehr als einmal hatte er sich vor Jugendrichtern verantworten müssen. Seit seiner Volljährigkeit vor über einem Jahr war er allerdings nicht mehr straffällig geworden – zumindest nicht konkret in Verdacht geraten.

Der junge Mann hatte vor seinem letzten Atemzug Furchtbares erdulden müssen – allerdings war es bei ihm schneller gegangen als bei Karevic und Pohl. Man hatte sein Geschlechtsteil abgeschnitten und ihm dann die Kehle durchtrennt. Verglichen mit den anderen beiden Mordtaten, die sich mit Sicherheit länger als eine Stunde hingezogen hatten, war das sozusagen ein Schnellschuss.

Bei Köybasi gab es keinerlei Verbindungen zum organisierten Verbrechen. Er war ein Kleinkrimineller gewesen, mehr nicht, hatte regelmäßig mit Jugendstrafrichtern zu tun gehabt, aber Pohl und vor allem Karevic waren von anderem, wesentlich größerem Kaliber.

Wie war dieser Mord einzuschätzen? War er unabhängig zu betrachten? Oder stellte er die Fortsetzung einer grauenerregenden Serie dar? Maras Gespür sagte ihr, sie sollte zu Letzterem tendieren.

Was ist los in dieser Stadt?, fragte sie sich mit einem dumpfen Unbehagen, als sie das Notizbuch wieder wegsteckte.

Ihr Handy klingelte. Die Nummer, die im Display angezeigt wurde, löste nicht gerade ein gutes Gefühl in ihr aus.

»Ja?«, sagte sie.

»Hallo, hier ist Klimmt.«

Mara erwiderte nichts, machte sich innerlich gefasst – auf alles, was kommen mochte. Wohl vor allem Vorwürfe und Belehrungen, welcher Art auch immer.

»Billinsky, ich erwarte Sie morgen in meinem Büro. Um zehn Uhr.« Kurz angebunden klang er, wie immer eigentlich – erst recht, wenn er mit ihr sprach.

»Was gibt es?«

»Das erfahren Sie morgen.«

Hört sich ja ziemlich unheilvoll an, dachte sie. »Ich werde da sein.«

»Staatsanwältin Taubner wird auch dabei sein«, fügte er hinzu.

»Ach?«, machte Mara verdutzt. Das warf ein anderes Licht auf die Sache – die Unterhaltung mit der Staatsanwältin war eine der wenigen positiven Erfahrungen gewesen, seit sie ihren Dienst in Frankfurt angetreten hatte. Hatte Frau Taubner nicht in Aussicht gestellt, sich für sie einzusetzen?

Mit einem trockenen »Bis dann!« beendete Klimmt das Gespräch.

Als sie das Handy in die Innentasche der Lederjacke schob, kam ihr Hanno in den Sinn. Sie hätte ihn schon längst mal wieder aufsuchen sollen. Ob er mittlerweile etwas von Rafael gehört hatte, ohne sie einzuweihen? Es war ihm zuzutrauen. Sein Idealismus und sein Bedürfnis zu helfen waren so ausgeprägt, dass er auch einen Jungen schützen mochte, der im Verdacht stand, an Einbrüchen beteiligt gewesen zu sein.

Sie hatte fast wieder das Eingangsportal des Friedhofs erreicht, als sie ein jäher Impuls herumwirbeln ließ.

Die Härchen an ihren Unterarmen stellten sich auf.

In einiger Entfernung erblickte sie zwei Männer in Mänteln, halb verborgen vom Nebel.

Das rasch schwindende Licht des Tages machte es ihr schwer, die Gesichter zu erkennen.

Doch es war unzweifelhaft, dass die Fremden sie anstarrten. Einer davon war auffallend groß und breitschultrig.

Mara betrachtete sie mehrere Sekunden lang, dann verschwanden die beiden Gestalten ohne Eile hinter Sträuchern und einer Hecke.

Sie hatte sich also nicht geirrt. Es hatte sich tatsächlich jemand an ihre Fersen geheftet.

30

In der Nähe der Martin-Luther-Kirche quetschte Mara ihren Alfa mit Müh und Not in eine winzige Parklücke. Es war halb sieben abends. Mit eiligen Schritten ging sie zum Jugendzentrum. Bestimmt war Hanno dort noch anzutreffen. Warum hast du ihn nicht vorher angerufen?, fragte sie sich. Wohl zu sehr mit anderem beschäftigt. Etwa dem Mord an Tayfun Köybasi. Und den beiden Männern, die ihr auf dem Friedhof die ganze Zeit gefolgt waren. Das hatte sie sich nicht nur eingebildet, sie war sich ziemlich sicher.

Erleichtert stellte sie fest, dass noch Licht brannte. Glück gehabt.

Sie betrat das Gebäude. Wärme und Rap-Klänge schlugen ihr entgegen. Nur wenige Jugendliche waren da – sie hockten zusammen, quatschten, ließen sich von der Musik berieseln. Einige Blicke blieben an Mara haften, man erkannte sie offensichtlich von ihren letzten Besuchen wieder, aber niemand sagte etwas zu ihr.

»Wo ist Hanno?«, rief sie, da öffnete sich die Tür zu der kleinen Küche, und er kam auf sie zu.

»Schön, dass du dich mal wieder zeigst.« Auf Hannos Kopf saß, schief und verwaschen, eine Basecap, was ein wenig albern aussah. Er lächelte sie an und bedeutete ihr, ihn in das Nebenzimmer zu begleiten, in dem sie einmal mit Rafael gesprochen hatte.

»Magst du etwas trinken, Mara?«

»Ein Bier wäre nicht schlecht.«

Nachsichtig schüttelte er den Kopf. »Du weißt doch – kein einziger Tropfen Alkohol unter diesem Dach.«

»Schade, dass du deinen Prinzipien so treu bist. Dann lieber nichts.«

Er schmunzelte.

Gleich darauf saßen sie sich in den Sesseln gegenüber. Erneut dachte Mara an die beiden Fremden. Auch wenn sie sie nicht aus der Nähe gesehen hatte, war sie überzeugt, dass sie ihnen nie zuvor begegnet war. Sie gehörten nicht zu den Männern, von denen man wusste, dass sie zu Karevics – oder Malovans – Bande gezählt werden konnten. Neue Mitglieder. Oder waren sie im Auftrag von jemand anders hinter ihr hergeschlichen?

»Du wirkst ganz schön nachdenklich, Mara.«

Der Strahl einer Wandlampe, die er angeknipst hatte, erfasste Hannos Gesicht, und Mara musterte ihn eingehender.

»Geht's dir gut?«, fragte sie, die Stirn gerunzelt.

»Wieso? Sehe ich so schlecht aus?«

»Ehrlich gesagt, du bist blass.« An seinen Schläfen zeichneten sich bläulich die Adern ab, die Haut spannte fast durchsichtig um seine Wangenknochen.

»Ach.« Hanno winkte ab. »Ich bin nur ein bisschen müde. Und ich habe Kopfweh, das ist alles.«

Sie taxierte ihn noch prüfender als zuvor.

Gleich noch einmal winkte er ab, ein Schmunzeln auf den Lippen. »He! So hab ich dich immer angeschaut – du darfst das nicht.«

Mara nickte mit einem Lächeln. »Richtig. Der Blick, dem nichts verborgen bleibt. Das ist deine Spezialität.«

Und dann schnappte sie sich mit einer blitzschnellen Bewegung seine Mütze.

Verdattert weiteten sich seine Augen.

Mara erhob sich, um seinen Kopf betrachten zu können. An

einer Stelle war das graue Haar abrasiert worden. Auf der Haut klebte ein mehrlagiges, ziemlich großes Pflaster.

»Wusste ich doch, dass da was nicht stimmt, Hanno.«

Er nahm ihr die Mütze aus der Hand und setzte sie wieder auf. »Halb so wild«, murmelte er.

»Was ist passiert?«

»Stell dir vor, ich bin die Kellertreppe runtergefallen, ich alter Döskopp.«

»Aha.« Mara sah ihn ernst an. »Und dabei bist du auf der Oberseite deines Dickschädels gelandet. Anscheinend ein Sturz wie im Zeichentrickfilm.«

»Mara, wie ich das angestellt habe, weiß ich auch nicht mehr. Hatte wohl den einen oder anderen Äppler zu viel.«

»Ist das genäht worden?«

»Ja. Aber wie gesagt – halb so wild.«

»Und warum hast du es vor mir verheimlicht?«

»Och, Mara.« Jetzt wurde er wirklich ungehalten. »Ich weiß doch, wie besorgt du immer gleich wegen mir altem Kerl bist. Total unnötig. Glaub mir, ich wollte einfach keine große Geschichte draus machen.«

Sie starrte ihn noch durchdringender an. »Hanno?«

»Was?«

»Raus mit der Sprache.«

»Was soll das, Mara? Ein blöder Sturz, mehr nicht. Wieso sollte ich dir ein Märchen erzählen?«

»Das überlege ich ja gerade.« Sie grinste schmal. »Wenn ich an unsere letzten Gespräche denke, dann fällt mir nur ein Grund ein, weshalb du mir etwas verschweigen könntest.«

»Ein blöder Sturz«, wiederholte er lahm.

»Hanno?«

»Ja?«

»Wo ist er?«

»Wer?«

»Wo ist er?«, wiederholte sie mit einer jähen Schärfe.

»Wer denn, um Himmels willen?«

»Der, den du schützt. Obwohl er eine Menge Dreck am Stecken hat. Und jetzt sag ich's noch einmal: Raus mit der Sprache.«

Ein zaghaftes Nicken. »Ja. Es war Rafael.«

»Und weiter?«

»Er wusste nicht, wohin er soll. Er ist unschuldig. Mara, er ist es wert, dass man um ihn kämpft.«

»Ach?«

»Genau wie du damals.«

»Er war es, der dir das Ding am Kopf verpasst hat, oder nicht? Hanno, wach auf – das ist doch keine Bagatelle. Erzähl mir, wie es dazu kam.«

»Er ist verzweifelt.«

»Das hab ich mittlerweile kapiert. Die Fakten, bitte.«

»Die Fakten. Du klingst wirklich wie ein Bulle.«

»Ich bin ja auch einer. Also?«

»Erinnere dich doch an damals. Daran, wie du warst.«

»Hör auf, Hanno, das zieht nicht.«

»Daran, wie du dich gefühlt hast. Die Unsicherheit. Die Verlorenheit. Die Angst.« Er schüttelte den Kopf. »Ich sehe schon, wie du wieder zumachst, Mara. Gerade du müsstest doch einen anderen Blick auf junge Leute wie Rafael haben.«

»Wenn ich jetzt trotzdem mal um ein paar Fakten bitten dürfte.«

»Ach, Mara«, entfuhr es Hanno unwirsch, enttäuscht. »Manchmal ist es, als hättest du eine richtige Mauer um dich herumgebaut.«

»Na los, erzähl schon von unserem Rafael.«

»Er hatte wohl Ärger mit irgendwelchen Kumpels, die ihn ordentlich verprügeln wollten.«

»Aus welchem Grund?«

»Damit ist er nicht so richtig herausgerückt.«

»Ach?«

»Er hatte keine Kohle, keinen Platz zum Schlafen. Also hat er abgewartet, bis ich das Jugendzentrum abschließe und nach Hause fahre. Dann ist er eingebrochen. Dummerweise hatte ich etwas vergessen – und musste umkehren. So habe ich ihn überrascht.«

»Bei was? Beim Aufwärmen? Oder eher beim Klauen?«

»Du weißt doch, ich habe hier eine kleine Kasse.«

»Und die wollte er sich unter den Nagel reißen? Da ist nicht viel drin, oder?«

Mara erinnerte sich daran: eine abschließbare Blechkasse für Hannos Notgroschen. Geld, mit dem er Putzmittel, Papier für den uralten Computer und Farbpatronen für den ebenso alten Drucker bezahlte. Und mit dem er Jugendlichen aushalf, die beim Schwarzfahren in der U-Bahn erwischt wurden.

»Nein, in der Kasse finden sich nie mehr als vielleicht hundert Euro. Daran siehst du ja, wie jämmerlich die Lage des armen Jungen ist.«

»Körperverletzung und Einbruch. Etwas in der Art würde ein Jugendrichter zu der jämmerlichen Lage des armen Jungen sagen.«

»Ich werde keinen Aufstand deswegen machen.«

»Einen Aufstand nicht – aber schon mal an eine Anzeige gedacht?«

Sein unzweifelhafter Blick machte jede Antwort überflüssig.

»Er hat dich niedergeschlagen. Übrigens, mit was eigentlich?«

»Ist doch egal.«

»Er hat nicht gezögert, dir den Schädel einzuschlagen. Ausgerechnet dir, Hanno.«

»Aber danach hat er sich sofort um mich gekümmert«, betonte er. »Es hat ihm verdammt leidgetan, Mara. Ihm sind die Sicherungen durchgebrannt, und dann hat er geheult, so sehr ist ihm das an die Nieren gegangen.«

»Und wo steckt er jetzt?«

»Er ist wieder abgehauen. Ich wollte ihn überreden ...«

»Oder ist er ...?«, fiel Mara ihm ins Wort und ließ die Frage verklingen.

Sie erhob sich abrupt.

»Was ist, Mara?«

Sie durchquerte den Raum und schritt den angrenzenden Flur entlang, an dessen Ende ein großer dreitüriger Kleiderschrank stand, in dem Hanno immer alles Mögliche verwahrte.

»Dachte ich mir doch, dass es den noch gibt.«

»Mara, was hast du vor?« Hanno tauchte hinter ihr auf.

»Da drinnen hast du mich einmal versteckt, als mich zwei bescheuerte Tanten vom Jugendamt gesucht haben. Weißt du das noch?«

»Mara ...«, hörte sie seine unwillige Stimme.

Sie machte den Schrank auf.

Zwei hübsche dunkelbraune Augen starrten sie an. Aber nur ganz kurz.

Dann kam plötzlich Bewegung in Rafael Makiadi.

31

Sie waren beim Dessert angelangt, einem Callebaut-Schokoladentraum mit Portwein-Feigen. Davor hatten sie sich Krustentierbrisque und Steaks vom Gelbflossen-Thunfisch schmecken lassen.

Ein Vierertisch, an dem sie zu zweit auf gegenüberliegenden Plätzen saßen, direkt an einem der Fenster. Hervorragendes Restaurant, eines der besten der Stadt. Wie immer, wenn sie sich trafen, musste es an einem besonderen Ort sein.

Edgar Billinskys Gedanken schweiften ein wenig ab, als Richter Claus-Peter Lessing über eine Aufführung in der Alten Oper redete, die er kürzlich besucht und die ihn offenkundig gelangweilt hatte.

»Manchmal vermisse ich den Pomp vergangener Tage«, bekundete der Richter mit abfälligem Achselzucken. »Heute muss alles so nüchtern sein. Aufgeräumt. Kahl. Sogar die Oper.« Ein kurzes versonnenes Schmunzeln. »Wir wussten besser, wie man lebt, finden Sie nicht, Edgar?«

»Das kann man wohl sagen«, erwiderte Billinsky mit einem verschwörerischen Lächeln, ohne groß über die Antwort nachzudenken.

Lessing nippte an seinem Weißwein, einem Rheingauer Riesling, dann an seinem Tafelwasser.

Sie waren noch beim altmodischen Sie, nannten sich aber bei den Vornamen. Schon seit vielen Jahren verkehrten sie auf freundschaftlich-kollegialer Basis miteinander. Lessing war gut ein Jahrzehnt älter, geschieden, einer der erfahrensten, angesehensten Juristen überhaupt. Jemand, der nicht mehr lange in seinem Amt tätig sein würde. Dachten zumindest alle, doch er machte keine Anstalten, sich zurückzuziehen. Und er wirkte rüstig. Sein Körper war etwas eingefallen und gebeugt, seine grauen Zellen allerdings, sein Scharfsinn, da hatte er keineswegs nachgelassen.

»Schön, dass es geklappt hat.« Der Richter nahm noch einen Schluck Wein. »Ach, übrigens, diese ... nun ja, ein wenig eigenwillige Person, mit der Sie im Gericht beisammenstanden – das war doch keine Mandantin, nehme ich an?«

Billinskys Miene blieb unverändert, auch wenn er im Geiste Mara vor sich sah, ihre Piercings, ihre von dickem Kajal umrahmten funkelnden Augen. »Nein, keine Mandantin.«

Lessing verfiel ins Philosophieren über die Frauen von heute und diejenigen von damals, wobei er an seiner Präferenz keinen Zweifel ließ. »Weiber mit Blech im Gesicht«, meinte er kopfschüttelnd. »Es ist doch eine komische Welt geworden, denke ich manchmal.«

»Dafür halten wir beide uns ganz gut, würde ich sagen.«

Lessing lachte leise und redete weiter über die Damenwelt, was er gern tat, erst recht, wenn ein guter Wein seine Wirkung zu zeigen begann. Billinsky hatte immer schon den Eindruck gehabt, dass der Richter ihn als eine Art Gleichgesinnten betrachtete. Beide hatten eine vergleichbare Vorstellung vom sogenannten Savoir vivre: anregende Damen, ebensolche Getränke, hervorragendes Essen, stilvolle Garderobe. Doch auch ihr Ehrgeiz, ihre Tatkraft, ihr Selbstvertrauen waren ähnlich stark ausgeprägt.

Der Name Angelika Taubner fiel, und Billinsky hörte aufmerksamer zu. Er kannte die Staatsanwältin nur von einigen flüchtigen Begegnungen, aber natürlich war sie ihm aufgefallen und in Erinnerung geblieben. Er wusste sogar, dass sie in seiner Nähe wohnte.

»Es wundert mich, Edgar, dass Sie bei Angelika noch nicht angeklopft haben. Falls Sie mir die Bemerkung gestatten.«

»Das tue ich.«

»Sie würde doch wirklich gut zu Ihnen passen. Und sie ist – soweit ich weiß – alleinstehend.«

»Dann sollte ich die Gelegenheit wohl mal beim Schopf packen.«

»Und ob Sie das sollten. Eine tolle Frau. Vor Kurzem war ich nach langer Zeit wieder einmal mit ihr zum Abendessen verabredet. Sie hatte sich bei mir gemeldet, nachdem wir uns aus den Augen verloren hatten.« Lessing winkte den Kellner heran, um eine weitere Flasche Wein zu bestellen. »Übrigens, da fällt mir etwas ein«, sagte er dann zu seinem Tischpartner. »Neulich hörte ich von einer Kriminalbeamtin namens Billinsky. Ein Zufall? Oder besteht eine Verwandtschaft?«

Wieder blieb Billinskys Ausdruck völlig unverändert. »In welchem Zusammenhang hörten Sie von ihr, Claus-Peter?«, fragte er zurück, um etwas Zeit zu gewinnen.

»Ach, das weiß ich nicht einmal mehr. Nur so allgemein. Keine Verwandte von Ihnen, oder? Das wüsste ich doch bestimmt.«

»Doch. Eine Verwandte«, hörte Billinsky sich antworten, ungewohnt zögernd, und er musste automatisch an die vielen Gelegenheiten in früheren Jahren denken, wenn er Mara bei solchen Plaudereien verleugnet hatte – damals, als sie erstmals für die Frankfurter Mordkommission tätig gewesen war.

»Ach?«, meinte Lessing erstaunt. »Eine Tochter Ihres Bruders? Es gibt doch einen Bruder, nicht wahr?«

»Ja, den gibt es. Aber ... sie ist nicht seine Tochter – sondern meine.«

Lessing war noch erstaunter. »Nicht Ihr Ernst, mein Lieber?«

Billinsky nickte nur mit einem unbestimmten Lächeln.
»Sie haben nie von ihr erzählt, Edgar.«
»Nein?«
»Weshalb nicht? Sie sind doch gewiss stolz auf sie.«
»Selbstverständlich«, erwiderte er.
»Ich bin ihr also nie begegnet?«
»Nein«, log Billinsky. Verleugnet. Einmal mehr.
»Sie ist bei der Kripo? Großartig.«
»Ja. Großartig.«

Die Flasche Wein wurde gebracht, wodurch der Richter abgelenkt wurde, und das war Billinsky nur recht. Lessing kostete von dem guten Tropfen und ließ einschenken.

Sie prosteten sich zu.

Billinsky trank einen großen Schluck, und schon wieder erschien Maras Gesicht vor seinem inneren Auge. Verleugnet, dachte er erneut. So oft bereits. Unzählige Male. Übergangen, totgeschwiegen. Sein Kind. Alle wussten, dass er vor Jahren auf tragische Weise zum Witwer geworden war, die wenigsten, dass er eine Tochter hatte.

Als er sich später vor dem Restaurant von Richter Lessing verabschiedete, war er angetrunken. Noch immer war Mara irgendwie bei ihm. Er griff nach seinem Handy und scrollte zu ihrer Nummer, die er vor Jahren eingespeichert hatte, obwohl er nie den Drang verspürte, sie anzurufen. Lange betrachtete er ihren Namen im Display.

Falls sie den Anruf überhaupt entgegennehmen sollte – was würde er sagen? Und was würde sie sagen?

Ein leichter Regen setzte ein. Der Verkehr rauschte an ihm vorbei. Von dem Wein musste er aufstoßen.

Was würde er sagen? Was würde sie sagen?

Edgar Billinsky schob das Handy zurück in die Manteltasche.

32

Der Junge versetzte Mara einen Stoß und versuchte sich an ihr vorbeizudrücken. Doch sie bekam ihn zu fassen.

Sie riss ihn zu Boden, warf sich auf ihn und drehte ihm gekonnt den Arm auf den Rücken. Immer heftiger, bis sie merkte, dass er aufgab.

»Mara! Bitte sei nicht zu grob«, rief Hanno hinter ihr, aber sie achtete nicht auf ihn.

In Sekundenschnelle hatte sie Rafael Handschellen angelegt.

Unsanft zog sie ihn hoch, er japste, maulte vor sich hin. Sie bugsierte ihn in das Zimmer, aus dem sie eben gekommen war, und schubste ihn mit Schwung in einen der Sessel.

»Mara …«, versuchte Hanno zu protestieren, aber sie hob sofort warnend die Hand. »Nicht jetzt, Hanno.«

Sie ließ sich in den anderen Sessel fallen, ihr Blick nagelte Rafael im Polster fest.

»Mara«, sagte Hanno noch einmal, dann allerdings setzte er sich wortlos und mit Sorgenfalten auf der Stirn auf einen dreibeinigen Hocker.

»Du brauchst gar nicht Platz zu nehmen«, sagte Mara. »Schick erst mal die anderen nach Hause – oder in ihre Jugendheime oder wo immer sie ihre Nächte verbringen.«

Hanno setzte zu einer Antwort an, doch dann überlegte er es sich anders. Er stand auf, und im Nu hatte sich der große Aufenthaltsraum geleert. Gleich darauf war Hanno wieder bei ihnen.

Mara hatte Rafael nicht aus den Augen gelassen, der demonstrativ an ihr vorbeisah. Sie kannte das ja.

»Mara, vielleicht wäre es besser ...«, begann Hanno.

»Hör zu, Hanno«, unterbrach sie ihn. »Beim letzten Mal habe ich auf dich gehört – und wie's ausging, wissen wir. Heute hörst du auf mich.« Der Klang ihrer Stimme ließ keinen Widerspruch zu. »Lass mich allein mit ihm.«

Hanno seufzte. Seine Miene zeigte, dass ihm das nicht gefiel. Aber – er gehorchte wiederum. Leise schloss er die Zimmertür hinter sich.

Mara fixierte weiterhin mit ihren dunklen Augen diesen unbeirrbaren Sechzehnjährigen, der sich noch immer alle Mühe gab, durch sie hindurchzustarren, die Hände hinter dem Rücken gefesselt, ein Bein übers andere geschlagen. Dünner war er geworden, die Nase sprang spitzer aus seinem Gesicht hervor. Hanno war gewiss dabei, ihn aufzupäppeln.

Sie überlegte genau, was sie sagen sollte, und rief sich alles in Erinnerung, was sie von Hanno über Rafael wusste. Es gab nur einen einzigen Punkt, an dem sie ansetzen konnte, das fühlte sie. Sie erinnerte sich auch daran, was Hanno an sie gerichtet gesagt hatte: Erinnere dich daran, wie du warst. Wie du dich gefühlt hast. Die Unsicherheit. Die Verlorenheit. Die Angst.

Nach langem Schweigen kamen ihre Worte plötzlich wie aus der Pistole geschossen. »Deine Mutter ist bestimmt verflucht stolz auf dich.«

Ein Zucken in Rafaels Augen, in seinen Mundwinkeln, kaum wahrnehmbar. Sein Mund blieb geschlossen.

»Welche Mutter wäre das nicht? Auf einen solchen Prachtkerl.« Der beißende Sarkasmus traf ihn, und das war auch Maras Absicht.

Das Zucken seines Mundes wurde stärker, in ihm brodelte es.

»Ich habe mit ihr gesprochen«, behauptete Mara. »Bemitleidenswerte Frau. Wirklich.«

Er biss fest auf die Zähne, sie sah es an seinem verkrampften Kiefer.

»Sie hat geweint, deine Mutter. Sie hat gesagt, es bringt sie um, dass sie keine Ahnung hat, wo du dich herumtreibst und ...«

Sein jäher Schrei zerfetzte die Ruhe, die in dem Gebäude herrschte. »Lassen Sie meine Mutter aus dem Spiel!«

Zum ersten Mal hatte er die Beherrschung verloren.

Sofort streckte Hanno seinen Kopf ins Zimmer.

»Raus, Hanno«, sagte Mara kühl, ohne den Blick von Rafael zu lassen.

Erneut gehorchte Hanno, wenn auch zögernd.

»Aus welchem Spiel soll ich deine Mutter lassen? Aus deinem?« Mara schüttelte den Kopf. »Das kann ich nicht. Alles, was du tust, hängt mit ihr zusammen, fällt auf sie zurück. Nenn es, wie du willst.«

»Lassen Sie sie aus dem Spiel.« Diesmal war seine Stimme nur ein Zischen. »Ich warne Sie.«

»Was du nicht sagst.«

»Ich warne Sie.« Plötzlich spießte Rafaels Blick sie förmlich auf. »Lassen Sie sie in Ruhe – oder mein Vater wird Sie sich vorknöpfen. Der bricht Ihnen die Knochen.«

»Dein Vater?«, meinte Mara – so aufreizend lässig, wie Rafael sich ihr gegenüber immer gegeben hatte. »Der Vater, auf den du schon so lange wartest? Der dich rausholt aus der ganzen Scheiße? Den meinst du, ja?«

In seinen Füßen zuckte es, in seinem Gesicht zuckte es, jeder Muskel, jede Faser, der Junge sah aus, als könnte er jeden Moment die Ketten hinter seinem Rücken zerreißen und auf Mara losstürmen. Seine Zähne malträtierten die Unterlippe.

»Wie lange wartest du denn schon auf ihn?«, bohrte Mara weiter, gelassen, geduldig, ihr Blick abschätzig.

»Mein Vater wird Sie ...« Die Worte gingen unter in einem jähen Schluchzen. Rafael Makiadi weinte, heulte, jammerte, die Tränen flossen an seinen Wangen herab, seine Lippen zitterten.

»Du wartest gar nicht auf deinen Vater, oder?«, fragte Mara sanfter.

Er heulte noch immer, Rotz lief ihm aus der Nase.

»Er ist tot, dein Vater, nicht wahr?«

Langsam beruhigte er sich, das Beben in seinem Oberkörper ließ nach.

Rafael sah sie an und gleich wieder weg, nach unten, auf seine Sneakers. »Hat Ihnen das meine Mutter gesagt?«

»Nein.«

Rafael begann von Neuem zu weinen, diesmal ganz leise.

»Übrigens, mein Vater lebt noch«, sagte Mara. »Er ist ein Arsch.«

Der Junge sah überrascht auf, schwieg aber weiterhin.

»Und meine Mutter ist tot«, fuhr Mara fort. »Schon seit vielen Jahren. Sie wurde umgebracht. Wie kam dein Vater ums Leben?«

»Er starb bei ...« Rafael sog die Luft ein. »Bei einer Flugzeugkatastrophe. In Daressalam.«

»Das ist in Tansania, richtig? Stammte er von dort?«

Rafael nickte.

»Bist du je dort gewesen?«

»Eines Tages werde ich hinkommen«, gab er leise zurück.

»War dein Vater in dem Flugzeug? Ist es abgestürzt?«

»Eine Frachtmaschine schoss bei einem misslungenen Startversuch über die Startbahn hinaus. Sie raste auf einen angrenzenden Marktplatz, mitten hinein in eine riesige Menschenmenge. Mein Vater wohnte damals schon in Frankfurt, zusammen mit meiner Mutter und mir, ich war noch ein Baby. Er machte einen kurzen Urlaub in seiner Heimat, um seine Eltern und Geschwister zu besuchen. Zwei Jahre hatte er darauf gespart. Auf dem Markt wollte er Geschenke für meine Mutter und mich kaufen. Und dann war er tot.« Keine Tränen mehr in Rafaels Gesicht, er wirkte gefasster.

»Ich war zehn, als meine Mutter starb. In den Jahren danach habe ich mich immer an ihrem Grab oder in der Nähe herumgetrieben.«

»Wer hat sie ermordet?«

»Es wurde nie jemand angeklagt.«

»Jetzt wollen Sie mir sicher sagen«, erklang seine Stimme nach einer langen Stille zögerlicher als zuvor, »dass ich es für meine Mutter tun soll. Aber ich will sie überhaupt nicht sehen, nie wieder. Sie ist verloren, total am Ende.«

»Tun? Was denn?«

»Na ja, aufhören mit dem Scheiß. Ordnung in mein Leben bringen und der ganze Mist.«

»Der ganze Mist, genau. Aber ich will dir keineswegs sagen, dass du es für sie tun sollst. Sondern für jemand anders.«

»Für … Hanno?«, fragte Rafael skeptisch.

»Auch wenn er es verdient hätte – nein, nicht für Hanno.« Mara grinste schmal. »Für dich selbst natürlich.« Sie machte eine Pause. »Weißt du noch, als ich deine Situation mit einem Fallschirmsprung verglichen habe, bei dem sich der Schirm nicht öffnet? Das kam dadurch, dass es mir einmal selber so ergangen ist. Du sahst so aus, als wäre der Aufprall schon verdammt nahe. Und heute siehst du so aus, als wäre er noch näher.«

Er starrte an Mara vorbei ins Leere.

»Tu's für dich, Rafael. Und natürlich, klar, hör auf mit dem Scheiß, wie du es ja selbst nennst. Keine Einbrüche mehr.«

»Ich hab ja damit aufgehört. Schon längst.«

Mara richtete sich im Sessel auf. »Und was ist mit Kronberg?«

Ein zaghaftes Nicken. »Ich war in Kronberg. Aber – ich habe nicht mitgemacht. Wir waren gerade angekommen und hatten geparkt, und ich ging noch die paar Schritte mit in die Straße mit den beiden Häusern. Und in mir sperrte sich alles. Die anderen versuchten mich zu überreden. Wir haben gestritten. Das war es wohl, als diese Zeugin uns bemerkte und sie meinen Namen hörte.«

»Du hast nicht mitgemacht?«

»Die anderen haben gemeint, ich sei ein Feigling.«

»Dabei gehört Mut dazu, Nein zu sagen«, bemerkte Mara eindringlich.

»Seitdem trauen sie mir nicht mehr. Ich bin nicht mehr sicher. Wenn die anderen mich kriegen, dann verbringe ich die nächsten Monate im Krankenhaus. Die denken, ich würde das machen, was Sie von mir wollen.«

»Was will ich denn?«

»Dass ich sie verrate.«

Mara ließ einige Sekunden verstreichen, ehe sie wieder etwas äußerte. »Es gibt keinen halben Neuanfang. Man kann sein Leben nicht nur halb aufräumen. Man muss aufs Ganze gehen. So war's bei mir. So ist's bei allen.«

»Das heißt, Sie sind zur Verräterin geworden?«

»Nein, es heißt genau das, was ich eben sagte: keine halben Sachen. Wenn du mit dem Scheiß aufhören willst, dann mach es richtig.«

Er fuhr sich mit der Hand übers Gesicht, sagte nichts.

»Ich lass dich nicht wieder entwischen, Rafael«, stellte Mara klar. »Du wirst belangt werden. Du wirst aufgrund dieser einen Zeugenaussage verurteilt werden. Es wird immer so weitergehen. Nur wenn du reinen Tisch machst, kannst du es stoppen.«

»Wenn ich zum Verräter werde«, beharrte er.

»Ich verspreche dir, ich werde alles tun, damit du aus der Geschichte gut herauskommst. Und Hanno wird sich ebenfalls für dich einsetzen.«

Rafael seufzte. Er dachte nach, sein Blick wirkte angespannt, die Stirn lag in Falten.

»Apropos Hanno«, meinte Mara mit lockererem Tonfall. »Was macht der eigentlich?« Sie stand auf und warf einen Blick in den angrenzenden Aufenthaltsraum. Hanno hatte sich auf einem Sessel zusammengerollt, er war eingenickt, die Mütze klebte noch schiefer auf seinem Kopf.

Mara schloss sachte die Tür. Dann entfernte sie die Handschellen von Rafaels schmalen Gelenken, damit er die steif gewordenen Arme strecken und das Blut zirkulieren lassen konnte. Sie legte ihm die Schellen nicht wieder an und nahm Platz.

»Es liegt an dir, Rafael«, betonte sie. »Was du mit deinem Leben anstellst, liegt allein an dir.«

»Nehmen Sie mich jetzt mit aufs Revier?«

Sie hob eine Augenbraue. »Glaubst du, ich breche allein von hier auf? Ohne dich?«

»Geben Sie mir doch noch etwas Zeit.«

»Nein«, antwortete sie prompt.

»Nur etwas Zeit. Mehr verlange ich nicht. Nur einen oder zwei Tage, um mir alles durch den Kopf gehen zu lassen.«

Mara sah ihn an, ohne etwas zu erwidern.

»Warum haben Sie vorhin gesagt, Ihr Vater ist ein Arsch?«, wollte Rafael plötzlich wissen.

Sie musste grinsen. »Weil es so ist.«

»Was macht der so?«

»Wenn er nicht Cognac schlürft und hinter den Frauen her ist, arbeitet er als Rechtsanwalt.«

»Sie können ihn wirklich nicht leiden, was?«

»Leiden?«, wiederholte Mara mit einem traurigen Lächeln. »Nun ja, er und ich ... Wir haben es uns gegenseitig nie leicht gemacht.«

»Sie beide reden nicht miteinander, oder?«

»Nicht ohne miteinander zu streiten.«

»Ich würde verflucht viel geben, um nur ein einziges Mal mit meinem Vater reden zu können.«

»Das glaube ich dir.« Ernst musterte sie ihn. »Deshalb solltest du auch unbedingt wieder deine Mutter sehen.«

»Es ist so schwer. Es tut so verdammt weh. Sie ... hätte ein besseres Leben verdient.«

»Vielleicht kannst du ihr dazu verhelfen.«

Eine kurze Stille entstand.

»Ich könnte kotzen, dass Sie mich zum Heulen gebracht haben«, sagte Rafael ganz abrupt, fast ein wenig verschämt.

Sie sah ihn an. Sein Coolness, seine Lässigkeit, seine Maske, all das war aus seinen Zügen verschwunden, und zurück blieb ein Junge. Wieder wurde ihr bewusst, wie sehr er sie an sich selbst erinnerte – an die schweren Jahre von damals. Es gab Momente, da fiel die Härte, die man zur Schau zu stellen versuchte, einfach in sich zusammen, sie kannte das.

Die Stunden zogen unbemerkt vorüber. Sie redeten und redeten, schauten zurück, wagten auch so manchen Blick nach vorn. Rafaels Ängste, sein Trotz, sein Misstrauen – sie kannte das so gut.

Hannos Worte kamen ihr in den Sinn: Rafael ist etwas Besonderes. Bislang hatte sie sich dagegen gewehrt, ihrem alten Freund recht zu geben, doch von jetzt an würde ihr das schwerer fallen, das wusste sie genau.

Von draußen quoll das erste schwache Tageslicht ins Gebäude. Rafael gähnte. Seine Augen waren klein geworden, beinahe kindlich wirkten sie. Mara erhob sich, sie streckte sich. Dann spähte sie noch einmal durch die Tür in den größeren Raum nebenan. Hanno schlummerte nach wie vor friedlich auf dem Sessel. Als sie sich umdrehte, war auch Rafael eingeschlafen. Sie stellte sich vor ihn und betrachtete seine Züge, die sich entspannt hatten.

»Es liegt an dir«, flüsterte sie ihm noch einmal leise zu.

Sie drehte sich um und verließ mit lautlosen Schritten das Gebäude.

Du spielst immer die Harte, sagte sie sich stumm, als sie sich vom Jugendzentrum entfernte und dem heraufziehenden Morgen entgegenging. Und dabei bist du ein richtiges Weichei. Weicher als Jan Rosen.

33

Mara fuhr nach Hause. Sie war fast allein auf den Straßen, ein seltenes Gefühl in Frankfurt. Über den Dächern lag ein Teppich aus schwarzvioletter Dämmerung, die nach Osten hin durchscheinender wurde. Die Stadt war noch nicht erwacht, nur hier und da ein rumpelnder Lieferwagen, vereinzelte Gestalten an den Bushaltestellen. Die einzige Zeit des Tages, an der dieser große, verwachsene Haufen aus Beton und Stahl so etwas wie Friedlichkeit ausstrahlte.

In der Wohnung angekommen, stellte Mara sich gleich unter die Dusche. Sie wusch die Nacht von ihrer blassen Haut. Die vergangenen Stunden perlten an ihr ab, die Worte, die Gedanken, die Eindrücke. Rafaels Gesicht, sein Blick, seine spärlichen Gesten verschwammen ein wenig in ihrem Bewusstsein. Sie drehte das heiße Wasser zu, die schlagartige Kälte durchfuhr ihren ganzen Körper, fegte die sich einstellende Mattigkeit einfach fort.

Ankleiden, sorgfältig schminken, heftig beschallt von Black Sabbath, den Stooges, Garbage. Nachbarliche Beschwerden über ihre Hörgewohnheiten hatten vor Kurzem eingesetzt und wurden nachdrücklicher – bald würde sie für eine Weile auf die Kopfhörer umstellen müssen, was sie zu Hause eigentlich nicht so gern mochte. Beiläufig dachte sie daran, dass es höchste Zeit würde, wieder zu trainieren. Das Kickboxen fehlte ihr. Dieses Gefühl, wenn bei jedem Schlag, jedem Tritt in den Sandsack Adrenalin freigesetzt wurde. Sich selbst zu spüren, das Leben zu spüren. Ihre Seele verlangte ebenso sehr danach wie ihre Muskulatur.

Eine große Tasse pechschwarzer Kaffee brachte die Konzentration, die sie brauchte, machte sie fokussierter. Ein kurzes Überprüfen des Handys – keine Anrufe, keine Nachrichten.

Im Präsidium kam sie um die gleiche Zeit an wie sonst. Sie verspürte eine leichte Anspannung, jedoch keinerlei Nervosität angesichts des bevorstehenden Termins bei Klimmt. Die angekündigte Anwesenheit Angelika Taubners gab ihr, wie sie erneut feststellte, eine gewisse Zuversicht. War es Taubner womöglich gelungen, Klimmt davon zu überzeugen, sie endlich ohne Vorbehalte und Vorurteile ins Team zu integrieren und sie wieder im Karevic-Fall ermitteln zu lassen? Das war Maras Hoffnung. Schließlich hatte ihr die Staatsanwältin sowohl persönlich als auch am Telefon Mut gemacht.

Pünktlich um zehn Uhr klopfte sie an Klimmts geschlossene Bürotür.

»Bitte«, ertönte seine immer leicht gereizt klingende Stimme.

Mara trat ein.

Klimmt klebte in seinem Drehstuhl, das linke Bein lässig aufs rechte Knie gelegt.

Angelika Taubner saß auf dem Besucherstuhl – was Mara überraschte, sie hatte das Eintreffen der Staatsanwältin gar nicht bemerkt.

»Sie beide kennen sich ja bereits«, brummte Klimmt. Er war schlecht rasiert, sein Haar stand vom Kopf ab.

Die elegante Frau, erneut bekleidet mit Bluse, engem Rock und hohen Stöckelschuhen, reichte ihr die Hand und schenkte ihr ein formelles Lächeln.

Für Mara stand ein zweiter Stuhl bereit. Sie nahm Platz.

Klimmt fuhr sich mit beiden Händen übers Gesicht, als kostete es ihn einiges an Mühe, sich wach zu halten.

»Frau Taubner hat sich extra Ihretwegen auf den Weg hierher gemacht«, murmelte er. »Sie dürfen sich geehrt fühlen.«

Die Staatsanwältin sagte nichts, aber Mara meinte in ihren Augen lesen zu können, dass sie von Klimmts Art nicht gerade beeindruckt war.

»Um was geht es?«, fragte Mara schlicht. Ihr Blick wanderte von der Frau zu Klimmt, der die Beine lang ausstreckte und die Hände im Nacken verschränkte, als befände er sich in seinem Wohnzimmer vor dem Fernseher.

»Es geht um mehreres«, antwortete er. »Um Sie. Und um einige Morde.«

»Weshalb um mich?«

»Ich schätze Ihre Einsatzfreude«, sagte er wenig glaubwürdig. »Aber mir wäre es lieber, Sie würden sich zurückhalten. Und etwas überlegter vorgehen.«

Mara merkte, wie sie sich unwillkürlich aufrichtete. »Sie sprechen doch nicht schon wieder die Sache im Nummer 12 an, oder?«

»Es geht nicht allein darum.«

»Mir scheint, Sie haben nur auf einen Anlass gewartet, in meine Richtung zu schießen.«

Klimmt taxierte sie. »Frau Taubner hat sich sehr für Sie eingesetzt. Aber die Sachlage hat sich verändert.«

»Welche Sachlage?« Mara warf einen raschen Seitenblick auf die Staatsanwältin, die in unveränderter Haltung dasaß, die Beine übereinander, der Rücken kerzengerade, und sich nach wie vor in Schweigen hüllte. Wollte sie nicht einmal ihren Mund aufmachen?

»Es geht jetzt um drei Morde. Drei barbarische Morde.«

»Ich weiß«, sagte Mara wachsam.

»Meine Befürchtung ist, dass wir es hier mit einem Serientäter zu tun haben. Und zwar einem, der noch nicht genug hat.«

»Wirklich?«, entfuhr es Mara. »Als ich geäußert habe, die ersten beiden Morde müssten miteinander in Verbindung stehen, waren Sie mehr als skeptisch. Und ausgerechnet jetzt, mit einem dritten Opfer, das kaum zu den ersten beiden passt, gehen Sie von Zusammenhängen aus?«

»Es gibt durchaus Parallelitäten.«

»Doch wohl nur die angesprochene Brutalität.«

»Was heißt ›nur‹? Das ist immerhin ein wichtiger Aspekt. Vielleicht der entscheidende.«

»Sie gehen von einem Täter aus?«

»Ich bin zu dem Schluss gekommen, dass wir das nicht ausschließen dürfen. Womöglich haben wir es mit einem knallharten Serienkiller zu tun, der allzu viel Blut durch Frankfurt fließen lässt.«

»Aber das dritte Opfer, dieser Tayfun Köybasi …«

»Ja«, unterbrach er sie brüsk. »Er hatte nichts mit Karevic zu tun. Und Karevic hatte nichts mit Pohl zu tun.«

»Nicht ganz«, warf Mara ein. »Zwischen den Bravados und Karevics Bande gibt es …«

»Das Nummer 12«, fiel er ihr rasch wieder ins Wort. »Richtig. Aber nichtsdestotrotz lassen sich die ersten beiden Morde nicht unmittelbar zusammenführen.«

»Der dritte auch nicht.« Mara fühlte sich zusehends unwohl in ihrer Haut. Das Gespräch nahm einen anderen Verlauf, als sie es erwartet hatte. Klimmts Beharren und Taubners eisernes Schweigen zerrten an ihren Nerven.

»Betrachtet man die Morde, fällt zuerst die Brutalität auf«, führte Klimmt aus, als wäre das etwas Neues.

»Ich war es«, betonte Mara, »die immer darauf hingewiesen hat.«

»Jetzt sind es aber drei Morde. Und ich muss die Möglichkeit einer Serie in Betracht ziehen. Alle Opfer sind gefoltert worden. Die ersten beiden sehr ausgiebig, das dritte weniger ausgiebig, aber ähnlich grausam.«

»Herr Klimmt«, ließ Angelika Taubner zum ersten Mal ihre Stimme hören. »Gibt es denn sonst keine Gemeinsamkeiten? Und keine Spuren?«

»Nein. Keine Fingerabdrücke, keine DNA-Spuren. Also auch das ist, wenn man so will, eine Gemeinsamkeit. Sind wirklich drei Täter unterwegs, die mit vergleichbarer Sorgfalt vorgehen – und zufälligerweise innerhalb so kurzer Zeit zuschlagen? Das glaube ich nicht.«

»Alle drei Opfer«, schaltete sich Mara wieder ein, »sind vor ihrem Tod gefesselt worden. Karevic mit einem Kabel, Pohl hingegen mit Kabelbindern. Wie sieht es bei Köybasi aus?«

»Klebeband«, antwortete Klimmt brummend.

»Was für ein Klebeband?«

»In jedem Baumarkt zu kriegen. Kein auffälliges Produkt. Auch darauf keine Fingerabdrücke.«

Mara überlegte. »Karevic ist geknebelt worden. Den Kriminaltechnikern zufolge stammt der Stoff wohl von einem gewöhnlichen Bettlaken aus Frottee. Er wurde vor der Tat mit einer Schere zurechtgeschnitten.«

Auch wenn es gerade ganz konkret um die Fälle ging – Maras Argwohn nahm zu. Wozu Klimmts für seine Art fast schon förmliche Einladung zu diesem Gespräch? Dadurch hatte dieser Termin ja einen quasi offiziellen Rahmen erhalten.

»Pohl und Köybasi sind nicht geknebelt worden«, fuhr sie fort, »weil es sich bei den Tatorten um einsame, eher abgeschottete Plätze handelte. Nicht wahr?«

»Anzunehmen.« Klimmt nickte.

»Was ist mit den Tatwaffen?« Diese Frage kam von der Staatsanwältin. »Gibt es da neue Erkenntnisse?«

»Nein«, bekannte er. »Der Totschläger, der bei Karevic benutzt worden ist, ist nicht aufgetaucht. Ebenso wenig die Waffe, mit der Pohl Brandwunden zugefügt wurden. Das Messer, das im Köybasi-Mord benutzt wurde, ist ebenfalls nicht gefunden worden.«

»Verschiedene Waffen, unterschiedliche Arten der Folter«, gab Frau Taubner zu bedenken. »Und Fesselmaterial, das nicht zusammenpasst. Vorsicht, Herr Klimmt.«

»Das lasse ich nicht außer Acht, keine Sorge.«

»Über einen Punkt habe ich auch die ganze Zeit nachgedacht«, bemerkte Mara. »Während Karevic zu Hause umgebracht worden ist, hat man Pohl per Handy zum Tatort bestellt.«

»So war es auch bei Köybasi«, sagte Klimmt. »Aber in beiden Fällen hat man nicht herausfinden können, mit wem die Verabredungen getroffen worden sind.«

»Es ist denkbar, dass Karevic seinem Mörder die Tür geöffnet hat. Dass er ihn kannte.«

»Ja, aber dieser Umstand hat uns bisher auch nicht weitergebracht.«

»Ich wollte nur noch mal darauf hinweisen«, antwortete Mara, »weil das ein Unterschied zum zweiten und dritten Mord …«

»Herr Klimmt«, schaltete sich Angelika Taubner wieder ein, ruhig wie immer, doch mit auffallend entschiedenem Tonfall. »Wollen Sie nicht langsam zu dem Punkt kommen, über den wir gestern gesprochen haben? Ich meine, weswegen es überhaupt zu diesem Treffen gekommen ist.«

Mara wurde noch hellhöriger.

»Stimmt.« Er nickte wieder vor sich hin, dann nahm er Mara direkt ins Visier. »Um es Ihnen ganz offen zu sagen, Billinsky: An meiner Entscheidung halte ich fest. Der Karevic-Fall. Sie bleiben davon abgezogen.«

Mara presste die Lippen zusammen.

»Bislang ist es noch recht ruhig in der Presse gewesen«,

sprach er weiter. »Zwei Morde in der Unterwelt. Das hat noch nicht gereicht für die ganz großen Schlagzeilen. Der junge Türke war auch nicht gerade ein Musterbürger, beileibe nicht, aber wenn der Begriff von einem Serienmörder die Runde macht, und davon ist auszugehen, dann ist hier die Hölle los. Serienmörder ziehen. Das war schon immer so.« Er machte eine wohlbedachte Pause. »Und da brauche ich hier eine verschworene, absolut verlässliche Einheit. Niemanden, der Alleingänge startet und gern ein Solo spielt.«

Mara warf ihm einen vernichtenden Blick zu. »Mir bleibt ja gar nichts anderes übrig, als allein ...«

»Sie werden nicht zu dem Team gehören, das die drei Morde untersucht. Basta! Wie gesagt, ich brauche eine eingespielte Einheit.« Klimmt nickte kurz der Staatsanwältin zu. »Frau Taubner hat sich für Sie eingesetzt, aber im Moment sehe ich keine andere Möglichkeit. Welchen Platz Sie künftig bei uns einnehmen werden, na ja, wir werden sehen. Vorrang haben jetzt allein die drei Morde.«

Eine Stille setzte ein, die man mit einem Messer hätte zerschneiden können.

»Frau Billinsky«, wandte sich die Staatsanwältin an sie, jetzt wieder mit verbindlicherer Stimme. »Es tut mir leid. Aber in Anbetracht der Umstände halte ich es für das Beste, mich Herrn Klimmts Meinung anzuschließen. Letzten Endes ist es ohnehin seine Entscheidung, wie er seine Einheit aufstellt. Ich kann nur meine Ansicht mitteilen – doch bei ihm liegt, was das betrifft, die Verantwortung.«

Mara sah die Frau nicht an, die ihr erst kürzlich versprochen hatte, sich für sie starkzumachen. Das hatte so viel Gewicht gehabt, hatte sich so gut angehört, jedenfalls für Mara. Ausgerechnet Taubner hatte sie als Verbündete betrachtet. Wie naiv! Karrierefrauen, dachte Mara. Schlangenweiber.

»Frau Billinsky ...«, versuchte es die Staatsanwältin noch einmal, erneut gönnte Mara ihr keinen Blick. In ihr war alles wie taub.

Wiederum eine Stille zum Schneiden.

Mara stand abrupt auf. Wortlos verließ sie den Raum.

Erst auf dem Flur konnte sie wieder richtig atmen.

Sie ging auf die Damentoilette und schlug mit aller Kraft eine der Kabinentüren zu. Es klang wie das Krachen eines urplötzlichen Gewitters und hallte mehrere Sekunden nach. Mara kämpfte gegen die Tränen an, mit aller Kraft, mit aller Verzweiflung. Jetzt auch noch zu weinen, wäre zu viel gewesen. Am liebsten hätte sie so lange auf einen Sandsack eingeschlagen und -getreten, bis sie tot umgefallen wäre. Ihre Fäuste ballten sich, die Knöchel traten hart unter der Haut hervor.

Und nun?, fragte sie sich düster.

Mit zusammengebissenen Zähnen starrte sie das Gesicht im Spiegel an, dieses schmale, bleiche Gesicht, in dem die schwarz umrandeten Augen vor ohnmächtigem Zorn blitzten.

Warum war es so in ihrem Leben? Warum musste sie immer wieder gegen Wände rennen? Düsseldorf war offenbar nur eine Ausnahme gewesen, eine kurze Phase, in der es gut gelaufen war, ein paar erfolgreiche Fälle, die Beförderung. Lediglich eine Momentaufnahme, die nichts daran änderte, dass sie zum Scheitern verurteilt war.

Zum ersten Mal seit ihrer Rückkehr nach Frankfurt war ihre Energie weg; sie hatte das plötzliche Bedürfnis, stundenlang, tagelang wie ein Stein zu schlafen. Sie fühlte sich endgültig und wahrhaftig geschlagen. Ein widerwärtiger galliger Geschmack breitete sich in ihrem Mund aus.

Die Krähe taumelte in der Luft, schlug wild mit den Schwingen und trudelte doch dem Erdboden entgegen.

Alles wird gut, hörte sie irgendwo in ihrem Kopf die zarte

Stimme des kleinen Mädchens, das seiner toten Mutter Mut zuzusprechen versuchte.

Ihre Lider senkten sich, sie wollte nichts mehr sehen, nichts mehr hören.

Und nun?, fragte sie sich wieder. Aufgeben? Einfach aufgeben?

Was blieb ihr anderes übrig?

34

Carlos Borke hatte das Handy ganz dicht an seinem Ohr. »Dann sieht ja alles gut aus«, sagte er leise, darauf bedacht, seine Worte genau abzuwägen. Er stand an einer Ecke der Niddastraße. Beim Erklingen des Handys hatte er sich sofort etwas abseits des üblichen Trubels rund um den Hauptbahnhof hingestellt.

»Hoffen wir's«, erwiderte der Mann, der ihn gerade eben angerufen hatte.

Ein Name war nicht genannt worden, doch Borke war sich ziemlich sicher, um wen es sich bei dem Kerl handelte: um einen der zwei Männer, mit denen er sich in Henry's Pinte getroffen hatte – der ältere der beiden, nicht der Riese.

»Das heißt, die Sache kommt endgültig ins Rollen?«, fühlte er noch einmal vor. Er war weiter unsicher, welchen Zweck dieses Gespräch haben sollte.

»Klar.«

Er atmete durch. Wenn dem so war, drohte ihm kein Ärger mehr von diesen Halsabschneidern. Auch nicht aus Malovans Richtung, denn dann würden dessen Leute ebenfalls damit beschäftigt sein, das Geschäft durchzuziehen, das so lange schon geplant war. Und die Rocker bereiteten ihm trotz der Abreibung, die sie ihm verpasst hatten, die geringsten Sorgen.

Weshalb sie ausgerechnet auf ihn losgegangen waren, das wusste er immer noch nicht mit endgültiger Sicherheit.

»Andererseits«, sagte der Mann, »du warst ein Problem.«

»Ich?« Er räusperte sich. Ein paar Meter entfernt zog gerade eine Gruppe Betrunkener grölend vorbei. »Ich konnte doch am wenigsten für die Verzögerung«, verteidigte er sich, als es um ihn herum wieder ruhiger wurde.

»Wir wissen alle, dass du ziemlich gut mit den Bullen kannst.«

»Ich habe mich die ganze Zeit über weder mit Klimmt noch mit den Drogenbullen getroffen.«

»Willst du mich verarschen? Das solltest du wirklich nicht versuchen.« Ein raues Lachen. »Sonst verlierst du mehr als nur einen Finger, das weißt du doch.«

»Wieso verarschen? Euch sollte mittlerweile klar sein, dass ihr euch auf mich ...«

»Die Bullen-Lady«, schnitt der Mann ihm das Wort ab.

Borke stutzte. Natürlich: Mara.

Diesen Männern schien wirklich nichts zu entgehen.

Mara.

Es war verrückt, aber manchmal betrachtete Borke sie gar nicht als Polizistin.

»Mit ihr hast du dich getroffen.«

Borke gab sich alle Mühe, seine Stimme unbekümmert klingen zu lassen. »Ach, die Kleine stochert ein wenig im Nebel herum, um einen Glückstreffer zu landen. Sie ist eine Außenseiterin auf dem Revier. Und mal ehrlich, ich glaube kaum, dass sie sich dort lange halten wird. Sie hat keine Unterstützung, weder von Klimmt noch von sonst jemandem bei den Bullen.«

»Du hast Kontakt mit ihr gehabt«, betonte der Anrufer. »Mehr als einmal.«

»Sie hat mich befragt, ich habe sie abblitzen lassen.«

»Wir können kein Risiko eingehen.« Auf einmal war die Stimme ganz sachlich. »Dich haben wir gebraucht. Okay. Und du hast deinen Job erledigt.«

»Und ob«, warf Borke ein.

»Die Kleine allerdings, die brauchen wir nicht.«

»Was hat das mit ihr zu tun? Sie ist völlig unwichtig.«

»Sie gehört zu den Bullen.«

Erst jetzt begriff Borke. »Ihr wollt sie verschwinden lassen?«

»Was weißt du über sie?«

»Nicht mehr als das, was ich vorhin sagte. Eine Außenseiterin.«

Deswegen der Anruf. Es ging nicht mehr um ihn. Das war das Gute daran. Doch anscheinend wollten sie ihn über Mara aushorchen. Das hieß, dass sie sie endgültig ins Visier genommen hatten. Hatte er Mara nicht genau davor gewarnt?

»Was weißt du über sie?«, wiederholte der Mann.

»Sie ist eine Kommissarin, neu in Frankfurt. Und sie hat nicht die geringste Ahnung, um was es eigentlich geht. Sie ist unwichtig.«

»Hm«, machte der andere unbestimmt. »Wir haben sie jedenfalls auf dem Schirm.«

»Wenn ihr jemanden von den Bullen verschwinden lasst, dann wirbelt ihr viel zu viel Staub auf. Das ist es doch nicht wert, gerade jetzt.«

»Die Kleine ist ziemlich neugierig. Und ziemlich hartnäckig.«

»Ach, sie ist ein Greenhorn, ein Nobody.« Mach dich nicht zu stark für sie!, warnte Borke sich in Gedanken. Sonst schadest du dir nur selber.

»Wir finden, wir sollten der Kleinen die Neugier austreiben.«

35

Das Gespräch mit Klimmt und Taubner lag über eine Stunde zurück. Jan Rosens gelegentliche vorsichtige Blicke ließ Mara an sich abprallen. Sie saß am Schreibtisch und verschanzte sich hinter einem Wall aus Kälte und Unpersönlichkeit, die Augen hart und starr und emotionslos.

Ihr Handy klingelte. Auf dem Display stand Hannos Name. Sie drückte den Anruf weg.

Abwechselnd trank sie Kaffee und Cola, doch das änderte nichts: Sie fühlte sich abgehetzt, konnte sich nicht konzentrieren, kaum einem Gedanken bis zum Ende folgen. Die Bilder auf ihrem Bildschirm nahm sie nicht auf, und wenn sie in ihren Notizen blätterte, hatte sie das Gefühl, sie wären in einer anderen Sprache verfasst worden.

Einfach aufgeben?, dachte sie schon wieder. Man hatte sie abserviert. Endgültig. Ihr Vater fiel ihr ein. Genau das hatte er vorhergesagt. Und das ärgerte sie beinahe am meisten daran.

Eine SMS erreichte sie: Danke, dass du Rafael nicht in den Kerker geworfen hast. Ich kümmere mich um ihn. Es wird alles gut mit ihm werden. Ich sorge dafür. Lass uns reden. LG, Hanno.

Sie legte das Handy weg, ohne zu antworten.

Die Mittagsstunden schlichen vorbei, langsam und zäh. Mara redete mit niemandem und tat so, als würde sie arbeiten, während sie in Wirklichkeit vor sich hin brütete, die Gedanken bleischwer. Sie aß nichts, sie stellte keine Überlegungen an, sie kam sich vor, als hätte sie Schlafmittel genommen, die ständig kurz davor waren, Wirkung zu zeigen.

Kaffee und Cola, Cola und Kaffee. Sie sehnte sich wieder nach einer Zigarette, wie sie sich widerwillig eingestand, und sie meinte, den Qualm in Borkes Atelierwohnung riechen zu können, auch ihn selbst, sein Eau de Toilette, seine Haut. Wo mochte er gerade sein? Steckte er erneut in Schwierigkeiten? Die Verletzung am Hals, die schlimme Sache mit seinem Finger, die Schläge. Zu gern hätte sie mehr über die Hintergründe gewusst. Zu gern hätte sie mehr über ihn gewusst. Auch als Mensch – als Mann? Mara schob die Frage sofort weit von sich, nein, bloß nicht auch noch über so etwas nachgrübeln, schon gar nicht jetzt.

Später Nachmittag war es mittlerweile. Klimmt hatte alle zu einer Teambesprechung in einen Konferenzraum geholt – alle bis auf sie. Mara hatte so getan, als bemerkte sie es gar nicht, als wäre sie völlig vertieft in die Lebensläufe einiger weiterer Jugendlicher, die im Verdacht standen, bei Wohnungseinbrüchen und weiteren Vergehen dabei gewesen zu sein.

Der Signalton ihres Handys erklang. Diesmal nahm sie den Anruf entgegen. »Hallo, Hanno«, sagte sie.

»Alles klar bei dir? Ärger?«

Sie hatte darauf geachtet, sich sachlich anzuhören, aber Hanno kannte sie einfach zu gut. »Nichts Besonderes«, erwiderte sie nur.

»Das glaube ich dir nicht. Du weißt ja, mir kannst du immer dein Herz ausschütten, wenn dir etwas ...«

»Weswegen rufst du an?«, zerschnitt Mara das Thema wie mit einem Messer.

»Äh, wegen Rafael natürlich. Er schläft gerade. Das ist alles, was er tut. Schlafen. Und essen.« Hanno machte eine Pause. »Ich wollte dir danken, Mara. Dafür, dass du ihm eine Chance gibst und ...«

»Das hast du schon per SMS.«

»Mannomann, du hörst dich wirklich geladen an. Trotzdem: Danke!«

»Spar dir deinen Dank! Es ist jetzt das zweite Mal, dass ich nicht das getan habe, was ich hätte tun sollen. Nämlich Rafaels kleinen Hintern aufs Präsidium zu schleifen. Und ich bereue es.«

»Das musst du nicht.«

»Doch, das muss ich. Und ich muss auch die durchaus möglichen beruflichen Konsequenzen dafür tragen. Wirklich, ich frage mich, weshalb ich ihn nicht …«

»Ich weiß, weshalb«, fiel er diesmal ihr ins Wort. »Und du weißt es auch. Weil du dich in ihm wiedererkennst. Und deshalb bringst du es nicht fertig, ihn …«

»Quatsch!«, unterbrach sie Hanno, bevor er noch mehr Wahrheiten aussprach, die sie gerade jetzt ganz und gar nicht hören mochte.

»Und weil du nicht aus Stein bist, Mara.«

»Hör bloß auf damit!«, blaffte sie.

»Es freut mich, dass du doch nicht nur auf die Fakten schielst. Dass du noch die Mara bist, die ich kannte. Rafael braucht das einfach mal. Ich meine, durchzuatmen, sich zu erholen. Und das Gefühl, auf der Flucht zu sein, für eine Weile abzuschütteln.«

»Du darfst ihn trotzdem daran erinnern«, betonte Mara, »dass er reinen Tisch machen muss. Sonst wird er sein Leben nie auf die Reihe kriegen.«

»Ach, Mara«, meinte Hanno gedehnt.

»Was heißt hier ›Ach, Mara‹?«

»Es schmeckt ihm nicht, dass er Namen auf den Tisch legen soll. Wer will schon ein Verräter sein?«, meinte Hanno mit dieser auf Kommando verständnisvollen Stimme, die sie so gut kannte.

»Aber zu sagen, na gut, vorbei ist vorbei, und dann die Klappe zu halten, das geht auch nicht.«

»Übrigens, Rafael hat fast die ganze Zeit nur von dir geredet. Er ist ziemlich beeindruckt von dir, Mara.«

»Da ist er im Moment leider der Einzige.«

»Er konnte es nicht fassen«, fuhr Hanno fort, »dass du ihn nicht mitgeschleift hast. Dass du ihm anscheinend Vertrauen entgegenbringst und nicht nur deine Vorschriften und Paragrafen im Kopf hast.«

»Genau das sollte ich aber.«

»Er hat viele Fragen gestellt. Über dich.«

»Du hast doch nicht etwa geplaudert?«, wollte sie vorwurfsvoll wissen.

»Ich habe ihm nahegelegt, dich selbst zu fragen.«

»Das soll er tun.«

»Erst mal soll er sich hier ausruhen. Ich habe mich krank gemeldet wegen meines Brummschädels und das Jugendzentrum dichtgemacht.«

»Hanno«, sagte sie mit plötzlich weicherer Stimme, »auch wenn ich mir lieber die Zunge abbeißen würde, als das zuzugeben: Ich bin zu weich für diesen Scheißjob.«

»Nanu?«, fragte er verwundert. »Wieso denn dieser Stimmungsumschwung?«

Sie gab keine Antwort.

»Mara?« Hanno klang besorgt. »Was ist los? Nun sag's endlich.«

Regen klatschte auf einmal gegen die Fensterscheiben.

»Nichts ist los«, murrte sie.

»Na, ich kenne dich doch. Also schweige mich nicht an, sond–«

»Sie haben mir in den Hintern getreten und mich kaltgestellt. Eigentlich von Anfang an, aber jetzt ist es sozusagen amtlich.«

Sie unterhielten sich noch eine Weile, vor allem über Maras Situation. Aber dann beendete sie das Gespräch ziemlich abrupt, als die Besprechung von Klimmt und den anderen vorüber war. Manche gingen anschließend nach Hause, andere hatten noch nicht Dienstschluss, sondern mussten zu Fahrten in die Stadt aufbrechen.

Mara starrte abwechselnd auf ihren Monitor und auf die vor ihr ausgebreiteten Listen und Blätter. Ihre Gedanken waren wieder klarer, gehorchten ihr allmählich besser, und sie fragte sich, wo Klimmt ansetzen mochte. Gern hätte sie mehr über den Ermittlungsstand im Fall Köybasi gewusst, doch der Zugriff auf die entsprechenden Dateiordner im System wurde ihr verweigert.

Rosens dezente Stimme ließ sie aufsehen. Er stand neben ihr, die Jacke in der Hand.

»Was hast du gesagt?«, fragte sie murmelnd.

»Ob du noch Lust hast, etwas mit mir trinken zu gehen. Wie wäre es mit einem Glas Wein? Wie beim letzten Mal?« Er brachte ein aufmunterndes Lächeln zustande, obwohl sie merkte, dass ihm das Ganze irgendwie unangenehm war.

»Ich wollte bestimmte Details zu Tayfun Köybasi überprüfen – aber die Dateien haben anscheinend neue Passwörter erhalten.«

Er nickte. »Nur die Mitglieder des zusammengestellten Teams können noch direkt darauf zugreifen.«

»Hm. Rosen, meinst du, du könntest mich einweihen, wenn dir etwas ins Auge sticht? Etwas, das an mir vorbeigeht? Ich komme mir vor wie ein Fisch auf dem Trockenen.«

»Tja. Äh.« Sie sah ihm an, wie er sich innerlich wand. »Ehrlich gesagt, ich denke, es wäre besser für dich, wenn du da nicht mehr ...«

»Vergiss es«, fiel sie ihm ins Wort. »Vergiss es einfach!«

»Billinsky, ich warne dich. Wenn Klimmt erfährt, dass du weiter mitmischst, macht er dich fertig. Dann stutzt er der Krähe die Flügel, um es mal so zu sagen.«

Sie starrte auf ihren Monitor, als wäre Rosen gar nicht mehr da.

»Also, wie sieht's aus?«, fragte er. »Ein guter Tropfen in dem Weinkeller in Bornheim?«

»Rosen, du musst wirklich nicht den Seelentröster spielen. Ich komm schon klar.«

»Und du«, gab er gepresst zurück, »musst nicht gleich wieder die Krallen ausfahren. Es war nur eine nett gemeinte Frage.«

»Spar dir den Mist!«, fuhr sie ihn an. »Du weißt, dass ich nicht mehr mitspielen darf, und da hast du dir gedacht, du könntest dem armen Mädchen Gesellschaft leisten, damit es nicht so viel weint.«

Rosen verzog sein rundes Gesicht. »Manchmal kannst du echt zum Kotzen sein.« Er drehte auf dem Absatz um und stampfte davon, die Jacke streifte er im Gehen über.

Ich weiß, dachte Mara, das kann ich. Dabei will ich es gar nicht.

Draußen wurde es dunkel, und sie hockte immer noch da, unentschlossen, genervt, gereizt. Eine weitere Stunde kroch dahin. Hanno rief erneut an, diesmal auf dem Bürotelefon.

»Was ist los?«, wollte sie wissen. »Hast du unseren Rafael wieder ausbüxen lassen?«

»Er hat gar nicht vor, die Fliege zu machen. Vertrau ihm! Ich dachte nur: Magst du nicht zu uns rüberfahren? Zu Rafael und mir ins Zentrum? Wir bestellen für uns drei eine Riesenpizza. Na?«

Das Prasseln des Regens hatte nachgelassen, verklang nun völlig.

»Mara?«

»Ich überleg's mir.«

»Also kommst du nicht«, schloss Hanno aus ihrer Antwort.

»Ich überleg's mir.« Sie verfolgte mit düsterem Blick, wie

Klimmt aus seinem Büro stiefelte, um den Heimweg anzutreten. Er beachtete sie nicht.

»Wir erwarten dich.« Hanno gab nicht auf.

Ein Signalton ihres Handys wies sie auf eine neue Nachricht hin. Sie betrachtete das Display – die Absendernummer kannte sie nicht.

»Mara, hast du gehört? Wir erwarten dich.«

Sie las die Nachricht. Schlagartig war sie wieder hellwach.

»Mara?«

»Bis dann, Hanno!« Sie legte einfach auf. Die Kernworte der Nachricht dröhnten in ihrem Kopf wie Hammerschläge. Informationen zu Karevic. Allein kommen. Innenhof Liebfrauenkirche. Punkt 21 Uhr.

Es war zu spät, die Spezialisten den Absender feststellen zu lassen. Mara vermutete ohnehin, dass mit ihr von einem Handy mit Prepaid-Karte Kontakt aufgenommen worden war. Ein Besitzer würde sich ganz bestimmt nicht ermitteln lassen.

Sie warf einen raschen Blick zur Uhr auf dem Monitor. Es blieb noch Zeit, wenn auch nicht viel. Man wollte ihr gewiss keine Gelegenheit geben, sich auf die Begegnung einzustellen oder vorzubereiten.

Mit geübten Griffen überprüfte sie den Zustand ihrer Dienstwaffe. Während die Kollegen neben der P229 vor allem eine P30 benutzten, vertraute Mara auf eine P30L, eine Version mit verlängertem Lauf. Die längere Pistole war zwar schwerer zu verbergen, doch dank Maras zu großer Lederjacke, die über das Hüftholster hinausreichte, war das für sie kein Problem. Ihre kleine Hand verschmolz mit den Griffschalen, die sie sich extra hatte anfertigen lassen und die bei Beschädigung rasch erneuert waren. Sie schob die Waffe zurück ins Holster und atmete tief durch.

Dann erhob sie sich. Vom vielen Herumsitzen war sie ganz

steif geworden. Doch die Nachricht hatte sie wiederbelebt, das matte Gefühl war nicht mehr da. Sie ging zur Toilette, rieb sich die Schläfen mit kaltem Wasser ein und wich dem Blickwechsel mit ihrem Spiegelbild aus. Los!, trieb sie sich an. Sie schlüpfte in ihre Jacke und knipste die Schreibtischlampe aus. Mit eiligen Schritten verließ sie das Präsidium.

36

Nur noch ein paar Minuten bis einundzwanzig Uhr.
Mara atmete tief durch.
In die Massen aus schmutzig grauen Nebelschwaden bohrten sich die Bankentürme. Die wenigen erleuchteten Fenster darin waren wie blitzende gelbe Augen. Es roch noch nach dem kalten Regen, der sich zuvor überfallartig auf die City ergossen hatte. Die Luft war rau und kalt, monoton der Lärm der Motoren. Alles zusammen bildete den Atem der Stadt, der sich ausbreitete wie etwas Bedrohliches.

Mara hörte trotz des Geräuschpegels ihre Sohlen platschend auf dem nassen Asphalt. Grelle Neonfarben beträufelten die klotzigen Gebäude mit einem fast unwirklichen Lichtschein, der mit jedem Meter, den sie voranschritt, schwächer wurde, bis er von Dunkelheit völlig verschluckt wurde. Finstere Gassen in der Nähe der Konstablerwache, immer neue Windböen, keine Fußgänger mehr.

Sie war überrascht davon, wie es Frankfurt immer wieder gelang, sie einzuschüchtern, dieses Gefühl von Wachsamkeit in ihr hervorzurufen. Sie betrachtete die Stadt als ihre Verbündete, doch in Momenten wie diesem schien sie ihr zugleich ein unerbittlicher Gegner zu sein, der keinen Fehler verzieh und gnadenlos zuschlug.

Sie ging weiter, erfasst von dem Gefühl, geradewegs in eine Falle zu laufen. Doch sie konnte nicht anders, als sich darauf einzulassen. Keine Sekunde hatte sie gezögert. Keine Sekunde hatte sie auch nur darüber nachgedacht, ob es Alternativen zu diesem Alleingang gab. Wen hätte sie einweihen, wen um Unterstützung bitten sollen? Klimmt? Lieber hätte sie sich eine Hand abhacken lassen. Jan Rosen, den Spatz? Er würde sicher jetzt noch nachgrübeln, was zu tun wäre ...

Allein sollte sie herkommen – also kam sie allein.

Umhüllt von der Nacht merkte sie, wie sich alles in ihr immer stärker anspannte. Ihr Blick huschte hierhin, dorthin. Die Eingangstüren der Häuser, die Hofeinfahrten, die geparkten Fahrzeuge, sie saugte alles in sich auf, achtete auf jedes Detail, immer bereit, auf eine Gestalt zu stoßen, die sich ihr wie aus dem Nichts näherte.

Der Weg, dem sie folgen sollte, war in einer zweiten Nachricht, die sie kurz nach der ersten erreicht hatte, detailliert vorgeschrieben. Hieß das, dass sie beobachtet wurde, schon jetzt?

Ein Gefühl beschlich sie, genau wie auf dem Friedhof. Als würde ihr jemand hinterherschleichen, sie spürte es.

Mittlerweile bewegte sie sich parallel zur Zeil, immer in Richtung Liebfrauenkirche, ihrem Ziel. Der Verkehrslärm schwoll noch einmal an, dann tauchte Mara ab in den Innenhof, der zur Kirche gehörte.

Und in eine jähe Stille.

Als wäre die Stadt rundherum plötzlich vom Erdboden verschluckt worden.

Kopfsteinpflaster, hohe, kahle Mauern und das morbide Schimmern von Johanneslichtern, die für die Toten brannten, an der einzigen überdachten Stelle in dem gespenstischen Hof.

Sie hielt inne.

Schwer einsehbare Ecken. Die Totenlichter warfen flackernde Kleckse an die Steinwände. Ein tiefer, nebelverhangener Himmel ohne Sterne.

Maras Anspannung wurde immer stärker, elektrisierend, in jeder Faser, jedem Muskel.

Wo würdest du dich verstecken?, fragte sie sich stumm.

Sie ließ den Blick kreisen.

Dort.

Nahe der Mauer.

Eine Marienstatue. Und dahinter? Direkt hinter ihr?

Da stand doch jemand ... Gebückt, gedrückt an die schmale Frauenfigur. Maras kalte Finger umschlossen die Pistole in ihrem Hüftholster, doch sie zog die Waffe nicht.

Sie näherte sich der Statue, langsam, nicht zielstrebig, als hätte sie sie gar nicht im Blick. Ihr Herz trommelte, ihre Kehle war trocken.

Nur noch ein paar Schritte.

Ganz kurz strahlte der Mond durch den Nebelhimmel. Einige rasche Sekunden, in denen die Sicht besser war.

Nein, da war niemand.

Mara atmete durch.

Erleichtert ließ sie die Pistole los.

In dem Moment, als die Anspannung sich löste, ertönte neben ihr ein Geräusch. Sohlen auf dem Kopfsteinpflaster? Rascheln von Regenkleidung?

Mara wirbelte herum.

Ein Mann. Deutlich größer, breiter, wuchtiger als sie. Ein wahrer Riese. War er einer der beiden Unbekannten auf dem Friedhof gewesen? Wahrscheinlich. Sein Gesicht war von einer Kapuze beschattet. Es kam auf sie zu. Ansatzlos der Faustschlag, der sie auf den Boden beförderte. Ansatzlos die Bewegung, mit der er etwas aus seinem Hosenbund zog.

Ein Klacken – und Mara sah die silbern funkelnde Klinge eines Schnappmessers.

Ohne ihn aus dem Blick zu lassen, kam sie auf die Beine.

Hatte sie überhaupt etwas anderes erwartet als das? Eine Falle. Sie war sehenden Auges darauf zugegangen, auf sich allein gestellt. Was war ihr übrig geblieben?

Der Mann lachte. Leise und überheblich.

Sie brachte ihre Hand in die Nähe ihres Holsters.

Sein Lachen erstarb. »Hey! Keinen Scheiß machen.« Er hob das Messer an, die Spitze wies auf sie. »Hände hoch. Los!«

Sie streckte die Hände über den Kopf.

Wieder sein Lachen. Voller Spott.

Mara trat zu. Aus dem Stand. Zwischen seine Beine. Er gurgelte, krümmte sich zusammen, das Messer fiel. Mara packte seinen Schädel und rammte ihm das Knie ins Gesicht. Ein Knochen knackte laut.

Er lag vor ihr, eine Hand im Gesicht, eine im Schoß.

Mara wollte ihre Pistole ziehen, als sie etwas Kaltes an ihrem Hals spürte.

Die Mündung einer Waffe.

»Stopp!«, sagte eine raue Stimme.

Eine Hand tastete sie ab, entwaffnete sie – ihre Waffe wurde auf den Boden geworfen.

Der Riese erhob sich und ergriff dabei das Messer. Für einen kurzen Moment sah sie die Klinge in ihrem Bauch, sah sie das Ende, den Tod.

Doch er stand nur da, ganz dicht vor ihr.

Die Mündung verschwand von ihrem Hals, bohrte sich in ihren Rücken. Der Fremde schob sie vor sich her, dorthin, wo die Totenlichter im Schutz des Daches flackerten. Das rote Plastik, das die Kerzen umhüllte, sah aus wie fluoreszierendes Blut.

Die unliebsame Begegnung mit Malovan und seinen Helfern flammte wieder in Maras Innerem auf – diese Männer hier, sie mussten auch zu ihm gehören. Oder etwa nicht?

Ihre Hände wurden ihr hinter den Rücken gepresst, die Gelenke von schweren, groben Fingern umschlossen – das musste der Riese sein. Man drückte sie auf die Knie, ihren Oberkörper nach vorn, den Kopf nach unten, immer weiter. Es gelang ihr gerade noch, ihn zur Seite zu drehen, bevor man ihr das Nasenbein zerquetscht hätte.

Die Kälte der steinigen Bodenplatte schoss rasend schnell von ihrer Wange in ihren Körper, wanderte bis in die Zehenspitzen.

Die Mündung war jetzt in ihrem Haar, ihre Hände wurden weiterhin auf den Rücken gepresst.

Es wurde an ihrem Gürtel genestelt, an ihrer schwarzen Jeans.

Ein Ruck – und ihr Gesäß war nackt, schutzlos in der Nacht. Bissige Luft erfasste ihre Haut.

Die Wehrlosigkeit, die Demütigung ließen Mara würgen. Eine Hand betatschte sie, was mehr wehtat als jeder Schlag. Lieber sterben, dachte sie verzweifelt, aber nicht das. Ein Zittern erfasste sie, sie hasste sich dafür. Sie war nicht schwach, wollte keinerlei Schwäche zeigen. Nie. Niemals.

Die Stimme des Riesen ertönte, rau und mit Akzent:

»Lass uns ein bisschen Spaß mit ihr haben.« Und dann war er ganz nah an ihrem Ohr. »Bevor wir sie kaltmachen.«

Die Totenlichter, die Stille, die Kälte und die Waffe an ihrem Kopf, die Pranken auf ihren Händen.

Mara schloss die Augen, presste die Lippen aufeinander, hielt den Atem an. Nicht schreien!, schärfte sie sich ein. Nicht weinen, nicht winseln!

Sie erwartete den Schmerz, erwartete ihn so sehr, dass alles andere kaum noch in ihr Bewusstsein vordrang.

Auch nicht der Schuss, der die Stille zerfetzte.

Die Hände ließen von ihr ab.

Dem Schuss folgte ein Schrei: »Polizei!«

Sie richtete sich blitzschnell auf, zog die Hose hoch und trat dabei schon um sich, wild, nicht kontrolliert wie beim Kickboxen, wenn Oberkörper, Hüfte und Bein eine gerade

255

Linie bilden sollten und man die volle Kraft in den Moment des Treffers legen musste. Alles, was sie gelernt hatte, war weg, wie ausgeblendet. Doch dank ihrer Wut gelang es ihr trotzdem, einen der Kerle zu erwischen.

Erneut schrie die Stimme: »Polizei! Hände hoch!«

Absätze hämmerten auf dem Steinboden, die beiden Männer rannten davon. Mara hielt in der Bewegung inne, unfähig, ihnen nachzusetzen.

Jemand stand nur ein paar Schritte entfernt, sie fühlte die Gestalt mehr, als dass sie sie sah.

Sie merkte, wie heftig sie atmete, wie der Schweiß aus ihren Poren drang und ihr zugleich so kalt war, dass sie wieder stark zitterte. Mit klammen Fingern zog sie den Reißverschluss der Hose zu.

»Danke, Kollegen«, stieß sie hervor, während sie sich bückte, um ihre Pistole aufzuheben.

Sie hielt sich auf wackligen, unsicheren Beinen. »Danke«, wiederholte sie, jetzt mit festerer Stimme, und blickte sich um.

Doch – da war niemand mehr.

Sie schluckte und starrte in den düsteren Hof.

Alles in ihr bebte.

Sie hob ihre Waffe an.

Eine tiefe Stille.

Allein. Mara war allein.

Oder doch nicht?

Stand dort hinten noch jemand?

Ihr Zeigefinger legte sich auf den kalten Abzug der Pistole. Sie hielt den Atem an.

37

Schaafheim, eine kleine Ortschaft, etwa dreißig Kilometer von Darmstadt entfernt. Sie standen in der engen Wohnküche eines Einfamilienhauses. Es muffelte nach Kohlrouladen, kaltem Zigarettenqualm und dem billigen Parfüm der jungen Frau, die sich widerwillig auf ein Gespräch mit ihnen beiden eingelassen hatte. Astrid Weigel trug graue Jeans mit Leopardenmuster, einen schwarzen Nietengürtel und ein Shirt mit AC/DC-Motiv. Ihre langen Haare, dunkel am Ansatz, waren in einem schauderhaft grellen Farbton blondiert und quollen über vor künstlichen Wellen.

Jan Rosen konnte nicht anders, als sie mit einem leicht herablassenden Blick zu streifen. Auch wenn er immer versuchte, vorurteilsfrei und offen zu bleiben, dieses Bild einer typischen Provinz-Rockerbraut ließ es einfach nicht zu.

Schleyer stellte ihr ein paar Fragen, auf die sie zumeist mit genervtem Achselzucken reagierte. Rosens Blick wanderte von ihr zu seinem Kollegen, und zum ersten Mal fiel ihm auf, dass Schleyer Fett angesetzt hatte, dass er älter wirkte, langsamer, nachgiebiger. Die Worte kamen dem knapp Fünfzigjährigen etwas lahm über die Lippen, und auf Astrid Weigels Gleichgültigkeit reagierte er mit ähnlichem Desinteresse.

Den ganzen Vormittag waren sie schon unterwegs gewesen. Eine Befragung nach der anderen, dazwischen die Fahrten, Schleyer wortlos am Steuer, Rosen mit dem Handy in den Fingern. Er hatte sich durchs Netz gescrollt. Die Medien hatten Lunte gerochen. War über die ersten beiden Morde noch relativ beiläufig berichtet worden, so machte jetzt der Begriff vom Unterwelt-Ripper die Runde. Ein grausamer Killer, der Verbrecher über die Klinge springen ließ. Die Berichte waren voller blutiger Details.

Es begann also alles wieder von vorn. Ivo Karevic, Marek Pohl, Tayfun Köybasi. Sie wurden von Neuem unter die Lupe genommen. Schleyer und Rosen hatten die Aufgabe, Pohls Leben umzukrempeln und wieder dieselben Fragen zu stellen. Nach möglichen Feinden, nach möglichen Motiven. Die gleichen Leute wie eingangs der Ermittlung: Rocker-Kumpels, Familienmitglieder, ehemalige Arbeitskollegen, Freundinnen. Heute Morgen hatten sie zwei Bravados in Darmstadt befragt, dann Pohls Eltern in Bensheim.

Astrid Weigel lebte bei ihrer Mutter, ihr Vater war verstorben. Sie war eine von mehreren Exfreundinnen Marek Pohls. Jetzt trat sie an die Kaffeemaschine und goss sich von dem gewiss kalt gewordenen Filterkaffee in eine Tasse mit AC/DC-Schriftzug.

Rosen musste an Mara denken, die heute entgegen ihrer Gewohnheit nicht als Erste im Präsidium erschienen war. Auch als er und Schleyer zu ihrer Tour aufgebrochen waren, gab es immer noch keine Spur von ihr. Er merkte, dass ihn das zum Grübeln brachte. Bestimmt war sie längst eingetroffen. Allerdings hatte er sie zweimal angerufen – und sie hatte nicht reagiert.

Es war ihm unangenehm, dass er sich ihr gegenüber so halbherzig verhielt. Er ließ sie nicht links liegen wie die anderen, das immerhin nicht, aber er unterstützte sie auch nicht richtig. Ja, halbherzig. Inkonsequent. So war er nun einmal, und niemand wusste das besser als er selbst. Mara tat ihm leid. Und zugleich beneidete er sie um die Hartnäckigkeit, mit der sie sich in ihre Aufgabe – trotz aller Widerstände – verbissen hatte. Er selbst hätte den Weg des geringsten Widerstands gesucht oder längst aufgegeben. Andererseits machte sie es einem auch nicht gerade einfach, auf sie zuzugehen. Bissig konnte sie sein, ihr Blick erwischte ihn manchmal wie ein Peitschenhieb, jedenfalls kam es ihm so vor. Nie hatte er eine Polizistin wie sie kennengelernt.

Mit der hingenuschelten Bemerkung, er müsse die Toilette aufsuchen, verließ Schleyer die Küche.

Rosen sah ihm hinterher, und mit plötzlicher Unmittelbarkeit wurde ihm bewusst, dass er allein mit Astrid Weigel war. Sofort kam die Unsicherheit. Bisher hatte sein Kollege das Heft in die Hand genommen und alle Befragungen geleitet. Und jetzt? Rosen war nicht gut darin, die Leute zum Reden zu bringen, ihnen die Worte aus der Nase zu ziehen. Schon auf Schleyers Versuche hatte Astrid Weigel nur mit ein paar faden, leeren Antworten reagiert. Sie mochte keine Bullen, das hatte sie gleich zu Beginn klargestellt.

Eine Stille entstand, die Rosen verlegen machte.

»Gibt's sonst noch was?«, fragte die junge Frau nach einem laut geschlürften Schluck Kaffee.

»Nein, eigentlich nicht«, hörte er sich antworten. »Ich denke, äh, wir sind durch.«

Sie zuckte schon wieder mit den Achseln, stellte die Tasse auf der Spüle ab und zündete sich eine Zigarette an. Der Qualm juckte in Rosens Nase, er hasste diesen Gestank.

»Ach ja«, kam es ihm über die Lippen, »übrigens, äh, unser Beileid.«

Sie stierte ihn verdutzt an, als hätte er einen unanständigen Witz erzählt.

Rosen war selbst überrascht, es war ihm einfach so herausgerutscht. Andererseits fand er, dass es gewisse Regeln des Anstands gab, die man einhalten sollte, erst recht als Vertreter einer Staatsgewalt. Sogar hier, in diesem ungelüfteten, leicht vergammelten Haus, sogar bei Rockerbräuten, die ihm noch nicht einmal einen Stuhl anboten.

»Ihr Beileid können Sie sich ...« Die Frau überdachte wohl ihre Wortwahl und sagte milder: »... können Sie sich schenken.«

Rosen musterte sie. »Pohl ist immerhin Ihr Freund gewesen. Drei Jahre lang, wie Sie vorhin gesagt haben.« Er stellte sich ans Fenster und spähte durch die verschmierte Scheibe.

»Drei Jahre zu viel«, brummte Astrid mit plötzlich härterer Stimme.

Schleyer tauchte gerade in dem kleinen Garten vor dem Haus auf und sprach Astrids Mutter an, die Laub zusammenrechte.

»Sie betrauern den Tod von Marek Pohl also nicht besonders.«

»Einen Drecksack betrauert man nicht.« Sie inhalierte tief. Ihr Blick hatte sich verfinstert.

»Warum nennen Sie ihn so?«

Sie ließ sich auf einen schiefen Stuhl plumpsen und starrte wortlos an ihm vorbei.

»Wegen der Dinge, die er mit den Bravados gemacht hat?«

»Vor allem wegen der Dinge«, gab sie ätzend zurück, »die er ohne die Bravados angestellt hat.«

»Was zum Beispiel?«

»Spielt jetzt auch keine Rolle mehr.«

Rosen betrachtete sie zum ersten Mal eingehender. »Was hat er Ihnen angetan, Frau Weigel?«

Sie überprüfte ihre Kippe, nahm noch einen Zug und drückte sie in einem übervollen Aschenbecher aus. »Marek Pohl ist tot. Und das ist auch gut so.«

»Was hat er Ihnen angetan?« Er sah noch einmal nach draußen, wo Schleyer weiterhin mit der Mutter redete. »War er gewalttätig?«

Sie griff zur Zigarettenschachtel und legte sie wieder weg. »Und ob!«

»Ging es deshalb auseinander? Mit ihnen beiden?«

»Ach.« Sie winkte ab, und erstmals zeigte sich in ihrem Gesicht eine wirkliche Regung, die ihm das Gefühl gab, dass sie einiges durchgemacht haben musste. »Schon vorher.«

»Schon vorher? Was?«

»Er hat immer gern zugeschlagen, der miese Hund. Auch als wir noch zusammen waren. Und ich dämliches Huhn hatte Angst, mit ihm Schluss zu machen. Er wurde immer fieser, immer gemeiner. Er ...« Ihre Stimme versiegte.

Rosen ärgerte sich, dass er sie anfangs von oben herab betrachtet, nicht ernst genommen hatte. Das war dumm gewesen, überheblich, unangebracht. Das war untypisch für ihn.

»Was hat er mit Ihnen gemacht?«, fragte er weiter und gab sich alle Mühe, so mitfühlend zu klingen, wie er es auch tatsächlich war.

»Was schon?« Ihre Stimme veränderte sich erneut – jetzt hörte sie sich dünn und verbittert und einsam an. »Er hat mich vergewaltigt, mehr als einmal. Vor allem wenn er besoffen war. Und irgendwann hat er mich fallen gelassen, wegen einer anderen Kuh, die zu blöd war, ihn zu durchschauen. Und ich war froh, war einfach verdammt froh. Ich dachte, ich wäre ihn los.«

»Aber?«

»Aber er ist trotzdem noch ab und zu bei mir reingeschneit. Ich hatte eine kleine Wohnung in Darmstadt – und er den Schlüssel dazu. Nachts stand er plötzlich in meinem Schlafzimmer. Natürlich sturzbesoffen. Bis zum Morgengrauen hat er alles mit mir gemacht, wozu er gerade Lust gehabt hat.«

»Sie sind nie zur Polizei gegangen?«

»Doch, ich habe Anzeige erstattet. Und sie gleich wieder zurückgezogen.«

»Aus Angst, nehme ich an?«

»Logisch!«, fuhr sie ihn regelrecht an. »Eine solche Angst

können Sie sich gar nicht vorstellen. Ich habe den Mietvertrag gekündigt und bin wieder zu meiner Mutter gezogen. Traute mich kaum noch vor die Tür.« Mit fahrigen Bewegungen steckte sie sich eine weitere Zigarette an. »Nachts haben Mama und ich abwechselnd Wache gehalten, bewaffnet mit Küchenmesser und Pfefferspray. Aber hier ist Marek nie aufgetaucht. Wahrscheinlich hatte er inzwischen bei anderen Weibern seinen Dampf abgelassen.«

Rosen zuckte zusammen, als Schleyer plötzlich wieder neben ihm stand.

»Komm schon«, murmelte sein Kollege, »lass uns abhauen.«

Rosen sah wieder zu Astrid Weigel, die Rauchringe blies, in Gedanken versunken. Auf ihren Wangen schimmerten Tränen.

»Was ist los?«, wollte Schleyer wissen.

»Wissen Sie was«, sagte die Frau leise. »Es freut mich, dass Marek Pohl tot ist. Dass er abgeschlachtet worden ist wie ein Schwein.«

38

Zum ersten Mal hatte sie verschlafen. Zum ersten Mal hatte sie kaum Kraft aufzustehen. Zum ersten Mal fehlte ihr jeglicher Glaube an sich selbst.

Sicher, der Zwischenfall vom Vorabend hatte seine Spuren hinterlassen, doch es war weit mehr als das, sie fühlte es. Ihre schwarze Schutzhülle hatte Risse erhalten, die schwer zu kitten sein würden.

Ohne Energie saß Mara am Schreibtisch, geplagt von Selbstzweifeln und düsteren Gedanken, während die Kollegen unterwegs waren, Befragungen durchführten, einfach ihren verdammten Job machten.

Von den Mordfällen Pohl und Köybasi hatte Klimmt sie ferngehalten, aber auf das Karevic-Rätsel hatte Mara sich stürzen können, und es machte ihr schwer zu schaffen, dass sie kaum etwas Verwertbares herausgefunden hatte. Was sie auch versucht, wo sie auch angesetzt hatte, das Ergebnis war gleich null. Sie hatte von einem großen Deal Wind bekommen, aber nicht mehr darüber in Erfahrung bringen können. Sie hatte Isabell und Aileen aufgespürt und die eine oder andere Information erhalten – allerdings nichts, was sie tatsächlich weitergebracht hätte. Und sie war Carlos Borke begegnet, aus dem man einfach nicht schlau wurde – ein weiteres Rätsel in diesem dichten Frankfurter Herbstnebel.

Es war enttäuschend. Niederschmetternd. Was blieb ihr jetzt noch? Sich einzig und allein mit den Wohnungseinbrüchen zu befassen, mit dieser nervigen Sache, die sie hatte schleifen lassen?

Wenigstens gab es da einen Verdächtigen. Und was machte sie? Entdeckte ausgerechnet in diesem Moment ihr weiches Herz. Und statt zuzubeißen, ließ sie Gnade vor Recht ergehen. Dabei war sie es doch, die dem Recht Geltung verschaffen musste. Nichts anderes war ihre Aufgabe.

Zweimal hatte sich Rosen gemeldet – regungslos hatte sie jeweils gewartet, bis der Klingelton erstarb.

In der Stille des Großraumbüros, in dem alle Plätze außer ihrem verwaist waren, wurde Mara von all den Gedanken und Fragen und Erinnerungsschnipseln geradezu umschwirrt. Sie machte sich Vorwürfe. Von Anfang an hatte sie es falsch angepackt. Sie war losgestürmt, hatte sich auf jedes Fetzchen gestürzt, aus dem so etwas wie ein Hinweis hätte werden können. Aber was wäre die Alternative gewesen angesichts ihrer trostlosen Ausgangsposition? Sie hatte sich gesagt, du hast keine Chance, also nutze sie. Doch zu was hatte sie das geführt? Geradewegs in eine Falle, die sie das Leben hätte kosten können.

Knapp war es gewesen. Um Haaresbreite.

Die Stimme, die in dem geisterhaften Kirchhof plötzlich durch die Nacht gegellt hatte, ertönte in Maras Erinnerung: Polizei! Hände hoch!

Wer war das gewesen? Ihr kam wieder ein Verdacht, der sie bereits irgendwann in den schlaflosen Stunden vor Morgengrauen überfallen hatte.

Keine Frage, sie hatte in ihren bisherigen Dienstjahren mehr als eine brenzlige Situation überstehen und kühlen Kopf bewahren müssen, hatte in Düsseldorf drei Schusswechsel mit Drogenhändlern ohne einen Kratzer überstanden, aber gestern … Das war etwas anderes gewesen.

Und wieder jagten Gedanken wie Hornissen durch ihren müden Kopf. Kürzlich war sie von Malovans Leuten bedroht worden – am Vorabend jedoch, das waren andere Männer gewesen. Sicher, Malovan wäre durchaus dazu in der Lage, aber da war ein Gefühl, ein Gespür in Mara, das mit jeder Minute stärker wurde. Zumal auch weder der Riese noch der zweite Kerl eine Andeutung über jenes erste Zusammentreffen gemacht hatte. Ja, es waren andere Männer gewesen, das war ihr Eindruck, und der verfestigte sich immer mehr.

Falls sie damit richtiglag, bedeutete das, dass ihr Stochern im Heuhaufen nicht wirkungslos geblieben war. Irgendwer fühlte sich von ihr auf die Füße getreten. Wer? Jedenfalls nicht die Bravados, die in ihren Überlegungen eine immer kleinere Rolle spielten.

Warum zerbrichst du dir eigentlich den Kopf darüber?, fragte sie sich, wütend darüber, dass sie nicht loslassen konnte, dass sie nicht auf ihren Verstand hörte, der ihr riet, neue Perspektiven aufzutun, sich vielleicht sogar an die ehemaligen Kollegen in Düsseldorf zu wenden, um sich eine Brücke zurück bauen zu können. Was blieb hier für sie zu tun, sollte man sie länger im Team dulden, woran sie ohnehin zweifelte? Die Putzkolonne verstärken?

Lady, Sie sind dabei, dem Teufel in die Suppe zu spucken. Das hatte Borke zu ihr gesagt. Mara erinnerte sich an den Wortlaut. Sie wühlte sich durch ihre vollgekritzelten Blätter, blätterte in ihrem Notizbuch.

Sie stieß wieder auf den Namen Nova. War das überhaupt ein Name? Sie war damit nie auch nur einen Schritt weitergekommen.

Der große Deal auf der einen Seite, die Morde auf der anderen. Stets hatte sie beides zu verbinden versucht. Zeitverschwendung?

Alles lag vor ihr wie ein Flickenteppich, der überall Löcher hatte.

Sie hatte sich verrannt, womöglich den Blick fürs Entscheidende, fürs Wesentliche verloren. Aber was war das Wesentliche?

Wieder einmal schrieb sie die Namen der drei Mordopfer auf eine DIN-A4-Seite. Unter jedem Namen listete sie die Eckdaten jedes Lebenslaufs auf, vor allem die Verbrechen, deretwegen die Toten polizeilich verfolgt oder gar überführt worden waren.

Da gab es einfach keine Verbindung, keine echten Berührungspunkte. Es war zum Verrücktwerden.

Mit verbissener Miene studierte Mara die Berichte, die die Kriminaltechniker über die Tatorte und die Leichen angefertigt hatten. Mittlerweile war es früher Nachmittag. Ein Detail fiel ihr bei der Beschreibung der Leiche Köybasis auf, von dem sie bislang nichts gewusst und das auch Rosen nie erwähnt hatte. Der neunzehnjährige Türke war nicht nur entmannt worden, der oder die Täter hatten ihm zudem ein Ohrläppchen abgeschnitten. Der kleine Hautfetzen hatte neben seinem Kopf gelegen. Mara war irritiert. Wollte man jemanden foltern, dann schnippelte man doch nicht an seinem Ohr herum. Noch so ein Flicken in diesem Teppich, der immer größer wurde – und bei dem immer weniger zusammenzupassen schien.

Warum hatte Karevic sterben müssen? Warum Pohl? Warum Köybasi? Warum auf diese schreckliche Art?

Die Tür des Großraumbüros sprang auf, zwei Kollegen betraten den Raum: Schleyer glotzte an ihr vorbei, als er sich an seinen Platz setzte, während Rosen die Hand zu einem verlegenen Gruß hob.

Mara nickte ihm nur zu, eine knappe Bewegung mit dem Kinn.

Schleyer begann zu telefonieren, erst mit Patzke, dann mit Klimmt. Aus seinen gebrummten Worten hörte Mara heraus, dass er und Rosen wenig Neues herausgefunden hatten. Wohl eher gar nichts.

Ungewollt flammten erneut die Bilder vom Vorabend vor ihren Augen auf. Sie atmete durch und griff zu ihrem Handy. Sie schrieb eine SMS, die nur aus einem kurzen Satz bestand: Ich muss dich sehen.

Sekunden später kam die Antwort: Das geht nicht.

Sie wiederholte: ICH MUSS DICH SEHEN.

Diesmal keine Antwort.

Mara tippte die nächste Nachricht ein: Wenn du dich vor mir versteckst, grabe ich die ganze Stadt um. Ich finde dich.

Mehrere Minuten verstrichen, eine Viertelstunde, eine halbe. Dann der Signalton ihres Handys. Und lediglich ein Wort: Okay.

Ich erwarte dich, schrieb sie rasch, um achtzehn Uhr auf dem Eisernen Steg.

Jetzt kam keine Antwort mehr.

Weitere Kollegen trafen im Präsidium ein, darunter auch Klimmt. Wie Mara mitbekam, war in einer Stunde ein Meeting angesetzt, bei dem die heutigen Ergebnisse – falls es welche gab – auf einen Haufen geworfen werden sollten.

»Ich hatte nicht mal was zu Mittag«, drang Rosens Stimme zu ihr. »Hast du Lust, mit mir eine Kleinigkeit essen zu gehen?«

»Könnte mir kaum was Herrlicheres vorstellen«, erwiderte sie sarkastisch.

»Du siehst ... nicht so gut aus«, sagte er mit Vorsicht. »Alles klar? Fühlst du dich krank?«

»Ich fühle mich prächtig«, antwortete sie noch sarkastischer.

»Nun komm schon, Billinsky. Ich kann nichts dafür, wie es hier für dich läuft.«

»Gelaufen ist«, betonte Mara.

»Teilweise hast du es dir auch selbst zuzuschreiben.«

»Willst du mir einen Vortrag halten?«

»Lass uns einfach etwas essen und ein bisschen quatschen.«

»Wozu?«, blaffte sie.

»Wenn du nichts essen willst – wie wär's mit einem Kaffee?«

»Warum so hartnäckig, Kollege? Tue ich dir etwa leid?«

»Nein«, beeilte er sich zu sagen.

»Ihr könnt mich alle mal.«

»Lass uns doch einfach bei einem Kaffee reden.«

»Wusste gar nicht, dass du so beharrlich sein kannst.«

»Also?«

»Na gut. Einen Kaffee, aber einen richtigen. Keine Automatenplörre.«

»Dann los.« Er erhob sich vom Stuhl.

»Hey, Rosen, musst du nicht nachher dabei sein? Bei der großen Besprechung?«

Er winkte ab. »Schleyer geht. Einer von uns beiden reicht.«

Mara schlüpfte in ihre Jacke. Sie wusste gar nicht, weshalb sie überhaupt zugesagt hatte. Wahrscheinlich weil sie einfach müde war. Weil ihr das Gefühl, gescheitert zu sein, nur noch erdrückender erschien, jetzt, da wieder so viele Kollegen um sie herum waren.

Kurze Zeit später saßen sie in einem Bistro in der Nähe der alten Börse. Warf man einen Blick durchs Fenster, sah man die Skulpturen von Bulle und Bär. Touristen stellten sich davor, um sich fotografieren zu lassen.

Mara knabberte lustlos an einem Sandwich mit Grillkäse und Tomate herum, während Rosen eine große Schüssel mit Salat vor sich hatte. Kauend beschwerte er sich über den Umstand, wie viele Beamte im Einsatz waren, um die Mörder von Verbrechern wie Karevic und Pohl zu überführen. »Dabei sollten wir eher dankbar sein, dass uns jemand die Arbeit mit solchen Typen abgenommen hat.«

Mara musterte ihn. Sein rundes, weiches Gesicht, seine manierierte Art, Messer und Gabel zu halten, seinen ordentlich gebügelten senffarbenen Pullover mit Rautenmuster und V-Ausschnitt. Selten hatte er sich derart gesprächig gezeigt.

»Heute Vormittag«, fuhr er fort, »waren Schleyer und ich bei Marek Pohls Exfreundin. So ein jämmerliches Schwein, dieser Pohl.« In knappen Sätzen schilderte er, was der Mann Astrid Weigel angetan hatte. Mara erinnerte sich, dass auch Aileen sich ähnlich über Pohl geäußert hatte. Sie sah Rosen an, wie sehr ihn solche Sachen aufwühlten.

»Rosen, warum bist du Bulle geworden?«, fragte sie aus einem ganz spontanen Impuls heraus. Ausgerechnet du, hatte sie eigentlich sagen wollen, sich aber gerade noch gebremst.

»Du meinst«, entgegnete er leicht beleidigt, »ein Spatz wie ich?«

»Den Spitznamen wirst du wohl nicht mehr los.«

»Und du wirst immer die Krähe sein.«

Die Frage ist, grübelte sie, wo ich die Krähe sein werde. In Frankfurt und in Klimmts Team voraussichtlich nicht.

»Also, Spatz«, meinte sie mit frechem Schmunzeln, »warum die Polizei?«

Er zog eine Schnute, antwortete dann aber doch: »Mein Vater war Kriminalbeamter. Auch mein Onkel.«

»Na und? Das ist doch kein Grund.« Sie trank den letzten Schluck ihres Kaffees.

»Ich wollte etwas ...« – seine Stirn legte sich in Falten, während er nach Worten suchte – »... etwas Nützliches tun. Anderen helfen. Einen Beitrag leisten, damit unsere Gesellschaft etwas besser funktioniert.«

»Und?«

Rosen legte das Besteck beiseite und sah sie direkt an. »Was ›und‹?«

»Funktioniert sie besser, unsere Gesellschaft? Dank deiner Hilfe?«

»Dir hätte ich so etwas nicht sagen sollen.« Er winkte ab. »Und du, Krähe? Warum du?«

Sie grinste und dachte zurück an die Zeit, als sie sich von den Hilfsorganisationen, für die sie eigentlich hatte arbeiten wollen, abwandte und nach einem neuen Ziel Ausschau hielt. »Vielleicht sogar aus einem ähnlichen Grund wie du. Vielleicht auch einfach nur, weil mich die Abgründe des Lebens immer mehr interessiert haben als die Sonnenseiten. Ich wollte …« Sie brach den Satz ab, ihre Mutter kam ihr in den Sinn, auch die Bemerkungen ihres Vaters, die sie kürzlich so aufgebracht hatten.

»Ja?«

»Wahrscheinlich wollte ich einfach nur ein bisschen Action in mein Leben bringen«, murmelte sie abwehrend. Die nackte Angst und die Wehrlosigkeit, die sie am Abend zuvor erfasst hatten, waren plötzlich wieder sehr gegenwärtig. Action?, fragte sie sich in Gedanken.

»Action?«, fragte auch Jan Rosen. »Wenn ich ehrlich bin – darauf bin ich nicht so verrückt.«

»Ach?«, meinte sie ironisch. Die Angst, die Wehrlosigkeit. Ein furchtbarer Moment. Dennoch spürte sie, wie Wut in ihr aufloderte, Wut gegenüber den Männern, die sie gestern in diese Situation gebracht hatten. Ja, Wut. Endlich!, sagte sie sich. Und sie fasste einen Entschluss, hier und jetzt, an diesem kleinen Zweiertischchen, einen Entschluss, von dem sie sich nicht abbringen lassen würde. Nicht aufgeben. Niemals aufgeben. Weitermachen. Ganz egal, was die Konsequenzen sein würden.

»Was ist passiert?« Rosens sanfte Stimme erinnerte sie daran, dass er ja auch noch da war.

»Passiert?«

»Ja. Mit dir. Irgendetwas ist vorgefallen. Du wirkst total verändert.«

Sie hob ihre Augenbraue. »Ist das so?«

»Und ob. Du willst es natürlich verbergen, aber ...«

»Aber dir entgeht einfach nichts.«

»Auch wenn du es vielleicht denkst, Billinsky – ich bin nicht blöd.«

»Nein«, gab sie entschieden zurück. »Das würde ich keine einzige Sekunde denken.«

»Aber du hältst trotzdem nicht viel von mir.«

Ihr Blick maß ihn. Ihr Mund war ein Strich.

Wie zuvor winkte er ab. »Jedenfalls«, meinte er säuerlich, »bist du keine Lügnerin.«

Mara lächelte. »Lass uns zahlen und abhauen.« Von ihrem Sandwich war noch über die Hälfte übrig.

»Glaubst du, dass Klimmt recht hat?«

»Womit?«

»Na ja, urplötzlich scheint er überzeugt zu sein, dass es einen Serienkiller gibt.«

»Ich denke nicht«, erwiderte sie abwägend, »dass er wirklich davon überzeugt ist. Ihm geht es wie uns allen. Er weiß einfach nicht, wo er zupacken soll. Er steht vor einer riesigen Wand und kann nicht drüberschauen.«

In Gedanken sah sie die Notizen vor sich, die sie heute im Büro gemacht hatte. Die Stichpunkte über die drei Todesopfer. Irgendetwas muss es geben, das ich übersehen habe, dachte sie. Irgendetwas ist da, das weiterhilft. Ein Schlüssel, der alles öffnet. Aber was könnte es sein?

Dann dachte sie an den Mann, mit dem sie am frühen Abend verabredet war. Sie nahm sich fest vor, ihn zum Reden zu bringen.

39

Ans Geländer gelehnt, stand sie auf der Brücke und blickte in Richtung Sachsenhausen, unter ihr das dunkle Wasser des Mains, über ihr ein trüber Himmel, der sich schwarz zu färben begann.

Es war eine unbewusste Entscheidung gewesen, ihn hierher zu bestellen, zu einer unverfänglichen Stelle mitten in der Stadt. Überall Passanten. Zu beiden Seiten des Flusses wälzten sich Autokolonnen mühsam dem Feierabend entgegen.

Oder doch keine so unbewusste Entscheidung?

Mara erinnerte sich an den frühen Morgen ihres ersten Arbeitstages in Frankfurt. Hier hatte sie gestanden, genau hier, auf dem Eisernen Steg. Auch damals war die Kälte durch die dicken Sohlen ihrer Doc-Martens-Stiefel gekrochen, der gleiche bissige Wind hatte sie erfasst. Und doch war alles anders gewesen. Sie war anders gewesen. Noch voller Tatendrang, voller Zuversicht. Sie hatte die Stadt wieder zu ihrer Stadt machen wollen. Seither war einiges passiert – jedoch nichts, was sie vorangebracht hätte, im Gegenteil.

Nicht aufgeben. Würde sie an diesem Vorsatz festhalten können? Oder war das große Spiel schon vorüber – und Klimmt damit beschäftigt, alles in die Wege zu leiten, um sie zurück nach Düsseldorf – oder wohin auch immer – zu komplimentieren? Denkbar. Und Angelika Taubner würde ihr auch keine Hilfe sein, das stand fest. Kam man niemals weiter, ohne sich Seilschaften anzuschließen, ohne sich Verbindungen aufbauen zu müssen? Sie hasste das alles. Bücklinge machen, den Leuten die Tür aufhalten, damit sich einem selbst wiederum berufliche

Türen öffneten. Ihr lag es nicht, liebenswert und verbindlich zu sein. Sie war eben keine Arschkriecherin.

Mara warf einen raschen Blick auf die Uhr. Eine gute Viertelstunde nach achtzehn Uhr. Er würde sie versetzen – wie bei ihrer ersten Verabredung. Na klar, sagte sie sich, was auch sonst? Weshalb hatte sie sich überhaupt die Mühe gemacht hierherzukommen?

Und in dem Augenblick entdeckte sie ihn.

Dort drüben, auf der Sachsenhäuser Seite, da stand er in einem knielangen Mantel, eine graue Mütze über die Glatze gezogen, halb verborgen von einem der Bäume des Promenadenufers.

Wahrscheinlich hatte er sie bereits eine ganze Weile beobachtet.

Er schritt auf die Brücke, dann entschwand er kurz ihrem Sichtfeld, bevor er auf dem Eisernen Steg erschien und auf sie zuschlenderte, betont gelassen. Aber mittlerweile kannte sie ihn besser. Eine dünne Falte zwischen seinen Augen ließ erkennen, dass er in Wirklichkeit nicht ganz so gleichmütig war, wie es seine Bewegungen und sein Lächeln vorgaben.

»Schön, dich zu sehen«, sagte Carlos Borke, als er bei ihr stehen blieb.

»Muss sich noch zeigen«, erwiderte sie mit einem schnell aufgesetzten, herausfordernden Grinsen, »ob es schön werden wird.«

»Letztes Mal gab es durchaus angenehme Momente.«

Mara ließ die Anspielung mit einem harten Schulterzucken an sich abprallen. »Ich will, dass du redest«, verlangte sie brüsk.

»Was?«, entfuhr es ihm verdutzt. »Es gibt nichts zu reden.«

»Verkauf mich nicht für dumm, Borke.« Sie behielt ihren kompromisslosen Ton bei. »Seit unserer ersten Begegnung hältst du mich hin. Oder machst Andeutungen, die ins Nichts führen. Sag mir, was da im Hintergrund läuft.«

»Woher soll ich das wissen?« Mit den Fingerspitzen fuhr er sich über sein winziges Bärtchen. »Was meinst du mit Hintergrund?«

»Du warst es«, sagte sie plötzlich.

»Was war ich, Mara?« Er zog seine Hände aus den Manteltaschen und verschränkte sie vor der Brust – die eine war noch immer von einem Verband verhüllt.

»Du hast mir beigestanden. Gestern, im Hof der Kirche. Ohne dich wäre ich vergewaltigt worden. Und vielleicht sogar getötet.«

Er flüchtete sich in ein Lächeln. »Du bist bezaubernd, wenn deine Fantasie Blüten treibt.«

»Ich hab dir schon mehrfach geraten, den Zuckerguss wegzulassen. Borke, wenn ich eines nicht bin, dann ist das bezaubernd.«

»Unterschätze dich nicht.«

»Ich verlange, dass du endlich redest. Weshalb bist du denn sonst hierhergekommen?«

Verdutzt sah er sie an. »Fällt dir das nicht von allein ein?«

Argwöhnisch starrte sie zurück. »Also, warum?«

»Wegen dir, du ignorante eiserne Jungfrau. Was glaubst du denn? Ich dachte, du würdest mich einfach nur sehen wollen, stell dir vor.«

Sie lachte spöttisch. »Zuckerguss? Schon wieder? Was soll das, Borke?«

»Das frage ich dich«, brummte er, jetzt zum ersten Mal sauer. Und rasch fügte er hinzu: »Komm, lass uns nicht hier stehen bleiben wie auf einem Präsentierteller, lass uns ein paar Schritte gehen.«

»Wieso so unruhig? Ist dir jemand auf den Fersen?«

Er gab keine Antwort.

Nebeneinander schritten sie die Treppe des Eisernen Stegs

herab und folgten dem Verlauf des Flusses, dort, wo Borke zuvor gestanden und sie beobachtet hatte.

»Du hast mich gerettet«, beharrte Mara mit der Unnachgiebigkeit, die sie in Verhören gelernt hatte. »Gestern Abend.«

»Mara ...«, warf er ein, schwieg dann aber wieder.

»Und das heißt, du wusstest, was mit mir geplant war. Woher?«

»Ich wusste gar nichts.«

Ihr entging nicht, dass er hin und wieder beiläufige Blicke über die Schulter zurückwarf.

»Du wusstest sogar, wo es passieren sollte.«

In seinem Blick veränderte sich etwas. Sie konnte nur hoffen, dass das bedeutete, er würde seine Lügen endlich sein lassen.

»Du wusstest es, Borke«, sagte sie erneut.

Er schnaufte. »Nein, ich wusste aber, dass dieser Kirchhof, nun ja ...«

»Was?«

»Wenn etwas Übles geschehen soll, dann ist dieser Hof ... nun ja.« Wieder ein Schnaufen. »Ja, ich habe mitbekommen, dass du in eine Falle gelockt werden solltest. Und ich wusste, dass bestimmte Männer ganz gern diesen Kirchhof für unliebsame Überraschungen nutzen.«

»Wie hast du das mitbekommen?«

»Durch Zufall.«

»Durch Zufall«, wiederholte sie sarkastisch.

»Ja«, knurrte er.

»Wer hat mir die Falle gestellt? Malovan war es nicht. Wem bin ich auf die Nerven gegangen?«

»Außer mir, meinst du?«, fragte er spöttisch.

»Wer?«, fuhr Mara ihn mit unmissverständlicher Schärfe an.

»Das kann ich dir nicht sagen. Was immer du von mir verlangst, ich kann es dir nicht sagen.«

»Sind sie hinter dir her?«

Er blieb stehen. »Wieso?«

»Borke, ich merke doch, dass du dich die ganze Zeit umsiehst.«

»Es ist nicht gut, wenn wir uns treffen. Für keinen von uns beiden, verstehst du? Es schadet dir ebenso wie mir. Eigentlich bin ich gerade dabei, mein Köpfchen aus der Schlinge zu ziehen, und ich hätte nicht ...«

»Ja?«

»Du willst diese Morde aufklären, und ich kann dir nicht dabei helfen. Ehrlich gesagt, sind mir diese Toten vollkommen egal. Ich weiß nicht mehr über sie, als du inzwischen wohl selbst über sie weißt.«

»Dann muss ich dich erneut fragen: Wieso hast du dich mit mir getroffen?«

Er klatschte entnervt in die Hände. »Willst du es einfach nicht wahrhaben, oder was? Um dich zu sehen. Um mit dir zusammen sein zu können. Ich riskiere gerade einiges für dich – und du nimmst es noch nicht einmal wahr.«

Skeptisch taxierte sie ihn, ohne ein Wort zu sagen.

»Lass uns weggehen von hier«, entfuhr es ihm auf einmal. »Weg von diesem Ufer, weg aus der Kälte, irgendwohin, wo es ein Dach über dem Kopf gibt.«

Sie grinste ihn frech an. »Du willst mich wieder in deine reizende Künstler-Junggesellenbude lotsen?«

»Wie wär's mit deiner Bullen-Junggesellinnenbude?« Er grinste zurück.

»Nur wenn du mir etwas über den großen Deal erzählst.«

»Was?«

»Na los, dieser Deal, der da läuft. Oder laufen soll. Da steckst du doch mittendrin.«

Sie setzten ihren Weg fort.

»Gut«, meinte er nach kurzem Überlegen. »Ich erzähle dir etwas drüber. Ohne Gewähr, versteht sich.«

»Ohne Gewähr? Was soll der Quatsch?«

»Ich erzähle dir nur das, was ich eben so aufgeschnappt habe.«

»Du kapierst es nicht«, sagte Mara gereizt. Erneut waren sie stehen geblieben. »Ich hab genug davon. Von deinem Aufschnappen, von deinen Andeutungen, von deinen Ausflüchten.«

»Aber ich habe nicht genug von dir, Mara.«

Lange sah er sie an, intensiv, nachdenklich, abwartend. Sie erinnerte sich an ihr erstes Telefonat, als sie seine kehlige Stimme zum ersten Mal vernommen hatte. An ihre erste Begegnung in Maras Treppenhaus.

Ganz nahe stand er vor ihr, sein Gesicht dicht vor ihrem. Die Augen, die so herausfordernd zwinkern konnten, die breite Nase, der weich geschwungene Mund. Kein im klassischen Sinne schönes, aber ein besonderes Gesicht, eines, das auffiel, das herausstach.

»Der Casanova-Blick nützt dir nichts«, sagte sie rau.

»Ich sehe dich ganz harmlos an. Und ich bin ganz harmlos.«

»Ich hörte, du wechselst die Frauen wie andere die Hemden. Einmal hieß es, du würdest deine eigene Großmutter für zwei Schachteln Zigaretten verkaufen.«

»Mara, ich habe gar keine Großmutter, überhaupt keine Familienmitglieder«, antwortete er mit vielen rollenden Rs. »Ich bin allein auf der Welt. Und ich würde niemanden verkaufen.«

»Wirklich«, sagte Mara lächelnd, »ich sollte machen, dass ich wegkomme. Wenn ich daran denke, wie oft ich vor dir gewarnt worden bin.«

»Hast du etwa Angst vor einem Spiel mit dem Feuer?«

»Ist es das, wenn man sich mit dir einlässt?«

»Das ganze Leben ist ein Spiel mit dem Feuer.«

Er legte seine Arme um sie, erst sanft, dann fester, und schließlich drückte er seine Lippen auf ihre.

Mara wehrte sich, impulsiv, mit Kraft, sie wollte sich aus seinem Griff winden, doch schon merkte sie, dass sie es erneut zuließ – dass sie seinen Kuss erwiderte.

»Lass uns verschwinden«, flüsterte er.

Sie stoppten ein Taxi und stiegen ein. Kein Wort auf der Fahrt bis zu Maras Wohnung, auch keine weitere Berührung, nicht einmal ein gegenseitiger Blick. Erst nachdem Mara die Wohnungstür hinter sich abgeschlossen hatte, küssten sie sich von Neuem. Ohne voneinander abzulassen, schoben sie sich ins Schlafzimmer. Sie zogen sich gegenseitig aus, Kleidungsstück für Kleidungsstück. Mara fühlte sich nicht nur äußerlich nackt, als er sie mit Händen und Augen abtastete. Ihre Lider senkten sich herab, als er in sie eindrang, und sie tauchte ab in die Intensität des Moments, alles andere verschwand dahinter, existierte nicht mehr. Es war ihr egal, dass sie ihm nicht traute, dass sie niemandem traute. So lange war sie allein gewesen, ohne Berührung, ohne fremde Haut zu spüren. So verdammt lange.

Anschließend lagen sie nebeneinander, Schulter an Schulter unter der Bettdecke, schweigend, eine kleine Nachttischlampe mit schwacher Birne warf einen Lichtkegel an die Wand.

In die Stille hinein sagte Mara plötzlich ansatzlos: »Der große Deal.«

»Was?« Borke schreckte hoch.

»Was hat es damit auf sich?«

»Du kannst nicht aufgeben, oder?«

»Nein.«

»Du kannst einfach nicht aufhören, oder?«

»Nein.« Sie grinste ihn an.

Er wühlte vom Bett aus in seinem auf dem Boden liegenden Hemd nach der Zigarettenschachtel.

»Vergiss es«, stoppte Mara ihn. »Nicht in meiner Wohnung. Sonst fange ich selbst wieder an.«

»Na super!« Borke warf die Schachtel auf den Kleiderhaufen.

»Der große Deal«, wiederholte Mara.

»Ein Drogengeschäft.«

»Deswegen hast du versucht, Klimmt und die Kollegen vom Rauschgiftdezernat auszuhorchen? Du wolltest vorfühlen, ob man irgendwelche Aktionen plante – oder ob es gerade halbwegs ruhig war.«

Er gab keine Antwort.

»Du hast an dem Deal mitverdient.«

»Manchmal machen sich die Bullen meine Kontakte zunutze«, murmelte er, »und manchmal machen sich andere Leute meine Kontakte zunutze.« Er räusperte sich. »Mara, es geht um ein Riesending.«

»Wie riesig?«

»Drei Tonnen Heroin.«

»Zu welchem Preis?«

»Keine Ahnung, was abgemacht ist. Ich kann dir nur sagen, es gibt in Frankfurt kleine, unwichtige Zwischenhändler, die bereits fünfzig Euro pro Gramm zahlen. Es geht also um eine gewaltige Summe.«

»In Frankfurt wird die Sache abgewickelt?«

Er nickte.

»Wo kommt der Stoff her?«

»Irgendwo aus Osteuropa. Aber wo er wirklich herstammt – Mara, davon habe ich wirklich keinen Schimmer.«

»Wie gelangt er nach Frankfurt? Per Lkw oder mit dem Zug? Oder auf dem Luftweg?«

»Das weiß ich nicht.«

»Das nehme ich dir nicht ab.«

»Ich habe nicht die leiseste Ahnung, Mara.«

Sie forschte in seinem Gesicht – und glaubte ihm immer noch nicht. »Wann soll das Ganze ablaufen?«

Kein Ton kam über seine Lippen.

»Wann, Borke?«

»Keine Ahnung«, stieß er gepresst hervor.

Zwei, drei Sekunden verstrichen.

»Borke?« Ihre Stimme schnitt in die Lautlosigkeit.

»Glaub's mir, Mara, keine Ahnung.«

»Wann?«, wiederholte sie unerbittlich.

»Bald.«

»Nächste Woche? Im nächsten Monat? Wann genau?«

»Ich kann es dir nicht sagen.«

»Du musst es.«

»Mara ...« Mit gequältem Ausdruck schüttelte er den Kopf. So hatte sie ihn noch nie gesehen, so ernst, so unter Druck. Er verfiel in Schweigen, und diesmal ließ sie ihn in Ruhe. Eine ganze Weile hing jeder den eigenen Gedanken nach.

Dann sagte Borke auf einmal: »Kommen wir doch mal zu etwas anderem, Mara.«

»Nämlich?«

»Zu dir. Ich habe gehört, dass die Krähe im Sinkflug ist.«

»Krähen sind zäh und schlau. Man sollte sie nicht unterschätzen.«

»Stimmt es, dass du auf Hauptkommissar Klimmts Abschussliste stehst?«

»Soso. Gehört hast du das. Von wem?«

»Du weißt ja ...«

»Ja, ich weiß«, unterbrach sie ihn. »Du hast überall deine Ohren.«

»Richtig.« Er lachte leise. »Übrigens, ich mag es, wenn du mit deiner Augenbraue zuckst. Das hat was.« Ernsthafter fügte er hinzu: »Klimmt ist nicht gerade bekannt dafür, sehr umgänglich zu sein.«

»Das muss er auch nicht. Fair würde mir schon reichen.«

»Du hast einen Erfolg dringend nötig, schätze ich.«

Mara gab keine Antwort.

»Ist doch so, oder? Du musst zügig irgendwelche Ergebnisse vorweisen, sonst wird's eng für dich.«

»Ivo Karevic«, sagte sie hart, ohne auf seine Worte einzugehen. »Er hing mit drin in dem großen Deal, nicht wahr?«

Ein ironisches Lächeln auf Borkes Lippen. »Das Verhör geht also weiter?«

»Ivo Karevic sollte der Abnehmer sein?«

Borke nickte widerwillig. »Aus mehreren kleineren Geschäften hat er sich zurückgezogen, um sich ganz auf den dicken Brocken konzentrieren zu können.«

»Deshalb hat er auch das Nummer 12 abgegeben«, warf Mara ein.

»Dann kam allerdings etwas Entscheidendes dazwischen: sein Tod. Der große Deal geriet ins Wanken, stand auf der Kippe. Misstrauen kam auf. Man dachte wohl, es sollte nur ein Scheingeschäft sein, bei dem die Bullen mitmischen, um ein paar prominente Festnahmen machen zu können. Aber wie es aussieht, will Malovan die Sache durchziehen.«

»Was ist mit den Bravados?«

Er lachte trocken auf. »Mit denen ist gar nichts. Sie haben Karevic den Puff abgekauft, und das war's.«

»Und der Deal – da dürfen sie nicht mitspielen?«

Wieder sein Lachen. »Diese Idioten? Das ist ein paar Nummern zu groß für sie.«

»Aus welchem Grund haben sie dich zusammengeschlagen?«

»Das ist mir selbst schleierhaft.« Er verdrehte die Augen.

»Wahrscheinlich sind sie einfach aufgeschreckt worden, als einer von ihnen so kurz nach Karevic ins Gras beißen musste. Sie haben sich umgehört, mein Name ist einmal zu oft gefallen, und da haben sie mir einfach mal die Visage poliert. Während der Prozedur haben sie ständig wissen wollen, wer hinter den Morden an Karevic und Pohl steckt. Und als ich mich gefühlt habe wie ein weich geklopftes Wiener Schnitzel und sowieso kein Wort mehr herausgebracht habe, ließen sie mich liegen.«

Mara wartete ein wenig, dann fragte sie: »Wenn Malovan der Käufer ist – wer ist der Verkäufer?«

»Keine Ahnung.«

»Der große Unbekannte, der mir die Falle gestellt hat?«

»Keine Ahnung.«

»Warum ist das mit mir inszeniert worden? Rede endlich!«

Stumm starrte er vor sich hin.

»Warum? Weil ich ermittle? Nur deshalb? So viel habe ich ja noch nicht herausbekommen. Warum also?«

Borke holte tief Luft. »Ich nehme an, wegen mir.« Er hielt die Hand mit dem Verband hoch.

»Das waren dieselben Kerle wie die, die dir den Finger abgeschnitten haben?«

Grimmig nickte er. »Ja, dieselben Kerle. Sie wollten mich einschüchtern und mir klarmachen, dass ich sie nicht verarschen soll. Sie haben mich im Auge behalten. Und es hat ihnen nicht gefallen, mich zusammen mit einer Polizistin zu sehen. Deshalb wollten sie auch dich ... ein wenig erschrecken.«

»Ich gebe zu, das ist ihnen gelungen.« Mara wischte die Erinnerung an den Zwischenfall beiseite. »Wer ist er, der große Unbekannte?«

Wie zuvor starrte er stumm an ihr vorbei.

»Borke«, drängte sie ihn.

Er wich ihrem Blick aus, hüllte sich in Schweigen.

»Nova«, entfuhr es Mara plötzlich.

»Was?«

»Der Name fiel, als ich Malovan und zweien seiner Männer begegnet bin.«

»Von denen hat einer den Namen Nova genannt?«

»Sehr zu Malovans Missfallen.« Sie grinste schmal. »Wer ist Nova? Der Teufel, vor dem du mich gewarnt hast?«

»Könnte es sein, dass in Wirklichkeit der Name Novian gefallen ist?«

»Novian? Ja, gut möglich. Ich habe den Namen nicht sehr gut verstehen können. Es geht um einen gewissen Novian?«

»Ja.«

»Wer ist das?«

»Er ist ein Geist. Eine Legende. Ein Mann ohne Gesicht. Und eigentlich auch ohne Namen. Novian ist nur ein Deckname. Funktioniert fast wie ein Code, öffnet Türen, sorgt für Todesangst.«

»Wieso habe ich nie von ihm gehört?«, wunderte sich Mara.

»Frag mal deine Kollegen vom Drogendezernat. Selbst die kennen ihn nicht. Er hat sich in Moskau herumgetrieben, aber auch in der Türkei, in Afghanistan, in New York City. Er hat Verbindungen geknüpft, hat etliche Kontrahenten umbringen lassen, mächtige Leute. Er ist wirklich so etwas wie ein Gespenst. Jetzt hat er es wohl auf den deutschen Markt abgesehen. Tja, der große Deal soll seine Eintrittskarte sein.«

»Was weißt du noch?«, fragte Mara.

»Gar nichts«, erwiderte Borke leise, nachdenklich, die Augen ins Leere gerichtet. »Und ich hätte dir kein Wort davon erzählen dürfen. Ich hätte meine Klappe halten und dir aus dem Weg gehen sollen. Mir war klar: Wenn wir uns sehen würden, dann würdest du mich ständig mit deinen Fragen löchern – so lange, bis ich quatschen würde. Und das habe ich jetzt getan, ich Idiot.«

»Noch nicht genug.«

»Doch. Sogar zu viel.«

»Ich muss wissen, wann der Stichtag ist.«

»Stichtag?«

»Wann das Geschäft stattfinden soll, Borke. Und wo.«

»Vergiss es.«

Plötzlich zog er die Zudecke weg und betrachtete Maras nackten Körper. Es war ihr unangenehm, sie griff nach der Decke, doch er legte seine Hand sofort auf ihre und stoppte sie.

»Du bist so zierlich, Mara«, raunte er. Seine Fingerkuppen strichen kaum fühlbar über ihre Rippenbögen, sie bekam eine Gänsehaut. »Du wirkst so verletzlich, beinahe zerbrechlich, und doch vermagst du eine ganz besondere Kraft auszustrahlen. Deine Haut ist so weiß, deine Augen so schwarz, wie Pfeilspitzen, die auf einen zurasen.«

Er streichelte den Steinbockkopf auf ihrem linken Oberarm – ihr erstes Tattoo. Zuvor schon hatte er die ineinander verschlungenen Ornamente bewundert, die dem Kunsthandwerk der Navajo-Indianer nachempfunden waren und fast ihren gesamten Rücken bedeckten. Jetzt wandte er sich der langen Klapperschlange zu. Das tätowierte Reptil kroch an Maras rechtem Arm hinauf, fast der ganzen Länge nach. Anschließend berührte er sanft die sich unter ihrem Schlüsselbein befindende Fledermaus.

»Ich mag deinen kleinen Zoo, Mara.« Mit wohldosierter Ironie fügte er hinzu: »Fehlt eigentlich nur noch eine Krähe, findest du nicht?«

»Wenn ich mich hier durchbeiße«, antwortete sie grübelnd, »lasse ich mir eine tätowieren.«

»Ich hoffe, ich habe einmal Gelegenheit, sie mir anzusehen.«

»Warum solltest du nicht?«

»Weil man nie weiß, was kommt.«

»Das stimmt.«

Borkes Kopf beugte sich vor, und er küsste ein Piercing, das ihren Bauchnabel zierte, dann die Haut darunter. »Erinnerst du dich noch, als ich dich fragte, ob du außer im Gesicht noch irgendwo Piercings hast?«

»Ja«, sagte sie leise.

Seine Lippen wanderten tiefer und tiefer, aufreizend langsam. Plötzlich hielt er inne. »Mara«, flüsterte er kaum hörbar. »Ich muss verschwinden, fort aus Frankfurt. So schnell wie möglich. Ich hätte dir das alles niemals erzählen dürfen. Wenn das herauskommt, ist es aus mit mir. Dann bin ich mausetot.«

Teil 3

Krähenmut

40

Ein Besuch im Fitnessstudio, anschließend einen Latte macchiato im Café an der Hauptwache, ein entspannter Schaufensterbummel durch die Goethestraße mit den teuren Designergeschäften und die Taxifahrt zurück zu dem Einfamilienhaus auf dem Sachsenhäuser Berg. Kurz darauf tauchte ein Mann auf einer Vespa mit der Aufschrift eines Asia Food Service auf, um kleine Essenskartons und Essstäbchen abzuliefern.

Mara konnte von ihrem Beobachtungsposten an einer schulterhohen Mauer durchs Wohnzimmerfenster sehen, wie Isabell es sich vor dem Fernseher bequem machte und sich ein Reisgericht und Frühlingsrollen schmecken ließ.

Sie hatte Isabell keine Sekunde vergessen, immer wieder darüber nachgegrübelt, wie die junge Frau den Absprung aus dem Bahnhofsviertel geschafft haben mochte. Nachforschungen, wem das Nummernkonto in der Schweiz gehören mochte, von dem aus Isabell Geld erhielt, hatten ins Nichts geführt, wie meistens in derartigen Fällen.

Es war nicht schwierig gewesen, Isabell dabei zu beschatten, wie sie den späten Vormittag verbracht hatte, entspannt, gelassen, ohne offenkundig auch nur eine Minute lang Eile zu haben oder einen Termin einhalten zu müssen. Im Gegenteil, Isabells Muße ließ nur den Schluss zu, dass Tage wie dieser Gewohnheit waren für die hübsche Frau.

Mara hatte sie kein einziges Mal mit dem Handy am Ohr gesehen. Und auch jetzt, über eine Stunde nach der Rückkehr ins Haus, hatte sie offenbar keinen Anruf getätigt oder erhalten. Auch keinen Besuch. Isabell schien das Alleinsein zu genießen, wie sie da so gemütlich in Sweatshirt und weiten Jogginghosen auf ihrem Sofa lag, die Knie angezogen, den Kopf in ein Kissen gebettet. Nach wie vor kein Anruf, keine Nachricht, das Handy wurde nicht gebraucht. Es gab keine Freier, keinen Gönner, keine Freundin – es gab anscheinend niemanden in Isabells neuem Leben.

Bereits während der letzten Tage war Mara immer wieder einmal hier aufgetaucht, und meistens hatte sie dasselbe Bild erwartet. Eine höchst entspannte Isabell, die sich zu Hause aufhielt und anscheinend keiner Beschäftigung nachging, sondern in den Fernseher starrte oder sich bei laufender Musik durch Übungen mit einem Swingstick in Form brachte.

Mara drehte eine ausgedehnte Runde zu Fuß, um dann wieder Stellung an der Mauer zu beziehen, die ein angrenzendes Grundstück umschloss. Einigen Anwohnern war sie bereits aufgefallen, wie man mit misstrauischen Blicken aus dem Fenster kundtat. Doch Mara kümmerte sich nicht darum.

Der Nachmittag war schon fast vorüber – und er hatte nichts gebracht. Mara beschloss, den Rückzug anzutreten. Das nutzlose Warten zerrte an ihren Nerven, stärker noch als sonst.

Gerade als sie ihren geparkten Alfa erreichte, klingelte ihr Handy. Es war Hanno.

»Was gibt's, Hanno?«, meldete sie sich und blieb an der Fahrertür stehen.

Er brummelte etwas Unverständliches.

»Sag schon, was los ist.«

»Ich weiß gar nicht, ähm, wie ich es dir sagen soll.«

»Er ist weg, oder?« Sie schloss das sofort aus seinen gestammelten Worten.

»Ja.«

»Also der Rafael«, antwortete sie, »der auf einem so guten Weg war?«

»Ja«, knurrte er. Die knappe Silbe genügte, um die ganze Enttäuschung auszudrücken, die er gerade fühlte.

Und sofort tat er ihr leid. »Nimm's nicht so schwer, Hanno.«

»Hm«, machte er nachdenklich. »Ich muss sagen, du klingst recht cool. Ich hätte eine etwas aufgebrachtere Mara erwartet.«

»Ja, schon möglich«, gab sie zurück, »aber irgendwie … Weißt du, es bringt ja nichts, sich darüber aufzuregen. Oder sich jetzt zu sagen, ach, Mist, hätte ich ihn doch mit aufs Präsidium genommen und so weiter.« Sie öffnete die Tür und stieg ein, startete aber nicht den Motor. »Ich glaube einfach an das, was ich zu ihm gesagt habe. Es liegt an ihm. Es liegt allein an ihm, was er daraus macht.«

»Scheiße, Scheiße«, murmelte Hanno. »Ich war absolut sicher, dass er über den Berg wäre. Dass er die Kurve gekriegt hätte. Nur noch ein, zwei Tage, dachte ich, und er wäre durch damit.«

»Vielleicht haben wir einfach zu viel in ihm gesehen, Hanno. Am Ende ist er eben doch nur ein verzweifelter Teenager, dem die Angst im Nacken sitzt.«

»Ach, Mara, es ist ein Jammer.«

»Wir sehen uns, Hanno.«

»Wann?«

»Bald.«

Mara fuhr los und warf einen letzten Seitenblick auf das erleuchtete Wohnzimmerfenster von Isabell. Sie würde ihr noch einmal richtig auf die Pelle rücken müssen, aber im Moment war ihr nicht klar, wie sie sie aus der Reserve locken konnte. Ein Geheimnis umgab die junge Frau, und dieses Geheimnis schien ihr Sicherheit zu verleihen. Bei ihrer ersten Begegnung, noch in der Schlossstraße, hatte Isabell einen eingeschüchterten Eindruck gemacht. Inzwischen jedoch schien sie völlig in sich selbst ruhend, zufrieden mit sich und ihrer Situation.

Der Himmel sprenkelte sich mit dunklen Flecken. Normalerweise wäre Mara zurück ins Präsidium gefahren, doch diesmal konnte sie sich einfach nicht dazu zwingen. Die Situation dort wurde für sie immer elender. Die Kollegen schnitten sie noch offenkundiger und machten nicht einmal mehr ihre dämlichen Vogellaute. Klimmt starrte stur durch sie hindurch. Nur Rosen gab sich noch mit ihr ab, auf ziemlich unbeholfene, unsichere Art. Offenkundig war die Atmosphäre für ihn noch unangenehmer als für Mara, die stets so tat, als tangierte sie das alles nicht im Geringsten.

Es dauerte eine Weile, bis sie einen Parkplatz fand, der auch noch recht weit von ihrer Wohnung entfernt lag. Sie folgte dem Verlauf der Berger Straße, inmitten von zahlreichen anderen Fußgängern, die Feierabend hatten, einkauften oder in eine der vielen Bars oder Kneipen einfielen. Es war noch dunkler geworden, Nebel bauschte sich in dicken Schwaden. Seit ihrer Rückkehr nach Frankfurt war das Wetter praktisch durchgängig unfreundlich gewesen, als wollte die Stadt Mara Billinsky unbedingt wieder vergraulen.

Sie gelangte an das Haus, in dem sie wohnte, als ihr einfiel, dass es Zeit war, ihren Weinbestand ein wenig aufzustocken. Also machte sie kehrt, zurück in die Berger Straße, wo es einen kleinen, aber feinen Weinladen gab, den sie schon häufiger aufgesucht hatte. Sie ließ sich von dem Besitzer ausführlich beraten und erstand zwei Flaschen südafrikanischen Rotwein, der ihr wärmstens ans Herz gelegt wurde.

Die Papiertüte im Arm, machte sie sich auf den Weg zurück nach Hause. Die Jahre in Düsseldorf und die letzten Wochen hatten ihren Instinkt geschärft. Mit dem ersten Schritt aus dem Geschäft hatte sich ein Gefühl eingestellt, als würde etwas nicht stimmen. Genau wie auf dem Friedhof, genau wie an jenem Abend, als sie zur Liebfrauenkirche unterwegs gewesen war.

Sie verharrte wiederholt an den Schaufenstern der Boutiquen, von denen es hier ebenfalls viele gab. Sie sah sich um, unauffällig, beiläufig. Keine verdächtigen Gestalten zu entdecken – aber das Gefühl blieb.

Mara näherte sich ihrem Wohnhaus, wurde langsamer. Die Härchen in ihrem Nacken stellten sich auf. Ein schneller Blick zurück. Wiederum niemand zu sehen. Kurz vor ihrem Ziel bog sie plötzlich ab. Sie überquerte die Straße, kreuzte erneut die Berger Straße und folgte jetzt der stillen Wiesenstraße, die in Richtung Günthersburgpark führte, den sie eigentlich zu ihrem Laufrevier auserkoren hatte – ohne bislang auch nur einmal gejoggt zu sein.

Die Härchen auf ihrem Nacken und den Unterarmen waren wie hauchfeine Antennen. Das trockene Gefühl im Mund, das Surren ihrer Nervenenden. Mara wechselte die Tüte mit dem Wein von dem rechten Arm auf den linken, damit sie notfalls schneller zur Pistole greifen konnte.

Am Zebrastreifen einer breiten, vierspurigen Straße blieb sie stehen und wartete auf das Ampelsignal. Sie atmete ganz flach, war konzentriert, lauschte in das dumpfe Brodeln der Stadt. Hinter ihr ertönten keine Schritte, doch mittlerweile war sie ganz sicher, dass ihr jemand hinterherschlich.

Sie überquerte die Straße und nahm Kurs auf den Eingang des Parks. Mächtige Kastanienbäume standen auf großen, welligen Rasenflächen, über die sich ein Netz aus Fußwegen und Pfaden spannte. Etwas weiter entfernt lag ein großer, um diese Tageszeit völlig verlassener Spielplatz. Als wäre der Nebel ihr Verfolger, umwehten Mara dicke Schwaden, das matte Licht aus den kleinen Laternen aus Milchglas kam kaum dagegen an. Die Luft wurde kühler, das monotone Brummen des Verkehrs innerhalb von Sekunden abgedämpft.

Mara folgte einem der Wege, nach wie vor konzentriert, ihr

Gehör geschärft, die Hand bereit, jederzeit die Pistole zu ziehen. Rechts von ihr stand die wuchtige Skulptur eines Stiers, links reihten sich Sitzbänke und herbstlich nackte Sträucher aneinander. Niemand unterwegs. Als wäre Frankfurt von einem Augenblick auf den anderen ausgestorben.

Doch sie wusste genau, was sie tat.

Die Tierfigur hatte sie in ihrem Rücken gelassen. Der Park wurde zerteilt von einer über zwei Meter hohen, mit Graffiti verschmierten Mauer, die eine Lücke ließ, damit der Fußweg fortgesetzt werden konnte.

Mara beschleunigte plötzlich, glitt durch die Lücke und schob sich geschmeidig hinter das Gemäuer. Behutsam, um kein Geräusch zu verursachen, stellte sie die Tüte mit dem Wein auf der Erde ab. Regungslos stand sie da, die Hand auf dem Pistolengriff. Fünf Sekunden verstrichen. Zehn. Fünfzehn.

Dann hörte sie die leise knirschenden Laute von Sohlen, die sich offenbar recht vorsichtig vorwärtsbewegten.

Blitzschnell schälte sich Mara aus dem Schutz der Mauer. Die Mündung ihrer Waffe zeigte auf eine schlanke Gestalt, die jäh innehielt.

»Noch einen Schritt weiter!«, befahl Mara kalt. Ihre Stimme schnitt in die Stille wie eine Klinge. »Na los!«

Die Gestalt gehorchte und bewegte sich ein Stück voran, bis sie vom Strahl einer Laterne erreicht wurde.

Mara hielt die Pistole unverändert, ohne jegliches Zittern in der Hand.

Sie sahen einander an, und Mara spürte, wie sich ihre Augen vor Überraschung weiteten.

41

Er hatte nicht viele Prinzipien. Manche behaupteten, gar keine. Aber woran er sich immer eisern hielt, war Verschwiegenheit.

Umso mehr musste er sich über sich selbst wundern.

Was hatte ihn nur dazu bewogen, derart viel auszuplaudern? Er war knapp davor gewesen, noch mehr Einzelheiten zu verraten. Hatte es allein an ihr gelegen? An Mara Billinsky?

Anfangs hatte Carlos Borke wohl vor allem mit Neugier auf sie reagiert. Wann war mehr daraus geworden? Es war bereits ein ungeheures Wagnis gewesen, ihr in dem Kirchhof beizustehen. Von dem Moment an war ihm klar gewesen, dass sie ihm genauso gefährlich geworden war wie die Gangster – nur eben auf ihre Art. Früher hätte er nie ein solches Risiko auf sich genommen. Das war der erste Bruch mit den eigenen Grundsätzen gewesen.

Schon die ganze Zeit schwirrte ihm die Idee im Kopf herum, Mara zu fotografieren. Er stellte sich ihr Gesicht vor, in einem extremen Close-up, die dunklen, rätselhaften Augen im Fokus, mit diesem Blick, der Selbstgewissheit ausstrahlte – und zugleich ihre Verletzlichkeit zum Ausdruck brachte. Ein äußerst reizvoller Gegensatz, der Mara etwas ganz Besonderes verlieh. Aber letztlich hatte er sie nicht gefragt, ob sie für ein Foto zur Verfügung stehen würde. Sicherlich hätte sie abgeblockt. Er würde sich geschickt anstellen müssen, um sie dazu überreden zu können, das stand fest.

In Gedanken noch bei ihr, bezahlte Borke den Taxifahrer. Als er aus dem Wagen stieg, schlug ihm ein kalter Wind entgegen. Er stellte den Mantelkragen auf und ließ den Blick kreisen.

Das war ihm mittlerweile in Fleisch und Blut übergegangen, er nahm es gar nicht mehr wahr.

Dabei war am Ende doch alles noch halbwegs gut abgelaufen. Niemand wollte ihm offenbar noch weitere Körperteile abschneiden. Und sein Kopf saß auch noch auf den Schultern.

Tja, und dann brachte er selbst wieder alles in Gefahr, ohne Bedrängnis. Einfach nur, weil er in Gegenwart einer Polizistin plötzlich zur Plaudertasche wurde. Erneut musste er daran denken, dass Mara doch gar nicht sein Typ war. Eigentlich.

Eine weitere Böe peitschte ihm entgegen. Der dunkler werdende Himmel geriet in Aufruhr. Bewusst hatte Borke das Taxi ein Stück weit von seinem Ziel entfernt anhalten lassen. Auch das gehörte zu seinen Prinzipien. Die letzten Meter zu Fuß zurücklegen, die Umgebung im Auge behalten, immer einen anderen Weg nehmen, keine Routine entstehen lassen.

Ein ruhiger Abend, wenige Passanten. Er erreichte den Westbahnhof, folgte der Unterführung und tauchte ein in das Labyrinth aus Backsteinbauten. Immer noch machte es ihm zu schaffen, dass er Mara so viel erzählt hatte. Trottel, schimpfte er sich selbst.

Mitten in der Bewegung hielt er inne.

Angespannt strich er über sein Bärtchen.

Das Rauschen des Windes, ansonsten Stille.

Ein eisiger Schauer auf seinem Rücken.

Am Ende des langen, mächtigen Backsteingebäudes nahm er eine Bewegung in der Dunkelheit wahr.

Borke zog die Pistole, ließ die Hand, die sie hielt, unauffällig an sich herabbaumeln und setzte sich erneut in Bewegung, vorsichtiger, langsamer als zuvor.

Zu früh gefreut. Zu früh in Sicherheit gewiegt. Zu früh aufgeatmet. Und dabei hatte er sich immer für abgebrüht gehalten, für einen cleveren Hund, für einen verdammten Profi.

Ja, dort hinten war jemand, da hielt sich jemand versteckt.

Irgendein Kerl, der zu Malovan oder zu Novian gehörte.

Welche Seite auch immer, sie würden jedenfalls keine Zeugen zurücklassen. Schon gar nicht bei dem, was auf dem Spiel stand. Schon gar nicht jemanden wie ihn, der derart viel wusste.

Wie hatte er nur so leichtgläubig sein können?

Die Umrisse der Gestalt zeichneten sich jetzt deutlicher in der Dunkelheit ab. Sie befand sich bei den rollbaren Müllcontainern, bei denen Borke selbst vor Kurzem Schutz gesucht hatte.

Er spürte, dass es gleich so weit war – dass ihm die Nerven durchgehen würden. Der Draht, die Gartenschere, die Faustschläge, die Drohungen, es war ja auch eine Menge gewesen, was zuletzt auf ihn eingeprasselt war. Und diesmal, so viel war klar, würde es nicht bei einer schmerzhaften Abreibung bleiben. Es ging um sein Leben.

Dreh dich um und renn los, sagte er sich. Doch er entschied sich anders.

Borke machte noch ein paar Schritte auf die Silhouette zu und bemühte sich, den Eindruck zu erwecken, er hätte nichts bemerkt.

Tief atmete er durch.

Abrupt blieb er stehen und hob die Waffe an.

Sein Schuss zerfetzte die Ruhe.

Sofort ertönte als Antwort darauf ein weiterer Schuss.

Ein Projektil surrte an Borkes Schädel vorbei.

Er duckte sich unwillkürlich und brachte sich an der nächsten Hausecke in Deckung. Weitere Schüsse wurden auf ihn abgegeben. Aus dem Nichts tauchte eine weitere Gestalt auf, die auf ihn schoss.

Scheiße!, pochte es in seinem Kopf.

Um nicht ins Kreuzfeuer zu geraten, musste er weg von hier. Er zog den Kopf noch weiter ein, feuerte noch zweimal, glaubte einen Aufschrei zu hören – und rannte los.

Ein Schlag an seinem linken Oberarm, kein Schmerz, aber sofort stellte sich ein dumpfes Taubheitsgefühl ein. Eine Flüssigkeit lief klebrig an seiner Haut herunter. Borke versuchte schneller zu rennen, Wasser spritzte aus Pfützen auf, der Wind riss an seinen Mantelschößen. Neuerliche Kugeln pfiffen um ihn herum. Seine Nerven spielten völlig verrückt, während sich seine Rückenmuskulatur unnatürlich anspannte in Erwartung des tödlichen Treffers.

42

Mara musste sich von ihrer Überraschung erst einmal erholen.

Langsam ließ sie die Waffe sinken.

»Wie hast du mich gefunden?«, wollte sie wissen.

Rafael Makiadi stand da und sah sie wortlos an. Als müsste er überlegen, ob er die richtige Entscheidung getroffen hatte.

Mara steckte die Pistole ins Holster und hob die Tüte mit den beiden Weinflaschen auf. Sie trat auf ihn zu und drückte ihm die Tüte in die Hände.

»Was soll ich damit?«

»Tragen natürlich.« Sie betrachtete ihn eingehend und marschierte in die Richtung los, aus der sie gekommen war.

»Wo bleibst du, Rafael?«

»Wohin gehen Sie?«

Er lief ihr nach, schritt dann direkt neben ihr den Fußweg entlang.

»Sag schon, wie hast du mich gefunden?«

»Ich wusste von Hanno, wo Sie wohnen.«

»Warum bist du von ihm abgehauen?«

»Ich bin nicht abgehauen. Nur gegangen, ohne ihm zu sagen, wohin ich will.«

»Ein feiner Unterschied.« Mara lachte. »Und warum hast du es ihm nicht gesagt?«

»Weil ich selbst nicht wusste, wohin ich wollte.«

Sie ahnte, wie hart er mit sich gerungen hatte, den Weg zu ihr einzuschlagen – oder doch lieber die Flucht anzutreten.

»Und dann bin ich doch irgendwann in der Straße gelandet,

in der Sie wohnen. Ich wartete ab, überlegte hin und her. Dann klingelte ich bei Ihnen. Aber Sie waren nicht da. Und ich war erst mal erleichtert.«

Sie erreichten den Ausgang des Parks und überquerten die mehrspurige Straße.

»Ich ging die Berger Straße hoch und runter«, fuhr Rafael fort, »und grübelte die ganze Zeit darüber nach, was ich tun soll. Ich hockte eine Ewigkeit auf einer Bank und starrte den Leuten hinterher. Ich glaube, wenn ich Sie nicht durch Zufall entdeckt hätte, als Sie zu diesem Weinladen gingen, wäre ich nicht wieder zu Ihrem Haus gegangen. Dann wäre ich einfach verschwunden, wohin auch immer.«

Jetzt gelangten sie wieder an die Berger Straße, die noch immer stark belebt war.

»Und als du hinter mir hergeschlichen bist, warst du deiner Sache immer noch nicht sicher, was? Sonst hättest du dich ja zu erkennen gegeben. Oder wieso hast du mich nicht einfach angesprochen?«

Rafael gab keine Antwort, sondern zeigte nur ein scheues Lächeln.

Sie schenkte ihm einen Seitenblick. »Umso erleichterter bin ich, dass du dich nicht verdünnisiert hast.«

Er verharrte plötzlich. »Wohin gehen wir überhaupt?«

»Zu mir natürlich«, erwiderte Mara. »Los, komm weiter.«

Wenige Minuten später saßen sie auf Maras schwarzem Teppichboden. Sie hatte Kerzen angezündet und Kartoffelchips geholt. Er hatte nach einem Bier gefragt, also hatte sie ihm eine Flasche gegeben und dann für sich den neuen Südafrikaner aufgemacht. Musik lief, jedoch nur leise im Hintergrund. Dicke Tropfen eines neuerlichen Regenschauers klatschten gegen das Fenster.

Sie redeten miteinander, genauso ruhig und einvernehmlich wie an dem Abend im Jugendzentrum. Doch sie gerieten nicht ins Plaudern. Mara achtete darauf, dass er nicht abschweifte, auch wenn es ihn hin und wieder dazu drängte. Sie blieb am Ball, brachte ihre Fragen vor. Es ging um den Abend in Kronberg.

Rafael nannte zwei Namen.

»Die beiden waren dabei?«

»Ja.«

»Aber du hast nicht mitgemacht?« Sie notierte sich die Namen in ihr abgegriffenes Notizbuch.

»Nein.«

»War sonst noch jemand mit von der Partie?«

Zögerlich nickte er. Und wie vorhin schon einmal bekam sein Ausdruck etwas Scheues, das Mara in den Wochen davor nie an ihm wahrgenommen hatte. Oder er hatte es gut zu verbergen gewusst.

»Und wer?«, fragte sie weiter.

»Sozusagen der Boss.«

»Er gibt die Anweisungen? Entscheidet, wann und wo eingebrochen wird?«

Rafael nickte erneut. »Er hat ein richtiges Netz aus Informanten aufgebaut. Typen, die ihn mit Infos versorgen, bei welchen Wohnungen oder Häusern es sich lohnt einzusteigen.«

»Diese Informanten beteiligen sich auch selbst an den Einbrüchen?«

»Ja, klar. Mal macht der mit, dann ein anderer. Einige von ihnen habt ihr ja schon geschnappt. So seid ihr auch auf mich gekommen.«

»Ich möchte noch mehr Namen.«

Rafael nannte ein paar, und sie erkannte, wie schwer es ihm fiel. Das Wort »Verräter« schwebte die ganze Zeit über unausgesprochen im Raum.

»Okay.« Mara sah auf die sieben Namen, die sie notiert hatte. »Aber einer fehlt noch.«

Rafael schwieg und starrte die Wand an.

»Der Boss.« Sie betrachtete ihn von der Seite. »Kann es sein, dass er, na ja, dass man sich vor ihm besonders in Acht nehmen muss?«

»Sie meinen, ich habe Schiss vor ihm?«

»So was in der Art, ja.«

Jetzt erwiderte er ihren Blick. »Ist besser, wenn man ihn nicht unterschätzt.«

»Das glaube ich dir.«

Mara wartete ab, ließ ihm Zeit. »Noch ein Bier?«

»Ja.«

Sie stand auf und holte ihm eines aus der Küche. Dann machte sie es sich wieder auf dem Boden bequem, auf den Ellbogen gestützt, die Beine ausgestreckt.

Er trank einen Schluck.

»Er wohnt in Bockenheim. Seine Eltern haben in der Leipziger Straße ein Lebensmittelgeschäft.«

Mara schrieb mit. »Wie heißt er, Rafael?«

»Tayfun.«

Sofort legte sie Stift und Buch beiseite. »Wie alt ist er?«

»Neunzehn.«

Mara richtete sich auf und setzte sich in den Schneidersitz. »Sag nicht, er heißt Köybasi?«

Verdutzt sah er sie an. »Sie kennen ihn?«

»Nicht persönlich.« Ein Schauer rieselte an ihrem Rückgrat hinab.

»Tayfun ist ein Arschloch.«

Sie blätterte im Notizbuch und überprüfte ihre Einträge zu Köybasi. »Wir wussten nicht, dass er bei den Einbrüchen mitgemischt hat. Geschweige denn, dass er der Drahtzieher war.«

»Er ist ein Arschloch«, wiederholte Rafael dumpf.

»Und er ist tot.«

Sein Kopf ruckte hoch. »Was?«

»Tayfun Köybasi ist tot.«

»Wie ist er gestorben?«

»Er ist ermordet worden.«

»Was?« Völlige Verblüffung in seinem Gesicht.

»Kannst du dir vorstellen, wem er im Weg war?«

Ein konsterniertes Heben der Schultern. »Tja. Es gab viele, denen er auf den Geist gegangen ist. Wegen seiner großen Klappe, seiner Angeberei. Er hat immer eine große Schnauze gehabt und ist auch in Scherereien geraten. Aber … ermordet. Keine Ahnung, wer das getan haben könnte.« Er stutzte. »Wie hat man ihn umgebracht?«

»Kehle durchgeschnitten. Und davor ist man auch nicht gerade zimperlich mit ihm umgesprungen, um es mal so auszudrücken.«

»Wieso?«

»Er wurde gefoltert.«

Rafael schüttelte den Kopf und sah dann ungläubig vor sich hin. »Ich heule ihm keine Träne nach, aber das haut mich echt um.«

»Warum war er ein Arschloch? Hat er dich schikaniert?«

»Nein.«

»Weshalb dann?«

»Vor allem wegen der Geschichte mit Selina Madjer.«

»Wer ist das?«

»Ich kenne Selina gar nicht, habe nur von ihr gehört.«

Mara legte ihm leicht die Hand auf die Schulter. »Rafael, wer ist Selina Madjer?«

43

Hauptkommissar Dörflinger, der das Einbruchsdezernat leitete, war ziemlich überrascht, als Mara früh am Morgen in seinem Büro auftauchte. Sie merkte es ihm an, und er gab sich auch keine Mühe, das zu verbergen. Vielleicht erstaunte es ihn bereits, dass sie überhaupt noch in Frankfurt war – es hatte sich schnell herumgesprochen, dass Klimmt sie kaltgestellt hatte.

Mara legte ihm die Liste mit den Namen auf den Schreibtisch, die Rafael ihr am Vorabend genannt hatte. Außerdem hatte sie schon zu jedem einzelnen davon Recherchen angestellt und entsprechende Anmerkungen hinzugefügt. Alle waren mindestens einmal polizeilich erfasst worden.

Dörflinger, ein schwerfälliger Mann, der bekannt dafür war, die deftige hessische Küche zu schätzen, las sich in Ruhe alles durch. »Und die waren alle an den Einbrüchen beteiligt?«

»Das waren sie.«

»Dafür gibt es Zeugen?«

»Einen. Aber einen sehr guten.«

Dörflinger schnaufte. »Wen?«

»Rafael Makiadi.«

»Ach?« Er kratzte sich das Kinn. »Den Bengel haben wir doch schon ein paarmal am Kragen gepackt, aber er ist uns immer wieder ...«

»Rafael wird aussagen. Er will offenlegen, was er selbst angestellt hat, und einen Schlussstrich ziehen. Ich habe ihm Strafmilderung in Aussicht gestellt.«

»Klar, wenn er geständig ist und andere Beteiligte nennt,

wird sich das positiv für ihn auswirken.« Dörflinger musterte sie. »Sie haben ihn aufgespürt?«

Mara nickte.

»Ich werde sofort in die Wege leiten, dass wir die Typen schnappen, die auf Ihrer Liste stehen. Hm. Dann müssten wir bald alle von den Einbrechern haben.«

»Hoffen wir's.«

»Wo ist Rafael Makiadi?«

»Ich habe ihn mitgebracht. Er wartet vor der Tür. Bei ihm ist Hanno Linsenmeyer, ein Sozialarbeiter, der sich des Jungen angenommen hat. Rafael vertraut ihm.«

»Ihnen wohl auch?«

»Wenigstens einer, der das tut«, gab sie lässig zurück. Ihren Galgenhumor hatte sie jedenfalls nicht verloren.

Dörflinger grinste verhalten; er verstand, wie es gemeint war.

»Ich werde Klimmt wissen lassen«, sagte er dann wieder ernsthaft, »dass ich Ihnen einiges zu verdanken habe.«

»War keine große Sache.«

Nachdem sie sein Büro verlassen hatte, verabschiedete sie sich von Rafael, der mit ernster Miene in Hannos Begleitung gewartet hatte. Er wollte wissen, wann sie sich wiedersehen würden, und das tat ihr gut. Sie versprach, dass er auch weiterhin auf sie zählen könne. »Und jetzt zieh das Ding durch.«

»Mach ich«, sagte er.

Mit einem letzten Blick verfolgte Mara, wie Rafael und Hanno in Dörflingers Büro verschwanden. Dann beeilte sie sich, um rechtzeitig zu ihrem nächsten Termin zu erscheinen.

Auf dem Weg dorthin rief sie bei Borke an. Zum wiederholten Mal. Doch erneut erklang nur die Stimme der Mailbox. Was war los mit ihm? Sie machte sich Sorgen, und sie fragte sich, wann sie zuletzt um jemanden Angst gehabt hatte. Was fand sie so anziehend an ihm? Seine freche Art? Sicher, er verstand es, sie herauszufordern. Doch das war es nicht allein. Dass seine Physiognomie so unspezifisch, sein Akzent so rätselhaft war? Und er sich letztlich keinem Land, nicht mal einem Kontinent zuordnen ließ? Carlos Borke, ein Mann, der scheinbar keine Herkunft besaß. Gefiel ihr das? Wünschte sie sich dasselbe? Keine Wurzeln zu haben?

Mittlerweile folgte sie einem langen Flur und gelangte an das Büro eines weiteren Hauptkommissars. Sie klopfte an und wurde hereingebeten.

Diesmal löste ihr Auftauchen keine Überraschung aus. »Billinsky, da sind Sie ja.«

Sie schloss die Tür hinter sich.

Im Gegensatz zu dem gemütlich wirkenden Dörflinger war Hauptkommissar Meichel, der Leiter des Drogendezernats, ein kleiner, sehniger, fast dürrer Mann, der ständig in Bewegung zu sein schien.

Er wirbelte von seinem Bürostuhl hoch und reichte Mara fahrig die Hand. »Ehrlich gesagt«, legte er gleich los, »bin ich aus Ihren Worten nicht recht schlau geworden. Gut, dass Sie endlich hier sind.«

»Ich hatte vorher noch etwas anderes zu erledigen.«

»Nehmen Sie Platz.«

»Ich bleibe lieber stehen.«

Auch er setzte sich nicht wieder hin. »Also, was sollte das? Drei Tonnen Heroin? Hoffe, das ist kein Windei.«

Mara hatte Meichel noch in der Nacht, als Borke ihr Einzelheiten über den Deal mitgeteilt hatte, angerufen, ihn jedoch nicht erreicht und so nur eine Nachricht auf der Mailbox hinterlassen.

»Ich gehe davon aus, dass das alles andere ist als ein Windei.«

Kurz und knapp schilderte sie das, was sie wusste.

»Karevic hatte also vor, eine riesige Menge Heroin zu kaufen und in Umlauf zu bringen?«

»Sieht so aus.«

»Damit wären wir bei diesem Novian. Über den Namen bin ich wirklich noch nie gestolpert – und ich mache den Mist hier schon eine ganze Weile.«

Mara wiederholte, was Borke über den ominösen Novian gesagt hatte.

»Billinsky, von wem haben Sie die Informationen?«

»Von Carlos Borke.«

Sofort zeigte sich Skepsis in Meichels Gesicht. »Borke?«

»Wo ist das Problem? Er ist doch schon länger als Informant für uns tätig.«

Meichel tigerte im Büro umher. »Das mag sein. In letzter Zeit allerdings ... Na ja, er hat angefangen, komische Fragen zu stellen. Und plötzlich hat er sich rar gemacht.«

»Die Erklärung dafür ist einfach: Er hat irgendwie mitgemischt bei dem großen Deal. Und daran mitverdient.«

»Mitverdient? Borke? Hm. Wundern würde mich das nicht. Trotzdem, Informationen, die von Borke stammen, sind mit Vorsicht zu genießen.«

»Ich bin überzeugt, das ist kein Windei.«

»Warum sind Sie so sicher?«

»Das behalte ich lieber für mich«, erwiderte sie mit einem schmalen Grinsen.

»Tja«, sagte Meichel nachdenklich. »Wir haben kein Datum, wir haben keinen Ort. Korrekt?«

»Korrekt«, gab Mara zu.

»Ich finde es natürlich gut, dass Sie zu mir kommen, aber im Moment kann ich nicht viel ausrichten. Außer ein paar meiner Späher losschicken, damit die sich umhören und Ihre Informationen verifizieren.«

»Und Nachforschungen über einen gewissen Novian anstellen.«

»Falls es ihn überhaupt gibt.«

»Das tut es.«

»Hm.«

»Oder soll ich das für Sie erledigen?«

»Ich werde einen meiner Beamten darauf ansetzen. Aber ...« Er sah ihr in die Augen. »Besten Dank, Kollegin!«

»Nichts zu danken.«

»Grüßen Sie Klimmt von mir.«

Mara hob eine Augenbraue. »Könnte sein, dass ich das vergesse.«

Der Hauptkommissar betrachtete sie. »Ich habe schon gehört, dass Sie und er, na ja, nicht gerade die dicksten Freunde sind.«

Sie verzichtete auf einen Kommentar und verabschiedete sich mit einem knappen Nicken.

»Lassen Sie es mich wissen, wenn Sie mehr herausbekommen«, rief Meichel ihr hinterher.

Mara hörte nur mit halbem Ohr hin. Sie dachte bereits an Selina Madjer.

44

Reihen trister Wohnblöcke am äußersten Rand der Stadt. Die Balkone mit ihren verblichenen Farben waren wie Waben eines riesenhaften Bienenstocks. Zwischen den Betonkästen lagen schmale Rasenparzellen mit rostzerfressenen Rutschbahnen und Kinderschaukeln. In unmittelbarer Nähe rauschte unaufhörlich der Autobahnverkehr vorbei.

Mara lief einen Eingang nach dem anderen ab, bis sie die richtige Nummer erreichte. Sie versuchte sich vorzustellen, wie es sein mochte, hier zu leben.

Dutzende Klingelschilder vor ihr, zumeist ausländische, recht exotisch anmutende Namen. Sie fand den richtigen und läutete.

Ein Summton erklang, eine Frauenstimme äußerte etwas kaum Verständliches.

»Mara Billinsky, Kriminalpolizei«, sagte Mara. »Wir haben vorhin telefoniert.«

Stille.

»Hallo?«

»Wir wollen Sie hier nicht, das habe ich Ihnen doch gesagt.«

»Hören Sie ...«

Die Verbindung erstarb mit einem Knacken.

Mara klingelte erneut. Und noch einmal. Und noch einmal.

»Gehen Sie!«

»Lassen Sie mich doch bitte kurz herein.«

Wieder Stille, dann jedoch das Surren des automatischen Türöffners. Mara drückte die Tür auf und betrat das Gebäude.

Es muffelte. Schmutz, Staub, Schuhabdrücke aus eingetrocknetem Matsch.

Mara machte den Aufzug auf, Gestank schlug ihr entgegen. Urin. Sie verzichtete auf die Fahrt und nahm die Treppe. Zwei kleine Kinder in dreckiger, löchriger Kleidung rannten quiekend an ihr vorbei, ohne sie zu beachten.

Im dritten Stock angekommen, folgte sie einem langen Flur, an dessen Ende sie vor einer halb offenen Wohnungstür von zwei Personen erwartet wurde.

»Hallo«, sagte Mara und blieb stehen.

Die dickliche, ungepflegte Frau war Mitte vierzig. Sie trug einen rosafarbenen Jogginganzug voller Flecken. Der Mann, der durch sein graues Haar älter wirkte als sie, hatte ein T-Shirt und einen zerschlissenen Blaumann an. Er war groß, dickbäuchig und roch nach Schweiß. Seine nackten Arme waren mit alten Tätowierungen übersät, die mit Sicherheit bei Knastaufenthalten entstanden waren. Mara kannte solche Tattoos.

»Wir haben Ihnen gesagt, dass Sie sich den Weg sparen können«, bemerkte die Frau brummig.

Der Mann schwieg, starrte Mara nur feindselig an.

»Und ich habe Ihnen gesagt, dass ich auf jeden Fall vorbeikommen werde.« Mara musterte die beiden. »Ist sie da?«

»Sie wird nicht mit Ihnen reden«, entgegnete die Frau.

»Es ist sehr wichtig, dass ich sie sprechen kann.«

»Wichtig für wen? Vielleicht für Sie. Ganz sicher nicht für meine Tochter.«

»Ich werde versuchen, keine alten Wunden aufzureißen …«

»Das schaffen Sie nur«, unterbrach die Frau sie, »wenn Sie wieder abhauen. Meine Tochter hat so viel erleiden müssen. Die Ärmste. Sie ist immer noch nicht drüber hinweg. Und dabei ist es jetzt schon zwei Jahre her. Nicht nur das Verbrechen, sondern auch alles, was danach passiert ist, das war zu viel. Für ein sechzehnjähriges Mädchen ist das nicht zu verkraften. Jetzt ist sie achtzehn. Sie hat keine Arbeit, sie will nicht vor die Tür gehen, sie will meistens nur allein sein.«

»Ich verspreche Ihnen ...«

»Haben Sie's nicht kapiert?«, schaltete sich der Mann ein. Sein Atem roch nach Alkohol, seine rechte Faust ballte sich. »Lasst die Kleine endlich in Ruhe. Ihr Bullen und Anwälte und Richter, ihr macht alles nur noch schlimmer.«

»Tut mir leid, ich muss mit ihr sprechen«, sagte Mara ruhig, aber beharrlich.

Der Mann machte einen Schritt auf sie zu.

»Warum sollten wir Sie zu ihr lassen?« Die Frau legte ihm die Hand auf den Arm, um ihm Einhalt zu gebieten.

»Tayfun Köybasi ist tot.«

Die beiden mussten das erst mal verarbeiten.

»Na und«, schnarrte dann der Mann. »Für Selina macht es das auch nicht leichter.«

»Herr Madjer ...«

»Ich bin nicht Herr Madjer. Nicht Selinas Vater. Aber wenn ich's wäre, wenn ich Selina damals schon gekannt hätte, dann ...«

»Halt!«, fiel ihm die Frau energisch ins Wort. »Ich bin ihre Mutter – also lass mich reden.«

»Okay«, knurrte er widerwillig.

»Meine Entscheidung steht fest«, sagte die Frau an Mara gerichtet. »Und mein Freund hat recht. Ob Tayfun tot ist oder lebt, der Schmerz wird Selina für immer begleiten. Selina wird ...«

Eine leise Stimme aus dem Hintergrund brachte sie abrupt zum Schweigen. »Mama ...«

Ohne nach hinten zu sehen, befahl Frau Madjer: »Selina, geh wieder in dein Zimmer!«

»Ist er tot?«, kam wieder die Mädchenstimme aus dem Dunkel der Wohnung. »Ist Tayfun wirklich tot?«

»Ja«, sagte Mara rasch. »Und ich möchte mehr über ihn wissen. Keine Sorge, Selina, ich werde auf keinen Fall das ansprechen ...« Sie merkte, dass sie dabei war, die Unwahrheit zu sagen. »Nein«, begann sie von Neuem. »Ich will ehrlich sein. Es ist so, dass ich mit dir über etwas reden muss, was sehr schlimm für dich ...«

»Selina!«, zischte Frau Madjer. »Geh in dein Zimmer!«

Das Rascheln von Kleidung. »Es ist schon in Ordnung, Mama. Ich kann das alles nicht immer totschweigen.«

Das Mädchen zwängte sich zwischen ihrer Mutter und deren Freund hindurch und sah Mara in die Augen. »Aber nicht in der Wohnung«, entschied Selina, »sondern draußen.« Sie war in Sneakers und eine Jacke geschlüpft. »Kommen Sie.« Auf Frau Madjers Proteste und das Fluchen des Mannes achtete sie nicht. Ein schmales, auffallend hübsches Gesicht mit scheuen Rehaugen. Sie war groß und schlank, fast schlaksig, und die langen kastanienbraunen Haare waren zu einem Pferdeschwanz gebunden.

Gleich darauf schlenderten sie zu zweit an den hässlichen Wohnblöcken entlang. Kaum jemand war unterwegs, nur ein paar spielende, verwahrlost aussehende Kinder und drei gelangweilte Jugendliche, die auf einer Bank herumlümmelten.

»Danke«, sagte Mara leise.

»Schon gut.«

Mit einem Seitenblick stellte Mara fest, dass Selinas Ohrläppchen vernarbt war. »Deine Mutter hat mir zu erklären versucht, wie schwer das alles für dich gewesen ist. Ich werde dich auch nicht lange belästigen. Weißt du, jemand hat mir von dir erzählt. Aber er kannte nicht alle Einzelheiten. Und ich muss mehr wissen.«

»Dann fragen Sie schon.« Selina vergrub die Hände in den Jackentaschen.

Auf Maras Vorschlag hin setzten sie sich auf eine der Bänke.

»Wie hast du Tayfun Köybasi kennengelernt?«

»Er kam immer wieder mal hier angefahren. Einer seiner Kumpels hat mal in dem Block da hinten gewohnt.« Das Mädchen machte eine lange Pause. »Er hat mich oft angequatscht, und ich fand ihn auch ganz lustig, ich mochte seine freche Klappe. Jedenfalls am Anfang. Er hat sich nichts gefallen lassen, und ich dachte, na ja, wenigstens ist er kein Feigling.«

»Warst du seine Freundin?«

»Nee«, kam sofort die Antwort. »Echt nicht. Wir haben einmal rumgeknutscht, aber das war's auch schon. Er hat mich angemacht, aber ich habe ihn abblitzen lassen. Ich wollte nichts von ihm.«

»Und dann?«

»Und dann wurd's schlimm«, erwiderte Selina ganz leise.

»Was ist geschehen?«

»Es war ein ganz normaler Nachmittag. Ich sah von meinem Zimmerfenster aus, dass Tayfun hier war, hier bei den Bänken. Mit ein paar anderen. Er winkte mir zu, ich soll runterkommen. Mir war langweilig, also ging ich hin. Es fing an zu regnen. Er, ich und die drei anderen, wir quetschten uns in sein Auto. Er fuhr los, ich wollte eigentlich gar nicht mit. Ein Stück weit entfernt gab's ein leer stehendes Haus, das inzwischen abgerissen wurde. Dort hat er geparkt. Wir gingen in das Haus, rauchten irgendeinen Scheiß, den er dabeihatte.« Erneut eine lange Pause. »Tayfun fing an, mich zu begrapschen. Immer fieser, er tat mir weh.«

»Dein Ohr ist mir aufgefallen«, warf Mara bedächtig ein. »Ist das an jenem Tag passiert?«

»Ja, er hat meinen Ohrstecker gepackt und mit aller Kraft

daran gezogen. Mein Ohrläppchen ist gerissen, als wäre es aus Stoff. Und die anderen haben Tayfun angefeuert. Er lachte und machte immer weiter. Er zerrte an meiner Kleidung, sie ging kaputt. Ich schrie immer lauter ...« Abrupt verfiel sie in Schweigen.

Eine ganze Minute zog vorüber.

»Er hat dich vergewaltigt, nicht wahr?«

»Ja.«

»Und dann haben das auch die drei anderen getan?«

»Ja.«

Wieder entstand Stille zwischen ihnen. Die Jugendlichen, die eine der Bänke besetzt gehalten hatten, zogen davon. Die spielenden Kinder fingen an zu streiten.

Während Mara nach den passenden Worten suchte, begann Selina plötzlich von selbst wieder. »Anschließend haben sie mich einfach zurückgelassen. Ich lag da, zitternd, die Fetzen meiner Kleidung in den Händen.«

»Stimmt es, dass es Zeugen gab?«

»Ein älterer Mann, der hier wohnt, hat es mitbekommen. Er stand plötzlich, als Tayfun und die anderen mich in der Gewalt hatten, vor uns und starrte uns mit offenem Mund an. Tayfun hat ihn in den Hintern getreten und ihn weggejagt.« Ihre Augen waren mit einem starren Ausdruck auf die Häuserblöcke gerichtet. Sie räusperte sich, wie um einen neuen Anlauf zu nehmen. »Irgendwann konnte ich mich aufrappeln. Ich ging nach Hause. Eine Nachbarin fand mich, wie ich versuchte, den Schlüssel ins Schlüsselloch zu stecken – ich schaffte es nicht, weil meine Hände so stark gezittert haben. Sie hat mich dann zu Mama gebracht.«

»Wie hat deine Mutter reagiert?«

»Sie wollte zur Polizei, sofort, unbedingt. Aber ich konnte das nicht. Ich wollte den Tag am liebsten aus meinem Leben radieren. Ich wollte so tun, als hätte es ihn nie gegeben. In den nächsten Wochen hat meine Mutter mich bearbeitet, bis wir dann doch Anzeige erstattet haben. Wir haben uns sogar eine Anwältin genommen.«

»Wie ist ihr Name?«

»Sie heißt Hendrike Feil.«

»Aber Tayfun und die anderen sind nie angeklagt worden, richtig?«

»Richtig«, sagte Selina ganz schlicht – und doch mit einer Düsternis, die Mara durch und durch ging. »Zuerst waren der ältere Mann und unsere Nachbarin bereit, als Zeugen auszusagen. Aber dann ...« Zum ersten Mal versagte ihr die Stimme.

»Aber dann zeigte Tayfun noch einmal, was für ein Schwein er sein konnte.«

»Er ist doch wirklich tot, oder?«

»Er ist umgebracht worden.«

In Selinas Blick änderte sich nichts, sie zuckte nicht mit der Wimper.

»Nach der Anzeige lauerte er mir hier auf«, fuhr sie dumpf fort. »Mit seinen Freunden. Sie zerrten mich ins Auto, fuhren mit mir in ein Waldstück. Und sie vergewaltigten mich erneut. Alle. Für diesen Nachmittag hatten sie zuvor ein falsches Alibi mit anderen Kumpels abgesprochen. Tayfun drohte mir, dass das jetzt immer so weitergehen würde. Selbst wenn er hinter Gitter müsste, dann kämen andere, die mich terrorisieren würden. Und auch meine Mutter würden sie sich vorknöpfen. Es sei denn, ich würde die Anzeige zurückziehen.«

»Was du dann getan hast.«

»Ja.« Selina nickte. Ihr Gesicht war immer noch wie eine Maske, nichts regte sich darin.

»Was war mit den Zeugen?«

»Der Mann wurde zusammengeschlagen. Und unsere Nachbarin wurde auch zusammengeschlagen, eine fast Sechzigjährige, stellen Sie sich das mal vor. Man hat beide in die Nieren geboxt, in den Bauch, die Oberschenkel mit Kabeln gepeitscht. Damit sie mit unverletztem Gesicht zur Polizei gehen konnten, um ihre Aussagen zu widerrufen.«

»Bist du Tayfun danach noch mal begegnet?«

»Solange sein Freund noch in unserer Gegend wohnte, ist Tayfun immer mal wieder aufgetaucht. Ganz unverfroren, mit einem dreckigen Grinsen in seiner Visage. Wenn er mich sah, hat er sich lustig gemacht über mich.«

»Das ist zwei Jahre her, nicht wahr?«

»Aber es fühlt sich an wie gestern, wie heute, wie morgen.« Selina sah Mara an, ganz kurz nur, dann starrte sie wieder in die Ferne. »Es wird immer da sein.«

Maras Mund war ein Strich, ihr Hals war trocken. Krampfhaft suchte sie nach Worten des Trostes, die sich nicht billig, austauschbar, nichtig angehört hätten – aber ihr fiel nichts ein, gar nichts.

Leise drang Selinas Stimme zu ihr. »Würden Sie mich jetzt bitte allein lassen? Ich möchte nie wieder darüber reden. Mit keinem Menschen.«

Mara stand auf. »Ich danke dir«, sagte sie und kam sich schwach vor, wehrlos gegen die Ungerechtigkeit der Welt, hilflos gegen die Wand des Verbrechens, die sich immer wieder vor ihr auftürmte. Ein Gefühl der Ohnmacht und der Wut, das sie seit ihren ersten Wochen als Polizistin begleitete.

Sie tauschten einen letzten Blick.

Dann ließ Mara das Mädchen auf der Bank zurück, in dem sicheren Bewusstsein, dass sie diese Begegnung, die kaum länger als eine Viertelstunde gedauert hatte, nie wieder vergessen würde. Es wird immer da sein, hörte sie in Gedanken Selinas Stimme, und wieder gingen ihr diese simplen Worte unter die Haut.

Als sie sich hinters Steuer setzte, startete sie noch nicht den Motor. Sie ließ das Fenster herunter und atmete tief durch. Gesprächsfetzen aus früheren Unterhaltungen kamen ihr unwillkürlich ins Bewusstsein. Aileen, die über Ivo Karevic berichtete. Jan Rosen, der ihr erzählte, was eine Exfreundin über Marek Pohl preisgegeben hatte. Und jetzt Selina Madjers Worte über Tayfun Köybasi. Mara dachte daran, wie sie sich den Kopf zerbrochen hatte, um die Straftaten der drei Mordopfer zu vergleichen und eine Verbindung herzustellen.

Dabei ging es womöglich um etwas ganz anderes. Etwas, das gar nie bis zu einer Anklage, geschweige denn einer Verurteilung gekommen war.

Mara überflog ihre Notizen. Wenn sie sich nicht kolossal täuschte, gab es lediglich einen Punkt, an dem die Namen Karevic, Pohl und Köybasi aufeinandertrafen. Nur eine Linie, mit der man diese drei Männer miteinander verbinden konnte.

Sie ließ den Motor an und warf einen Blick auf die Wohnblöcke, vor denen Selina Madjer nach wie vor reglos auf der Bank saß, eine einsame, verloren wirkende Gestalt, umgeben von Trostlosigkeit.

45

Niedernhausen. Eine knappe Dreiviertelstunde mit dem Auto von Frankfurt entfernt. Weit genug weg, um den Schattenseiten zu entgehen, nahe genug dran, um von den guten Seiten der Mainmetropole profitieren zu können.

In einer erhöht liegenden Straße reihten sich imposante Villen aneinander, strahlend weiß verputzt, mit großen Glasflächen, durch die man in Gärten gelangte, die von Angestellten in einem makellosen Zustand gehalten wurden. Swimming-Pools, Doppelgaragen, vor denen teure Limousinen parkten.

Die Laternen tauchten alles in einen großzügigen Lichtschein. Der Himmel war bedeckt, die Sterne blitzten nur vereinzelt durch die Wolkenmasse.

Ein Taxi hielt, ein Mann stieg aus.

Er ging, den Aktenkoffer in der Hand, auf eine der Villen zu, zufrieden mit sich und dem Verlauf des Abends. Ein gemeinsames Essen mit anderen, ihm seit Jahren bestens vertrauten, um einiges jüngeren Juristen, die nie einen Hehl daraus machten, wie gern sie seinen Rat einholten. Zufrieden war er auch, dass er der Fahrt mit seinem Mercedes widerstanden und sich hatte chauffieren lassen. Er hatte so häufig mit Alkohol im Blut selbst am Steuer gesessen, ohne dass ihm oder anderen etwas passiert war – man sollte sein Glück nicht zu oft auf die Probe stellen.

Claus-Peter Lessing schloss die breite, mit Gusseisen verzierte Eingangstür auf und betrat das Haus, das eigentlich viel zu geräumig war für ihn allein. Aber es hätte bei jemandem wie ihm auch höchst merkwürdig gewirkt, in einer kleinen Bude zu residieren. Er stellte den Aktenkoffer ab und hängte Mantel und Jackett auf Bügeln in der Garderobe auf. Sicher, er hatte genug getrunken, diverse Weine, darunter den Corton, den besten Chardonnay der Welt, mit diesem rauchigen Geschmack und dem nussigen Abgang. Außerdem zum Abrunden einen ungeheuer kraftvollen Mirabellenbrand aus dem Schwarzwald. Doch der Gedanke an seinen Lieblingscognac ließ ihn schmunzeln.

Seine Schritte hallten durch das leere Haus. Er dimmte das Licht und schenkte sich in einen Schwenker ein. Ein einziger Raum, riesig groß, unterteilt in verschiedene Ebenen. Von der Bar mit den etlichen Gin- und Cognacflaschen konnte er bis hin zur Küche sehen, in der so gut wie nie gekocht wurde. Kein Geschirr, keine Obstschale, keine Spültücher. Fast klinisch sauber war es. Doch ein Detail hatte seine Aufmerksamkeit erregt.

Ein großes kristallenes Wasserglas mit einer bläulich schimmernden Flüssigkeit.

Hatte seine Putzfrau das stehen lassen? So etwas war ihr noch nie passiert, der Richter duldete keine Schönheitsfehler, auch keine kleinen, das wusste sie doch.

Lessing stellte den Cognac ab, durchquerte sein einsames Reich und blieb vor der Spüle stehen. Mit gerunzelter Stirn ergriff er das Glas, um an der Flüssigkeit zu riechen, deren Blau aus der Nähe wesentlich dunkler war. Sofort verbiss sich ein ätzender Geruch in seine Schleimhäute. Ein Reinigungsmittel.

Er platzierte das Glas mit missbilligendem Kopfschütteln genau dort, wo er es vorgefunden hatte. Als Beweis, dass die Putzfrau ungenau gearbeitet hatte. Er würde mit ihr reden müssen.

Als er sich wieder seinem Schlummertropfen zuwenden wollte, fiel ihm noch etwas auf. Auf dem Ledersofa lag etwas, das dort nicht hingehörte.

Was war mit dieser Frau Vargas los?, wunderte er sich. Seit

drei Jahren hielt sie sein Haus sauber; nie zuvor hatte sie sich Nachlässigkeiten erlaubt. Raschen Schrittes ging er zum Sofa.

Stacheldraht. Eine ganze Rolle dünner, biegsamer, mit spitzen Stacheln versehener Draht.

»Wo kommt das her?«, fragte er leise, als würde es ihm leichter fallen, eine Antwort zu finden, wenn er es aussprach.

Seine Fingerkuppe berührte vorsichtig eine Spitze.

Richter Lessing erschrak, als hinter ihm ein Laut ertönte. Er wollte sich umdrehen, doch ein Schmerz durchfuhr ihn, glühend heiß, breitete sich von irgendeinem Punkt seines Körpers rasend schnell aus. Er bekam nicht mehr mit, dass seine Knie einknickten und er der Länge nach auf den cremefarbenen Teppich hinsank.

Als er wieder zu sich kam, fühlte er zuerst den grellen Schein der Designerlampe, der in seine Augen stach. Hatte er das Licht nicht heruntergedimmt? Doch, das hatte er.

Lessing blinzelte, er stöhnte. Ihm wurde bewusst, dass er auf dem Rücken lag, die Beine und die Arme von sich gestreckt. Erst ganz langsam, fast verhalten, dann auf einmal mit voller Wucht spürte er den Schmerz.

In seinen Hand- und Fußgelenken.

Die hatte man gefesselt. Mit dem Draht, über den er vorhin so erstaunt gewesen war.

Die Enden der Drahtstränge, die von seinen Extremitäten wegführten, waren an den Röhren der Heizkörper festgemacht worden. Und die Stacheln drangen in seine Haut. Wenn er einen Arm oder ein Bein nur einen Millimeter bewegte, tat es höllisch weh. Er spürte das Blut auf seiner Haut, nass und frisch. Und auch das klebrig eingetrocknete Blut, das ausgetreten war, als man ihn in diese Lage gebracht hatte.

Er begann zu zittern, was er gleich unter Kontrolle zu bekommen versuchte, denn sofort schnitt der Stacheldraht tiefer in ihn.

Was ist denn los?, fragte er sich mit einer Hilflosigkeit, die ihm völlig fremd war, die sein Innerstes ganz kalt werden ließ.

Aus den Augenwinkeln schielte er zu dem eleganten gläsernen Wohnzimmertisch. Darauf stand etwas. Das Wasserglas mit der chemischen Reinigungsflüssigkeit, deren Blau der einzige Farbfleck im ganzen Haus zu sein schien.

Geräusche.

Er zuckte zusammen.

Schritte.

Jemand näherte sich.

Lessing drehte den Kopf in die Richtung und starrte fassungslos in das Gesicht, das ihn mit einem Lächeln bedachte.

»Manchmal muss man die Menschen dazu zwingen«, hörte er die leise Stimme, »ein bisschen Spaß in ihr Leben zu bringen.«

Der Richter wollte etwas äußern, aber sein Mund öffnete sich, ohne dass er einen Ton über die Lippen brachte.

»Das hat einmal der ehrenwerte Richter Lessing gesagt«, bemerkte die Stimme.

Er zitterte schon wieder, er verstand die Welt nicht, es kam ihm vor, als steckte er mitten in einem Albtraum, als wäre das alles nicht wahr.

Ein Fuß stellte sich auf den Draht, mit dem seine Hand gefesselt war, und die Stacheln drangen tiefer ins Fleisch. Er schrie auf, Schweiß quoll ihm aus den Poren.

»Wollen wir doch einmal sehen, wie viel Spaß wir ins Leben von Richter Lessing bringen können.«

Eine Schlinge aus Stacheldraht wurde ihm um den Hals gelegt und so weit zugezogen, dass er erneut gequält aufkreischte – allerdings nicht so weit, dass er starb.

»Aber wir sollten uns Zeit nehmen, nicht wahr, Richter Lessing? Wie schade, wenn alles schnell vorüber wäre.«

46

Sie hatten sich gerade zwei Coffee-to-go und ein paar Kreppel in einer Bäckerei besorgt, als sie die Funkdurchsage aufschnappten.

»Das ist doch ganz in der Nähe«, sagte Schleyer. »Lass uns hinfahren.« Er legte den Gurt an und startete den Wagen.

Rosen nickte nur wortlos, wie meistens.

Schleyer trat das Gaspedal ordentlich durch, und kurze Zeit später erreichten sie den Westbahnhof. Mit ihren Pappbechern in den Händen eilten sie zwischen den Backsteinbauten hindurch.

Hinter den Absperrbändern der Polizei drängten sich die Neugierigen. Leute, die in den Agenturen und Studios und Kleinunternehmen ringsum arbeiteten und aus ihrem Alltagsrhythmus herausgerissen worden waren. Erste Journalisten waren auch eingetroffen und versuchten Fotos zu schießen oder hilfreiche Kommentare einzufangen.

Schleyer und Rosen wühlten sich durch die eng beieinanderstehenden Körper und glitten nach einem schnellen verständigenden Blick mit einem als Wachposten aufgestellten Streifenpolizisten unter dem Band hindurch.

Weitere uniformierte Beamte sicherten den Tatort, während die Kollegen der Spurensicherung ihren Aufgaben nachgingen.

Hauptkommissar Klimmts zerfurchtes, müdes Gesicht tauchte vor ihnen auf. Er musterte sie, fragend und düster, eine Zigarette im Mundwinkel.

»Wir haben was über Funk mitgekriegt«, erklärte Schleyer ihr Erscheinen.

Ein Beamter der Spurensicherung hielt einen Zellophanbeutel hoch und bemerkte im Vorübergehen zu Klimmt: »Noch mehr Hülsen. Auch Kaliber 19 mal 9 mm. Aber noch mindestens ein anderes.«

Klimmt nickte. »Scheint eine ziemlich wilde Schießerei gewesen zu sein.« Er deutete auf den Leichnam, der nahe einer Hauswand lag. »Jedenfalls zu wild für ihn hier.«

Sie begaben sich zu dem Toten, der von der Spurensicherung unter die Lupe genommen wurde. An der Hauswand lehnten einige größere Pappen, wohl für den Papiermüll dort abgestellt.

»Den Herrn kennen wir doch«, entfuhr es Schleyer verblüfft, als er in das leblose Gesicht blickte.

»Abends hatten Leute auf der Dienststelle angerufen«, erläuterte Klimmt, »und gemeldet, dass sie viele Schüsse gehört hätten. Eine Streife rückte an, aber die Beamten haben niemanden auf dem Gelände hier entdecken können. Heute Morgen hat man ihn dann gefunden.« Sie begutachteten die tödliche Wunde in der Brust. »Man hatte ihn hinter diesen Pappen versteckt, deshalb wurde er erst jetzt gefunden. Als der Leichengestank immer stärker wurde.«

»Dem Herrn hätten wir doch schon die ganze Zeit gern mal ein paar Fragen gestellt«, murmelte Schleyer.

Er und Schleyer entfernten sich ein wenig von der Leiche, um sich etwas abseits hinzustellen und sich weiter zu unterhalten. Rosen tippelte etwas unentschlossen hinterher, da ihn keiner der beiden einbezog. Er warf einen Blick zurück auf den Toten, der für den Abtransport und damit für eingehendere Untersuchungen vorbereitet wurde.

»Die Scheiße türmt sich allmählich meterhoch vor uns auf«, sagte Klimmt, »und wir wissen gar nicht, wo wir anfangen sollen mit dem Wegschippen.«

»Ich verstehe das nicht. Es passt nicht zusammen.«

Beide hatten sie sich Zigaretten angesteckt.

»He, Rosen«, wandte sich Klimmt an ihn, »überprüfe noch mal alles ganz genau, was wir über Karevic wissen. Auch das, was von der Krähe kam. Ich kann mir zwar nicht vorstellen, dass wir etwas übersehen haben – aber es kann ja auch nicht schaden.«

»Mach ich«, gab Rosen zurück, während er automatisch an Mara Billinsky denken musste. Er fragte sich, wie lange sie wohl noch bei ihnen sein würde. Wieder wurde ihm bewusst, dass er sich gedrückt, dass er ihr nicht richtig geholfen hatte. Hier und da eine Information weitergegeben, das schon, aber im Grunde hatte er sich herausgehalten, sich weder auf Klimmts noch auf Billinskys Seite gestellt. Halbherzig, inkonsequent. Natürlich. Wie immer. Er musste etwas ändern, sagte er sich. Nicht etwas, sondern sich.

»Los, wir hauen wieder ab«, rief Schleyer ihm zu, und Rosen folgte ihm. Ja, er musste sich endlich ändern.

47

Wieder das Fitnessstudio, wieder ein entspannter Bummel durch die Goethestraße. Und wieder ein Glas mit kunstvoll geschäumtem Latte macchiato, diesmal nicht im klassischen Hauptwache-Café, sondern in einer hippen Bar in einer der Parallelstraßen der Zeil.

Mara hatte sie die ganze Zeit über beobachtet, vom späten Morgen bis zum frühen Nachmittag. Als sie nun in den Gastraum glitt und wie aus dem Nichts an Isabells Tisch Platz nahm, fuhr die junge Frau zusammen.

»Lassen Sie mich in Ruhe«, zischte sie.

»Das würde ich gern«, erwiderte Mara gelassen. »Aber erst, wenn Sie mal etwas gesprächiger werden.«

In der Bar war nicht viel los, nur an zwei weiteren Tischen saßen Gäste.

»Ich habe Ihnen alles gesagt, was ich weiß.« Nervös spielten Isabells Finger mit ihrem noch halb vollen Glas.

»Das war nicht viel.«

»Weil ich eben nicht viel weiß.« Isabell trug eine hautenge Hose und ein elegantes, teures Top, das sich ebenfalls eng um ihre Formen schmiegte.

»Von wem erhalten Sie das Geld für die Miete des netten Häuschens?«

»Lassen Sie mich in Ruhe!«

»Marek Pohl«, sagte Mara übergangslos.

Isabell verdrehte die Augen. »Nach dem haben Sie mich doch schon mal gefragt. Ich kenne ihn nicht.«

Eine Bedienung tauchte am Tisch auf. »Was kann ich Ihnen bringen?«

»Nichts, danke.« Mara wartete, bis sie wieder allein waren. »Karevic war ein Schwein. Das hat mal jemand zu mir gesagt.« Leiser fügte sie hinzu: »Sie haben Schlimmes durchgemacht, Isabell. Ich weiß das.«

»Lassen Sie mich in Ruhe«, kam es über Isabells bebende Lippen.

»Wie brutal ist Karevic mit Ihnen umgesprungen?«

Isabells Augen schimmerten feucht. Mit bitterem Trotz in der Stimme gab sie zurück: »Ich habe es überlebt. Das allein zählt für mich.«

»Und Marek Pohl? Ist der auch brutal zu Ihnen gewesen?«

»Ich habe Ihnen doch gesagt, ich kenne den Typen nicht.«

»Hören Sie zu, Isabell.« Mara maß sie mit einem langen Blick. »Ich habe größte Achtung vor Ihnen. Und all den Frauen, die Ähnliches durchgemacht haben wie Sie.«

Abwartend taxierte Isabell sie, ihr Mund eine schmale Linie.

»Aber irgendetwas verbergen Sie vor mir. Und ich will wissen, was das ist.«

Isabell senkte die Lider, sah in ihr Glas mit dem kalt gewordenen Schaumkaffee. »Ich habe Ihnen nichts zu sagen.«

Mara stand auf. »Dann werden wir uns wiedersehen.«

Ohne ein weiteres Wort verließ sie die Bar, um ins Präsidium zu fahren.

Dort wollte sie zunächst überprüfen, ob Klimmt anwesend war. Sie hatte sich vorgenommen, mit ihm zu sprechen, auch wenn sie sich nicht sicher war, ob das wirklich eine gute Idee war. Nebenbei wählte sie Carlos Borkes Nummer – wiederum ohne ihn zu erreichen.

Als sie die offene Tür ihres Büros passierte, machte Rosen ein Handzeichen, als hätte er Neuigkeiten für sie, und sie gab ihm zu verstehen, dass sie gleich bei ihm sein würde.

Klimmts Tür war ebenfalls nicht geschlossen. Sie spähte hinein und entdeckte ihn in Gedanken versunken am offenen Fenster stehend.

»Haben Sie eine Minute?« Mara betrat den Raum und schloss die Tür.

»Nicht mal eine Sekunde.« Er schnippte die Zigarettenkippe ins Freie und stellte seine Kaffeetasse, aus der Dampf aufstieg, auf der Tischplatte ab.

Sie blieb stehen, kerzengerade vor seinem Schreibtisch. Wie immer. »Ich habe eine Theorie, was die Morde betrifft.«

»Welche Morde?«, brummte er. »Es gibt so viele in letzter Zeit.«

Nein, keine gute Idee, sagte sie sich. Aber jetzt war es zu spät. »Natürlich Karevic, Pohl, Köybasi.«

Klimmt setzte sich und sah sie aus rot unterlaufenen Augen an. »Auch wenn Sie mich dafür hassen: Sie sind raus aus dem Team. Sie dürfen da nicht mehr mitspielen. Also lassen Sie's.«

»Klingt vielleicht abenteuerlich, meine Theorie«, antwortete sie seelenruhig, als hätte er gar nichts geäußert. »Aber für mich ist da etwas dran.«

»Beinahe schon bewundernswert, Ihre Sturheit, Billinsky.«

»Wenigstens etwas, das uns verbindet«, meinte sie trocken.

»Dann mal raus damit.« Er schob ein Bein auf die Schreibtischecke.

Die abfällige Art kannte Mara von ihrem Vater, und sie war noch unentschlossen, an wem von beiden es ihr mehr auf den Geist ging.

»Es ist doch so, dass es keine Verbindung zwischen den dreien zu geben scheint, richtig?«

»Richtig, Billinsky«, meinte er mit gnädigem Unterton.

»Es gibt eine.«

»Und die wäre?« Mit skeptisch gerunzelter Stirn schlürfte er laut seinen Kaffee.

»Vergewaltigung«, sagte sie.

Klimmt machte ein irritiertes Gesicht. »Hä?«

»Alle drei waren Vergewaltiger.«

Er stierte sie an, als hätte sie einen Dachschaden.

»Karevic, Pohl und Köybasi«, fuhr Mara sachlich fort, »sind Vergewaltiger gewesen. Und zwar ganz besonders brutale, erbärmliche, widerliche Vergewaltiger.«

Er lachte auf, und sie hätte ihm am liebsten seinen Kaffee ins Gesicht geschüttet.

»Was soll das, Billinsky? Wollen Sie mich auf den Arm nehmen?«

»Ob Sie's glauben oder nicht, das ist die Gemeinsamkeit, die alle drei Mordopfer verbindet und ...«

»Vier«, unterbrach er sie.

»Bitte?«

»Mittlerweile sind es vier Mordopfer, mit denen wir uns herumplagen müssen.«

»Wer ist Nummer vier?«

»Sozusagen ein alter Bekannter. Er wurde am Westbahnhof gefunden. Kennen Sie die alten Backsteingebäude?«

Die Worte versetzten Mara einen Stich – sofort musste sie an Borke denken. »Wer?«, fragte sie mit jäher Schärfe.

»Ein gewisser Zoran Tosic. Der Name ist Ihnen mit Sicherheit vertraut.«

»Er gehörte zu Karevics Bande. Also inzwischen zu Malovan. Ich hatte sogar schon mal das zweifelhafte Vergnügen, Tosic persönlich zu treffen.«

»Ach, wirklich?«, blaffte Klimmt.

»Ja, wirklich«, betonte Mara. »Sie haben meinen Bericht also noch nicht gelesen? Da ist die Begegnung erwähnt.«

»Doch, ich habe Ihren verdammten Bericht gelesen. Aber viel Verwertbares ist nicht ...«

»Wie starb Zoran Tosic?«, fiel sie ihm ins Wort, ohne ihre Ungeduld auch nur im Mindesten verbergen zu wollen.

»Schießerei. Eine Kugel in der Brust. 19 mal 9 mm. Wahrscheinlich von einer Glock 17.« Er trank einen Schluck. »Haben Sie sonst noch einen heißen Tipp für mich? Außer Ihrer fabelhaften Vergewaltigungsidee?«

»Tosic wurde also nicht gefoltert. Oder haben Sie mir dieses Detail etwa verschwiegen? Das würde nicht gegen die Theorie mit der Vergewaltigung sprechen.«

»Das ist keine Theorie«, widersprach er, »sondern totaler Quatsch.«

»Zoran Tosics Tod hat offenbar nichts zu tun mit den anderen drei Morden«, hielt sie dagegen. »Eine Schießerei ...«

»Vielleicht sollte Tosic ja gefoltert werden«, unterbrach Klimmt sie. »Aber er konnte fliehen, und es hat ihn auf der Flucht erwischt. Was weiß ich. Wir müssen sowieso erst noch die endgültigen Ergebnisse der Spurensicherung abwarten.«

»Ich möchte alle Einzelheiten über den Mord erfahren«, verlangte Mara.

»Billinsky, Sie sind draußen. Wie oft muss ich es Ihnen noch sagen?« Er drehte den Stuhl um hundertachtzig Grad, sodass sie auf das lichter werdende Haar seines Hinterkopfs starrte.

»Sie können mich kaltstellen, aber Sie können mich nicht davon abhalten zu kämpfen.«

Er unterließ es, darauf etwas zu erwidern.

Auf einmal ging die Tür auf, Schleyer und Patzke platzten herein.

»Chef!«, rief Schleyer. »Eine Katastrophe!«

Klimmt federte aus seinem Stuhl hoch und drehte sich zu ihnen um. »Billinsky«, sagte er dumpf. »Lassen Sie mich mit den Kollegen allein.«

Sie warf ihm einen kalten Blick zu, verließ das Büro und schlug die Tür mit einem trockenen Knall zu.

48

»Was hast du mir vorhin sagen wollen?«

Mara stand neben Rosen bei dem Kaffeeautomaten, jeder in der Hand einen Becher, aus dem es dampfte.

»Ich wollte dir von diesem Zoran Tosic berichten. Aber das hat mittlerweile wohl Klimmt erledigt.«

»Hat er«, brummte Mara. Sie nippte vorsichtig an ihrem Becher und verbrannte sich trotzdem die Zunge. »Schmeckt einfach schauderhaft.«

»Ich wollte noch etwas sagen …«

Der Signalton von Maras Handy stoppte ihn.

Sie zog es aus der Tasche und sah aufs Display. »Hi, Hanno, hier ist Mara.«

»Hallo, Mara, störe ich?«

»Was gibt's? Erzähl schon.« Ein Seitenblick zeigte ihr, dass Rosen mit Ungeduld darauf wartete, fortfahren zu können. Was er wohl wollte?

»Es geht um Rafael«, erklärte Hanno. »Er hat seine Aussage gemacht und ist erst einmal in Polizeigewahrsam genommen worden.«

»Das war zu erwarten.«

»Ich hoffe, ich kann es hinbiegen, dass er bis zu seiner Verhandlung nicht in einen Jugendknast muss.«

»Wo willst du ihn unterbringen? Wieder in dem Heim?«

»Genau. Ich werde mich für ihn einsetzen und dafür bürgen, dass keine Fluchtgefahr besteht.«

»Sag ihm, ich denke an ihn. Und dass ich ihm die Daumen drücke.«

»Sicher, das werde ich.« Dann begann er ein wenig herumzudrucksen, und Mara fiel ihm ins Wort. »Was ist los? Nur raus damit.«

»Mara, ich glaube, es würde ihn wahnsinnig freuen, wenn du ihn besuchen würdest. Egal, wo er vorerst landet.«

»Ist doch klar, dass ich das mache.«

»Das freut mich zu hören. Du hast zu seinem Sinneswandel mehr beigetragen als ich.« Betont setzte er hinzu: »Ich danke dir.«

»Dafür habe ich sonst bisher nicht allzu große Beiträge geleistet ...«, meinte sie grüblerisch.

»Mach dich nicht kleiner, als du bist. Du bist keine Maus.«

»Nein, eine Krähe. Bis bald, Hanno!«

»Bis dann, Mara!«

Sie beendete die Verbindung. Rosen setzte erneut zu einer Äußerung an, als ein weiteres Signal von Maras Handy dazwischenfunkte.

Diesmal war es eine SMS.

Von Carlos Borke.

»Äh, Billinsky ...«, versuchte sich Rosen in Erinnerung zu bringen, aber sie beachtete ihn nicht.

Borke lebt!, fuhr es ihr durch den Kopf. Warum hatte er nicht auf ihre Anrufe reagiert?

Sie las die Nachricht: Osthafen, Svoboda.

Was sollte das?

»Billinsky, ich wollte dir sagen ...«

»Sorry, Rosen«, unterbrach sie ihn und rief Borke an. Das Freizeichen erklang, sie ließ es klingeln und klingeln – er muckste sich nicht.

Wieder begann Rosen, wieder hielt sie ihn auf. »Moment noch, Rosen.«

Mit wilden Fingern tippte sie eine Nachricht an Borke ein: Melde dich, verdammt noch mal!!!!

Erneut wählte sie seine Nummer, doch es erfolgte nur das Tuten, das an ihren Nerven zerrte. Mit düsterem Gesichtsausdruck schob sie das Handy in die Jackentasche.

»Also, es ist so ...«, begann Rosen hastig – und es klingelte ihr Handy.

Carlos Borke.

Endlich.

Sie wandte sich von Rosen ab, brachte rasch ein paar Meter zwischen sich und ihn. Die Schulter an die Wand des Flurs gedrückt, sagte sie ins Handy: »Was soll das blöde Versteckspiel, Borke?«

Borkes heiseres Lachen erklang. »Das ist kein Spiel, glaub's mir.«

»Zoran Tosic.«

»Was ist mit ihm?«

»Warum musst du immer auf ahnungslos machen? Das nervt.« Sie sog die Luft ein. »Das warst du, oder? Tosic. Du hast ihn ...«

»Lass uns ein anderes Mal über ihn reden«, fiel er ihr ins Wort. »Okay?«

»Und der Osthafen? Svoboda? Was soll das?«

»Der große Deal.«

»Die Drogen treffen per Schiff in Frankfurt ein? Willst du mir etwa das sagen?«

»Richtig, ein ganz gewöhnliches altes Containerschiff mit dem Namen Svoboda. Das tschechische Wort für Freiheit. Toll, oder? Zoll, Papiere, alles ordentlich. Ich weiß nicht, aus was die eigentliche Ladung besteht, aber irgendwie werden die Drogen auf diesem Kahn untergebracht sein. Im Osthafen sollen sie dann auf Lkws verladen werden.«

»Ausgerechnet dort?«, wollte Mara wissen, immer noch skeptisch.

»Ja, der bescheidene, unauffällige Osthafen.«

»Wo genau?«

»Unterhafen. Südbecken. Genauer geht's wirklich nicht.«

»Wann?«

»Weißt du eigentlich, was ich mit diesem Gespräch riskiere?«

»Dein Leben, schätze ich«, gab sie trocken zurück.

»Das Blöde ist, ich hab nur ein Leben.«

»Wann, Borke?«

Schweigen.

»Wann?«

»In etwa drei Stunden.«

»Was?«, platzte es aus ihr heraus. »Wieso sagst du mir es erst jetzt?«

»Hey, ich wollte es dir überhaupt nicht sagen.« Schrill lachte er auf. »Ich weiß noch nicht mal, weshalb ich das tue. Ich muss komplett verrückt geworden sein.«

»Ich nehme an«, erwiderte sie wieder ruhiger, »dir ist es lieber, wenn niemand weiß, von wem der Tipp mit dem Osthafen kam.«

»Ach, scheiß drauf. Wer weiß, ob es noch eine Rolle spielt«, sagte er leiser, nachdenklicher, verhaltener. »Ich hätte da niemals mitmachen sollen. Ein paarmal hab ich verdammtes Schwein gehabt. Mein Glücksguthaben ist aufgebraucht.«

»Borke, du hörst dich komisch an.«

»Drei Stunden hast du noch. Du musst fliegen, Krähe.«

Ein Knirschen, ein Klicken, die Verbindung war tot.

Maras Blick fiel auf Rosen, der sich linkisch näherte.

»Ich wollte dir sagen«, begann er mit einer Entschlossenheit, die bei ihm fast lustig wirkte, »dass du ab jetzt auf mich zählen kannst. Dass ich dir helfen werde.«

»Rosen«, antwortete sie, mit den Gedanken allerdings woanders, »anfangs hätte ich nichts gegen etwas Unterstützung gehabt. Aber jetzt ist es zu spät.«

»Wieso?«, fragte er perplex.

»Weil du Ärger kriegst, wenn du mir hilfst, was denkst du denn? Großen Ärger. Das will ich nicht. Es reicht, wenn ich auf die Schnauze falle.« Sie musterte ihn. »Du bist wirklich ein komischer Vogel.«

»Jedenfalls kein Spatz«, gab er trotzig zurück.

»Freut mich zu hören.«

»Also, Billinsky, wie kann ich dir helfen? Was soll ich tun? Ich weiß doch, dass du nicht aufgeben kannst.«

»Hilf lieber dir selbst. Indem du dich raushältst.«

Damit ließ Mara ihn stehen, das Handy wieder am Ohr. Sie rief Hauptkommissar Meichel an, doch er nahm nicht ab, weder am Handy noch am Bürotelefon.

Eine Hand legte sich auf ihre Schulter. Sie hielt inne. Rosen war ihr hinterhergelaufen. »Wie kann ich dir helfen?«, fragte er drängender.

»Ich habe da so eine komische Theorie«, murmelte sie und setzte ihren Weg mit schnellen Schritten fort, vorbei an ihrem Büro, hin zum Ausgang.

»Welche Theorie?« Rosen ließ sich nicht abschütteln.

»Für die bin ich vorhin schon mal ausgelacht worden – vielleicht behalte ich sie lieber für mich.«

»Lass hören.«

»Karevic und Pohl waren sadistische Schweinehunde. Und sie waren Vergewaltiger ...«

»Und weiter?«

»Ich weiß nicht, Rosen. Wenn ich so darüber nachdenke ... Wahrscheinlich hat Klimmt recht, und es ist totaler Quatsch.«

»Billinsky, sag schon, was geht dir im Kopf rum?«

Sie erreichten die Tür am Anfang des Flurs.

»Ich muss los, Rosen. Bis später!«

Mara verließ die Abteilung und spürte, wie er ihr durch die Glastür nachsah.

Sie beeilte sich, sie durfte wirklich keine Sekunde verlieren.

Schon kurz darauf platzte sie in eine Besprechung, die Meichel mit seinen Untergebenen abhielt.

Mit wütendem Gesicht fuhr der Hauptkommissar aus seinem Stuhl hoch. »Was soll das?«, herrschte er sie an. »Das ist eine vertrauliche ...«

Ihr Blick brachte ihn zum Schweigen.

»So wichtig?«, fragte er.

Mara nickte nur.

Er führte sie in sein Büro und schloss die Tür.

»Ich weiß mehr«, sagte sie sofort. »Wir müssen schnell handeln.«

»Erzählen Sie mir erst mal die Neuigkeiten«, forderte Meichel sie auf.

Mara berichtete in knappen Worten von ihrem Telefonat.

»Diese Informationen«, murmelte er angespannt, »kommen wieder von Borke?«

»Ich bin mir ziemlich sicher, dass da was dran ist.«

Sie sah Meichel förmlich an, wie die Rädchen hinter seiner Stirn rotierten. Er setzte sich an seinen Laptop und tippte wild auf der Tastatur herum. »Ich schreibe eine E-Mail an einen Bekannten bei der Wasserschutzpolizei. Der soll sich mal um dieses Schiff kümmern. Svoboda, sagten Sie, stimmt's?« Schon stand er wieder auf. »Übrigens, nochmals besten Dank für den Tipp mit diesem Novian!«

»Sie zweifeln also nicht mehr, dass es ihn gibt?«, betonte Mara mit lässiger Ironie.

Er grinste kurz. »Leider ist er nur allzu real. Allerdings kennen wir nach wie vor weder seinen richtigen Namen noch seine Herkunft. Aber er scheint über Frankfurt heraufzuziehen wie ein Jahrhundertgewitter. Ich bin nicht zimperlich, ich bin kein Feigling, aber sogar mir leuchtet ein, dass höchste Vorsicht geboten ist. Novian ist offenbar dabei, vor unserer Haustür ein wahres Imperium aufzubauen. Je schneller wir mehr über ihn, seine Wurzeln und seine Verbindungen in Erfahrung bringen, desto eher können wir gegen ihn vorgehen.«

»Der Osthafen ist der erste Schritt«, bemerkte Mara. »Aber wir dürfen nicht noch mehr Zeit mit Geplauder opfern.«

»Drei Stunden?«

»Jetzt nicht mehr ganz drei Stunden.«

»Das heißt, ich muss allein aufgrund Ihrer vagen Informationen einen Großeinsatz lostreten. Ihnen ist klar, dass ich das nicht mehr genauer überprüfen und verifizieren kann.«

»So vage sind die Informationen nicht«, widersprach Mara. »Sogar ziemlich konkret.«

»Aber sind sie auch verlässlich?« Meichel verzog das Gesicht. »Ich müsste die Kollegen von der Wasserschutzpolizei noch ein wenig mehr aufscheuchen.« Er spähte aus dem Fenster. Die Dämmerung hatte eingesetzt, der Himmel verdunkelte sich rasch.

Jemand klopfte an die Tür. »Chef?«

»Moment noch, ich bin gleich wieder bei euch«, rief Meichel nach draußen.

»Die Uhr tickt«, sagte Mara schlicht.

»Scheiße!« Seine Fingerspitzen trommelten in einem wilden Takt auf den Schreibtisch, vor dem er sich postiert hatte.

»Zuschlagen oder nicht zuschlagen?«, fragte Mara.

»Was würden Sie denn an meiner Stelle tun, Billinsky? Wenn Sie die Verantwortung hätten.«

»Zuschlagen«, antwortete sie ohne Zögern.

49

Ein verdammt bedrückendes Gefühl erfasste ihn, als er dieses dunkle, ungelüftete Vereinsheim am Stadtrand von Darmstadt betrat. Heavy-Metal-Gedröhne schlug ihm entgegen wie ein peitschender Windstoß. Blicke trafen ihn mit einer Mischung aus Spott und Feindseligkeit.

Wie sehr er sich doch wünschte, dass man ihm nicht ansähe, dass er eingeschüchtert war. Allerdings war ihm klar, dass dieser Wunsch unerfüllt bleiben würde.

Mit Bedacht setzte er jeden einzelnen Schritt, bis er den Tresen erreichte.

Die Blicke, die Musik, der Geruch von Schweiß, Zigarettenasche und schalem Bier.

Er fühlte sich völlig fehl am Platze, er war nervös, in Sekundenschnelle in Schweiß gebadet. Alleingänge kannte er nicht; es war, wie auf hauchdünnem Eis einen plötzlichen Sprint machen zu müssen.

Warum nimmst du das Risiko auf dich?, fragte er sich auf einmal. Nur wegen Mara Billinsky? Was verband ihn mit ihr? So gut wie nichts. Ging es nach den Kollegen, würde die Krähe in ein paar Wochen nicht mehr Teil ihrer Abteilung sein. Wollte er bei Klimmt plötzlich auch in Ungnade fallen? Genau wie sie? Wegen nichts und wieder nichts. Wegen einer lächerlichen Theorie, über die Billinsky ihm noch nicht einmal richtig Auskunft gegeben hatte.

Die Bravados, die anwesend waren – immerhin ein gutes Dutzend –, gruppierten sich um ihn, und er fühlte sich gleich noch mickriger und noch deplatzierter in seiner neuen Softshelljacke und der beigen, ordentlich aufgebügelten Stoffhose.

»Wen haben wir denn da?«, meinte Butsch Grabow mit einem hämischen Unterton.

Meine Güte, was für eine Schnapsidee, sagte sich Jan Rosen bestürzt. Er wusste, dass alle die glitzernden Schweißperlen auf seiner Stirn sehen konnten.

»Ich möchte Ihnen ein paar Fragen stellen«, rief er angestrengt gegen die polternde Musik an.

»Ach? Sieh mal an.« Grabow, stiernackig, tätowiert, knapp zwei Meter groß, starrte ihn an. »Ich dachte, du wolltest Mitglied werden.«

Die Bravados lachten.

Los, sagte sich Rosen, zieh's durch. »Wirklich nur ein paar Fragen«, wiederholte er und versuchte dabei krampfhaft, ein wenig Festigkeit in seine Stimme zu legen.

Als er höchstens fünfzehn Minuten später das schmuddelige Vereinsheim verließ, brauchte er mindestens genauso lange, um wieder ruhiger und gefasster zu werden.

Er setzte sich hinters Steuer seines Audis und fuhr erst nach einer Weile los. Die Befragung hatte nicht viel gebracht, aber eine hingeworfene Bemerkung Butsch Grabows war trotz allem hängen geblieben.

Rosen war versucht, sich aus mechanischer Pflichtschuldigkeit bei Klimmt zu melden, um sich zu erkundigen, ob er gebraucht werde. Er stellte sich vor, wie Klimmt ihn anfauchen würde, wo er denn überhaupt sei. Nein, lieber nicht anrufen.

Während er sich auf der Autobahn Frankfurt näherte, drängte sich schon wieder eine Frage in sein Bewusstsein: Warum um alles in der Welt tust du das? Und endlich ergab sich die Antwort. Keineswegs wegen Mara Billinsky. Allein seinetwegen. Frag dich lieber, was du die letzten Jahre getan hast. Du hast dich versteckt. Einerseits hatte es ihn immer genervt, dass die Kollegen ihn nicht ernst nahmen. Andererseits hatte er es sich aber somit auch ganz leicht in seiner kleinen Außenseiterecke bequem machen können. Recherchieren – für die anderen. Datenbänke durchforsten – für die anderen. Fakten aus lange zurückliegenden Fällen ausgraben und hinsichtlich bisher unentdeckten Informationsgehalts überprüfen – für die anderen. Eben ein Schreibtischtäter, ein Sesselpupser, einer, der den Staub des Büros einatmete, aber so gut wie nie der Gefahr der Straße ausgesetzt war. Ein halber Polizist. Halbherzig. Inkonsequent. Ein Spatz.

Die Krähe hatte ihm die Augen geöffnet, wie er sich eingestand. Sie zu beobachten, hatte ihm geholfen, einen offeneren Blick auf sich selbst zuzulassen.

In Frankfurt nahm Rosen Kurs aufs Bahnhofsviertel. Er hatte nicht die leiseste Ahnung, ob das, was er gerade tat, etwas bringen würde. Aber zum ersten Mal war das Gefühl, das in ihm wogte, nicht ganz so überwältigend, nicht ganz so angsteinflößend. Er zwang sich, den Weg weiterzugehen, den er eingeschlagen hatte. Nicht aufgrund einer vagen Theorie, die er gar nicht kannte. Nicht für Billinsky. Nur für sich. Um von jetzt an mit einem anderen Blick in den Spiegel schauen zu können als bisher.

50

Gerüche von Wasser und Abfall und Stahl.

Eine dunstige Stille.

Der Main spiegelte das schwache Sternenlicht wider, das sich mühsam durch die Wolkendecke fraß.

Der ältere Teil des Osthafens, der Unterhafen, am nördlichen Flussufer gelegen, in der Nähe der Honsellbrücke. Der Arbeitstag war längst zu Ende. Auch in den Gebäuden der nahen Hanauer Landstraße erloschen immer mehr Lichter.

Der Frankfurter Osthafen war einer der zehn größten Binnenhäfen Deutschlands, und obwohl große Mengen an Massengütern wie Öl, Kohle und Chemikalien umgeladen wurden, sah man in den Hafenbecken dennoch eher selten viele Schiffe.

Der Abend lag schwer und dunkel über der ganzen Gegend.

Zwei Lkws parkten auf dem Asphaltstreifen, der parallel zum Wasser verlief. Die beiden Fahrer standen am Rand des Kais, die Hände in den Taschen, und beobachteten, wie das uralt wirkende Containerschiff festgemacht wurde. Ein einziger Strahler auf Deck strich über die blauen und roten ISO-Container hinweg. Offiziell bestand die Ladung aus Getreide.

Mara Billinsky und Hauptkommissar Meichel hofften noch auf eine inoffizielle Ladung.

Sie befanden sich ein Stück abseits der Stelle, die sie beobachteten, an den Rand eines Betonklotzes gedrückt, in dem Büros untergebracht waren und in dem keine einzige Lampe mehr eingeschaltet war.

Gestalten wurden auf dem Deck der Svoboda sichtbar.

Man begann Vorkehrungen zu treffen, die Container zu entladen.

»Sie hätten mich wirklich nicht begleiten müssen«, raunte Meichel ihr zu.

»Keine Sorge, deswegen fällt bei mir kein Rendezvous ins Wasser.«

»Noch wichtiger ist, dass unsere Aktion kein Griff ins Wasser wird.« Er machte eine Durchsage über das Funkgerät, das er sich dicht an die Lippen hielt.

Wie aus dem Nichts stach auf einmal ein Lichtstrahl durch den Dunst, der über dem Main schwebte.

Gleich darauf ein zweiter Lichtstrahl.

»Hier spricht die Polizei …«, ertönte eine blecherne Megafonstimme, die die Stille zerfetzte.

Das Hilfsstreifenboot Hessen 411 zischte heran, gefolgt von Hessen 2, einem schwereren, explosionsgeschützten Streifenboot, das normalerweise in Wiesbaden stationiert war.

Meichel hatte trotz der geringen Zeit, die zur Verfügung gestanden hatte, tatsächlich alle Hebel in Bewegung gesetzt.

Die Gestalten auf dem Schiff erstarrten, keine davon bewegte sich.

Die beiden Lkw-Fahrer machten Anstalten, sich in ihre Laster zu schwingen, doch ein Dutzend Polizisten eines Sondereinsatzkommandos tauchten plötzlich zwischen den umliegenden Gebäuden auf und stürmten heran, die Waffen im Anschlag. Auch Meichels Beamte schwärmten aus, um mögliche Fluchtwege zu sperren.

Weitere Megafondurchsagen und weitere Scheinwerfer, die von den Polizeibooten aus den Osthafen abtasteten.

Mara verfolgte, wie die Fahrer der Lkws und die Männer auf der Svoboda verhaftet wurden.

»Ich hoffe für Sie«, sagte Meichel, »dass wir auf diesem lausigen Kahn irgendetwas finden.«

Mara antwortete nichts, ihre Gedanken waren bei Carlos Borke.

»Und für mich hoffe ich das erst recht.« Meichel nickte ihr zu. Dann lief er los, um aufs Schiff zu gelangen und sich selbst ein Bild von der Sache zu machen.

Mara wollte ihm folgen, als ein kurzer Signalton erklang. Sie zog ihr Handy aus der Jacke und las die SMS, die sie erhalten hatte. Sie stammte nicht von Borke, wie sie zunächst angenommen oder gehofft hatte, sondern von Jan Rosen.

Muss mit dir reden, las sie.

Mara löste sich aus ihrem Versteck und beobachtete, wie die Papiere der in Gewahrsam genommenen Männer überprüft wurden. Dann wurden ihnen Handschellen angelegt. Mehrere Kleinbusse der Polizei fuhren heran. Die Männer wurden in Gruppen auf die Fahrzeuge verteilt. Von Meichel war nichts zu sehen, er befand sich auf Deck, irgendwo zwischen den Containern, an denen sich seine Leute zu schaffen machten.

Mara entfernte sich ein paar Schritte. Sie nahm ihr Handy und rief Rosen an, der sich sofort meldete.

»Was ist los, Rosen?« Sie ließ ihm kaum Zeit, ein rasches Hallo von sich zu geben.

»Ich habe etwas für dich. Vielleicht nicht viel, aber immerhin …«

»Ach?«, sagte sie erstaunt. »Na dann los, mach's nicht so spannend.

»Ich habe mich heute noch einmal mit den Bravados unterhalten.«

»Sieh mal an.« Ihr Erstaunen wuchs.

»Wie gesagt, das war, äh, nicht so ergiebig«, fuhr er gewohnt umständlich fort, »und ich hätte mir gewünscht, mehr zu …«

»Aus welchem Grund hast du das überhaupt gemacht?«, fiel sie ihm ungeduldig ins Wort. »Ich habe dich doch gewarnt.«

»Na ja, du hast etwas von Vergewaltigung erwähnt, und ich dachte, ich kann ja mal in dieser Richtung nachfragen.«

»Okay ...« Jetzt war sie endgültig verblüfft. Was war denn in ihn gefahren? »Aber, Rosen, ich habe dir doch gar nicht viel erzählt. Wie hast du denn angesetzt?« Langsam ging sie weiter, den Osthafen nun im Rücken, vor ihr eine Parallelstraße der Hanauer Landstraße.

»Na ja, ich habe mich bei Grabow und seinen Freunden einfach mal erkundigt, wie Marek Pohl so im Allgemeinen bei der Damenwelt angekommen ist.«

»Und?«

»Zuerst haben sie nur dumme Sprüche gemacht. Dann aber fiel mir eine Bemerkung von Grabow auf. So was wie ›Wenn Pohl im Puff aufkreuzte, hätten sich die Hasen am liebsten unter den Betten versteckt‹.«

»Die Frauen reagierten also ängstlich auf Pohl?«, sagte Mara, während sie allmählich weiterging.

»Genau das hat Grabow damit gemeint. Pohl muss ziemlich gewalttätig gewesen sein. Und es passt ja auch zu der Aussage, die Astrid Weigel, seine Exfreundin, mir gegenüber gemacht hat.«

»Du überraschst mich, Spatz.« Maras Blick schweifte die vollkommen leere Straße hinab. Dunkle Büro- und Lagergebäude um sie herum. Von dem Polizeieinsatz, der nur wenige Minuten entfernt sein Ende nahm, war praktisch nichts mehr zu hören.

»Außerdem war ich im Bahnhofsviertel«, sprach Rosen weiter.

»Du überraschst mich nicht«, korrigierte Mara sich, »du machst mir Angst.«

»Nicht gerade mein bevorzugtes Jagdrevier.« Er ignorierte ihren Spott. »Ich war in einigen Stripschuppen unterwegs.«

»Spaß gehabt?«

»Weder Spaß noch Erfolg. Ich habe Fragen nach Karevic gestellt. Wie du wohl auch.«

»Kann man wohl sagen.«

»Vor allem im Hinblick auf Vergewaltigung und körperliche Gewalt gegenüber den Frauen dort im Allgemeinen.«

Was hat der gute Rosen doch immer für eine spröde Beamtensprache auf Lager, dachte Mara beiläufig. »Und weiter?« Sie war stehen geblieben. In der Ferne leuchteten kurz die Scheinwerfer eines Autos auf, aber sie achtete nicht darauf.

»In einem dieser üblen Etablissements habe ich mit einer Stripperin gesprochen.«

»Kannte sie Karevic?«

»Ja, aber sie konnte nichts Neues über ihn erzählen. Brutal, rücksichtslos, ohne Skrupel. Nichts, was wir nicht schon gewusst hätten. Also habe ich sie nach Isabell Ljubimac gefragt.«

»Woher kennst du diesen Namen? Dir gegenüber hatte ich ihn nie erwähnt.«

»Hey, Billinsky, ich bin nicht Klimmt. Ich habe mir deinen Bericht sehr genau durchgelesen, und mir fiel natürlich sofort auf, wie viel Bedeutung du dieser Isabell beimisst. Ich dachte mir schon, dass es dich wahnsinnig wurmt, bei ihr nicht weiterzukommen.«

»Damit hast du absolut recht.« Mara fuhr sich beiläufig durch ihr langes schwarzes Haar. »Selbst jetzt noch versuche ich, an ihr dranzukleben.«

»Also, die Stripperin kannte nicht nur Karevic, sondern eben auch Isabell.«

»Moment mal, wie heißt sie? Etwa Aileen?«

»Nein, sie nannte sich Zoe, aber ich hatte nicht den Eindruck, dass das ihr richtiger Name ist.«

»Was hat sie über Isabell ausgeplaudert?«

»Dass sie sie schon sehr lange nicht mehr gesehen hatte. Aber dann, erst vor Kurzem, lief sie ihr in einem Fitnessstudio in der City über den Weg.« Rosen holte Luft und fuhr fort. »Zoe fragte sie, wie es ihr gehe und wo sie sich herumtreibe, doch Isabell gab sich ziemlich zugeknöpft. Zoe plauderte weiter und fragte sie wohl ganz offen, wie sie den Absprung geschafft habe.«

»Und?« Wieder das Aufleuchten der Fahrzeugscheinwerfer – das Auto hatte gewendet. Mara jedoch schenkte dem Wagen immer noch keine große Beachtung.

»Isabell muss eine irgendwie komische Bemerkung gemacht haben. Ihr sei ein Engel über den Weg gelaufen.«

»Ein Engel?«, wiederholte Mara dumpf und blieb stehen.

»Ja, und dieser Engel hätte dafür gesorgt, dass sie mit der Vergangenheit abschließen und einen klaren Schnitt machen konnte.«

»Wer könnte das sein?«, fragte Mara murmelnd – sowohl an Rosen als auch sich selbst gerichtet.

Das Auto näherte sich genau der Stelle, an der sie stand, ein wenig von der Straße abgewandt.

»Ich weiß es wirklich nicht«, drang Rosens Stimme zu ihr. »Zoe hat wohl noch nachgefragt, aber Isabell hat nicht mehr dazu gesagt, sondern sich rasch aus dem Staub gemacht. Offenbar war es ihr nicht unbedingt recht, jemanden zu treffen, der sie von früher kannte.«

»Ein Engel«, betonte Mara noch einmal, den Blick ins Nichts gerichtet.

»Wir werden es herauskriegen.«

»Wir?«, fragte Mara ironisch.

»Mach's gut, Krähe.«

»Hey, Spatz!«

»Ja?«

»Danke!«

Ohne ein weiteres Wort beendete Rosen das Gespräch.

Mara verstaute ihr Handy. Rosens nahezu überfallartige Hilfe ließ sie schmunzeln. Was war denn nur in ihn gefahren?, fragte sie sich erneut.

Sie setzte sich in Bewegung, um die Straße zu überqueren.

Ein jähes Geräusch ließ sie herumfahren.

Das Aufheulen eines Motors.

Scheinwerferlicht blendete ihre Augen.

Geistesgegenwärtig hechtete sie zur Seite und landete auf dem Asphalt. Sofort kam sie wieder auf die Beine, die Pistole lag in der Hand.

Der Wagen wendete erneut, und Mara hastete auf den Bürgersteig, ohne das Gefährt aus den Augen zu lassen.

Diesmal jedoch machte der Fahrer keine Anstalten, auf sie zuzurasen.

Sie hielt die Waffe im Anschlag. Alle ihre Sinne waren zum Zerreißen gespannt – diese Situation war so schlagartig über sie hereingebrochen.

Das Auto kam seitlich von ihr zum Stehen, der Motor wummerte noch leise. Eine schwarze Mercedes-Limousine.

Die Konturen des Fahrers waren zwar zu sehen, sein Gesicht jedoch nicht zu erkennen.

Die hinteren Fenster waren getönt, sodass es unmöglich war, einen Blick ins Innere zu erhaschen.

Plötzlich wurde die hintere Scheibe heruntergelassen.

Mara spürte das Trommeln ihres Herzens.

Die Umrisse eines Kopfs wurden sichtbar.

Sie spürte den Blick aus fremden Augen, der sie maß, intensiv, glühend.

Ein eisiger Schauer rieselte an ihrem Rückgrat herab.

Die Limousine startete auf einmal mit kreischenden Reifen, beschleunigte gewaltig und jagte auf der nächtlich leeren Straße davon, bis nichts mehr von ihr zu sehen war.

Mara atmete durch und ließ die Waffe sinken.

Sie wusste, wer im Fond des Wagens gesessen hatte.

Und ihr war auch klar, was der Blick zu bedeuten hatte, dieser Blick, der auch jetzt noch auf ihr zu ruhen, der noch spürbar zu sein schien wie eine Verbrennung.

Sie hatte sich einen Feind gemacht.

Einen mächtigen Feind, dessen Schatten sie von jetzt an verfolgen würde.

51

Mara stand vor Klimmts Schreibtisch, er dahinter.

Die Stille zwischen ihnen erhob sich wie eine Mauer.

Kurz zuvor hatte er sie aufgefordert, ihn in sein Büro zu begleiten. Jetzt suchte er offenbar den richtigen Anfang.

Es war früher Vormittag. Durch die Tür drang die übliche Geräuschkulisse aus Stimmen, eilig trommelnden Sohlen, Telefongeklingel.

Sie sahen einander in die Augen, ein gegenseitiger Blick, der mehr sagte als viele Worte.

Klimmt schien noch brummiger und erschöpfter zu sein als zuletzt.

»Ich weiß natürlich«, begann er, »dass Sie mich für einen alten Dickschädel halten.« Er taxierte sie. Und fügte an: »Für einen Arsch.«

»So?«, gab Mara kühl zurück.

»Aber sehen Sie die Angelegenheit mal aus meiner Sicht. Ich habe hier einen Haufen ziemlich unterschiedlicher Typen, aus denen ich ein Team formen muss.« Er trat ans Fenster und öffnete es. »Ich muss immer die Mannschaft im Auge haben, nicht den Einzelnen. Habe ich jemanden in meinen Reihen, von dem ich denke, er gefährdet das Gefüge, dann bin ich gezwungen zu handeln.«

Sie schwieg.

»Ich war nicht begeistert, als ich erfuhr, dass sie hierher versetzt werden.«

»Wie überraschend«, erwiderte sie so kühl wie zuvor, sich im Klaren darüber, wie sehr ihn diese Art gegen sie aufbrachte.

»Doch ich habe auch nichts dagegen unternommen«, brummte er. »Nicht, dass Sie das glauben.«

»Ist das eine Abschiedsrede für mich?« Mara schenkte ihm einen dieser Blicke, von denen sie wusste, wie herablassend sie dadurch wirken konnte. »Ich hoffe, Sie erwarten keine Tränen der Rührung von mir.«

»Ich wollte abwarten«, entgegnete er schroff, »wie sich das Ganze entwickelt. Und ich muss Ihnen sagen, ich sehe hier keine Zukunft für Sie. Es passt einfach nicht.«

Sie betrachtete ihn. Sollte sie sich beschweren, dass er ihr nie den Hauch einer Chance gegeben hatte? Dass er sie vom ersten Moment an hatte auflaufen lassen? Dass er … Nein, stoppte sie die Widerworte, die sich in ihr zusammenbrauten wie ein Gewitter. Das hast du nicht nötig, sagte sie sich.

»Aber auf keinen Fall will ich Ihnen vorenthalten«, fuhr Klimmt wachsam fort, als rechnete er mit einem giftigen Angriff ihrerseits, »dass Hauptkommissar Dörflinger sich sehr lobend über Sie geäußert hat. Sie haben offenbar einen entscheidenden Zeugen ermittelt und festgenommen. Und der hat dann noch eine Reihe von Bandenmitgliedern ans Messer geliefert.«

»Das klingt etwas zu dramatisch angesichts einiger jugendlicher Einbrecher«, warf Mara ein.

»Wie auch immer, Billinsky. Wie es aussieht, ist die Bande, die die Einbrüche begangen hat, praktisch zerschlagen. Dörflinger geht jedenfalls davon aus. Und ich soll Ihnen seinen persönlichen Dank übermitteln.«

Mara zeigte ein säuerliches Grinsen. »Übrigens, wussten Sie, dass der Drahtzieher dieser Einbrüche niemand anders war als Tayfun Köybasi?«

»Inzwischen weiß ich das, ja.« Er steckte sich eine Zigarette an. Noch einmal schickte er einen argwöhnischen Blick über den Schreibtisch zu ihr herüber, als erwartete er immer noch einen Wutanfall von ihr. »Aber Köybasis Beteiligung an den Einbrüchen hängt nicht mit seinem gewaltsamen Tod zusammen. Jedenfalls sieht es für mich nicht so aus. Oder haben Sie andere Informationen?«

»Nein, ich sehe das genauso«, antwortete sie betont sachlich.

»Sehr gut.« Er räusperte sich. »Dann wären wir wieder beim Punkt. Die Morde. Beziehungsweise Ihre Arbeit in der Mordkommission. Da Dörflinger Sie ausdrücklich gelobt hat, haben er und ich mit dem Gedanken gespielt, Sie in sein Team ...«

»Es ist wohl so«, fiel sie ihm sarkastisch ins Wort, »dass vor allem Sie mit diesem Gedanken gespielt haben.«

»Was halten Sie davon?«

»Nichts«, entgegnete sie prompt.

Ein Klopfen an der Tür.

»Ja?«

Hauptkommissar Meichel betrat den Raum. »Das passt ja bestens«, rief er bei Maras Anblick.

»Wie meinen Sie das?«, wollte Klimmt wissen.

»Weil Ihre Beamtin großen Anteil daran hat, dass wir gestern den größten Drogendeal der letzten Zeit vereiteln konnten.«

Klimmts Stirn kräuselte sich. »Ist das so?«, fragte er, und es gelang ihm, völlig desinteressiert dreinzuschauen.

»Nicht nur das.« Meichel verlagerte sein Gewicht aufs andere Bein. »Dank Billinskys Informationen sind wir auf einen gewissen Novian aufmerksam geworden, einen Mann, der sich bislang wie ein Unsichtbarer durch das internationale Drogengeflecht bewegt hat. Dass wir ihn nun auf dem Schirm haben, auch das haben wir Ihrer Beamtin zu verdanken.«

»Loben Sie mich nicht«, bemerkte Mara gelassen, »sonst versucht er, mich in Ihr Team zu komplimentieren.«

»Ich hätte nichts dagegen. Wie ich das sehe, haben Sie schnell und entschlossen gehandelt.« Sein Blick richtete sich auf Klimmt. »Ich werde Ihnen gern die Einzelheiten schildern.«

»Bitte«, sagte Klimmt und deutete auf den Stuhl. Rasch schnippte er die Kippe aus dem Fenster.

»Ich stehe lieber«, sagte Hauptkommissar Meichel.

»Dann gehe ich mal wieder«, bot Mara an.

»Sie können gern bleiben«, beeilte sich Meichel zu sagen. »Bestimmt wollen Sie alles hören.«

»Wenn mein Chef einverstanden ist.«

In präzisen Sätzen umriss Meichel, dass die kompletten drei Tonnen Heroin beschlagnahmt werden konnten. Außerdem wurden mehrere Männer verhaftet, die zwei Gruppierungen des organisierten Verbrechens zuzurechnen seien. Darunter zwei führende Köpfe in Malovans Bande. Außerdem war es gelungen, noch in den frühen Morgenstunden derselben Nacht Malovan persönlich festzunehmen. Hinweise auf seinen Aufenthaltsort hatte man von den verhafteten Personen im Osthafen erhalten. Die komplette Besatzung des Schiffes, die offenbar zu jenem ominösen Novian gehörte, wurde gerade verhört.

»Mehr werden Sie beide erfahren«, schloss Meichel, »wenn ich selbst mehr weiß. Jedenfalls hoffe ich, dass wir durch die Verhöre das Geheimnis um Novian ein Stück weit lüften können.«

»Ich gratuliere Ihnen zu Ihrem Erfolg, Kollege«, sagte Klimmt. Er warf Mara einen Blick zu. »Und Ihnen natürlich auch, Billinsky.«

»Ich weiß, es kommt von Herzen.«

»Dann verabschiede ich mich wieder.« Meichel ergriff die

Türklinke. »Wollte nur schon mal Bericht erstatten, weil das wirklich ein guter Tag gewesen ist, ein verflucht guter.«

Klimmt machte ein kurzes Handzeichen in Maras Richtung. »Billinsky, bleiben Sie bitte kurz noch.«

Meichel nickte Mara zu und verschwand nach draußen auf den Flur.

»Eine Sache, Billinsky.« Klimmt stellte sich erneut ans Fenster. »Damit Ihnen die Brust nicht vor Stolz schwillt.« Eine weitere Zigarette klebte zwischen seinen Lippen. »Und zwar zu Ihrer Vergewaltigungstheorie. Am Anfang hielt ich sie für Schwachsinn.«

Mara hob eine Augenbraue. Sie äußerte keinen Ton.

»Und mittlerweile halte ich sie für noch größeren Schwachsinn. Absoluten Schwachsinn.«

Unverändert lag ihr Blick auf ihm. Kühl, unbeeindruckt, herausfordernd.

»Wissen Sie, warum, Billinsky?«

»Ich nehme an, Sie werden es mir gleich sagen.«

Er stieß eine Qualmwolke aus. »Sie sind doch darauf herumgeritten, dass die drei Mordopfer Vergewaltiger waren, nicht wahr?«

»Herumgeritten nicht«, stellte sie klar. »Es ist mir lediglich aufgefallen, dass sie …«

»Es gibt ein weiteres Mordopfer«, unterbrach er sie barsch. »Und ich meine nicht diesen Tosic. Sondern einen Mann, der einen qualvollen, grauenhaften Tod erleiden musste und der in seinem ganzen Leben nie jemandem etwas angetan hat. Und weiß Gott nicht im Verdacht steht, jemals eine Frau misshandelt zu haben.«

»Was für ein Glück, stimmt's? Es wäre für Sie unerträglich gewesen, wenn ich ins Schwarze getroffen hätte.«

»Die Gefahr bestand ja nun offenbar nicht.«

»Wer ist der Ermordete?«

»Billinsky, ich sagte Ihnen, Sie sind raus aus der Sache. Also brauchen Sie das nicht zu wissen.«

»Dann viel Erfolg, Herr Hauptkommissar«, gab Mara zurück. »Sie haben ja bestimmt schon eine ganze Reihe von Verdächtigen.«

Klimmt funkelte sie an, doch kein Wort drang über seine Lippen.

Sie machte auf dem Absatz kehrt, verließ das Büro und knallte hinter sich die Tür zu.

52

Jan Rosen war irgendwo im Gebäude unterwegs, um in Klimmts Auftrag in verschiedenen Abteilungen Informationen einzuholen. Ihn konnte Mara also nicht fragen, was es mit dem vierten Mord auf sich hatte.

Doch das war auch nicht nötig. Ein paar Mausklicks genügten, um mehr zu erfahren.

Das Gesicht eines Richters sprang ihr im Netz mehrfach geradezu entgegen. Auf vielen Websites ging es um ihn. Selbst der gestrige spektakuläre Schlag gegen die organisierte Drogenkriminalität kam nicht an gegen die Neuigkeit, die sein Tod darstellte. Offenbar hatte er eine Weile leblos in seinem Haus gelegen, bis ihn eine Putzfrau gefunden hatte, die zweimal pro Woche ihren Dienst verrichtete. Einzelheiten über die Todesursache waren offenbar noch nicht nach draußen gedrungen, aber in allen Berichten tauchte übereinstimmend der Begriff Folter auf.

Und Mara verstand auch, warum Klimmts chronisch schlechte Laune heute noch ein paar Grad schlechter gewesen war. Angesichts eines solchen Mordopfers würden die Medien einen Höllentanz veranstalten. Die Ermordeten aus dem Milieu waren eine Sache – ein abgeschlachteter Richter war etwas anderes.

Claus-Peter Lessing.

Mara kannte den Namen nicht. Möglich, dass sie früher, als sie zum ersten Mal in Frankfurt im Einsatz gewesen war, von dem Mann gehört hatte. Aber in Erinnerung war er ihr nicht geblieben.

Sie war irritiert. Denn das Gesicht, das ihr vom Laptop entgegensah, war ihr durchaus vertraut.

Ende sechzig, geschieden, keine Kinder, wohnhaft in Niedernhausen. Außerordentlich beeindruckende Laufbahn, tadelloser Ruf. Bei vielen spektakulären Fällen hatte er den Vorsitz geleitet, auch solchen, die in der breiten Öffentlichkeit für Gesprächsstoff gesorgt hatten. Mehrere Buchveröffentlichungen, die in Juristenkreisen mit höchstem Lob aufgenommen worden waren. Ein Mann, der weit über die Grenzen Hessens bekannt war, eine Koryphäe, jemand, der als Förderer junger, begabter Juristen galt. Und zweifellos jemand, der keinerlei Gemeinsamkeiten mit Karevic, Pohl und Köybasi aufwies.

Bis auf die Folterungen. Klimmt hatte dieses Detail erwähnt, in der Presse wurde es ebenfalls kolportiert. Zu gern hätte Mara Genaueres über die Umstände von Richter Claus-Peter Lessings Tod gewusst. Sie las die Stichpunkte durch, die sie aufgeschrieben hatte, und stützte ihr Kinn ratlos auf die Hand.

In Gedanken war sie immer noch bei dem Gespräch mit Klimmt. Diesmal hatte er nicht hinterm Berg gehalten, sondern ganz offen geäußert, dass er sie loswerden wollte – aber das hatte sie ja ohnehin schon gewusst. Warum konnte sie seine klaren Worte nicht einfach abschütteln?

Also zurück zum Richter. Weitere Artikel über Claus-Peter Lessing, jedoch keine neuen Erkenntnisse.

Und auf einmal wusste sie, warum sie das Gesicht des Ermordeten kannte.

Er war der ältere Herr gewesen, der ein paar Worte mit ihrem Vater gewechselt hatte – bei Maras letzter, wieder einmal mehr als frostigen Begegnung mit dem Mann, von dem sie nur als ihrem Erzeuger sprach.

Jan Rosen tauchte wieder auf, taubengraue Hose mit Bügelfalte, bordeauxfarbener V-Pullover, in den Händen jede Menge Notizen, die er wohl in den letzten Stunden angefertigt hatte. Sie gab ihm zu verstehen, dass sie ihn unter vier Augen sprechen wollte, aber er kam gar nicht zum Antworten.

Schleyer rief ihn zu einer Besprechung, an der das ganze Team teilnehmen musste. Außer Mara. Selbstverständlich.

Er bedeutete ihr, er würde später auf sie zukommen.

Warten. Für Mara das Schlimmste.

Wieder und wieder klickte sie sich durchs Internet, allerdings gab es nichts mehr über Lessing herauszufiltern. Wie auf Kohlen saß sie da, als hätte man ihr den Lebensnerv abgezwickt, und sie verfluchte Klimmt ein ums andere Mal.

Schließlich sprang sie auf und fuhr zu Hannos Jugendzentrum. Doch Hanno hatte gerade einen Gesprächskreis mit Jugendlichen gebildet, es ging um Drogenerfahrungen, und so rauschte sie wieder ab. Warum hast du nicht vorher angerufen?, fragte sie sich.

Sie kehrte auf einen doppelten Espresso ein und starrte auf ihr Handy, das sie auf dem kleinen, runden Stehtisch vor sich abgelegt hatte. Kein Anruf, keine Nachricht. Sie versuchte Borke zu erreichen, aber es ertönte nur seine Mailbox. Und Mara stellte fest, dass sie immer wieder versucht war, sich bei ihrem Vater zu melden.

Klar, er war ein Anknüpfungspunkt zu Lessing.

Aber er war eben auch Edgar Billinsky. Mehrmals schnappte sie sich das Handy, brachte es aber nie über sich, seine Nummer zu wählen. Eigentlich ein Wunder, dass sie sie nicht schon längst gelöscht hatte.

Warum wollte sie überhaupt mehr über Lessing erfahren? Über das Leben dieses Mannes, über seinen Tod? Konnte sie nicht einfach aufgeben? Akzeptieren, dass es vorbei war? Dass sie geschlagen war?

Uneinsichtig. Stur. Aufmüpfig. So hatte man sie in ihrer Schulzeit beschrieben, später auch beim Erlernen ihres Berufs.

Trotzdem, bisher hatte sie sich immer noch durchgebissen.

Und diesmal?

Diesmal wohl nicht.

Diesmal war sie tatsächlich geschlagen.

Kümmere dich nicht um Lessing, riet ihr der Verstand.

Ihr Herz, ihr Bauch allerdings sagten etwas anderes.

Mara trank noch einen doppelten Espresso, leerte das dazugehörende Glas Wasser auf einen Zug und bezahlte ihre Rechnung. Sie hastete zu ihrem geparkten Auto und fuhr zurück ins Präsidium, auch wenn sie dort keine Aufgabe erwarten würde.

Geschäftigkeit, mehr noch als sonst. Die Besprechung war vorüber, alle stoben durcheinander, telefonierten, diskutierten, verglichen Autopsieberichte.

Mara musste nicht über sonderlich sensible Ohren verfügen, um mitzubekommen, dass man weder einen Verdächtigen noch irgendwelche soliden Ansatzpunkte hatte.

Sie setzte sich an ihren Platz und versuchte Rosen abzupassen, dessen Stuhl leer war. Doch dann erfuhr sie, dass er bereits unterwegs war und wohl wiederum gemeinsam mit Schleyer irgendwelchen Spuren oder Hinweisen nachging.

Ihre Finger trommelten auf die Schreibtischplatte, während sie dasaß und ein ums andere Mal ihre Notizen überflog. Sie fühlte sich immer unwohler in ihrer Haut, immer mehr als Fremdkörper inmitten des regen Durcheinanders um sie herum. Der Nachmittag neigte sich bereits dem Ende entgegen. Allein zu sein, kannte sie bestens, doch was sie wirklich quälte, war das Gefühl, nutzlos zu sein. Es war, als wären ihr die Hände auf den Rücken gefesselt worden.

Notizen, Internetartikel, Polizeiberichte. Mara hatte den Eindruck, sich alles hundertmal angesehen zu haben, und so brach sie auf, ohne sich von den nach wie vor schwer beschäftigten Kollegen zu verabschieden, sie wollte nur noch raus aus dem Präsidium. Sie dachte an Rafael, den sie unbedingt wiedersehen wollte, sie dachte an Borke, der in gewisser Weise immer noch ein Rätsel für sie war. Vor allem war es rätselhaft für sie, dass sie sich mittlerweile so verdammt stark zu ihm hingezogen fühlte. Wann hatte sie zuletzt für jemanden so empfunden? Sie machte sich erst gar nicht die Mühe, die Antwort darauf zu finden.

In der anbrechenden Dämmerung fuhr sie in Richtung Bornheim, irgendwo inmitten der scheinbar endlosen Autoschlangen, die sich wie üblich in alle Richtungen voranquälten. Unerträgliche Charts-Musik plärrte aus dem Radio, aber Mara schaltete es nicht aus. Es dauerte eine wahre Ewigkeit, bis sie einen Parkplatz fand. Verloren in düsteren Gedanken, stapfte sie durch das Gewusel die Berger Straße entlang. Auch der Gedanke an das Glas sizilianischen Rotwein, das sie zu Hause erwartete, konnte ihre Laune nicht bessern.

Als sie hinter sich die Haustür des Altbaus schloss, atmete sie erst einmal durch. Die knarrenden Treppenstufen, der Geruch von Staub und Vergangenheit, das schwache Licht im Treppenhaus. Sie hatte sich eigentlich ganz gut eingelebt in ihrem kleinen Rückzugswinkel, und seit sie öfter die Kopfhörer benutzte, waren auch die Beschwerden über ihre Musikvorlieben weniger geworden. Was würde die Zukunft bringen? Wie lange würde sie noch hier wohnen? Was sollte sie tun? Zurück nach Düsseldorf? Wie sie es hasste, klein beigeben zu müssen. Zu reagieren statt zu agieren.

Der zweite Stock, ihre Wohnungstür. Stille im gesamten Haus, als würde es nur von Geistern bewohnt. Sie wollte gerade den Schlüssel ins Schloss schieben, als sie mitten in der Bewegung innehielt.

Abrupt wirbelte sie herum, ihre Hand fuhr zum Hüftholster.

Es war genau wie an jenem Abend, der scheinbar ein halbes Leben zurücklag.

Da stand er, die Wollmütze auf dem Kopf. Er starrte sie an mit seinen mysteriösen Augen, die fast so dunkel waren wie ihre. Über dem kleinen Bärtchen bogen sich die Lippen zu einem schmalen Lächeln.

»Du warst das mit Tosic, richtig?«, fragte Mara völlig unvermittelt.

Sein Schmunzeln wurde zu einem breiten Lachen. »Mara, du musst immer gleich losstürmen, was?«

»Du hast gesagt, wir reden ein anderes Mal über Tosic. Jetzt ist ein anderes Mal.«

»Machen wir es kurz. Ja, das war ich.« Carlos Borke nickte, nun wieder vollkommen ernst. »Zu zweit haben sie mir aufgelauert. Malovans Männer. Einen habe ich erwischt. Ein totaler Zufallstreffer. Dem zweiten habe ich entkommen können. Ich habe dir ja schon letztes Mal gesagt, mein Glücksguthaben ist am Ende, es rutscht so langsam ins Minus.«

»Du hast nichts abgekriegt?«

»Doch.« Mit dem rechten Zeigefinger tippte Borke leicht auf seinen linken Oberarm. »Der Arzt meines Vertrauens, du weißt schon, hat sich darum gekümmert. Ein Kratzer, mehr nicht.«

»Na ja, in letzter Zeit hast du genug einstecken müssen, was?«

Borke zog eine Grimasse. »Mir reicht's jedenfalls.«

»Ich danke dir, Borke. Für deine SMS, für deine Informationen.«

»Keinen Schimmer, welcher Teufel mich da geritten hat. Ich habe es wohl einfach nur für dich getan.«

»Ich weiß.«

Sie schloss die Tür auf, knipste das Licht im Wohnungsflur an und trat zur Seite. Mit einer knappen einladenden Geste sagte sie: »Rein mit dir.«

Er verharrte auf dem Fleck. Sein Blick veränderte sich, wurde seltsam weich, wie sie ihn nie zuvor bei ihm wahrgenommen hatte.

»Weißt du noch«, fragte er leise, »als ich dich darum bat, hereingelassen zu werden? Als wir uns das erste Mal trafen?«

»Klar.«

»Da durfte ich deine Wohnung nicht betreten. Und du warst ziemlich bissig.«

Das Licht im Treppenhaus erlosch, Helligkeit drang nur noch aus Maras Wohnung und schmiegte sich um sie beide. Borkes Gesicht lag zur Hälfte im Schatten.

»Heute darfst du reinkommen.« Sie bemühte sich um einen leichten, entspannten Tonfall.

»Tja, das nennt man wohl Schicksal. Denn heute muss ich ablehnen.«

»Wieso hast du dann auf mich gewartet?«

Wieder sein Lächeln, sein rätselhafter Blick. »Wer hätte damals gedacht, dass es so weit mit uns beiden kommen könnte? Ich zumindest nicht.«

»Was ist los, Borke?«

»Das, was ich dir sagte, als wir in deinem Bett lagen.« Er straffte sich. »Ich muss weg, Mara. Je schneller, desto besser.«

»Wohin?«

»Ich habe ja selbst keine Ahnung.« Er zuckte mit den Achseln. »Ich warte noch auf meine Fotografien. Du erinnerst dich doch an sie? Ich bringe es nicht fertig, sie zurückzulassen.«

»Was heißt, du wartest darauf?«

»Ich habe mich nach dem letzten Zwischenfall nicht mehr getraut, auch nur einen Fuß in meine Wohnung zu setzen. Tja, ich bin bei einem Bekannten untergekommen, der mir aufs Erste seinen Kleinbus leihen wird. Morgen wird er bei mir zu Hause sein und das wenige zusammenpacken, das ich mitnehmen will.

Vor allem die Porträtaufnahmen. Ich habe nicht verlangt, dass er mir hilft, glaub's mir, ich habe ihm klargemacht, dass es auch für ihn gefährlich werden könnte. Aber er schuldet mir noch einen Gefallen und hat darauf bestanden.« Borke seufzte. »Jammerschade, dass ich es nicht mehr geschafft habe, dich zu fotografieren, Mara. Versprich mir, dass wir das nachholen.«

»Malovans Bande ist zerschlagen, Malovan selbst sitzt in U-Haft. Vor ihm brauchst du dich nicht zu fürchten, er hat andere Probleme.«

»Es gibt noch Novian«, sagte Borke ganz leise, als wäre es ihm nicht geheuer, den Namen zu nennen.

»Weiß er, dass du es warst, der die Informationen an mich weitergegeben hat?«

»Malovan wollte mich schon ausschalten lassen, bevor das Geschäft über die Bühne gegangen ist. Hm. Novian vielleicht nicht. Vielleicht aber eben doch. Und da es geplatzt ist, sieht alles noch düsterer aus.« Er beschrieb eine hilflose Geste mit der Hand. »Mara, ich weiß es, du weißt es. Ich muss weg. Ich habe bereits zu lange gezögert, ich hätte sofort die Biege machen müssen, nachdem ich mit dir telefoniert und über den Osthafen geplaudert habe.«

Sie nickte, überrascht und zugleich berührt von dem Gefühl der Traurigkeit, das sie ergriff. »Deshalb bist du also hier. Um dich zu verabschieden.«

Borke trat zu ihr und sah sie mit dieser Intensität an, die wie eine Berührung war, als wollte er sich jedes Detail ihres Gesichts für immer einprägen.

Sie umarmten und küssten sich.

Dann löste er sich von ihr. Er schaltete das Licht im Treppenhaus wieder an, und die Intimität des Moments erstarb.

»Wann sehe ich dich wieder, Borke?«

»Wenn genügend Gras über die Sache gewachsen ist.« Er

grinste sein Grinsen. »Plötzlich, eines sonnigen Tages, stehe ich vor deiner Tür, versprochen. Und dann werde ich dich fotografieren. Es wird das Highlight meiner Serie, ganz sicher. Und ich will, dass du mir das Krähen-Tattoo zeigst, das du dir stechen lässt. Du erinnerst dich doch?«

Mara wusste sofort, was er meinte. »Ich wollte das nur machen lassen, wenn ich mich hier durchsetze. Und danach sieht es nicht aus.«

»Flieg, so hoch du kannst, Krähe«, sagte er leise. Er drehte sich um und ging die Treppe nach unten. Seine Schritte verklangen, Mara blieb zurück in vollkommener Lautlosigkeit.

53

Sie legte den nächsten Gang ein und beschleunigte rasant ihren Alfa. Es war der folgende Tag, spätnachmittags, mitten in der Innenstadt.

»Willst du unbedingt die Verkehrspolizei gegen uns aufbringen?«, ertönte eine hörbar beeindruckte Stimme vom Beifahrersitz.

»Nein«, erwiderte Mara. »Klimmt reicht mir eigentlich.«

»Finde ich auch«, stimmte Jan Rosen zu.

»Warum habe ich dir das nicht ausreden können?« Sie schüttelte den Kopf. »Mich zu begleiten, meine ich. Du wirst dir Scherereien einhandeln.«

»Du könntest mir wenigstens sagen, wohin du fährst.«

»Sag du mir lieber, wieso du unter allen Umständen dabei sein willst. Klimmt hat bestimmt andere Aufgaben für dich vorgesehen, oder? Wie gesagt, Rosen, das gibt Ärger.«

»Ein bisschen was muss man riskieren«, antwortete er, nicht ganz so gelassen, wie es wohl beabsichtigt war.

»Aha? Ist das deine neue Lebensphilosophie?«

»Schon möglich«, nuschelte er.

»Ehrlich, Rosen, du solltest vorsichtig sein. Ich bin ja längst abgeschrieben, bei mir kann's nicht viel schlimmer kommen. Aber bei dir ...«

»Lass das nur meine Sorge sein, Billinsky«, fiel er ihr ins Wort.

»Okay, okay. Ich halt ja schon meine Klappe.«

Das Gespräch mit Carlos Borke geisterte noch durch Maras

Gedanken, dabei hatte sie es sich verboten, über ihn nachzugrübeln. Noch immer musste sie erst einmal verdauen, dass es jemandem gelungen war, derart weit in ihre Gefühlswelt vorzudringen.

Sie war nach wie vor zu schnell unterwegs, aber die Geschwindigkeit half ihr, wieder einen klaren Kopf zu bekommen. Sie bog schwungvoll ab und folgte einer Straße, die weg von der City führte, hin zur Autobahn.

»Na los, erzähl endlich mal von dem Richter«, forderte sie Rosen auf.

»Ein Mann mit beachtlicher Karriere und ehrfurchteinflößendem Ruf. Bekannt dafür, jungen, besonders begabten Juristen unter die Arme zu greifen und sie zu fördern. Er ist, äh, war einer der angesehensten ...«

»Nicht seine Biografie, Rosen, die hab ich mir selbst zusammenschneidern können. Wie ist er gestorben?«

»Auf grauenhafte Weise.«

»Ist es möglich, dass jemand Rache nehmen wollte, den er mal verurteilt hat?«

»Das haben wir abgeklopft, aber nichts deutet bislang darauf hin.«

»Also – zurück zum Punkt. Wie grauenhaft?«

Rosen beschrieb die Fesselungen mit dem biegsamen Stacheldraht.

»Druckstellen und Blutergüsse im Gesicht«, fuhr er fort, »lassen den Schluss zu, dass der Mörder anschließend Lessings Kopf mit den Knien zusammengepresst hat. Dann wurde dem armen Mann die Nase zugehalten, um ihm etwas einzuflößen. Er muss sich gewehrt haben – sein Nasenbein wurde dabei gebrochen.«

»Was wurde ihm verabreicht? Ein Gift?«

»Ein ziemlich fieser Cocktail aus verschiedenen hochgiftigen

Reinigungsmitteln. Alles aus seinem eigenen Haushalt. Abflussreiniger und solche Sachen.«

»Scheiße!«, kam es leise über Maras Lippen.

»Wie gesagt, trotz seiner Fesseln versuchte er es dem Mörder so schwer wie möglich zu machen, deshalb die Verletzungen im Gesicht und am Kopf.«

»Also gehen wir von einem Täter aus?«

»Sieht so aus, als wären es nicht zwei oder gar mehrere gewesen, die ihn in die Mangel genommen haben. Ja, Einzeltäter.«

»Mehr, als man bei den anderen Morden sagen konnte«, meinte Mara nachdenklich.

»Letzten Endes hatte Lessing keine Chance, irgendwann war wohl mindestens ein Fünftelliter von dem Zeug in seinem Magen.«

»Das müssen unvorstellbare Schmerzen sein«, warf Mara mit einem Schaudern ein.

»Sein Mund wurde zugeklebt, damit seine Schreie nicht ganz Niedernhausen aufwecken konnten. Mit zwei Lagen von einem starken Klebeband.«

»Dasselbe Band, mit dem Köybasi gefesselt worden ist?«

»Nein, ein noch stärkeres.«

»Hm.« Mara wechselte auf den linken Fahrstreifen der Autobahn und beschleunigte erneut.

»Durch das Gift in seinem Inneren muss Lessings Körper ständig in krampfartige Zuckungen verfallen sein, was dazu führte, dass die unterschiedlichen Stacheldrahtstränge noch tiefer in Haut und Fleisch schnitten. Er wurde innerlich zerfressen und äußerlich aufgespießt.«

»Wie lange haben seine Qualen gedauert?«, fragte Mara. »Gibt es eine Einschätzung?«

»Die Kollegen gehen von mehreren Stunden aus.«

»Scheiße, Scheiße!«, murmelte Mara kopfschüttelnd.

»Ich trau mich's ja kaum zu sagen, aber damit ist dein Gedanke mit den Vergewaltigungen passé. Lessing war ein unbescholtener Bürger, der nicht einmal ein Kaugummi geklaut hätte. Geschweige denn ...«

»Glaub mir«, unterbrach sie ihn genervt, »Klimmt hat's mir bereits aufs Brot geschmiert.«

Nach einer kurzen Stille fügte Mara hinzu: »Besonders ein Detail ist mir einfach nicht aus dem Kopf gegangen. Tayfun Köybasis Ohrläppchen wurde von seinem Mörder abgeschnitten. Und das Mädchen, das er vergewaltigt hat, hat durch ihn eine sehr ähnliche Verletzung erlitten. Ja, das klingt jetzt vielleicht komisch, wenn ich es so sage, aber das mit dem Ohrläppchen ... und da sind ja auch die anderen Aussagen. Na ja, was soll's.«

Sie hatten die Autobahn längst verlassen und passierten das Kronberger Ortsschild.

»Das ist nicht dein Ernst, oder?«, fragte Rosen mit alarmierter Stimme.

»Was?«

»Kronberg.« Er lachte entgeistert auf. »Jetzt kapier ich's erst. Billinsky, das ist verrückt, lass es sein.«

»Was denn?«

»Du willst doch nicht allen Ernstes bei Richter Claus-Peter Lessings Exfrau klingeln.«

»Und ob ich das will.«

»Sie ist heute Morgen von Klimmt befragt worden. Also, wenn du weiter ermitteln möchtest, dann kannst du es nicht auf so auffällige Weise tun. Es ist nur eine Frage von Stunden, bis das herauskommt. Ich bitte dich.«

»Ich bitte dich«, wiederholte Mara seine Worte gespreizt. »Du bist wirklich ein ...«

»Sag nicht komischer Vogel.«

Sie hielt an einer Bushaltestelle und ließ den Motor laufen. Rasch gab sie die genaue Adresse in das Navigationsgerät ein.

»Wir sind gleich da«, bemerkte sie, als sie weiterfuhr. »Das heißt, ich bin gleich da. Und du wartest im Auto auf mich.«

»Soll das ein Scherz sein?«

»Sicher nicht. Deine Karriere ist ja noch halbwegs zu retten.«

»Mit meiner Karriere, wie du sie nennst, ist es nicht weit her. Ich komme mit.«

»Nein.«

»Doch.«

Schließlich standen sie beide nebeneinander im hässlichsten Wohnzimmer, das Mara jemals betreten hatte. Der ganze Raum platzte regelrecht aus den Nähten vor Beistelltischchen, Bergèren und verschnörkelten Sofas. Diverse Louis-Stile trafen hier offenbar aufeinander. Mara runzelte die Stirn, als ihr Blick über all diese mit schnäbelnden Vögeln und Blumenranken verzierten Möbel glitt. Sie versuchte sich erst gar nicht vorzustellen, welches Vermögen für die Einrichtung ausgegeben worden war.

Die elegant gekleidete, mit Goldschmuck behängte Dame, die Anfang sechzig zu sein schien, deutete auf ein Sofa und bat ihre Gäste, Platz zu nehmen. Sie selbst ließ sich auf einem Sessel nieder.

»Vielen Dank«, erwiderte Jan Rosen höflich, als Mara und er sich setzten.

Frau Adelheid Lessing brachte noch einmal ihre Verwirrung zum Ausdruck. Nicht nur angesichts Maras Äußerem, wie die Blicke der Frau zeigten, sondern vor allem wegen des Besuchs der Polizei. »Ich habe doch heute Vormittag bereits Herrn Hauptkommissar Klimmt Auskunft gegeben.«

»Das wissen wir natürlich«, sagte Mara.

»Umso dankbarer sind wir Ihnen«, ergänzte Rosen, »dass Sie uns empfangen.«

»Und Sie sind tatsächlich von der Polizei?«, erkundigte sich Frau Lessing zum zweiten Mal bei Mara, die nicht zögerte und ihr noch einmal den Dienstausweis präsentierte. »Das bin ich.«

»Nun, sei's drum«, gab die Dame wenig überzeugt zurück. »Was möchten Sie denn wissen?«

»Sie waren eine sehr lange Zeit mit Richter Lessing verheiratet, nicht wahr?«

»Über zwanzig Jahre.«

»Hatten Sie eine schöne Ehe?«

»Durchaus. Wir hatten eine erfüllte Zeit.«

»Die Scheidung liegt mehr als ein Jahrzehnt zurück.« Mara hörte sich geradezu unbedarft, fast plaudernd an. »Falls ich richtig informiert bin?«

»Ähm, das sind Sie, Frau – wie sagten Sie ...«

»Billinsky.« Mara lächelte. »Was war der Grund für die Scheidung?«

Rosens Seitenblick verriet sein Erstaunen. Er schien krampfhaft zu überlegen, wie er eingreifen konnte, verhielt sich aber noch still.

Frau Lessing wirkte nicht mehr irritiert, sondern verärgert. »Darf ich den Grund für diese, nun ja, eher privaten Fragen wissen? Schließlich war mein ehemaliger Gatte das Opfer, nicht der Verbrecher, richtig?«

»Selbstverständlich dürfen Sie fragen. Es ist ganz einfach: Je vollständiger das Bild ist, das wir uns vom Opfer machen können, desto eher können wir möglicherweise auf den Täter schließen.«

»Möglicherweise«, wiederholte Frau Lessing spitz. »Hauptkommissar Klimmt hat es jedenfalls nicht für nötig befunden, derartige Fragen zu stellen.«

»Deswegen sind wir jetzt da«, erwiderte Mara mit unverändertem Lächeln. »Also, der Grund, warum es zur Trennung kam. Können Sie uns darüber etwas erzählen?«

»Wir haben uns auseinandergelebt. Punkt. Sonst noch Fragen?«

»Der Richter galt, so habe ich nachgelesen, stets als freundlicher Herr. Ein echter Gentleman. Kultiviert, zuvorkommend, ein Mann mit vortrefflichen Manieren und ...«

»Natürlich war er das«, unterbrach Frau Lessing sie schmallippig.

»Außerdem ein Genießer. Jemand, der eine gute Mahlzeit und einen köstlichen Tropfen zu schätzen wusste. Kann man das so sagen?«

»Frau Billinsky. Entweder Sie erklären mir, worauf Sie hinauswollen, oder Sie verlassen sofort mein Haus.«

Rosen rutschte unruhig auf dem Sofa herum, immer noch unschlüssig, wie er positiv auf dieses Gespräch einwirken könnte.

»Gab es hier und da, zum Beispiel unter dem Einfluss von Alkohol«, fuhr Mara ungerührt fort, »Abweichungen vom tadellosen Verhalten Ihres Exgatten?«

»Abweichungen?«, stieß Frau Lessing ungläubig hervor. Sie lief rot an.

»Er hatte sich immer unter Kontrolle? Er fuhr nie aus der Haut? Und wurde nie, hm, in welcher Form auch immer – aggressiv, gewalttätig?«

»Verlassen Sie mein Haus!«

Rosen federte hoch. Auch er war knallrot im Gesicht. »Aber natürlich, Frau Lessing«, stotterte er. »Vielen Dank, dass Sie ...«

»Nichts zu danken«, unterbrach ihn die Dame des Hauses bissig. »Auf Wiedersehen!« Sie erhob sich und ließ ihre Besucher allein zurück. Gleich darauf erschien die Hausangestellte, die sie zuvor bereits empfangen hatte, um sie zurück zur Haustür zu bringen.

»Du musst von allen guten Geistern verlassen sein«, stieß

Rosen fassungslos aus, als sie zum Auto gingen. »Meine Güte, was war das denn für ein Auftritt?«

Mara schwieg.

»Es kann doch wohl nicht sein, dass du immer noch an dieser Vergewaltigungstheorie klebst. Aggressiv? Gewalttätig? Fuhr er nie aus der Haut?« Er blieb stehen. Und zum ersten Mal, seit sie ihn kannte, überschlug sich seine Stimme. »Um Himmels willen, was sollte das denn?«

»Es war ein Versuch«, sagte Mara unbeeindruckt.

»Ein Versuch? Ich glaub, ich dreh durch«, rief er und schüttelte wild den Kopf. Seine hohe Stirn war schweißbedeckt.

Mara entriegelte den Wagen und setzte sich hinters Steuer.

Er blieb vor der Beifahrertür stehen.

»Nun komm schon, Rosen. Oder willst du zu Fuß zurück nach Frankfurt?«

»Um Himmels willen, ich kann es immer noch nicht fassen.«

Sie startete den Motor und fuhr langsam an. Schließlich hüpfte er doch noch auf den Beifahrersitz.

»Mein Gott«, stöhnte er und vergrub sich tiefer im Sitzpolster.

»Nun krieg dich wieder ein«, sagte Mara gelassen.

»Du hast gut reden. Wie kannst du denn selbst jetzt noch an diese Vergewalti–« Mitten im Wort verstummte er und beließ es dabei, einfach nur vor sich hin zu starren.

Erst als sie auf der Autobahn waren, ließ er wieder etwas von sich hören. »Du bist verrückt«, meinte er, nach wie vor konsterniert.

»Ich bin nicht verrückt, ich bin konsequent.« Mara fuhr schon wieder ziemlich schnell. »Eine Theorie lässt man erst dann fallen, wenn man sie zu einhundert Prozent ausschließen kann.«

»Eine Theorie, die sich auf ein Ohrläppchen stützt, ist keine Theorie.«

Mara verzichtete auf eine Antwort.

»Du wirst dich nur tiefer reinreiten«, jammerte Rosen.

Wiederum erwiderte sie nichts.

Eine dumpfe Stille breitete sich aus, die vorhielt, bis Mara vor dem Präsidium stoppte.

»Warum parkst du nicht ein? Willst du noch weiter?«

»Ich fahre zu einem Koreaner in der Berger Straße. Ich habe gelesen, der sei großartig, und wollte ihn mal ausprobieren.« Sie grinste schief. »Na, dir ist der Appetit wohl vergangen?«

Rosen schielte zum Gebäude. »Klimmt oder Koreaner? Da würde ich dann wohl lieber Letzteres wählen.«

»Okay, dann mal los.«

»Halt, warte!« Er schnaufte. »Ich steige doch lieber aus.«

»Bis später, Rosen!«

Argwöhnisch musterte er sie. »Was hast du noch vor? Ich meine, nach dem Essen?«

»Eine weitere Verabredung. Diesmal mit einem Mann, der auch noch nichts von seinem Glück weiß. Genau wie die feine Frau Lessing.«

In Rosens Gesicht arbeitete es.

»Na los, Rosen«, sagte sie. »Hau schon ab! Glaub mir, zu diesem bestimmten Herrn kann ich nur allein gehen.«

Verwirrt sah er sie an. »Doch wohl kein Date?«

Mara lachte. »Nicht im Geringsten.«

Rosen stieg aus, und sie sah ihm hinterher, als er sich mit hängenden Schultern vom Auto entfernte. Anschließend ließ sie sich Zeit, bei der Fahrt, der Parkplatzsuche, vor allem bei der Mahlzeit. Es gelang ihr, den Kopf auszuschalten und es sich einfach nur schmecken zu lassen. Für gewöhnlich machte sie sich nicht viel aus gutem Essen, aber heute wollte sie jeden Bissen genießen. Scharfe Rinderbrühe, lauwarmer Glasnudelsalat mit Ingwer, Bulgogi mit Rind, alles wunderbar zubereitet. Köstlichkeiten, die wohl selbst vor den Augen eines Feinschmeckers wie Edgar Billinsky Gnade gefunden hätten. Ist das deine Henkersmahlzeit in Frankfurt?, fragte sie sich.

Während sie auch noch an einem Hoddeok, einem süßen gefüllten Pfannkuchen, herumknabberte, scrollte sie im Smartphone durch die News-Seiten. Schon wieder jede Menge neuer Artikel über den Mord an Richter Lessing, allerdings keine neuen Informationen oder gar der Hinweis auf mögliche Tatverdächtige. Die Polizei tappe im Dunkeln, war fast überall zu lesen. Der Druck auf Klimmt musste gewaltig sein, das stand fest.

Mara verbot sich weiterhin, an Carlos Borke zu denken, doch Jan Rosen schlich sich in ihre Grübeleien. Er tat ihr leid, der arme Kerl. Dabei war es fast rührend, wie auf einmal Leben in ihn gekommen war und er ihr unbedingt hatte zur Seite stehen wollen.

Das Klingeln ihres Handys ertönte. Im Display erschien Klimmts Büronummer. Sie drückte den Anruf weg.

Im Anschluss an den Restaurantbesuch schlenderte sie die Berger Straße entlang. In einer kleinen Weinstube trank sie ein Glas Roten und verfolgte in aller Stille durchs Fenster, wie die Dunkelheit langsam hereinbrach.

Dann kehrte sie zurück zu ihrem Auto, um die Fahrt ins Westend anzutreten.

Du weißt nicht mal, ob er überhaupt zu Hause ist, sagte sie sich.

Dennoch setzte sie ihren Weg fort. Das für Fremde verwirrende Gewirr aus schmalen Einbahnstraßen bereitete ihr keine Probleme, sie kannte dieses Viertel bestens. Schließlich war sie hier aufgewachsen.

Ein Stück entfernt von der Villa, die ihr Ziel war, parkte sie den Alfa. Anschließend stand sie auf der gegenüberliegenden

Straßenseite eine ganze Weile regungslos da. Eine höchst exklusive Wohngegend. Weitere imposante Villen, großzügig angelegte, sehr gepflegte Gärten, teure Schlitten.

Erneut erreichte sie ein Anruf – erneut von Klimmt.

»Ja«, sagte sie frostig.

»Hey, Billinsky, wo stecken Sie eigentlich? Gestern und heute haben Sie sich ziemlich rar gemacht.«

»Das ist Ihnen doch am liebsten so.«

»Wenn ich erfahren sollte, dass Sie da noch irgendwie mitmischen, dann …«

»Dann?«

»Dann garantiere ich für nichts.«

»Ich wünsche Ihnen auch einen schönen Abend«, erwiderte Mara und beendete die Verbindung.

Sie betrachtete die Villa und wurde von einer Welle aus Gefühlen erfasst. Wie wäre ihr Leben verlaufen, wenn ihre Mutter damals nicht … Brüsk schob sie die Frage beiseite.

Zwei Fenster waren erleuchtet.

Er war also doch zu Hause.

54

Ein schmaler Streifen Asphalt zwischen zwei Reihen aus Garagen, die eingekreist wurden von Wohnblöcken am Rande des Gallus, eines Stadtteils, der im Osten ans Bahnhofsviertel grenzt. »Kamerun« war die Gegend früher genannt worden, weil der Ruß aus etlichen Industrieschornsteinen, der sich auf die Gebäude und Straßen legte, den Gallus dunkel gefärbt hatte, schwarz wie Kamerun.

Alle Garagen waren geschlossen, nur eines der Tore stand offen. Im Inneren befanden sich zwei Regale, die überquollen vor Ölkanistern, leeren Äpplerflaschen, Werkzeug und Lumpen. Im Moment befand sich kein Fahrzeug in der Garage, dafür saß ein Mann auf einem kleinen Klapphocker, eine Zigarette zwischen den Lippen. Die Neonröhre an der Decke flackerte schadhaft und warf zitternde Flecken auf sein Gesicht.

Unruhig wartete er ab. Seine Gedanken flogen in alle möglichen Richtungen, er kam ihnen kaum hinterher. Nie war es in seinem Leben vorgekommen, dass die Trennung von einer Frau ihn derart schwer beschäftigt hatte. Dabei war es ja noch nicht einmal endgültig; schließlich hatte er fest vor zurückzukehren. Zurück nach Frankfurt, zurück zu Mara.

Doch jetzt musste Carlos Borke erst einmal verschwinden. Er hatte schon zu viel Zeit verloren.

Dunkelheit ballte sich vor der Garage. Mehr als zwei Stunden hockte er nun bereits untätig in diesem trostlosen Betonwürfel herum.

Borke zog fahrig seine Mütze zurecht, zertrat die Kippe auf

dem Steinboden und blickte kurz auf seine Armbanduhr. Jaczek müsste doch bald wieder da sein. Er war ein alter Bekannter, ein kleiner Drogendealer. Und vor allem war er jemand, auf den Verlass war. Sie kannten sich seit mehreren Jahren. Jetzt war Jaczek gerade damit beschäftigt, einige Habseligkeiten, darunter die Porträtaufnahmen, aus Borkes Wohnung zu holen.

Anschließend würde Borke sich in den Kleinbus setzen und davonbrausen. Wohin auch immer. Hauptsache fort. Jedenfalls fürs Erste.

Und wieder musste Borke an Mara denken. Wer hätte geahnt, dass es so weit mit ihm kommen würde? Ausgerechnet bei jemandem wie ihr. Mara war ihm noch immer ein Rätsel, wie vielleicht auch er ein Rätsel für sie darstellte. Er sah sie vor sich, den unverwechselbaren Blick aus ihren Augen, die Tattoos auf ihrer Haut, ihren zerbrechlichen Körper.

Das Brausen eines altersschwachen Motors erklang.

Borke federte vom Hocker hoch.

Der VW kam zum Stehen; Jaczek glitt vom Fahrersitz, ein schlanker, unauffälliger Kerl in Cargohosen und Armeejacke.

»Alles eingepackt.«

Er warf Borke die Schlüssel zu, der sie auffing.

»Danke, mein Freund!« Borke nickte ihm zu. »Ich mach's wieder gut«

»Nein, wir sind quitt. Weißt du doch.« Eine abwehrende Geste mit der Hand. »Ich muss los, Borke, ab nach Hause. Viel Glück!«

»Und ich dachte, ich hätte es eilig.«

Ein schneller Händedruck, und Jaczek marschierte los in Richtung der Wohnblöcke.

»Ich bringe dir den Wagen wieder«, rief Borke ihm hinterher. »Sobald ich kann. Versprochen.«

»Kein Problem. Lass dir Zeit damit, ich habe ja noch meinen

Opel.« Jaczek hatte sich nicht einmal die Mühe gemacht, sich bei der Antwort auch nur kurz herumzudrehen. Die Dunkelheit verschluckte ihn innerhalb von Sekunden.

Etwas verwirrt von dem schnellen Abgang zog Borke das Garagentor zu und stellte den Griff quer, um das Schloss zu verriegeln.

Er wollte gerade in den Wagen einsteigen, als die seitliche Schiebetür des Laderaums aufsprang und zwei Männer ins Freie glitten.

Borkes Hand schob sich zu der Glock, die in seiner Mantelinnentasche steckte, doch er hielt abrupt inne.

Zwei Pistolen mit Schalldämpfern waren auf ihn gerichtet.

Novians Männer. Die beiden, denen er erstmals in Henry's Pinte begegnet war. Der Riese und der andere, der immer das Reden übernommen hatte.

Alles in Borke erstarrte. Sein Herzschlag schien auszusetzen, augenblicklich bildete sich kalter Schweiß auf seiner Stirn.

»Keine Angst«, sagte der Riese grinsend. »Heute habe ich keine Gartenschere dabei.«

Borke brachte kein Wort über die Lippen.

Der Riese ging um die Front des Autos herum und kletterte auf den Beifahrersitz, die Waffe gleich wieder auf Borke gerichtet. Sein Begleiter wies mit der Mündung auf den Fahrersitz.

»Mach schon«, befahl er, »du wolltest doch gerade losfahren.«

Mit der Linken griff er in Borkes Kragenaufschlag. Er zog die Glock heraus und schmunzelte. »Nettes kleines Spielzeug.« Die Waffe verschwand in der Seitentasche seines Mantels.

Borke schob sich hinters Steuer und machte die Tür zu.

Der Mann stieg wieder hinten in den Laderaum ein. Das surrende Geräusch der Seitentür erklang, die zugezogen wurde.

Borke steckte den Wagenschlüssel ins Schloss.

Aus den Augenwinkeln nahm er das unveränderte Grinsen des Riesen wahr.

Er startete den Motor.

»Wohin soll's gehen?«, fragte er mit so tonloser Stimme, dass es ihm einen Stich versetzte. Scheiße!, sagte er sich stumm.

»Ach, uns wird schon etwas einfallen, meinst du nicht?«

Borke legte den Rückwärtsgang ein.

Zu viel Zeit vergeudet. Zu viele Informationen weitergegeben. Zu viel an eine Frau gedacht.

Fehler, die schon von etlichen Männern gemacht worden waren.

Fehler, von denen Carlos Borke angenommen hatte, ihm würden sie niemals unterlaufen.

Rückwärts steuerte er aus der Garagengasse heraus, dann wendete er den Kleinlaster.

»Wohin soll ich fahren?«, fragte er erneut.

»Erst mal raus aus der Stadt«, kam die Anweisung.

Der Schweiß lief ihm mittlerweile in Strömen übers Gesicht. Er legte den ersten Gang ein, der VW ruckelte los.

Der Riese begann leise eine Melodie zu summen.

Zu viele Fehler.

Fehler, für die er würde bezahlen müssen.

Und zwar jetzt.

55

Mara ging die wuchtige vorgelagerte Treppe hinauf, die zum Eingangsportal führte. Sie holte tief Luft und klingelte.

Es dauerte etwas, bis geöffnet wurde.

Ihr Blick glitt über die eleganten Schuhe von Santoni, die Anzughose und das weiße Hemd mit locker gebundener Seidenkrawatte bis nach oben zu den Augen, die gerötet waren, vielleicht vom langen Arbeiten, vielleicht auch vom Genuss eines edlen Tropfens. Oder von beidem.

Niemals zuvor hatte sie ihn verblüffter gesehen als in diesem Moment. Er starrte sie an, vollkommen sprachlos, ebenfalls eine echte Seltenheit.

»Störe ich?«, fragte Mara. »Ich meine, noch mehr als sonst in deinem Leben?«

Seine Brauen zogen sich zusammen, die Augen verengten sich. »Du?«, entfuhr es ihm.

»Ja. Ich.«

»Was willst du?«

»Fragen stellen.«

Edgar Billinsky atmete ein und wieder aus, erholte sich von der Überraschung. Dann trat er zur Seite. »Bitte. Geh schon mal ins Wohnzimmer, ich bin gleich bei dir.«

Mara schritt wortlos an ihm vorbei.

»Ich hoffe, du kennst noch den Weg.«

Gleich darauf saß sie in einer Sofaecke. Geschmackvolle, kostspielige Einrichtung. Es war alles da, was man zum Leben benötigte, vom riesigen LCD-Flachbildschirmfernseher bis hin zu einem silbernen Designerstück, das man zum Knacken von Walnüssen benutzen konnte. Dennoch wirkte der Raum unbewohnt, seelenlos. Genau wie Mara es in Erinnerung hatte.

Hinter einer halb geöffneten Tür konnte sie den Rücken ihres Vaters sehen, der Papiere von seinem Schreibtisch nahm, um sie in einer Aktentasche von Prada zu verstauen. Er schaltete den Laptop aus und kam aus dem Arbeitszimmer zu ihr – in diesem Büro hatte er früher etliche Stunden verbracht, hatte sich regelrecht dort eingegraben. So als wäre er gar nicht zu Hause.

Ihr Vater blieb stehen. »Möchtest du etwas trinken? Einen Cognac?«

»Warum nicht?«

Mit zwei gefüllten Schwenkern kam er zurück aus der Küche. Er stellte die Gläser auf dem niedrigen Glastisch ab und setzte sich in einen Sessel, Mara genau gegenüber.

Sie prosteten sich dezent zu und tranken einen Schluck.

»Wie ich höre, hast du Erfolg gehabt«, sagte er. »Nur leider auf den falschen Spielfeldern. Da war die Drogengeschichte im Osthafen, die jede Menge Staub aufgewirbelt hat, und noch etwas anderes.« Er überlegte kurz. »Einbrüche? Hatte es etwas mit Wohnungseinbrüch–«

»Ja, hatte es«, fiel sie ihm ins Wort.

»Meinen Glückwunsch.«

»Der Mord an Claus-Peter Lessing hat noch wesentlich mehr Staub aufgewirbelt.«

Er nickte schweigend.

»Du kanntest ihn, nicht wahr? Ich sah dich einmal mit ihm.«

»Ich kannte ihn seit vielen Jahren«, bestätigte ihr Vater.

»Ich habe über ihn recherchiert, ich habe mit seiner Exfrau gesprochen.«

Edgar Billinsky schmunzelte. »Und?«

»Keine Zeile, kein Wort, das negativ gewesen wäre. Beeindruckende Karriere, erfolgreiche Fachbuchveröffentlichungen. Er hat sich sogar um den Juristennachwuchs verdient gemacht.«

»Staatsanwältin Taubner könnte dir mehr darüber erzählen.«

»Ach?«

»Sie hatte in ihren jungen Jahren mit ihm zu tun, und er hat sie wohl gefördert. Vor Kurzem hatte sie sich bei ihm gemeldet, und sie waren gemeinsam zum Abendessen aus. Das hat er erwähnt.«

»Du kennst sie ebenfalls?«

»Leider nur sehr flüchtig«, bemerkte er mit diesem selbstverliebten Herzensbrecherblick, den Mara noch nie hatte leiden können.

»Sie wohnt ganz in der Nähe von hier«, fügte er an. »Nur zwei Straßen weiter, soviel ich weiß.«

»Stimmt wohl, was man immer sagt. Frankfurt ist ein Dorf.«

Er winkte lässig ab. »Die Stadt präsentiert sich gern als Metropole, aber du weißt, wie es hier ist. Die Leute, die in der gleichen Branche tätig sind, kennen sich nun mal. Die Banker, die Ärzte, die Werber, die Juristen, die Bullen. Frankfurt ist viel zu groß, um als Provinz zu gelten, und oft genug zu klein, um sich aus dem Weg zu gehen.«

»Alles in allem«, kam Mara zurück zum Thema, »hat Lessing also tatsächlich ein Vorzeigeleben geführt. Ohne jeglichen Makel.«

»So etwas soll es geben, Mara.« Er trank noch einmal. »Du erwartest immer, dass die Leute mindestens eine Leiche im Keller haben. Woher kommt dieses Misstrauen gegenüber erfolgreichen Menschen?«

»Würdest du ihn als Freund von dir bezeichnen?« Mara ging über seine Worte hinweg.

»Eher als einen Bekannten, denke ich.«

»Ein freundlicher Mann?«

»Ja.«

»Ein distinguierter, vornehmer älterer Herr, richtig?«

»Ja.«

»Hast du Lessing jemals aggressiv erlebt?«

»Aggressiv?« Sein Blick veränderte sich, doch Mara konnte nicht deuten, wie seine Miene zu lesen war. »Mara, wie kommst du denn darauf?«

»Was macht dich nervös an der Frage?«

»Nervös?« Er schüttelte den Kopf. »Ich bin keineswegs nervös. Was soll der Quatsch? Und ich kann dir versichern: Claus-Peter Lessing war nicht aggressiv.«

»In keiner Form? Niemals?« Sie setzte hinzu: »Zum Beispiel gegenüber Frauen.«

Edgar Billinsky lächelte auf diese gönnerhaft-überhebliche Art, die er sich eigentlich hätte patentieren lassen können. »Darf zur Abwechslung ich eine Frage stellen?«

»Bitte.«

»Ist das eine offizielle polizeiliche Befragung? Ein Verhör? Oder ein Verwandtschaftsbesuch?«

Mara lächelte. »Eine Plauderei bei einem erlesenen hochprozentigen Getränk.«

Er schlug ein Bein übers andere und präsentierte seinen Schuh, auf dem kein einziges Staubkorn zu sehen war. »Mara, soweit ich im Bilde bin, ermittelst du doch gar nicht mehr, oder? Jedenfalls, was diese Mordfallserie betrifft. Du bist – wie soll ich es nennen? – kaltgestellt worden.«

Sie fixierte ihn mit ihren schwarzen Augen. »Und jetzt wirst du mir unter die Nase reiben, dass du mir genau das prophezeit hast.«

»Was ist mit Klimmt? Will er dich loswerden?«

»Klimmt ist ein Arsch«, sagte Mara.

Er lachte auf. »Schön, dass du dich kein bisschen verändert hast.«

»Schön findest du das ganz sicher nicht.« Sie straffte ihren Oberkörper. »Aber ich fürchte, du hast sogar noch in einem anderen Punkt recht. Auch wenn es mir ziemlich stinkt, das zugeben zu müssen. Und, glaube mir, es war nicht meine Absicht, darauf zu sprechen zu kommen.«

»So?« Er verlagerte sein Gewicht im Sessel. »Jetzt machst du mich wirklich neugierig.«

»Deine fiese Bemerkung, dass es immer ein und derselbe Fall ist, dem ich hinterherjage. Seit Jahren, immer ein und derselbe unaufgeklärte Mord. Ja, du hast recht. Dieser Mord war der Ausgangspunkt für das Leben, das ich heute führe. Die Idee, zur Polizei zu gehen, kam nicht einfach aus dem Nichts, wie ich es immer gedacht oder mir eingeredet habe.«

»Die Bemerkung hat mir leidgetan.« Er wandte den Blick ab, aber nur kurz.

»Seit wann bedauerst du eine deiner Äußerungen? Das wäre mir neu.«

»Ehrlich, es ist mir einfach so herausgerutscht. Ich wollte nicht fies sein, wie du es ausdrückst. Aber jedes Mal, wenn wir uns Auge in Auge gegenüberstehen ... Na ja, du weißt selbst, wie es dann ist.«

»Wie bei einem Boxkampf.«

Edgar Billinsky zeigte ein verhaltenes Lächeln. »Ja, dann hagelt es Schläge, zumindest verbale.«

»Wie es aussieht, besteht die Gefahr, dass wir uns begegnen, bald nicht mehr.«

Er sagte nichts, betrachtete sie nur, sein Mund eine harte Kerbe im Gesicht.

»Denn mit Klimmt hast du ja auch recht behalten. Er will mich loswerden.«

»Und deine Erfolge mit dem geplatzten Drogengeschäft und den Festnahmen?«

»Ich habe das blöde Gefühl, dass mir das nichts nützen wird.« Sie leerte ihr Glas. »Ich nehme an, das freut dich.«

»Keineswegs. Ich wünsche dir Erfolg, keinen Misserfolg.«

»Was du nicht sagst.«

»Und ich bin durchaus in der Lage«, betonte er, »einige meiner Äußerungen oder Taten zu bedauern.«

»Was du nicht sagst«, wiederholte sie in exakt gleichem Tonfall.

»Doch, Mara.«

»Aber du willst jetzt bestimmt nicht ins Detail gehen«, sagte sie sarkastisch.

»Noch einen Cognac?«, wich er lächelnd aus. »Na, wie wäre es?«

»Ich trete lieber den Heimweg an. So können wir ausnahmsweise einmal auseinandergehen, ohne uns angegiftet zu haben, findest du nicht? Jedenfalls nicht so heftig wie sonst.«

»Mara, was ist nun? Wirst du Frankfurt wieder verlassen?«

Sie zuckte nur stumm mit den Achseln.

»Weshalb hast du mich vorhin gefragt, ob ich Claus-Peter Lessing aggressiv erlebt hätte?«

Mara stand auf. »Danke für den Cognac!«

»Es war mir ein Vergnügen.«

Ohne einen Abschiedsgruß ließ sie ihn zurück in seiner großen, leblosen Villa.

56

Es war das fünfte Mal an diesem Vormittag, dass Mara bei ihr anrief. Doch Staatsanwältin Angelika Taubner war nicht zu erreichen. Mara saß an ihrem Schreibtisch und las im Internet, wie der Mord an Richter Lessing immer höhere mediale Wellen schlug. In der Presse wurden Befürchtungen geäußert, dass der Unterwelt-Ripper nun eine Jagd auf hochrangige Vertreter der Staatsgewalt veranstalten könnte.

Dann läutete ihr Bürotelefon.

»Billinsky.«

»Guten Morgen, hier ist Angelika Taubner«, ertönte die angenehme Stimme der Staatsanwältin.

»Danke für Ihren Rückruf! Hätten Sie etwas Zeit für mich? Ich wollte gern mit Ihnen sprechen.«

»Um was geht es? Ich habe gleich einen Termin.«

»Unter vier Augen wäre es mir lieber, ehrlich gesagt.« Wohlbedacht verschwieg Mara, dass sie ein paar Fragen zu Claus-Peter Lessing loswerden wollte. Immerhin war es ihr ausdrücklich untersagt worden, sich um die Mordfälle zu kümmern. Gewiss war es ratsamer, erst im Verlauf der Unterhaltung darauf zu kommen.

»Was haben Sie auf dem Herzen, Frau Billinsky?«

»Na ja, wir hatten schon einmal ein gutes Gespräch, und da dachte ich …«

»Zurzeit stapelt sich die Arbeit vor mir, um ehrlich zu sein. Sie wissen ja, die ganze Stadt dreht langsam durch wegen der Morde. Eventuell könnten Sie sich Anfang kommender Woche noch einmal melden, ja? Das würde mir besser passen.«

»Einverstanden, das werde ich machen«, kündigte Mara an, doch sie hatte etwas anderes vor.

Sie verabschiedeten sich voneinander, das Gespräch war vorbei.

Die zeigt dir ja wirklich die kalte Schulter, dachte Mara verächtlich. Und am Anfang hatte sich die Taubner ihr gegenüber so hilfsbereit gegeben. Eben alles nur Schau.

Etwa zehn Minuten später erhielt sie erneut einen Anruf, diesmal von Klimmt. Zum ersten Mal überhaupt hatte er ihre Büronummer gewählt. Warum nur?, wunderte sich Mara. Sonst brüllte er doch ganz gern quer durch den Flur.

Wusste er von ihrem Besuch bei Lessings Exfrau?

Mara atmete durch.

Sie spürte, wie Jan Rosen ihr von seinem Platz aus nachschaute, als sie aufstand, um sich zu Klimmt zu begeben.

Gleich darauf machte sie dessen Bürotür hinter sich zu. Wie gewöhnlich stellte sie sich direkt vor seinen Schreibtisch.

Klimmt klebte im Drehstuhl, er wirkte noch fertiger, noch erschöpfter als zuletzt. Offenbar hatte er kaum geschlafen, seine Wangen waren bleich und eingefallen, seine ungepflegten Klamotten zerknittert.

»Ich schätze mal, Sie wollen nicht Platz nehmen«, meinte er murmelnd. Sein müder Blick war nicht auf Mara, sondern auf das Durcheinander aus Aktenblättern und Berichten und Skizzen auf seiner Schreibtischplatte gerichtet.

»Was gibt es?«, fragte sie, direkt wie immer.

»Ich habe zwei Nachrichten für Sie.«

»Eine gute und eine schlechte?«

»Nein. Eine schlechte und noch eine schlechte.«

»Was auch sonst.«

Er hustete und putzte sich die Nase. »Hören Sie zu, Billinsky, ich weiß nicht, was das soll, aber die Taubner hat mich angerufen. Es ging um Sie.«

So schnell, dachte Mara ein wenig erstaunt.

»Sie hat sich nicht über Sie beschwert«, fuhr Klimmt fort. »Aber sie war doch irgendwie verwundert über Ihren Anruf.«

Das hieß, schoss es Mara durch den Kopf, dass er zumindest noch nichts darüber wusste, dass sie Lessings frühere Ehefrau befragt hatte.

»Das mit Frau Taubner«, antwortete sie, »das war einfach nur eine Unterhaltung – keine Ermittlung. Oder etwas in der Art.«

»Oder etwas in der Art«, wiederholte er sarkastisch. »Billinsky, ich habe Sie ja schon gestern gewarnt, als ich Sie auf dem Handy angerufen habe. Das war absolut ernst gemeint.« Noch argwöhnischer als sonst betrachtete er sie. »Mir wird hier gerade die Hölle heißgemacht, und ich kann nicht auch noch bei Ihnen Kindermädchen spielen.«

»Keine Bange, das müssen Sie nicht.«

Er schnäuzte sich noch einmal in sein Taschentuch.

»Kommen Sie denn voran, Chef?«

»Billinsky, Sie wissen verdammt gut, dass ich keinen Zentimeter vorankomme. Es mir ein verdammtes Rätsel, wer diese vier Männer abgeschlachtet hat.« Er redete sich in Wut. »Nach wie vor gibt es keine direkte Verbindung zwischen ihnen. Und ich könnte kotzen.«

Mara ließ zwei Sekunden verstreichen, dann wollte sie wissen: »Was ist die zweite schlechte Nachricht, die Sie für mich haben?«

In seinem Gesicht veränderte sich etwas, der zornige Ausdruck verschwand.

»Carlos Borke.« Klimmt schnaufte.

»Was ist mit ihm?«

»Wenn ich fragen darf ...« Er zögerte, was nicht gerade typisch für ihn war.

»Sie dürfen«, gab sie zurück, plötzlich angespannt.

»Wie nahe sind Sie ihm gekommen?«

»Warum wollen Sie das wissen?« In Maras Kopf machte es Klick. »Ist ihm etwas – zugestoßen?«

Klimmt erwiderte lange ihren Blick, dann stand er auf und drehte ihr den Rücken zu, wie es seine Art war. Er öffnete das Fenster.

»Billinsky«, sagte er, »man hat Carlos Borke in einem Waldstück außerhalb der Stadt gefunden.«

»Tot.« Das Wort kroch über ihre Lippen, und zwar nicht als Frage.

»Schuss aus kürzester Distanz«, sprach Klimmt weiter, nach wie vor ohne sie anzusehen. »In seiner Schläfe befand sich ein großes, sternförmiges Loch.«

Mara versuchte ihre Gefühle, ihr Herz auszuschalten, sich auf die Fakten zu konzentrieren. »Das heißt«, hörte sie sich mechanisch antworten, »er ist regelrecht hingerichtet worden.« Die heißen Gase, die beim Abfeuern einer Waffe entstanden, sorgten für solche Verletzungen, wenn die Mündung direkt auf die Haut des Opfers gepresst wurde.

»Ja. Die Hautverbrennungen und die Schmauchspuren lassen keinen anderen Schluss zu. Eine Hinrichtung.«

»Es war Borke«, sagte Mara tonlos, »der Zoran Tosic erschossen hat. In Notwehr.«

»Die Ballistiker sagen, dass Tosic mit einer Kugel aus einer Glock 17 getötet wurde. Besaß Borke eine solche Waffe? Bei ihm wurde sie nicht gefunden.«

»Das weiß ich nicht. Vielleicht haben seine Mörder die Pistole an sich genommen. Wie auch immer, er hat mir selbst erzählt, dass er es gewesen ist. Tosic und ein zweiter Mann aus Malovans Reihen hatten ihm aufgelauert.«

»Dann haben sich Malovans Leute wohl an Borke gerächt.

Dafür, dass er Informationen weitergegeben hat – und für die Tat an Tosic.«

»Die Aktion im Osthafen war ein schwerer Schlag für Malovans Bande. Die meisten sitzen in U-Haft, er selbst ja auch. Ich glaube, dass Novian den Mord an Carlos Borke in Auftrag gegeben hat.«

»Und ich glaube, dass wir noch öfter von diesem Novian hören werden.«

Mara nickte schweigend, ihr Blick verlor sich in einer Leere, sie merkte es gar nicht.

»Wenn Sie sich heute freinehmen wollen«, bot Klimmt an, »dann können Sie gern …«

»Nein«, unterbrach sie ihn schneller, als sie über ihre Antwort nachdenken konnte. »Das will ich nicht. Auf keinen Fall.«

»Wie Sie wünschen«, antwortete Klimmt so verbindlich und milde, wie sie ihn nie zuvor gehört hatte.

Ohne ein weiteres Wort verließ sie sein Büro.

57

Alles wird gut, hörte sie irgendwo in ihrem Kopf die Stimme des zehnjährigen Mädchens, das sie einmal gewesen war.

Alles wird gut.

Wieder dieser lange Flur, wieder die Treppe, die nach oben führte.

Außer ihr war kein Mensch unterwegs in diesem Stockwerk des Gerichtsgebäudes. Stille hüllte sie ein.

Mara verspürte den Drang, eine Zigarette zu rauchen, und das ärgerte sie.

Sie gelangte an die Tür mit dem kleinen Namensschild daneben und klopfte entschlossen an.

Keine Reaktion.

Sie lauschte durch das Holz ins Innere. Lautlosigkeit. Niemand da.

Langsam legte sie die paar Schritte quer über den Gang zu dem Fenster zurück. Durch die von Regentropfen gesprenkelte Scheibe blickte sie auf einen nassgrauen Frankfurter Herbsttag.

Vom ersten Moment an, als sie vorhin aus Klimmts Büro gegangen war, hatte sie sich untersagt, an Borke zu denken. Sie tat, als hätte sie nichts über seinen Tod erfahren, als besäße sie keine Erinnerung an ihn, als hätte er nicht existiert. In ihr war alles kalt und starr und leblos. Genau wie damals, als ihre Mutter plötzlich nicht mehr da war.

»Du musst es zulassen«, hatte Hanno Linsenmeyer Jahre darauf immer wieder zu ihr gesagt, eindringlich, geduldig. »Du darfst dir nichts vormachen. Du darfst dich nicht vor der Trauer verschließen. Du musst sie akzeptieren. Sonst zerreißt sie dich.«

Schöne Worte. Richtige Worte. Einfache Worte.

Aber wie schwer war es, sie umzusetzen.

Das Stakkato schneller Schritte erklang. Über die Schulter sah Mara den Gang hinab.

Angelika Taubners schlanke Gestalt näherte sich, das Haar ordentlich hochgesteckt, Businesskostüm mit engem Rock, hochhackige, elegante Schuhe.

Die Staatsanwältin musterte sie erst überrascht, dann zeigte sie ein zurückhaltendes Lächeln. »Frau Billinsky, Sie scheinen es tatsächlich eilig zu haben.« Sie verharrte kurz vor der Tür und schloss ihr Büro auf.

Sekunden darauf saßen sie sich genauso gegenüber wie beim letzten Mal.

»Wie gesagt«, eröffnete Angelika Taubner das Gespräch, »viel Zeit kann ich leider nicht erübrigen.«

»Im Grunde wollte ich Ihnen nur danken. Dafür, dass Sie versucht haben, sich bei Klimmt für mich einzusetzen.«

»Tut mir leid, dass ich nicht viel ausrichten konnte. Doch die jüngste Entwicklung hat uns alle ziemlich überrollt. Dann kann man unglückseligerweise nicht immer auf die Situation oder die Bedürfnisse einer Einzelperson eingehen.« Ihre Stimme wurde einen Tick druckvoller. »Hauptkommissar Klimmt muss Resultate vorlegen. Und ich fürchte, ihm rennt die Zeit davon.«

»Ich wünschte, ich könnte helfen, aber Sie wissen ja, wie es bei mir aussieht.«

Die Staatsanwältin lehnte sich in ihrem Drehstuhl zurück und sah Mara forschend an. »Wieso nur, meine liebe Frau Billinsky, werde ich den Verdacht nicht los, dass Sie aus einem anderen Grund hier sind, als um sich bei mir zu bedanken?« Sie schmunzelte.

Mara setzte eine Unschuldsmiene auf und hob kurz die Schultern. »Da liegen Sie falsch. Spätestens seit dem Mordfall Claus-Peter Lessing hat Klimmt mich ausgesperrt. Sozusagen. Allerdings ist Klimmt selbst ja auch nicht gerade zu beneiden. Der Mord an dem Richter hat die ganze Sache ja noch einmal gehörig verschärft.« Scheinbar beiläufig fügte sie an: »Sie kannten Herrn Lessing, habe ich gehört.«

Erneut das Schmunzeln im Gesicht der Staatsanwältin. »Sie haben richtig gehört. Er hat mich in meiner Anfangszeit sehr unterstützt. Wie auch eine Reihe weiterer Anwälte aus den Nachwuchsreihen. Aber ich bin sicher, auch davon haben Sie gehört.«

»Das habe ich«, sagte Mara trocken.

»Herr Lessing war ein außergewöhnlicher Jurist und ein besonderer Mensch. Dass er auf diese Weise ums Leben kommen musste ... Doch lassen wir das.«

»Ich frage wirklich nur aus reiner Neugier. So ganz kann man sich von solchen Fällen eben nicht frei machen.«

»Das verstehe ich.« Ernsthafter merkte Angelika Taubner an: »Andererseits sollten Sie nicht den Fehler begehen, auf eigene Faust loszustürmen. Das könnte fatal enden für Sie, Frau Billinsky. Und das fände ich äußerst bedauerlich. Wie schon gesagt, mir gefällt Ihr Engagement, Ihr Einsatz.«

Spar dir doch die Worte, dachte Mara, ohne etwas von sich zu geben.

»Und, Frau Billinsky, ich hätte Ihnen in der Tat einen leichteren Einstieg gegönnt.«

»Ich komme schon klar«, meinte Mara lapidar.

»Das hoffe ich für Sie. Und ...« Angelika Taubner machte eine bewusste Pause. »Es ist vielleicht besser, wenn ich Herrn Klimmt diesmal nichts von unserer Unterhaltung weitergebe.«

»Vielleicht.« Jetzt war es Mara, die schmunzelte.

»Dann will ich Ihren Besuch gern für mich behalten. Aber

noch einmal möchte ich Sie daran erinnern, dass Alleingänge schon so manche Laufbahn ruiniert haben.«

»Ich habe nichts Derartiges vor, glauben Sie mir.«

Die Staatsanwältin erhob sich und hielt Mara die Hand hin. »Auf Wiedersehen, Frau Billinsky!«

Auf dem Rückweg zu ihrem Auto verspürte Mara nicht nur den Wunsch nach einem Zigarettenzug, sondern auch nach einem Schluck trockenen, herben Rotwein. Oder gleich nach einer ganzen Flasche.

Aber sie gab nicht nach, denn dann wäre ihre Konzentration schwächer, ihr Schutzschild durchlässiger geworden, und sie hätte unweigerlich an Carlos Borke gedacht. An seine raue Stimme, an die Art, wie er beiläufig über sein Bärtchen strich, an seine Porträtaufnahmen. Wo mochten die Bilder sein, da er sie ja aus der Wohnung hatte wegschaffen und mitnehmen wollen? Wie konnte sie es herausbekommen? Wohl gar nicht. Wahrscheinlich waren sie für immer verloren, genau wie Borke selbst.

Mara fuhr zurück ins Präsidium, einfach weil sie nicht wusste, wohin sie sollte. Zu Hause wäre ihr die Decke auf den Kopf gefallen. Und Hanno Linsenmeyer wollte sie nicht schon wieder ihr Leid klagen, irgendwann musste das doch mal aufhören, sagte sie sich. Automatisch erschien Rafael Makiadis Gesicht vor ihrem geistigen Auge. Sie bekam ein schlechtes Gewissen. Es wurde Zeit, dass sie ihn besuchte, damit er ja nicht auf die Idee kam, sie würde ihn im Stich lassen, nachdem er die Aussage gemacht hatte, die ihr so wichtig gewesen war.

Im Präsidium angekommen, stellte sie sofort fest, wie schlecht und gereizt die Stimmung war. Klimmt hatte im Laufe der letzten Stunde der Presse Rede und Antwort stehen und zugeben müssen, dass lediglich der Mörder des Gangsters Zoran Tosic ermittelt werden konnte: Carlos Borke, der wiederum inzwischen selbst ein Opfer des organisierten Verbrechens geworden war. Doch bei den Foltermorden, die vor allem im Blickpunkt standen – in erster Linie die Tat an dem ehrenwerten Richter Claus-Peter Lessing –, hatte die Polizei rein gar nichts in der Hand, schon gar keine Verdächtigen. Eine nahezu beispiellose Mordwelle schwappte über die Stadt hinweg, aber man hatte keine Verdächtigen, keine Theorie, keine Ansätze außer dem üblichen Ermitteln in sämtliche Richtungen. Es war klar, dass das Echo in den Zeitungen katastrophal ausfallen würde.

Offenbar hatte Klimmt sich Kette rauchend in seinem Büro verschanzt und wollte niemanden sehen.

Jan Rosen war dabei, sich mit Schleyer und Patzke in einen Besprechungsraum zurückzuziehen, um mögliche Ansatzpunkte durchzugehen.

Mara saß am Schreibtisch. Wieder einmal hatte sie das Gefühl, eine unsichtbare Wand würde sie vom Rest der Truppe trennen. Sie war anwesend – und doch nicht da.

Weil ihr nichts Sinnvolleres einfiel, überflog sie die vielen Blätter mit Notizen und die Seiten ihres Notizbuchs. Sie stieß auf den Namen Hendrike Feil, und es dauerte einen Moment, bis sie darauf kam, um wen es sich dabei handelte: die Anwältin von Selina Madjer. Mara hatte die Frau nie befragt, weil sie sich davon keinen Nutzen versprochen hatte. Sollte sie es nachholen? Was würde es bringen? Wie es schien, hatte Mara von Selina alle wichtigen Details erfahren. Dennoch kringelte sie den Namen dick ein.

Im nächsten Moment stieß sie auf eines ihrer zuletzt hingekritzelten, gleichsam eingekreisten Stichwörter: Engel.

»Wer ist dein barmherziger Engel, Isabell?«, fragte Mara flüsternd.

Jan Rosen tauchte still und heimlich auf und ließ sich auf seinen Stuhl sinken. Er sah fast so müde aus wie Klimmt.

»Na, Kollege«, sagte Mara zu ihm. »Noch sauer auf mich?«

Rosen schüttelte leicht den Kopf. »Ich hoffe nur, unsere Befragung in Kronberg kommt nicht doch noch raus.«

»Keine Sorge, das nehme ich dann allein auf meine Kappe. Was denn sonst? Und nun krieg dich wieder ein.«

»Ist ja schon gut, vergessen wir's einfach.« Er stand wieder auf. »Ich brauch noch einen Kaffee. Du auch?«

Sie schüttelte den Kopf. Als er zum Automaten ging, starrte Mara erneut auf das Wort in dem Kreis: Engel.

Ein Engel, der dafür sorgte, dass Isabell mit der Vergangenheit abschließen und einen klaren Schnitt machen konnte. So oder so ähnlich hatte sich die Zeugin namens Zoe gegenüber Rosen ausgedrückt.

Mara sprang vom Stuhl auf und griff nach ihrer Tasche. Im Gehen kramte sie den Autoschlüssel hervor.

Während der Fahrt durch die Stadt hatte sie das zermürbende Gefühl, dass alles umsonst war, was sie tat, nutzlos, erfolglos. Sie wollte nicht schon wieder weg aus Frankfurt, sie hatte sich hier durchbeißen wollen.

Der Sachsenhäuser Berg. Die ruhigen Wohnstraßen, über die sich die Dämmerung senkte. Im Gegensatz zu Bornheim war es hier um einiges leichter, eine Parklücke zu finden.

Parallel zu der Straße, in der Isabell Ljubimac untergekommen war, stellte Mara den Alfa ab. Vereinzelte Regentropfen fielen auf ihr Haar und ihre Schultern, als sie sich auf das Haus zubewegte. Das Wohnzimmerfenster im Erdgeschoss war erleuchtet, Isabell war also zu Hause.

Mara ging nicht zur Haustür, sondern glitt rasch zu dem Fenster. Vorsichtig spähte sie hinein. Der Fernseher war eingeschaltet, aber niemand war zu sehen.

Sie legte die paar Schritte zur Tür zurück und klingelte.

Stille.

Erneutes Klingeln.

Wiederum wurde nicht geöffnet.

Mara kehrte zurück ans Fenster. Im Wohnzimmer war alles unverändert. Sie umrundete das Haus, sah in jedes der unteren Fenster hinein. Das letzte davon gehörte zum Badezimmer. Es war gekippt.

Mara legte die Hand an die Scheibe und beschattete sich die Augen, um nicht vom Glas gespiegelt zu werden.

Dort.

Sie sah etwas. Es war nicht richtig zu erkennen, aber ...

Sie hielt den Atem an, fasste sich jedoch sofort wieder. Ohne Zögern schob sie die Hand ins Innere, hantierte an dem Griff herum, bis sich das Fenster komplett öffnen ließ. Dann glitt sie geschmeidig über Fensterbank und -sims hinweg ins Haus hinein.

Vorsichtig näherte sie sich der offen stehenden Badezimmertür, die zu einem Flur führte. Dort angekommen, verharrte sie auf dem Parkettboden. Ihr Blick senkte sich auf das, was ihr von draußen aufgefallen war. Und trotz des Dunkels hatte sie sich nicht getäuscht. Was sie erblickt hatte, war die nackte Sohle eines menschlichen Fußes.

Mara zog die Waffe, verhielt sich still, lauschte in die Stille, die das Haus ausfüllte. Lediglich aus dem Wohnzimmer drang ein dünner, schwacher Flecken Helligkeit, jedoch nicht bis zu ihr.

Und damit auch nicht zu Isabell Ljubimac, deren Leiche vor Mara lag, flach auf dem Rücken, das eine Bein angewinkelt, das andere ausgestreckt.

Mara horchte erneut in die Stille. Dann machte sie eine Runde durchs Gebäude, spähte in jeden Raum, ohne auf etwas Auffälliges zu stoßen. Schließlich kehrte sie zurück zu der Toten, die einen hellen Bademantel anhatte. Sie steckte die Waffe weg, knipste den Schalter der Deckenlampe an. Eine Schleifspur zeichnete sich vom Wohnzimmer bis zu der Stelle ab, wo

Mara auf Isabell gestoßen war. Demnach war die junge Frau im Wohnzimmer umgebracht worden. Anschließend hatte man sie an den Beinen bis hierhin gezogen. Weshalb war sie dann ausgerechnet hier liegen gelassen worden?

Mara ging auf die Knie und betrachtete das leblose Gesicht. Das Blut stammte von einer kleinen Wunde am Hinterkopf. Ganz sicher eine Schussverletzung. Sie lockerte ein wenig den Gürtel des flauschigen Bademantels: Slip und Trägertop, mehr trug Isabell nicht darunter. Wahrscheinlich hatte sie es sich vor dem Fernsehgerät gemütlich gemacht, als sie unerwartet Besuch erhalten hatte. Es gab keinerlei Hinweise auf ein gewaltsames Eindringen des Mörders oder der Mörder. Isabell hatte den Fernseher angelassen, allerdings den Ton ausgeschaltet. Sicherlich, damit die Unterhaltung nicht gestört würde.

Das Ziehen der Pistole, der Schuss, womöglich mit Schalldämpfer, das war's. Ein schneller Tod. Wie bei Carlos Borke.

Mara richtete sich wieder auf und überlegte.

Ein Knacken hinter ihr ließ sie herumwirbeln.

Eine Gestalt, die sich schemenhaft vor dem dunklen Hintergrund abhob.

Das Ploppen eines Schusses, der mit Schalldämpfer abgefeuert wurde.

Blitzschnell ging Mara wieder in die Knie.

Das Geschoss verfehlte sie und prallte von der Wand ab.

Ihre P30L lag in ihrer Hand.

Doch die schwarz gekleidete Gestalt glitt rasch ins Badezimmer.

Mara federte hoch und drückte sich an die Wand, die Pistole im Anschlag.

Noch ein Laut, ein Rascheln, fast nicht zu hören.

Mara hastete los, ebenfalls ins Bad, bereit für den tödlichen Schuss.

Der Raum war leer.

Der Fremde war durch das noch offene Fenster geflüchtet – das war das leise Geräusch gewesen.

Mara schob sich an den Fensterrahmen und spähte hinaus.

So flink sie konnte, glitt sie ins Freie. Sofort duckte sie sich. Sie lauschte ins Dunkel. Schritte erklangen.

Sie rannte los.

Ein gewaltiges Motordröhnen ertönte.

Mara bog um die Ecke und sah gerade noch die rot flackernden Rückleuchten eines schwarzen Autos, das startete und mit kreischenden Reifen losfuhr. Das Heck scherte aus, touchierte dabei einen Laternenpfahl. Dann bekam der Fahrer den Wagen in den Griff – er jagte davon.

Im ersten Moment wollte Mara zu ihrem Alfa stürmen, aber das wäre sinnlos gewesen. Er parkte eine Straße weiter.

Sie steckte die Waffe ins Holster, atmete einmal durch und ging zu der Laterne. Daneben lag ein rotes Plastikstück, das von der Rückleuchte des Fluchtwagens abgesplittert sein musste. Mara hob es auf, steckte es ein und machte sich schnell auf den Weg zurück ins Haus. Dort suchte sie das Schlafzimmer auf. Hier hatte sich der Mörder versteckt. Vielleicht unter dem Bett? Warum hatte sie vorher nicht gründlicher nachgesehen? Sie war im Unterbewusstsein davon ausgegangen, dass der Täter das Gebäude wieder verlassen hatte. Ein dummer Fehler! Man durfte niemals eine Sache voraussetzen, die man nicht genau überprüft hatte. Die Nachlässigkeit hätte sie fast das Leben gekostet. Sie ärgerte sich – und war doch auch erleichtert, mit heiler Haut davongekommen zu sein.

Ihr Blick senkte sich wieder auf die Tote.

Arme Isabell, dachte Mara.

Sie zog das Handy aus der Jackentasche – und plötzlich verfinsterte sich ihr Blick. Mit einer entschlossenen Geste ließ sie es wieder verschwinden. Dann löschte sie das Licht im Flur, um erneut durch das Fenster aus dem Haus zu verschwinden.

Die nächste halbe Stunde verbrachte sie damit, in der Nachbarschaft zu läuten, ihren Dienstausweis hochzuhalten und Fragen zu der jungen Frau zu stellen, die seit Kurzem in der Straße wohnte.

Die meisten Leute, die öffneten, waren allein schon aufgrund von Maras Piercings und ihres stechenden Blicks misstrauisch. Selbst die Polizeimarke schien nur bedingt zu helfen. Über Isabell Ljubimac hatten sie jedenfalls nicht viel zu berichten. Mara erkundigte sich nach Besuchern, doch es wurde meist nur mit den Achseln gezuckt. Anscheinend war Isabell kaum wahrgenommen worden.

»Ach, die junge Frau?«, meinte ein älterer Herr mit Rollkragenpullover, wohl ein Rentner, während er Mara über den Goldrand seiner Brille musterte. »Die lebt sehr unauffällig, sehr zurückgezogen, habe ich den Eindruck.« Er machte eine gleichgültige Geste. »Die grüßt nicht mal.«

»Ist Ihnen je aufgefallen, dass sie Besuch erhalten hat?«

»Nee.«

»Kein Freund, der gelegentlich vorbeikam?«

»Nee.«

»Vielleicht ein außergewöhnliches Auto, das mal vor dem Haus der Frau stand? Ein bestimmtes Modell, das vorher nie hier geparkt hat.«

»Nee.«

»Sie hat also nie Herrenbesuch erhalten?«

»Nee, hat sie nicht.« Er stutzte. »Aber einmal sah ich zufällig, wie sich eine Frau von ihr verabschiedet hat.«

»Ach? Eine Freundin?«

»Gut möglich.«

»Wie sah die Freundin aus?«

»Es hat geschüttet wie aus Eimern, und die Dame hat sich einen Regenschirm dicht über den Kopf gehalten. Ich konnte rein gar nichts von ihrem Gesicht erkennen. Und ich habe ja auch nicht groß darauf geachtet.«

»Was hat sie angehabt?«

Hilflos verdrehte er die Augen. »Na ja, schwer zu sagen.«

»Eher Jeans und Sportschuhe? Oder eher elegante Sachen?«

»Hm, ich glaube nicht, dass sie Jeans getragen hat.«

»Also nicht unbedingt lässige Kleidung?«

»Jedenfalls keine Jeans, keine Turnschuhe.« Er schmunzelte. »Und auf keinen Fall so eine Kleidung, wie Sie sie tragen.«

»Das dachte ich mir. Und ihre Haarfarbe?«

»Der Schirm hat ihre Haare verdeckt, es ging ja auch alles recht schnell.«

»Okay. Gut. Wie alt war sie? Nur in etwa?«

»Huuh, unmöglich, das zu sagen. Tut mir leid.«

»Vielen Dank!« Mara überlegte, ob sie noch einmal Aileen aufsuchen und sich bei ihr erkundigen sollte, ob es eine unter ihnen gab, zu der Isabell einen besonders guten Draht gehabt hatte. Bisher war nie davon die Rede gewesen.

»Ach, wenn wir schon dabei sind«, murmelte der Mann, »eine Putzfrau habe ich auch bemerkt. Eine ältere Frau. Zwei- oder dreimal habe ich die gesehen, ganz zufällig.«

Eine Putzfrau konnte Isabell sich also auch leisten, dachte Mara beiläufig. »Können Sie sie beschreiben?«

»Die Putzfrau?« Ein Heben der Schultern. »Na ja, wie die halt so sind. Nichts Auffälliges, eine ganz einfache Person in ganz einfacher Kleidung.«

»Vielen Dank!«

»Was ist denn mit der jungen Nachbarin?«, wollte er wissen. »Oder lassen Sie mich raten: Sie dürfen darüber keine Auskünfte geben.«

»Richtig geraten.« Mara nickte ihm zu. »Nochmals vielen Dank!«

»Schon gut.« Er machte die Tür zu.

Zum zweiten Mal an diesem Abend kletterte Mara kurz darauf durch das Fenster, um in Isabell Ljubimacs Haus zu gelangen.

Neben der Leiche stehend, zog sie erneut das Handy aus der Jacke. Und jetzt benutzte sie es auch.

58

Das Blaulicht mehrerer Einsatzwagen stach flirrend in die Dunkelheit. Absperrbänder trennten das Haus von den übrigen der Straße. Uniformierte Beamte sicherten ringsum, die Leute von der Spurensicherung waren gerade angerückt. In der Nachbarschaft waren viele Fenster erleuchtet, die Bewohner standen vor ihren Eingangstüren und verfolgten mit stummen Mienen, was sich abspielte. Die Luft war feucht und kalt, es roch nach Regen, aber noch fielen keine Tropfen vom Himmel.

Klimmt und Schleyer standen beieinander, zwei gestresste, in die Jahre gekommene Kriminalpolizisten, die kaum zu verbergen vermochten, wie sehr sie von den Ereignissen überrollt wurden.

Etwas abseits hielt sich Mara auf, allein, wie gewohnt. Sie trat von einem Fuß auf den anderen, ungeduldig, ebenfalls wie gewohnt. Wann wollen sie mich endlich befragen?, ärgerte sie sich.

Die beiden Männer, die zuvor den Leichnam begutachtet hatten, sprachen weiterhin leise miteinander, ohne Mara auch nur eines Blickes zu würdigen. Schon bei ihrem Eintreffen hatte Klimmt kaum ein Wort zu ihr über die Lippen gebracht.

Jan Rosen rief sie an, offenbar hatte er mitbekommen, dass schon wieder etwas vorgefallen war. Doch sie ließ ihm keine Zeit, Fragen zu stellen, sondern erklärte kurz angebunden, sie würde sich später bei ihm melden. Dann marschierte sie auf Klimmt und Schleyer zu.

»Sicher wollen Sie wissen«, sagte sie bestimmt, »was sich hier abgespielt hat.«

Klimmt zeigte ihr mit einer Geste an, sie solle ihm folgen.

Ein paar Schritte von Isabell Ljubimacs Wohnzimmerfenster entfernt standen sie sich gegenüber.

»Billinsky«, brummte Klimmt, »so langsam gehen Sie mir echt auf den Wecker.« Er gähnte. »Diese Frau da drin, das ist doch die, von der Sie mir erzählt haben, nicht wahr? Die auch in Ihrem Bericht als Zeugin auftaucht?«

»Isabell Ljubimac«, bestätigte Mara.

»Nein, Sie gehen mir nicht auf den Wecker, Sie werden mir eher unheimlich. Seit Sie in der Stadt sind, plumpsen mir die Mordleichen vor die Füße wie Fallobst. Kann es sein, dass Sie ein schlechtes Omen sind? Das würde jedenfalls zu Ihrem schwarzen Aufzug passen.«

Er war abgekämpft, gereizt, das war wahrlich nichts Neues, doch allmählich kam eine tiefe Verzweiflung hinzu, die ihm bei jedem Blick förmlich aus den Augen sprang.

»Also«, fuhr er gepresst fort. »Diese Lady war früher das Betthäschen von Ivo Karevic, richtig?«

»Richtig.«

»Gibt es etwas, das dafür spricht, dass Karevics alte Bande sie ins Visier genommen hat?«

»Nicht, dass ich wüsste.«

»Gibt es etwas, das dafür spricht, dass sie diesem Novian im Weg war?«

»Nicht, dass ich wüsste«, wiederholte Mara im selben sturen, monotonen Rhythmus, in dem auch er sprach.

»Gibt es irgendeinen Hinweis, ein Indiz, eine Spur, irgendetwas, das auf ihren Mörder schließen lässt?«

»Isabell Ljubimac umgab ein Geheimnis. Etwas hat sie vor mir verheimlicht und …«

»Ja oder nein?«, unterbrach er sie schroff.

»Kann ich Ihnen nicht erst mal erklären«, setzte Mara betont ruhig an, »was hier überhaupt passiert …«

»Das Wichtigste haben Sie mir ja vorhin schon am Telefon gesagt«, schnitt er ihr erneut das Wort ab. »Und jetzt will ich, dass Sie von hier verschwinden. Morgen früh sind Sie um Punkt acht Uhr in meinem Scheißbüro, und dann gehen wir jede verfluchte Einzelheit dieses Abends miteinander durch.«

Sie zog das Plastikstück von der Rückleuchte, das sie gefunden hatte, aus der Jackentasche, doch in dem Moment klingelte Klimmts Handy.

Er starrte angewidert auf das Display. »Mist, die fehlt mir jetzt noch. Die Taubner.« Kurz richtete sich sein Blick wieder auf Mara. »Punkt acht Uhr, Billinsky«, zischte er. Mit zurückhaltenderem Tonfall sagte er dann ins Telefon: »Hallo, Frau Taubner, hier Klimmt. Sie haben's also bereits erfahren.«

Mara steckte den Plastiksplitter wieder ein, drehte sich um und stapfte los. Aus den Augenwinkeln nahm sie wahr, wie Schleyer ihr hinterherglotzte, während sie sich entfernte, um zu ihrem Auto zu gelangen.

Erneut war sie viel zu schnell unterwegs, als sie die Stadt durchquerte. Schwacher Regen setzte ein. In ihrer Wohnung angekommen, trank sie viel Wasser gegen einen plötzlichen brennenden Durst, dann ein großes Glas schweren Rotwein. In der schwachen Hoffnung, schlafen zu können, legte sie sich ins Bett. Sie wälzte sich von einer Seite auf die andere, dämmerte immer mal wieder weg, doch sofort setzten diffuse Träume ein.

Zum ersten Mal seit langer Zeit träumte sie von ihrer Mutter, zum ersten Mal überhaupt von Carlos Borke, der grinsend mit einer Fotokamera vor ihrem Gesicht herumwedelte, während ihm das Blut aus einer Schusswunde in der Schläfe lief. Irgendwann, es war nach fünf, gab sie auf und flüchtete vor den Bildern des Schlafs unter die Dusche. Lange stand sie im Prasseln unter der Brause, um wach zu werden und einen klaren Kopf zu bekommen.

Um sieben Uhr erschien sie an ihrem Platz im Präsidium,

gestärkt von einem schwarzen Kaffee, der Mumien aufgeweckt hätte. Sie suchte im Internet nach News über den Fund eines neuen Mordopfers in Frankfurt, aber noch machte der Tod von Isabell Ljubimac keine Schlagzeilen.

Um sieben Uhr neunundfünfzig betrat sie das Büro ihres Chefs und vergewisserte sich, dass sie den Plastiksplitter dabeihatte, den sie Klimmt endlich zeigen wollte. Sie schloss die zuvor offen stehende Tür hinter sich und stellte sich vor seinen Schreibtisch.

Klimmt war kurz zuvor eingetroffen. Er sah hundemüde aus und starrte sie aus übernächtigten Augen an. Lautstark musste er niesen. Sein Blick war genau derselbe wie am Vorabend am Tatort. Es war, als läge ihre Begegnung erst Sekunden und nicht Stunden zurück.

»Hören Sie zu«, begann er, wurde aber von einem Hustenanfall gestoppt. Seine Nase war rot, seine Wangen waren bleich, seine Stirn wirkte heiß, als hätte er Fieber. »Also, Billinsky«, fing er von Neuem an, »ich will es mit Ihnen nicht schlimmer machen, als es ist. Es gibt wirklich Wichtigeres. Und ich will hier ganz bestimmt nicht die alte Suspendierungsnummer abziehen und was weiß ich nicht alles. Aber ich wäre Ihnen verdammt verbunden, wenn Sie ein paar Tage freinehmen würden. Und zwar von diesem verfluchten Moment an.«

»Die Zeugin Isabell Ljubimac«, entgegnete Mara kühl, »habe allein ich ermittelt. Ich verlange, dass ich in die Ermittlungen in diesem Mordfall einbezog–«

»Gestern hat mich die Taubner angerufen.« Er ließ sie einmal mehr nicht ausreden.

»Ich weiß, ich stand neben Ihnen.«

»Und Sie hat gesagt, Sie wären wie aus heiterem Himmel bei ihr aufgetaucht und hätten Fragen gestellt. Fragen zu Richter Lessing.«

»Es war im Grunde genau wie beim letzten Mal. Eine Unterhaltung, nichts weiter. Es war ...« Mara verstummte von selbst. Sie hörte sich lahm an, wie die Lügnerin, die sie in diesem Moment auch war. Es wallte in ihr nicht einmal Wut auf Angelika Taubner auf, die versprochen hatte, diesmal Stillschweigen gegenüber Klimmt zu bewahren. Warum hatte Mara ihr geglaubt? Sie war ein Schlangenweib. Engstirnig, kalt, egoistisch. Und dennoch – ging es überhaupt um die Taubner? Du hast es dir vor allem selbst zuzuschreiben, sagte sich Mara. Irgendwie war irgendwo irgendwann etwas schiefgelaufen.

»Tja, Billinsky, und wie immer bei Ihnen«, fuhr Klimmt sarkastisch fort, »ist das leider nicht alles. Denn später habe ich erfahren, dass noch eine Frau wegen Ihnen auf dem Präsidium angerufen hat. Eine gewisse Adelheid Lessing. Schon mal gehört, den Namen? Sie waren bei ihr zu Hause. Mit Rosen, diesem Hornochsen. Aber ich schätze mal, verantwortlich für diese unerlaubte Aktion sind allein Sie.«

»Ja, das bin ich.«

Mara hatte das Gefühl, als würde sich der Boden unter ihren Füßen auflösen und sie gleich in einen Abgrund stürzen. Es war zu Ende. Es war vorbei.

»Ich habe es Ihnen gesagt, Billinsky. Ausdrücklich. Mehrfach. Ich habe Sie gewarnt. Jetzt reicht's mir. Sie haben frei. Drehen Sie eine Runde mit dem Äppelwoi-Express durch diese Scheißstadt, und dann verschwinden Sie am besten dahin, wo Sie hergekommen sind. Das ist übrigens auch im Sinne von Frau Taubner, wie sie mir nachdrücklich versichert hat.«

Sie sagte nichts.

»Himmel, Arsch und Zwirn«, polterte Klimmt schon wieder los. »Ihr verehrter Carlos Borke, Zoran Tosic und Isabell Ljubimac, die übrigens – wie sich herausgestellt hat – in Wirklichkeit Mitrasinovic hieß, was aber auch keine Rolle mehr spielt.

Also, das sind Morde im Dunstkreis des organisierten Verbrechens. Jeweils eine schnörkellose Kugel im Schädel. Zusätzlich geistert plötzlich dieses Gespenst namens Novian durch die Gegend. Das alles ist schon übel genug. Doch zu allem Überfluss gibt es noch diese vier zu Tode gefolterten Männer, die mir ein einziges gottverdammtes Rätsel sind. Ehrlich, Billinsky, mir steht's bis hier. Ich habe keine Lust darauf, dass die Taubner sich über mich beschwert und mir noch mehr Druck macht. Oder die Exfrau eines abgeschlachteten Richters alte Beziehungen spielen lässt. Mir sitzt außerdem die Scheißpresse im Nacken. Ich weiß gar nicht mehr, wo ich hingucken soll, ohne einem dieser Interview-Heinis in die Fresse zu sehen. Haben Sie's kapiert? Urlaub. Ab jetzt.« Er holte tief Luft. »Das heißt, gleich nachdem wir über Ihren gestrigen Abend gesprochen haben. Also, Sie sind zu dieser Ljubimac oder Mitrasinovic gefahren, um sie hinsichtlich des Mordes an Ivo Karevic zu befragen. Korrekt? Sie sahen sie durch ein Fenster im Flur liegen und verschafften sich Zutritt. Korrekt? Dann wurde auf Sie geschossen. Korrekt? Fangen wir hier an. Wie gut haben Sie den Schützen gesehen? Am Telefon sagten Sie mir, er sei komplett in Schwarz gekleidet gewesen und habe eine Skimaske getragen. Etwa eins achtzig groß, eventuell ein wenig kleiner. Schlank, sportlich. Korrekt?«

Er sah sie an, Mara starrte zurück. Sie schwieg.

»Ist Ihnen sonst noch etwas dazu eingefallen?«

Sie schwieg weiterhin.

»Wie oft hat er auf Sie …?«

Mitten im Satz brach er ab, da Mara sich wortlos umdrehte und den Raum verließ. Sie schritt geradewegs zu ihrem Schreibtisch. Dort nahm sie ihre sämtlichen Notizen, ihre Tasche und ihren Laptop an sich.

Alle starrten sie an, auch Jan Rosen, dessen besorgten Blick sie an sich abprallen ließ.

»Was ist los?«, fragte er.

Sie gab keine Antwort, marschierte an seinem Platz vorbei und verschwand aus dem Großraumbüro. In ihr war alles kalt. Sie setzte sich ans Steuer und fuhr durch Frankfurt, viel zu schnell, immer wieder beschleunigend. Die Reifen quietschten. Sie stieß in die erstbeste Parklücke und ging in ihre Wohnung.

Erst dort atmete sie durch.

Erinnerungsfetzen aus den letzten Wochen sausten schemenhaft durch ihren Schädel, der sich anfühlte, als wäre er dreimal so groß wie in Wirklichkeit. Sie drehte die Musik auf, Jimi Hendrix, Metallica, Black Sabbath. Sie goss sich Rotwein ein, und immer mehr Bilder schwirrten um sie herum. Carlos Borke. Ihr Vater. Die Bravados. Malovans eiskalte Grimasse. Der Mann, der Novian gewesen sein musste, und sie aus der Limousine heraus angestarrt hatte. Carlos Borkes Wohnung mit den großen Porträts an den Wänden. Das Wohnzimmer der früheren Frau Lessing mit all diesen verschnörkelten Möbeln. Isabell Ljubimac tot am Boden, deren tote Augen sie anstarrten.

Noch ein Glas, noch ein Glas, noch ein Glas. Die Musik noch lauter.

Es war gut, dass sich keine Zigaretten im Haus befanden.

Die Notizen, Listen, Blätter verteilten sich über den gesamten Wohnzimmerboden, weil Mara sie achtlos herumgeworfen hatte.

Sie schleuderte das noch halb volle Glas gegen die Wand, wo es mit einem Klirren zersprang.

Dann setzte sie sich mitten auf all die Papiere. Sie raufte sich die Haare, sie überlegte, grübelte, las Sätze, Fragen, einzelne Wörter.

Hatte sie etwas übersehen? Sie musste etwas übersehen haben.

Sie suchte sich ein neues leeres Blatt und notierte einmal mehr die Namen der Toten. Als sie Carlos Borke aufschrieb, fiel auf das Blatt eine Träne, die sie ignorierte.

Borke, Tosic, Isabell.

Und dann schrieb sie Karevic, Pohl, Köybasi, Lessing.

Tosic und Borke starben im Zuge des geplatzten Drogendeals. Aber Isabell?

Sie strich den Namen der jungen Frau durch und schrieb ihn unter die gefolterten Mordopfer.

So lange hatte sie eine Verbindung gesucht, eine Parallele, einen Zusammenhang.

Wen hätte sie noch befragen können?

Gib auf, sagte ihr der Verstand. Gib endlich auf!

Aber ihre grauen Zellen pulsierten unentwegt, ihr Hirn arbeitete, sie grübelte und grübelte immer weiter.

Und wieder überflog sie die Notizen.

Wen hätte sie noch befragen können, sollen, müssen?

Abermals stieß sie auf den Namen Hendrike Feil. Die Anwältin von Selina Madjer.

Scheiße, das würde ja doch nichts bringen.

Mara schaltete ihren Laptop ein, der ebenfalls auf dem Boden lag. Es brauchte nur ein paar Klicks, und sie hatte im Internet die Kanzlei gefunden, für die die Rechtsanwältin, die auf Jugendstrafrecht spezialisiert war, tätig war. Sie rief dort an, stellte sich mit ihrem Dienstrang vor, sagte aber nicht, dass es sich um eine Ermittlung handele, sondern bat nur unverfänglich um einen kurzen Gesprächstermin. Doch sie erhielt die Antwort, das sei, wenn überhaupt, erst am späten Nachmittag wieder möglich, sie solle es dann bitte noch einmal versuchen.

Mara ging in die Küche, um Cheddarkäse und Kartoffelchips zu essen – mehr gaben ihre Vorräte nicht her. Aber irgendwie musste sie den Alkohol in ihrem Körper bekämpfen. Dann nahm sie eine Dusche, abwechselnd kalt und heiß. Sie putzte sich die Zähne und kaute auf Pfefferminzpastillen herum, um den Rotwein aus ihrem Atem zu vertreiben.

Kurze Zeit später rief sie erneut in der Kanzlei an. Man sagte ihr, Frau Feil würde in gut einer Stunde eintreffen, sei dann aber bereits wieder verplant. Mara wurde freundlich gebeten, sich am Folgetag zu melden. Sie bedankte sich und legte auf.

In einer Stunde, wiederholte Mara in Gedanken, während sie noch einmal das Foto der Anwältin im Laptop betrachtete und die Adresse der Kanzlei überprüfte, die in der Innenstadt lag.

Sie atmete durch und verließ die Wohnung.

Als sie den Alfa in einem Parkhaus abstellte, war ihr immer noch nicht klar, was sie die Rechtsanwältin eigentlich fragen wollte. Wie sollte ausgerechnet Hendrike Feil die fehlende Verbindung zwischen den brutalen Taten herstellen? Dass sie Mara im Kopf herumspukte, lag wohl allein daran, dass sie die einzige Person im Notizenlabyrinth war, mit der sie sich nie persönlich unterhalten hatte.

Mara ließ die Minuten an sich vorüberfliegen und schlenderte an der Alten Oper vorbei. Genau gegenüber, in einem kastenförmigen Gebäude modernen Baustils, befand sich die Kanzlei. Sie setzte sich auf den Mauerrand eines Springbrunnens und behielt den Eingang des weiß verputzten Kastens im Auge. Die Wolkendecke über Frankfurt riss endlich einmal auf und ließ ein paar Sonnenstrahlen durchdringen, sodass es auch nicht mehr ganz so unangenehm kühl war.

Schon von Weitem entdeckte Mara die gut vierzigjährige Frau mit der modischen rötlich blonden Kurzhaarfrisur und der eleganten Bekleidung, wie sie typisch war für die Frankfurter Businessladys. Mit forschen Schritten ging Hendrike Feil auf das Kanzleigebäude zu.

Mara näherte sich ihr langsam und hielt ihren Dienstausweis in die Höhe.

»Frau Feil? Entschuldigen Sie den Überfall – ich bin Mara Billinsky, Kripo Frankfurt.«

Die Rechtsanwältin blieb stehen und stutzte. »Ach ja, meine Assistentin hat mir berichtet, dass Sie angerufen hätten. Ist es so dringend?«

»Es wird nur ein paar Minuten dauern, versprochen.«

»Wissen Sie was? Lassen Sie uns doch einen Kaffee trinken gehen, ich könnte ein bisschen Koffein gut brauchen.«

Gleich darauf saßen sie sich in einem Café an einem kleinen Fenstertisch gegenüber, von wo sie auf das Gewimmel der Fressgass sehen konnten. Noch immer war sich Mara nicht im Klaren darüber, auf was sie bei der bevorstehenden Unterhaltung zusteuern sollte. Zögerlicher als sonst stellte sie ihre Fragen. Es ging um den Fall Selina Madjer, doch Hendrike Feil konnte nichts Neues beitragen, auch nicht im Hinblick auf Tayfun Köybasi. Sie trank einen Cappuccino und äußerte ihre Empörung über den Verlauf dieser erschütternden Geschichte.

»Mir war natürlich klar, was da lief«, sagte sie. »Ich wusste, dass Köybasi mit seiner Gang nicht nur der armen Selina Gewalt angetan hatte, sondern auch die Zeugen dazu brachte, ihre Aussagen zurückzuziehen. Man steht fassungslos daneben, sieht, wie das Recht mit Füßen getreten wird – und kann einfach nichts ausrichten.«

»Diese Ohnmacht kenne ich«, warf Mara ein.

»Genau, eine Ohnmacht ist es. Der eigenen Mandantin nicht helfen zu können, das war in diesem Fall besonders schlimm, einfach schrecklich. Vor allem bei einem jungen Menschen wie Selina. Sie wird nie wieder Vertrauen in die Organe des Staates haben, in unser Rechtssystem. Dieses arme Ding werde ich nie vergessen.« Bekümmert schüttelte Hendrike Feil den Kopf. »Es ist deprimierend, wenn man mit all seiner Leidenschaft und seinem Wissen der Gerechtigkeit Geltung verschaffen will – und dann geschieht so etwas. Das Unrecht siegt. Der Täter wird nicht einmal angeklagt, grinst sich eins und macht einfach weiter wie bisher. Was soll man dazu sagen?«

»Scheiße!« Mara nippte an ihrem Espresso.

»Das trifft es leider ziemlich exakt.« Sie lehnte sich im Stuhl zurück und ließ den Blick über die Fressgass schweifen. »Ich habe mit etlichen Kolleginnen und Kollegen darüber gesprochen, und alle empfinden dasselbe. Eine Freundin in Berlin, eine Jugendrichterin, ist regelrecht zerbrochen daran. Das Recht auf seiner Seite zu haben – und doch zu verlieren. Nichts ausrichten zu können. Straftäter, die verurteilt werden und sofort wieder auf freien Fuß kommen. Straftäter, die völlig straffrei ausgehen. Opfer, die zurückbleiben, verzweifelt, gebrochen. Meine Freundin, diese Jugendrichterin, hat es in den Suizid getrieben. Sie konnte einfach nicht mehr. Sie war am Ende. Sie hatte keine Lebenskraft mehr.«

»Das ist schrecklich.«

Hendrike Feil seufzte. »Irgendwie muss man es schaffen, das alles abzuschütteln. Neue Kräfte zu sammeln. Geschichten wie jene von Selina zum Anlass zu nehmen, erst recht weiterzumachen.«

Mara stimmte mit einem Nicken zu. Sie ließ die Worte der Frau auf sich wirken. Gleichzeitig machte sich Enttäuschung in ihr breit, dass das Gespräch ihr selbst keinerlei neue Anhaltspunkte brachte.

Gib auf!, hämmerte es hinter ihrer Stirn.

Die Anwältin hatte noch etwas geäußert, Mara hatte gar nicht richtig hingehört. »Entschuldigen Sie bitte, was sagten Sie?«

»Ich habe nur gemeint, dass Sie also im Mordfall Tayfun Köybasi ermitteln.«

Mara machte eine vage Geste. »Nun ja, eigentlich war ich mit einem anderen Fall betraut, aber irgendwie scheint alles zusammenzuhängen.«

»Bestimmt ein anderer dieser Foltermorde, über die so viel berichtet wird?«

Mara nickte unbestimmt.

»Einfach grauenhaft, was sich zurzeit in unserer Stadt abspielt.« Hendrike Feil versuchte der Bedienung ein Zeichen zu geben, um die Rechnung zu erhalten. »Gehören Sie schon lange zur Mordkommission?«

»Ich bin erst vor Kurzem aus Düsseldorf nach Frankfurt zurückgekehrt.«

»Ihr Chef ist Hauptkommissar Klimmt, nicht wahr?«

»Sie kennen ihn?«

»Nicht persönlich. Eine Freundin von mir ist Staatsanwältin – und die hat ihn hin und wieder erwähnt.«

»Angelika Taubner«, warf Mara ein.

»Ja. Frankfurt ist ein Dorf, finden Sie nicht?« Die Anwältin lächelte flüchtig.

»Es kommt einem fast so vor.« Mara erinnerte sich, dass sie ihrem Vater gegenüber dieselbe Bemerkung gemacht hatte.

»Mit Angelika müssten Sie doch auch regelmäßig zu tun haben?«, fragte Hendrike Feil.

»Kann man so sagen.« Mara fügte hinzu: »Sie ist also eine Freundin von Ihnen?«

»Schon seit einer Weile. Sie war übrigens auch mit der Jugendrichterin befreundet, die Selbstmord begangen hat. Kennengelernt haben Angelika und ich uns zu der Zeit, als mich der Fall Selina Madjer so aufgewühlt hat. Ich habe ihr das alles geschildert und ihr mein Leid geklagt, und seither treffen wir uns regelmäßig.«

Mara sah sie an und äußerte nichts.

»So, jetzt wird es aber höchste Eisenbahn für mich.« Hendrike Feil hielt erneut nach der Bedienung Ausschau.

59

Mara befand sich auf dem Platz vor der Alten Oper, erneut bei dem Springbrunnen. Der Himmel zog schon wieder zu, Wind kam auf. Sie platzierte einen Fuß auf der Mauer, die den Brunnen umschloss, und stellte den Kragen ihrer Lederjacke hoch.

Was war ihr heute in Klimmts Büro durch den Kopf gegangen? Irgendwie war irgendwo irgendwann etwas schiefgelaufen. Das traf es wohl ganz gut.

Der Wind wurde stärker. Passanten hasteten vorbei. Während Mara über die Äußerungen Hendrike Feils nachgrübelte, kam ihr etwas anderes in den Sinn – die Unterhaltung, die sie mit ihrem Vater in seinem Wohnzimmer geführt hatte. Weniger was er dabei gesagt hatte, sondern eher das, was er dabei möglicherweise verschwiegen hatte, ließ ihr plötzlich keine Ruhe.

Sie ergriff ihr Handy und wählte seine Mobiltelefonnummer. Doch er meldete sich nicht. Womöglich wollte er nicht mit ihr reden – oder er hatte einen Termin und auf stumm geschaltet. Nach kurzem Abwägen suchte sie im Internet nach Edgar Billinskys beruflichem Anschluss, den sie nie gespeichert hatte. So war das eben, wenn man sich nichts zu sagen hatte. Auf der anderen Seite des Mains, am Sachsenhäuser Ufer, befand sich seit Jahren seine Kanzlei. Sie fand die Nummer rasch und rief an. Eine Assistentin – offenbar eine neue, denn Mara war die Stimme völlig fremd – nahm ab und erklärte, dass Herr Billinsky zwar zugegen, aber bei einer Unterredung mit einem Mandanten sei und nicht gestört werden dürfe.

»Danke«, sagte Mara knapp.

Kurz entschlossen schlug sie den Rückweg zum Parkhaus ein. Sie fuhr los, überquerte den Fluss, der Frankfurt teilte, und stellte den Alfa in Ufernähe ab. Kurz darauf stand sie vor einem Bürokomplex und suchte nach der richtigen Klingel. Wie lange war sie nicht mehr hier gewesen? Es schien ein Jahrhundert her zu sein.

Der Summton erklang, und Sekunden darauf betrat sie die Kanzlei ihres Vaters. An der Garderobe entdeckte sie unter anderem einen schicken Herrenmantel von Fay, der gewiss ihrem Vater gehörte. Die Assistentin schritt ihr zügig entgegen, die Augenbrauen zusammengezogen angesichts von Maras Erscheinung. Sonstige Besucher hatten gewiss eine andere Vorstellung davon, wie man sich hier zu kleiden hatte.

Mara hielt ihren Dienstausweis hoch. »Mara Billinsky, Kripo«, sagte sie. »Und außerdem die Tochter des ehrenwerten Herrn Rechtsanwalts.«

»Bitte?« Überraschung schlug ihr entgegen, wobei unklar war, was die etwa dreißigjährige Frau in der braven Bluse und dem eng anliegenden Rock mehr verwirrte – dass jemand wie Mara Polizistin oder dass sie ein Spross Edgar Billinskys war. Mit offenem Mund starrte sie den Ausweis an, dann wieder Maras Piercings. Eine überaus attraktive Frau. Was auch sonst? Maras Vater wechselte seine Assistentinnen mit zuverlässiger Regelmäßigkeit. Und mit derselben verlässlichen Regelmäßigkeit gelang es ihm, sie ins Bett zu kriegen.

»Also, wo steckt er?« Mara grinste, frech und ungeduldig.

»Der Herr … äh …?«

»Genau der. Hier?« Sie wies auf eine Tür, hinter der sich, wie sie noch wusste, ein Zimmer befand, das ihr Vater oft für Besprechungen nutzte.

»Waren Sie es, die vorhin angerufen hat?«

»Und ob!«

Mara marschierte an dem verdatterten Persönchen vorbei und stieß die Tür auf.

Edgar Billinskys Gesichtszüge entgleisten.

Er saß am Tisch, ihm gegenüber ein älterer Herr mit grau meliertem Haar in einem ähnlich eleganten, kostspieligen Anzug, wie er einen trug.

»Mara!«, fand ihr Vater endlich seine Stimme wieder. »Ich bin mitten in einem persönlichen und äußerst wichtigen Gespräch mit einem Mandanten.«

»Mag ja sein«, erwiderte Mara seelenruhig, während die Assistentin mit hilfloser Miene neben ihr auftauchte. »Aber auch ich muss mit dir reden. Nur ganz kurz. Macht doch einfach eine Pause.«

»Mara«, zischte ihr Vater. »Hat das nicht noch Zeit?«

Eindringlich wiederholte sie: »Ich muss mit dir reden.« In ihren Augen funkelte es. »Jahrelang hast du Ruhe vor mir gehabt – jetzt brauch ich dich für fünf beschissene Minuten.« Und betont setzte sie nur ein Wort hinzu: »Papa.«

Konsterniert breitete er die Arme aus.

»Ich warte, Herr Billinsky«, sagte der Mandant und gab ihm mit einem gnädigen Augenaufschlag zu verstehen, dass es in Ordnung sei.

»Danke«, sagte Maras Vater gepresst.

Er warf ihr einen bösen Blick zu, fegte an der überforderten Assistentin vorbei und bedeutete Mara, ihm zu folgen.

Sekunden darauf standen sie sich in seinem Büro gegenüber.

»Mara, was soll das?«

»Richter Lessing.«

»Mein Gott, Mara!«

»Ich will, dass du dich klipp und klar äußerst. Du hast mich nämlich angelogen, oder? Was Lessing betrifft. Ich hatte gleich so ein Gefühl.«

»Was für ein Gefühl?«, blaffte er abfällig.

»So ein angewidertes Gefühl. Wie immer, wenn ich Männern wie dir gegenüberstehe.«

»Halt dich zurück!«

»Lessing war nicht immer der Kavalier alter Schule, oder?«

Ihr Vater sagte nichts.

»Mir kommt es vor, als würdest du dich aufgrund irgendeines Gentlemen's Agreement der schlüpfrigen Art so bedeckt halten.«

»Was soll das bedeuten?«

»Dass Lessing eben kein Gentleman war. Und du auch nicht, aber lassen wir das, es geht ja um ihn. Oder? Du hast mich so merkwürdig angesehen, als ich im Zusammenhang mit dem Richter nach aggressivem Verhalten fragte. Na los, du weißt doch mehr, als du preisgegeben hast. Der Richter und die Frauen. Was gibt es da zu erzählen?«

»Na ja, Claus-Peter war kein Kostverächter.«

»Kostverächter?« Sie spuckte den Begriff aus. »Du bist doch sonst ein Freund des klaren Wortes. Warum kaschierst du jetzt etwas? Was hat er gemacht? Wie hat er die Frauen behandelt?«

»Meistens vortrefflich.«

»Meistens«, wiederholte Mara zynisch.

»Na ja, wenn er zwei oder drei Gläser zu viel intus hatte, konnte er wohl etwas gemeiner werden.«

Sie atmete auf. »Wie gemein wurde er?«

»Mara, ich war nicht dabei, ich hab nicht durch Schlüssellöcher gelinst.«

»Hm.« Sie musterte ihn. »Ich habe den Eindruck, du warst doch dabei. Vielleicht mal bei Juristenpartys, bei denen es besonders hoch hergegangen ist? Vielleicht auch mal in einem Edelpuff? Da hast du dich doch immer ganz gern vergnügt. Lessing ebenfalls?«

»Mara!« Zum ersten Mal wurde er wirklich laut.

»Bitte, zier dich nicht so. Was hat er denn angestellt, der feine Herr Richter?«

»Mara, er ist tot«, stieß Edgar Billinsky hervor. »Warum sollte ich ...?«

»Weil es möglicherweise hilft, seinen Mörder zu finden.«

»Das glaube ich kaum.«

»Was hat er getan?« Sie blieb hartnäckig.

Er schnaufte laut. »Es hieß, er hätte im Schlafzimmer gern mal die härtere Gangart bevorzugt.«

»Das soll's ja geben. Aber solange es einvernehmlich ist ...« Sie fixierte ihn.

»Es hieß, manchmal würde er auf die Einvernehmlichkeit, na ja, pfeifen.«

»Und weiter?«

»Es hieß, er hätte hier und da schon mal die Beherrschung verloren.«

»Wie schlimm war es?«

»Es hieß, es wären Ausnahmen gewesen. Zu viel Stress, zu viel Alkohol und so weiter.«

»Hieß es?«

»Ja. Hieß es.«

»Du warst dabei.« Sie ließ sich nicht von dem Gedanken abbringen. »Du hast etwas mitgekriegt. Aus nächster Nähe.«

Widerwillig nickte er. »Ja. Bei der privaten Feier eines Rechtsanwalts, der längst nicht mehr praktiziert und heute im Ausland lebt.«

»Weiter, bitte.«

»Claus-Peter war ziemlich voll. Und er war verdammt scharf auf eine Jurastudentin. Eine junge Französin, die durch ein Stipendium nach Frankfurt gekommen war. Er hat es geschafft, sie zu beeindrucken. Er bequatschte sie die ganze Zeit. Sie begleitete ihn in den Garten. Es war Sommer, brütend heiß. Später kam heraus, dass er die Kleine hinter irgendwelchen Büschen über eine Stunde lang vergewaltigt hat.«

»Und ihr habt es alle mitbekommen.«

»Natürlich nicht!«, verteidigte er sich. »Keiner von uns hat etwas bemerkt. Es war viel los, alle waren angetrunken, haben gefeiert. Ich habe nachträglich davon erfahren. Die Studentin war so geschockt, dass sie nie Anzeige erstattet hat und bald darauf zurück in ihre Heimat gegangen ist.«

»Und du hast es nicht für nötig befunden, etwas zu unternehmen und ihn anzuzeigen?«, fragte Mara abgestoßen. »Oder einer eurer sauberen Freunde und Kollegen? Die wahrscheinlich allesamt beruflich Recht und Ordnung predigen.«

Er starrte wortlos an ihr vorbei.

»Mir kommt gleich das Kotzen.« Mara strich sich durchs Haar. »Und ich nehme an, das war kein Einzelfall, oder?«

»Das weiß ich nicht.«

»Na klar.« Mara lachte auf, abgestoßen und skeptisch.

»Das weiß ich nicht«, wiederholte er tonlos.

»Ihr großartigen Anwälte und Richter und sonstigen Ehrenmänner.« Sie schüttelte den Kopf.

Edgar Billinsky ließ sich in seinen Drehstuhl fallen und stierte leer vor sich hin.

Mara warf ihm einen Blick zu, dann rauschte sie aus dem Büro, vorbei an der Assistentin und gleich darauf aus dem Gebäude. Es war noch kühler geworden. Leichter Nieselregen setzte ein.

Sie versuchte sich zu beruhigen, die Worte ihres Vaters mit kühlerem Kopf Revue passieren zu lassen, und sofort musste sie auch wieder an das Gespräch mit Hendrike Feil denken.

Vor ihrem Auto blieb sie stehen. Sie rief Angelika Taubner an, mehrmals hintereinander, allerdings erreichte sie sie nicht.

Mara setzte sich ins Auto und fuhr los. Sie spürte, dass sie dabei war, sich auf ein noch dünneres Seil als bisher zu wagen.

Warum kannst du nicht loslassen?, fragte sie sich.

Während der Fahrt wählte sie immer wieder die Nummer der Staatsanwältin, wiederum ohne Erfolg.

Als sie auf die andere Mainseite gelangt war und lange an einer roten Ampel warten musste, klingelte ihr Handy.

Sie war es: Angelika Taubner.

»Danke für Ihren Rückruf«, sagte Mara schnell.

»Frau Billinsky, ich muss ehrlich sein. Mittlerweile stellen Sie meine Geduld auf eine harte Probe. Was wollen Sie denn schon wieder von mir? Soweit ich weiß, hat Hauptkommissar Klimmt Ihnen gegenüber doch eine klare Ansage gemacht.«

»Das hat er.«

Die Fahrt ging weiter, doch Mara fuhr rechts ran, um in Ruhe reden zu können.

»Frau Billinsky, ich …«

»Es tut mir leid«, unterbrach Mara sie bestimmt, »aber ich muss Sie unbedingt sehen.«

»Ich kann Ihnen nur raten, eine Pause einzulegen, abzuschalten und dann mit frischem Kopf ganz genau zu überdenken, was das Beste für Sie sein mag. Mehr kann ich im Augenblick …«

»Ich muss Sie sehen«, wiederholte Mara dumpf.

»Frau Billinsky …«

»Ich habe wichtige Informationen«, log Mara. »Informationen, die die Foltermorde betreffen. Und ich kann sie weder Klimmt noch einem der Kollegen anvertrauen. In der ganzen Abteilung gibt es niemanden, der mir noch ein Wort glauben würde.«

»Welche Informationen?«

»Ich kann Ihnen das unmöglich am Telefon mitteilen.«

Die Staatsanwältin zögerte. »Offen gesagt habe ich Zweifel, ob Sie wirklich … Hm. Frau Billinsky, ist Ihnen schon mal der

Gedanke gekommen, dass Sie sich zu sehr in die Sache hineingesteigert haben?«

»Haben Sie nachher Zeit für mich?«

»Ich habe mehrere Termine an verschiedenen Punkten in der Stadt, es ist wirklich schwer, im Moment etwas einzurichten und ...«

»Ich erwarte Sie in genau einer halben Stunde«, kündigte Mara mit fester Stimme an. »Und zwar auf dem Eisernen Steg.«

»Ich bin nicht sicher, ob ich das schaffen werde.«

»In genau einer halben Stunde«, wiederholte Mara. »Dann werden Sie alles erfahren, was ich weiß.« Sie beendete die Verbindung und schleuste sich wieder in den zähen Verkehr ein.

Noch immer hatte sie nichts in der Hand, noch immer war alles wie hinter dichten Nebeln verborgen. Und dennoch – Mara sah Licht am Ende des Tunnels. Zum ersten Mal überhaupt. Womöglich zu spät. Doch andererseits ... Jetzt aufgeben? Nachdem sie so viel in die Waagschale geworfen hatte?

Zieh es durch, sagte sie sich.

Es war ein Risiko, ein unermesslich hohes Risiko, das sie gerade im Begriff war einzugehen, doch sie konnte einfach nicht zurück.

Sie suchte eine Gelegenheit, um zu wenden, und nahm danach wieder Kurs auf den Main. Der Eiserne Steg war ihr spontan eingefallen. Dort hatte sie sich in einem Moment der Ruhe darauf eingeschworen, alles zu geben, um sich in dieser Stadt durchzusetzen. Es war ein guter Treffpunkt, sagte sie sich, als sie den Alfa unweit der Fußgängerbrücke abstellte.

Sie stieg gerade aus, den Eisernen Steg fest im Blick, als sie der Signalton ihres Handys auf eine neu eingetroffene SMS aufmerksam machte.

Auf dem Kopfsteinpflaster blieb sie stehen. Noch immer Nieselregen, ein leichter Wind, der Geruch des Flusswassers.

Sie las die Nachricht, die Jan Rosen ihr gesendet hatte: Taubner hat Klimmt alarmiert. GEH NICHT AUF DEN EISERNEN STEG!

Ansatzlos wirbelte Mara herum und rannte los. Aus den Augenwinkeln nahm sie die uniformierten Beamten wahr, die sich an der Treppe zur Uferpromenade verborgen gehalten hatten. Noch schneller lief sie, die Luft schlug ihr kalt entgegen. Sie warf sich ins Auto, startete, beschleunigte, alles in Sekundenbruchteilen. Danke, Rosen!, dachte sie angespannt. Sie fuhr den Mainkai entlang in Richtung Alte Brücke, wechselte bei der erstbesten Gelegenheit auf die linke Fahrbahnspur und beschleunigte erneut. Im Rückspiegel sah sie mehrere Beamte, auch in Zivil, die ihr nachstarrten.

Vorbei an der Brücke, weiter geradeaus. So weit ist es mit dir gekommen, sagte sie sich, halb mit Galgenhumor, halb in dumpfer Verzweiflung. Du musst vor den eigenen Kollegen abhauen.

Ihr Handy klingelte. Sie verringerte das Tempo des Alfas, ordnete sich rechts ein. Es war Rosen.

»Danke!«, stieß Mara hervor, ehe er etwas sagen konnte. »Du hast verdammt noch mal was gut bei mir.«

»Mara, ich hab's gerade gehört. Das heißt, man hat Klimmt Bescheid gesagt und ich habe lange Ohren gemacht.« Seine Stimme klang gedämpft, sie musste sich anstrengen, um ihn verstehen zu können.

»Wo bist du, Rosen?«

»Im Kopierraum«, sagte er.

Mara begriff sofort. Bei diesem Zimmer handelte es sich um ein kleines fensterloses Kabuff mit schlechtem Empfang – er hatte sich dorthin geflüchtet, um nicht bei dem Gespräch mit ihr erwischt zu werden.

»Rosen, woher wusstest du das mit dem Eisernen Steg?«

»Die Taubner hat bei Klimmt angerufen und sich mächtig

über dich beschwert. Du würdest unerlaubt ermitteln, ihr dabei auf die Nerven gehen und ihr die Zeit mit dummen Fragen stehlen.«

Mara hörte stumm zu und schüttelte den Kopf.

»Du kannst dir ja vorstellen«, fuhr er fort, »wie unser Boss reagiert hat.«

»Stinksauer.«

»Untertrieben ausgedrückt.« Rosen holte Luft. »Sie hat Klimmt wohl erzählt, du hättest sie genötigt, sich mit dir zu treffen, und ihm den Treffpunkt genannt. Billinsky, sie hat ihn gebeten, dich außer Gefecht zu setzen. Ehrlich, in deiner Haut möchte ich nicht stecken.«

»Wer will das schon?«, meinte sie lapidar und behielt den Rückspiegel im Auge, um zu überprüfen, ob man sie möglicherweise verfolgte.

»Klimmt hätte dich am liebsten eigenhändig erwürgt.«

»Das kann ich mir lebhaft vorstellen.« Mara bog ab und folgte jetzt einer Straße, die um die City herumführte.

»Er wird alles in Gang setzen, um dich fertigzumachen.«

»Und ob er das wird.«

Rosens Stimme wurde eindringlicher. »Kannst du mir sagen, was du da eigentlich treibst? Was sollte das mit der Taubner?«

»Es geht um Richter Lessing. Na ja, das ist zu kompliziert, um es schnell am Telefon zu erklären.«

»Bisher hat die Staatsanwältin nichts gegen dich gehabt, Billinsky, aber nun ist sie wirklich aufgebracht und ...«

»Ich weiß, Rosen«, unterbrach sie ihn. »Nochmals danke!«

»Schon gut. Und jetzt?«

»Ich verschwinde erst mal von der Bildfläche. Weißt du, was Klimmt vorhat?«

»Du meinst, wegen dir?«

»Na klar.«

»Er hat gerade noch mal mit der Taubner telefoniert.«

»Und du hast wieder lange Ohren gemacht?«

»Hab ich!« Er lachte nervös auf. »Klimmt hat ihr versprochen, dich von Kollegen suchen zu lassen. Sie werden bei dir zu Hause nachsehen und jemanden in der Nähe deiner Wohnung postieren. Außerdem wollen sie deinen alten Freund aufsuchen, du weißt schon, den Sozialarbeiter.«

Mara bog ab in eine ruhigere Seitenstraße und lenkte den Alfa in die erste Parklücke, auf die sie stieß. »Sind die Kollegen angehalten, nach meinem Auto Ausschau zu halten?«

»Selbstverständlich.«

Sie stieg aus und verriegelte den Wagen.

»Die Taubner«, sprach Rosen weiter, »ist auf dem Weg hierher, glaube ich zumindest. Sie und Klimmt wollen bereden, wie mit dir zu verfahren ist. Offensichtlich haben sie die Befürchtung, dass du irgendeinen Unschuldigen als Mörder aufs Korn genommen hast und ihm auf die Pelle rücken willst.«

»Aber sie wissen nicht, wer das sein könnte.«

»Nein«, bestätigte er. Rasch fügte er hinzu: »Und? Hast du?«

»Habe ich was?« Mit schnellen Schritten entfernte sie sich vom Alfa.

»Jemanden aufs Korn genommen?«

»Mal sehen.«

»Hey, Billinsky«, empörte er sich. »Das ist unfair. Sag schon, was sind deine Absichten?«

Mara blieb stehen und überlegte kurz. »Okay«, sagte sie. »Richter Lessings Exfrau. Du erinnerst dich ja wahrscheinlich lebhaft an unseren Besuch bei ihr.«

»Wie könnte ich den vergessen?«, warf er säuerlich ein.

»Ich muss noch einmal zu ihr.«

»Nach Kronberg? Jetzt?« Er klang völlig perplex. »Aber weshalb? Was sollte dabei herauskommen?«

Mara schwieg und grinste in sich hinein.

»Du denkst wirklich, Lessing ist der Schlüssel?«

»Vielleicht nicht der Schlüssel – aber auf jeden Fall ein sehr entscheidendes Puzzleteil.«

»Was willst du die Frau fragen? Ich glaube nicht, dass dir das etwas einbringt. Außer jede Menge neuen Ärger natürlich. Und davon hast du eigentlich schon genug.«

»Ich sehe dich, Rosen.«

Er stöhnte auf. »Hoffen wir's, Billinsky.«

Mara steckte das Handy weg und eilte weiter. Sie gelangte an eine U-Bahn-Station und nahm die Rolltreppe nach unten.

60

Vertieft in Gedanken, drückte er den Knopf des Kopiergeräts, um die paar unwichtigen Listen zu vervielfältigen, die er als Vorwand mitgenommen hatte.

Er atmete tief durch, noch irgendwie gefangen von dem Gespräch. Mit Mara zu reden, forderte ihn jedes Mal aufs Neue. Sie konnte ganz schön anstrengend sein. Doch erneut gestand er sich ein, dass er sie insgeheim um ihre Entschlossenheit beneidete.

Zum ersten Mal wurde ihm so richtig bewusst, dass sie bald wohl nicht mehr Teil des Teams sein würde. Mit einer gewissen Verblüffung stellte er fest, dass ihm das leidtat. Es war ihr gelungen, ihn aus seiner Lethargie aufzuschrecken, und er fragte sich, ob er sich nach ihrem gewiss unausweichlichen Abschied sofort wieder automatisch in sein Schneckenhäuschen flüchten würde.

Rosen ergriff den Stapel mit den Kopien, dann mit der anderen Hand die Originalblätter. Weshalb war Billinsky, wunderte er sich, noch einmal zu Richter Lessings ehemaliger Gattin aufgebrochen? Was versprach sie sich davon? Sie würde sich nur immer tiefer reinreiten. Tiefer in die Scheiße, wie sie selbst es ausdrücken würde.

Er schob sich aus dem stickigen Raum – und blieb wie angewurzelt stehen.

Sein Gesicht lief knallrot an, er spürte es.

Klimmt und Schleyer standen stumm auf dem Flur, direkt neben der Tür, und starrten ihn an.

Jan Rosen schluckte so laut, dass sein Adamsapfel schmerzte.

»Na, Rosen, ein wenig geplaudert?«, fragte Klimmt. An der Schläfe des Hauptkommissars pochte eine Ader.

»Ähm, also ...«, stotterte er hilflos.

»Ich habe keine Ahnung, wo mir der Kopf steht«, knurrte Klimmt gepresst. »Wir haben deutlich mehr Leichen als Verdächtige, wir haben keine Spuren, wir haben keine Erfolgsaussichten. Und dann trampelt mir auch noch jemand wie die Krähe auf der Nase herum. Hält sich nicht an das, was ich sage. Macht beschissene Alleingänge. Und geht zu allem Überfluss der leitenden Staatsanwältin auf die Nerven.« Er schnaufte, hustete, wischte sich über den Mund. »Ich habe wirklich anderes zu tun, als mich um Billinsky zu kümmern.«

Rosen starrte ihn an, unfähig, etwas zu äußern.

»Und trotzdem«, fuhr Klimmt fort, »bleibt mir wohl nichts anderes übrig, als genau das zu tun: mich um dieses Miststück zu kümmern.«

Schleyer schaltete sich ein. »Was hat sie dir gesagt, Rosen?«

»Ähm ...«

»Haben Sie etwa Billinsky gewarnt, Rosen?« Klimmts Blick bohrte sich in ihn. »Vorhin, meine ich? Die Sache mit dem Eisernen Steg? Waren Sie das?«

»Nein«, log Rosen, und er wusste, dass er sich nicht einmal selbst geglaubt hätte.

»Na los, Rosen«, drängte ihn Klimmt. »Billinsky führt doch irgendetwas im Schilde.«

»Ich weiß nicht, was sie vorhat«, hörte Rosen sich antworten.

»Wir würden nie an Türen lauschen, Rosen«, meinte Schleyer. »Aber kann es sein, dass die Krähe gerade eben schon wieder etwas von Richter Lessing gefaselt hat?«

Erneut schluckte Jan Rosen. Er kannte dieses Gefühl nur zu gut – und er hasste es. Hilflos zu sein, kopflos, wankelmütig.

»Was hat die Krähe über Lessing gesagt?« Schleyer starrte ihm voller Wut ins Gesicht.

»Rosen, ich habe keine Ahnung«, begann auch Klimmt wieder auf ihn einzureden, »wie wichtig Ihnen Ihre Laufbahn ist, was Sie alles planen, wie Sie sich Ihre verdammte Zukunft vorstellen. Aber jetzt ist der falsche Moment, den Kollegenkumpel zu spielen. Und deshalb noch einmal die simple Frage: Was hat Billinsky vor?«

»Ja«, flüsterte Rosen zögerlich. »Lessing.« Er seufzte. »Also, Lessings Exfrau. Billinsky will noch einmal zu ihr.«

»Jetzt?«

»Jetzt.«

Klimmt und Schleyer wechselten einen halb verwunderten, halb ratlosen Blick.

»Sicher, Rosen?«

Er sah nach unten, auf seine wie immer ordentlich geputzten Schuhe. »Sie hat es gesagt.«

Klimmt hustete erneut. »Okay, Schleyer, du und Patzke, ihr macht weiter wie besprochen.«

»Soll nicht ich die Krähe aufhalten?«, bot Schleyer an.

»Nein, ich werde das übernehmen. Und Sie« – er tippte Rosen hart mit dem Zeigefinger auf die Brust – »werden mich begleiten.«

»Jawohl«, sagte Rosen verdattert. Das hätte er sich gern erspart. Er versuchte sich erst gar nicht vorzustellen, wie zornig Mara Billinsky sein würde, wenn sie ihn in Kronberg erblickte. Und vor allem: wie enttäuscht sie von ihm sein würde. Er war es ja selbst. Wieder einmal. Enttäuscht von sich selbst.

»Na los«, brummte Klimmt, »kommen Sie, Rosen!«

Er folgte dem Hauptkommissar mit hängendem Kopf.

61

Rafael Makiadi starrte die verschlossene Tür an. Auf dem Flur im dritten Stock war alles ruhig. Nur vom Erdgeschoss drang leise Musik bis nach oben.

Er wartete, bis Hanno Linsenmeyer aufgeschlossen hatte.

»Willkommen zurück.« Hanno nickte ihm aufmunternd zu und ließ ihm den Vortritt.

Rafael schob sich in das Dreierzimmer und knipste das Licht an. Es war dasselbe Heim, nicht jedoch sein altes Zimmer, aus dem er oft heimlich durchs Fenster ausgebüxt war.

»Niemand in dem Raum außer mir?«, fragte er überrascht. »Das wäre ja mal ein Luxus.«

»Ja, eine Weile bist du allein.« Hanno lehnte die Tür an. »Genieß es.«

Rafael legte die Adidas-Tasche, die für seine wenigen Besitztümer ausreichte, auf dem erstbesten Bett ab. Dann drehte er sich zu Hanno um.

»Danke, dass du es geschafft hast.«

»Ich? Du hast es geschafft.«

»Ich meine es ernst. Danke, dass du mich hier wieder untergebracht hast. Diesmal werde ich dich nicht enttäuschen.«

»Ich meine es auch ernst. Ich freue mich, dass du es über dich gebracht hast, diesen Schritt zu machen. Dazu gehört einiges. Du ziehst das durch, und das imponiert mir.«

»Ach was.« Rafael winkte ab.

»Doch. Absolut.«

Rafael trat ans Fenster, um es zu kippen und ein wenig von

der frischen Abendluft hereinzulassen. Das Lob machte ihn verlegen.

»Übrigens«, sagte er nach einer kurzen Stille. »Wann will Mara mich besuchen kommen? Hat sie noch mal was gesagt?«

Hanno nickte. »Soweit ich weiß, ist sie gerade ziemlich im Stress. Aber ich weiß, dass sie es fest vorhat. Gib ihr noch ein wenig Zeit.«

»Kein Ding«, meinte Rafael. Er zog die Jacke aus und warf sie neben die Tasche aufs Bett.

»Wie es aussieht«, sagte Hanno, »verschiebt sich deine Verhandlung ein ganzes Stück nach hinten. Aber das ist durchaus üblich, bleib einfach cool und warte ab.«

»Hm«, machte Rafael nur. Noch immer fühlte er sich manchmal als Verräter; es war, als würde ein Makel auf ihm lasten, den andere an ihm sehen konnten wie eine Tätowierung. Doch andererseits war ihm auch klar, dass es keine Alternative gegeben hatte.

»Essenszeit ist schon vorbei«, bemerkte Hanno noch. »Weißt du ja. Aber in der Küche kannst du sicher noch etwas auftreiben.«

»Ich werde schon nicht verhungern.«

Ernster fügte Hanno an: »Und wenn irgendetwas ist, was auch immer, dann lass es mich sofort wissen.«

»Klar.«

»Okay, genug gebabbelt, ich muss dann mal wieder los.« Er hielt Rafael die Hand hin. Kein Highfive, kein Aneinanderdrücken der Fäuste. Es war die Geste von Erwachsenen, und Rafael verstand, wie sie gemeint war.

Er ergriff die Hand und schüttelte sie.

»Bis bald, Rafael!«

Hanno verließ den Raum und machte die Tür hinter sich zu. Doch nur Sekunden darauf klopfte es.

»Ja?« Etwas verloren stand Rafael mitten in dem kahlen Zimmer mit den drei Betten und den drei Schränken.

Hanno steckte den Kopf hinein. »Fast hätte ich das Wichtigste vergessen.«

»Ja?«, wiederholte Rafael im gleichen Tonfall.

»Du hast Besuch.«

»Mara?«

»Nein, Mara noch nicht. Aber es handelt sich auch um eine Frau.«

»Um wen?«

Hanno trat zur Seite und ließ sie hereinkommen. Sofort verschloss er wieder die Tür von außen – er wollte sie beide allein lassen.

Rafael sah sie an. Sie hatte sich das Haar machen lassen und darauf geachtet, saubere, ordentliche Kleidung zu tragen. Ihr Gesicht war bleich, doch einige rötliche Flecken auf den Wangen ließen erkennen, wie nervös sie war. Fahrig spielten ihre Finger mit der in die Jahre gekommenen Handtasche.

Sie starrten einander an, lange, schweigend, sie mussten beide erst einmal das Wiedersehen verkraften.

»Willst du deine alte Mama«, fragte sie nach einer scheinbaren Ewigkeit, »nicht wenigstens mal umarmen?«

Rafael nickte, sein Hals war trocken, seine Lippen zitterten. Mit steifen Schritten legte er die zwei Meter zu ihr zurück. Ein wenig ungelenk und zugleich ganz behutsam, als könnte er ihr wehtun, legte er die Arme um sie.

»Es ist so wunderschön, dich endlich wiederzusehen«, flüsterte sie ihm ins Ohr.

Er roch ein Parfüm, das er nicht kannte. Aber am meisten fiel ihm auf, was er nicht roch: Alkohol, keine Spur von Alkohol.

»So wunderschön«, wiederholte seine Mutter.

»Ja, Mama«, antwortete Rafael.

Eine ganze Weile standen sie so da, aneinandergeschmiegt, still und vollkommen reglos.

62

Sie stellte ihren BMW in der Einfahrt ab und stieg aus. Durch den Bewegungssensor hatte sich das Licht eingeschaltet, das ihr den Weg vom Auto bis zu ihrer Eingangstür beleuchtete.

Ein ruhiger Abend im Westend, wie immer. Keine Bars, kaum Restaurants, keine Passanten auf den Bürgersteigen inmitten des Einbahnstraßengewirrs. Das Leben in den alten Villen und aufwendigen Neubauten ringsum verlief in geordneten Bahnen.

Als sie den Schlüssel ins Türschloss schob, kehrten ihre Gedanken zurück zu Mara Billinsky. Deren zähe Eigensinnigkeit rang ihr einen gewissen Respekt ab. Vom ersten Moment an hatte Billinsky ihre Neugier geweckt, wie sie sich eingestand. Auf jemanden wie diese junge Frau traf man normalerweise nicht in den Reihen der Polizei, das stand fest. Wo mochte sie jetzt sein? Auf dem Eisernen Steg war sie entwischt. Zu schade, dass es keine andere Möglichkeit gab, mit ihr zu verfahren, als auf die ungemütliche Art.

Wer weiß, dachte sie, vielleicht wäre eine wirklich gute Beamtin aus ihr geworden. Doch dafür war es jetzt endgültig zu spät.

Angelika Taubner betrat das Eigenheim, das von einem großflächigen, von einer Hecke umrandeten Grundstück umgeben war, auf dem ein sehr gut bezahlter Gärtner beinahe das ganze Jahr über für Ordnung sorgte. Viele Anwälte wohnten in der Nachbarschaft, Ärzte, Diplomaten, Banker. Stets hatte sie sich hier wohlgefühlt. Warf man einen Blick aus dem Fenster oder die Straße hinab, wusste man sofort, dass man es geschafft hatte.

Die Staatsanwältin stellte den Aktenkoffer ab, schlüpfte aus dem Mantel, glitt aus den Schuhen. Dann ging sie durch das Foyer in das L-förmige Wohnzimmer, das nahezu sechzig Quadratmeter maß. Sie öffnete ihr Haar, ließ den Rock an sich herabrutschen, stieg aus der Strumpfhose und zog die Bluse aus. Alles landete achtlos auf dem Boden. Sie würde die Sachen später aufheben. Es war ein Ritual geworden, die Kleidung des Arbeitstages sofort abzustreifen – ihr kam es immer so vor, als würde dann ihr wahres Ich zum Vorschein kommen. Oder eher diejenige, die sie damals gewesen war, als sie in einem Achthundert-Seelen-Nest im Vogelsberg aus äußerst bescheidenen Verhältnissen aufgebrochen war, um etwas Beeindruckendes und Faszinierendes aus ihrem Leben zu machen.

Sie stellte sich an das einzige Einrichtungsstück, das nicht teuer und modern war: einen vorsintflutlich anmutenden, von Schnitzhandwerk verzierten Sekretär, den sie nach dem Tod der Eltern eigenhändig aus dem Heimatdorf hierher gebracht hatte. An dem schmalen Sekretär hatte sie immer ihre Schulaufgaben erledigt, gewissenhaft, wie sie alles tat. Und vor allem in dem Bewusstsein, dass sie alles, was sie lernte, irgendwann einmal in der Zukunft brauchen konnte.

Den linken auf den rechten Fuß gestellt, stand sie da, und öffnete die Post, die sie gestern hier abgelegt und vergessen hatte, weil sie unablässig mit der Durchsicht von Prozessakten beschäftigt gewesen war. Mit der langen Klinge des Brieföffners, der wie ein Ritterschwert gestaltet war, schnitt sie in die Umschläge. Rechnungen, Einladungen zu Juristentreffen, nichts von Bedeutung.

Sie drehte sich um und überquerte den Parkettboden, bis sie ans andere Ende des Raums gelangte, an eine großflächige Schiebetür aus Glas, die in den Garten führte. Die Staatsanwältin hielt inne und betrachtete ihr Spiegelbild in der Tür, nur mit

Slip und Bra-Top bekleidet. Ihr Blick glitt über die Oberarme, den flachen Bauch, die Oberschenkel. Nie war sie besser austrainiert gewesen, nie hatte sie sich fitter gefühlt. Von einem gewöhnlichen Workout war sie Monate zuvor zu einem harten Trainingsplan übergegangen, angeleitet durch einen hoch bezahlten Personal Trainer, einen wahren Fitnessfan, der vor ein paar Jahren noch in der Eishockey-Bundesliga gespielt hatte.

Sie schob die Glastür weit auf, und augenblicklich wurde sie von der frischen Luft eingehüllt. Wieder hatte ein leichter Nieselregen eingesetzt. Tief atmete sie ein. Ein wundervolles Gefühl, sie konnte fast spüren, wie die Müdigkeit nach dem langen Arbeitstag nachließ und sie neue Energie fand.

Ohne die Tür zu schließen, schlenderte Angelika Taubner auf ihren bloßen Füßen erneut zu dem Sekretär. Dort hatte sie ihr Handy liegen gelassen. Sie überprüfte es, aber es waren keine neuen Nachrichten eingetroffen – das hätte sie ja ohnehin gehört. Sie rief einen Notar an, der ihr schon öfter Avancen gemacht hatte. Eigentlich war sie nicht sonderlich interessiert an ihm, aber sie hatte das Gefühl, es könnte ihr guttun, eine Stimme zu hören und ein paar belanglose Worte zu wechseln.

Während sie darauf wartete, dass er den Anruf entgegennahm, schlenderte sie durch das Wohnzimmer. Nein, nur die Mailbox, er war offenkundig verhindert. Sie gab es auf. Unbewusst war sie vor dem großformatigen Flachbildschirm stehen geblieben. Wieder sah sie ihr Spiegelbild an, diesmal verschwommen. Hinter ihr befanden sich das Sofa, die Sessel und ein kleiner kniehoher Tisch. Vorher hatte sie gar nicht auf die Sitzgruppe geachtet.

Jetzt schon.

Und alles in ihr erstarrte.

Nicht nur sie spiegelte sich in der schwarzen Mattscheibe des Fernsehers.

Auch noch jemand anders.

Jemand, der auf dem Sofa saß und sie die ganze Zeit beobachtet haben musste, ohne auch nur das geringste Geräusch zu verursachen.

Angelika Taubner brachte es fertig, so zu tun, als hätte sie nichts bemerkt von der fremden Gestalt. Sie scrollte auf dem Display ihres Handys, gab mit flinken Fingern eine Nachricht an Klimmt ein: hilfe! kommen sie sofort zu –

»Legen Sie das Handy weg«, unterbrach sie eine Stimme.

Ohne die SMS zu vollenden, schickte sie sie ab.

Dann drehte sie sich zu dem Sofa um. Aufrecht stand sie in ihrer Spitzenunterwäsche da, in ihrem Blick diese tiefe, unerschütterliche Beherrschtheit, mit der sie sich für gewöhnlich bei Verhandlungen im Gericht präsentierte.

63

Die gesamte Fahrt hatten sie in einem brodelnden Schweigen zurückgelegt, das an Jan Rosens Nerven zerrte.

Sie passierten das Ortsschild, waren so gut wie am Ziel.

Völlig unvermittelt sagte Klimmt: »Ich hätte es nie zulassen dürfen.«

War das die Aufforderung zu einem Gespräch? Rosen vermochte es nie, diesen Mann einzuschätzen. »Was meinen Sie?«, fragte er vorsichtig.

»Na, dass sie zurückkommt. Billinsky. Ich hätte alles tun müssen, um zu verhindern, dass sie wieder zu unserer Truppe stößt. Ich kannte sie ja. Aber …« Er hustete. »Aber man will ja niemandem von vornherein Steine in den Weg legen. Scheiße!«

»Ich denke, sie ist ganz in Ordnung«, sagte Rosen, wiederum vorsichtig. »Wahrscheinlich hat sie einfach Pech gehabt.«

»Einen Scheiß hat sie«, blaffte Klimmt. »Ich hätte es besser wissen müssen. Im Grunde mag ich es ja, wenn jemand seinen eigenen Kopf hat, wenn jemand …« Er verstummte kurz. »Sie könnten Billinskys Mumm ganz gut brauchen, Rosen. Zumindest ein bisschen davon.«

Rosen verzog das Gesicht und erwiderte nichts. Klar, dass so ein Spruch hatte kommen müssen.

»Ach, scheiß drauf«, beschloss Klimmt die Unterhaltung oder was immer das gewesen sein mochte.

Noch eine Kurve und noch eine von Bäumen gesäumte, gepflegte Wohnstraße mit schicken Eigenheimen und Gärten. Das Dröhnen des Motors und das Quietschen der Bremsen zerschnitten die träge Abendstille, die über der ganzen Gegend schwebte.

Klimmt und Rosen stiegen aus und hetzten dem Eingang entgegen. Der Hauptkommissar klingelte und schnäuzte sich die Nase. Seine Erkältung wurde immer schlimmer, er sah erbärmlich aus, krank und übermüdet.

Die Tür öffnete sich.

Die Bedienstete, eine kleine, unscheinbare Frau in den Vierzigern, stand vor ihnen und sah sie erstaunt an. Es war dieselbe wie beim letzten Mal, als Rosen mit Mara Billinsky hier aufgetaucht war.

»Wir möchten zu Frau Lessing«, sagte Klimmt, ohne sich mit einem Wort der Begrüßung aufzuhalten. Seinen Dienstausweis hielt er kurz hoch.

»Frau Lessing ist außer Haus«, lautete die Antwort.

»Was?« Klimmt starrte überrascht auf die Frau herab, Rosen beachtete er nicht. »Wir sind von der Kriminalpolizei. Es ist sehr wichtig.«

»Ich versichere Ihnen, Frau Lessing ist außer Haus. Sie ist bei ihrem Bridgeabend.«

»Und die Kriminalbeamtin?«

»Welche Kriminalbeamtin?«

»War niemand hier?«, schnarrte Klimmt ungeduldig. »Heute? Vorhin erst?«

»Nein, niemand.«

»Wo spielt Frau Lessing Bridge?«

»Am anderen Ende von Kronberg. Regelmäßig einmal die Woche. Mit ihren Freundinnen. Sie lässt sich mit dem Taxi hinbringen und wieder abholen.«

Ein Signalton erklang. Klimmt riss sein Handy aus der Jackentasche und las die Nachricht, die er erhalten hatte.

»Scheiße!«, zischte er. Ohne noch ein Wort an die Frau zu richten, wirbelte er herum und rannte zurück zum Wagen.

»Danke«, rief Rosen der Angestellten zu und beeilte sich hinterherzukommen.

Kaum hatte er seinen Fuß ins Wageninnere gesetzt, raste Klimmt schon wieder los, das Blaulicht auf dem Dach eingeschaltet, eine Hand am Lenkrad, die andere hielt das Handy. Er versuchte jemanden zu erreichen, offenbar ohne Erfolg.

Rosen beobachtete, wie er eine weitere Nummer wählte.

»Schleyer?«, brüllte Klimmt ins Telefon. »Ich habe eine SMS von der Taubner erhalten. Sie braucht Hilfe. Was genau los ist, weiß ich auch nicht, sie hatte wohl keine Gelegenheit, die Nachricht zu Ende zu schreiben.« Klimmt wäre fast auf ein Fahrzeug vor ihnen aufgefahren und konnte gerade noch einen Unfall verhindern.

Atemlos drückte sich Rosen in den Beifahrersitz.

»Schleyer, ich habe vorhin mit der Taubner telefoniert«, fuhr Klimmt fort. »Ich denke, sie müsste jetzt in ihrem Büro sein. Sie hat gesagt, sie wolle noch etwas arbeiten.«

Sie ließen Kronberg hinter sich und nahmen Kurs auf die Autobahn.

»Nein, nein«, bellte Klimmt ins Telefon. »Sie geht nicht ran, ich hab's ein paarmal probiert. Beeilt euch, na los!« Ein kurzes Schweigen. »Was? Die Krähe? Ach, keine Ahnung, wo die sich rumtreibt, jedenfalls nicht in Kronberg.«

Klimmt beendete das Gespräch und warf Rosen einen jähen zornerfüllten Seitenblick zu. »Sie haben mich doch nicht verarscht, oder?«

»Nein«, gab Rosen verdattert zurück.

Klimmt folgte der schnurgeraden Autobahn auf der linken Fahrspur und beschleunigte.

»Wenn ich herauskriege, dass Sie eingeweiht waren, mach ich Sie fertig, Rosen.«

»Eingeweiht?« Er kam sich vor wie überfahren.

»Das war ein abgekartetes Spiel. Billinsky war nicht hier, und sie hatte es auch nicht vor. Wussten Sie davon?«

»Sie hat mir gesagt«, antwortete Rosen hilflos, »sie wolle zu Lessings Exfrau. Ehrlich!«

»Verdammte Krähe«, knurrte Klimmt.

»Was ist mit Taubner? Braucht sie Hilfe?«

»Ja, verfluchte Scheiße! Und wir gondeln hier durch die Gegend, statt in Frankfurt zu sein. Und alles wegen der Krähe. Wenn der Taubner etwas zustößt, werde ich dafür sorgen, dass sich die Billinsky verantworten muss.« Ein Hustenanfall stoppte ihn kurz. »Falls ich sie nicht vorher kaltgemacht habe.«

Wo ist Billinsky?, fragte sich Rosen bedrückt.

Sie hatten Frankfurt fast schon wieder erreicht, als Klimmt einen Anruf erhielt. Er starrte rasch aufs Handy. »Was ist los, Schleyer?« Angespannt sah Klimmt auf die Fahrbahn, während er zuhörte. »Was? Sie ist nicht da? Und um das festzustellen, braucht ihr so lange? Ich bin ja praktisch zurück in Frankfurt.« Wieder hörte Klimmt zu. »Scheiße!«, meinte er dann. »Also fahrt in dieses andere Büro. Was? Ja, die Taubner hat noch ein weiteres Büro, direkt bei Gericht. Dahin zieht sie sich oft zurück, um in Ruhe noch ein paar Stunden ungestört arbeiten zu können.« Er schnaufte, hustete, rotzte. »Und ich, also Rosen und ich, wir fahren zu ihrer Wohnung im Westend. Wenn sie nicht in dem Büro ist, dann kommt ihr auch dorthin.«

Die Frankfurter Skyline, illuminierte Türme in der herbstlichen Dunkelheit, tauchte vor ihrer Windschutzscheibe auf.

Erneut beschleunigte Klimmt.

64

Mara erhob sich von dem gewiss kostspieligen, kaum benutzt wirkenden Ledersofa. Ihr Blick ruhte auf der blonden Frau, die fast nackt vor ihr stand – und die möglicherweise dafür sorgen würde, dass ihre Laufbahn als Kriminalbeamtin ein abruptes Ende fand.

Sie gestand sich ein, dass sie wohl noch nie einer attraktiveren, anziehenderen Person begegnet war, und wieder einmal konnte sie sich lebhaft vorstellen, wie die Männer ihr scharenweise nachliefen.

»Wie sind Sie hier hereingekommen, Frau Billinsky?«, fragte Angelika Taubner mit fast schon aufreizend gelassener, gefasster Stimme.

»Ich habe eine unrühmliche Vergangenheit, in der ich so einiges aufgeschnappt habe. Zum Beispiel wie man in fremde Häuser gelangt.«

»Ich habe das Gefühl, Ihre Gegenwart könnte ebenfalls unrühmlich verlaufen.«

»Übrigens, warum besitzen Sie keine Alarmanlage?«, überging Mara die Spitze. »Ich bin überrascht.«

»Ich hatte eine, allerdings eine unzuverlässige. Demnächst wird eine bessere installiert. Offenbar ein wenig zu spät.«

Das Handy der Staatsanwältin klingelte – sie hatte es noch in der Hand.

»Bitte gehen Sie nicht dran«, sagte Mara sofort, nur dass es nicht wie eine Bitte klang. Sie legte ihre Hand auf den Pistolengriff, der aus dem Holster ragte – sodass Angelika Taubner die Bewegung nicht entgehen konnte.

»Ganz wie Sie wünschen«, erwiderte die Staatsanwältin in perfekter Abgeklärtheit.

»Was für ein prächtiges Haus. Es erinnert mich an das meines Vaters.« Vor allem, dachte Mara insgeheim, weil es so unbelebt wirkt. »Er wohnt nur ein paar Straßen von hier entfernt.«

»Er genießt einen beängstigenden Ruf. Als Rechtsanwalt und als Casanova.«

»Ich fürchte, Sie sind viel beängstigender.«

»Ich?« Angelika Taubners blaue Augen verengten sich zu Schlitzen. »Sie scherzen.«

Ein paar Sekunden verstrichen, die beiden Frauen maßen sich mit Blicken.

»Ich wollte unbedingt mit Ihnen sprechen«, bemerkte Mara ganz lapidar, als wären sie sich zufällig im Präsidium über den Weg gelaufen.

»Stellen Sie sich vor, das ist mir nicht entgangen. Die Frage ist, weshalb?«

Mara lächelte. »Die ganze Zeit über habe ich überlegt, was die Verbindung zwischen den vier zu Tode gefolterten Männern sein könnte. Besser gesagt: Wer könnte die Verbindung sein?« Sie machte eine Pause. Ihr Lächeln verschwand. »Erst als ich hörte, dass Isabell Ljubimac – oder Mitrasinovic – Besuch von einer Frau erhalten hatte, kam mir ein bestimmter Verdacht. Und auch noch nicht sofort.«

»Ein Verdacht, den Sie mir unbedingt mitteilen müssen, richtig?«

Mara nickte und ließ die Staatsanwältin nicht aus den Augen.

»Frau Billinsky, macht es Ihnen etwas aus, wenn ich mir wieder etwas überziehe? Es wird etwas frostig.«

Sie durchquerte das Wohnzimmer und hob ihre Bluse auf. Das Handy, das noch zweimal geläutet hatte, legte sie auf den altmodischen Sekretär, vor dem sie lässig in das Kleidungsstück schlüpfte und zwei Knöpfe zumachte.

»Also, Frau Billinsky, welcher Verdacht ist Ihnen gekommen?«

»Wie gesagt, die Verbindung dieser vier Toten. Das hat mich umgetrieben, das hat mir keine Ruhe gelassen. Und stellen Sie sich vor, es gibt nur einen einzigen Namen, den ich mit allen vieren in einen Zusammenhang bringen kann.«

»Was sagt der Hauptkommissar zu diesen Überlegungen?«

»Er kennt sie noch nicht. Sie sollen die Erste sein, die davon hört.«

»Welch große Ehre«, antwortete die Staatsanwältin spöttisch.

»Mein Kollege Jan Rosen hat mir erzählt, wie viel Energie Sie darauf verwendet hatten, Ivo Karevic das Handwerk zu legen. Und Sie selbst hatten das ja auch erwähnt. So haben Sie mit Sicherheit einiges an Informationen über ihn zusammentragen können. Und gewiss bin nicht nur ich, sondern auch Sie auf Isabell aufmerksam geworden. Durch sie haben Sie von Karevics brutalen Vergewaltigungen an etlichen jungen Frauen erfahren.«

Die Staatsanwältin schmunzelte abfällig. »Sie sollten zum Punkt kommen.«

»Dank Isabell waren Sie auch über die Bravados im Bilde. Und darüber, dass deren Mitglieder sich in Karevics Bordell aufführen durften wie Dreckschweine. Vor allem einer tat sich dabei hervor: Marek Pohl. Isabell hat Ihnen wohl nichts von seinem Treiben verschwiegen.«

Das Schmunzeln war unverändert. Mit ihrem sportlichknackigen Hinterteil lehnte Angelika Taubner sich gelassen an den Sekretär.

»Ihre Freundin Hendrike Feil«, fuhr Mara fort, »hat Ihnen von Tayfun Köybasis Verbrechen an Selina Madjer erzählt. Eine ebenfalls äußerst widerliche Geschichte.« Sie ließ ihre Stimme verklingen und betrachtete die Staatsanwältin, die weiterhin schwieg.

»Tja, und dann war da Richter Claus-Peter Lessing.« Mara verlagerte ihr Gewicht von einem auf den anderen Fuß. »Ihn verband nur eine Sache mit den drei anderen Toten. Er hatte eine Frau vergewaltigt. Gewiss sind Sie über die widerwärtige Geschichte mit der französischen Studentin im Bilde. Schließlich kannten Sie Richter Lessing sehr gut. Er hat Sie vor Jahren gefördert, oder? Wie es heißt, hat er Ihnen hilfreich unter die Arme gegriffen.«

»Sie wollen also allen Ernstes behaupten, ich hätte diese vier Männer gefoltert und umgebracht?«

»Das will ich«, antwortete Mara ungerührt.

Angelika Taubner lachte auf. »Machen Sie sich doch nicht lächerlich!«

Mara nickte. »Sie waren es.«

»Außerdem sagte ich, Sie sollten zum Punkt kommen. Und damit sind Beweise gemeint, meine verehrte Frau Billinsky.«

»Zugegeben, Sie haben's geschickt angestellt. Immer Handschuhe getragen, nicht wahr? Keine Fingerabdrücke. Immer andere Kleidung angehabt, oder? Die sie anschließend vernichtet haben. Jedes Mal andere Mordwaffen, andere Hilfsmittel. Ebenfalls alles vernichtet. So wie die Handys, mit denen Sie die Verabredungen mit Pohl und Köybasi getroffen hatten. In Lessings Haus konnten Sie sicher ohne größere Schwierigkeiten eindringen. Wie haben Sie das angestellt? Einen Ersatzschlüssel angefertigt? Die Gelegenheit dazu genutzt, als Sie sich kürzlich mit ihm zum Abendessen trafen? Na ja, wie auch immer, das wird schon noch herauskommen.«

»Ihr Mut und Ihre Entschlossenheit gefallen mir, Frau Billinsky. Aber das sind immer noch keine Beweise.«

»Schwieriger dürfte es gewesen sein, in Ivo Karevics vier Wände zu gelangen. Ein überaus vorsichtiger, alles andere als nachlässiger Mann. Da hatten Sie Hilfe nötig.«

»Langsam wird es abenteuerlich, finden Sie nicht?«

»Wie gut, dass Sie die Bekanntschaft von Isabell gemacht hatten. Sie hat Ihnen geholfen, ins Haus zu kommen. Sie hat sich bei Karevic aufgehalten, kurz bevor er ermordet wurde. Hat Isabell Ihnen rasch die Tür geöffnet, als Karevic erschöpft vom Liebesspiel ausruhen musste?«

»Beweise, Frau Billinsky.«

»Isabell war mehr als einmal gedemütigt worden. Von Karevic und vielen anderen Männern. Sie hat Ihnen ausführlich ihre Geschichte erzählt, nicht wahr? Und noch vieles mehr. Ja, Sie kennen solche Geschichten zur Genüge, hören quasi an jedem Arbeitstag davon. Es hat Sie wahnsinnig gemacht, von all diesen Verbrechen zu erfahren und die Männer, die dafür verantwortlich waren, nicht zur Rechenschaft ziehen zu können. Sich eine so machtvolle Position erarbeitet zu haben – und doch machtlos zu sein.« Mara wartete ab, ehe sie fortfuhr. »Die Vergewaltigungen spielten bei den Ermittlungen gegen Karevic bestimmt noch nicht einmal eine Rolle. Nebensächlichkeiten. Kleinkram. Er hatte so viel auf dem Kerbholz, da fiel das praktisch gar nicht ins Gewicht. Und wie hätte man ihm etwas beweisen können? Bei Karevic gab es niemals Zeugen – und wenn, starben sie rasch eines unnatürlichen Todes. Das alles hat Ihnen keine Ruhe gelassen. Denn Sie waren offensichtlich auch früher schon Männern begegnet, die ungestraft davonkamen. Die vor allem ungestraft vergewaltigen durften. Das war der Punkt, der Ihnen besonders zusetzte, oder? Mehr noch als die anderen Verbrechen. Richter Lessing war auch so ein Fall. Ein Vergewaltiger, niemals angeklagt, niemals dafür zur Rechenschaft gezogen. Und es gab womöglich noch genügend andere, von denen ich nichts weiß. Sie sind Staatsanwältin, Frau Taubner, Sie bekommen vieles mit. Wie oft muss man die Bösen laufen lassen? Wie oft ist man sich sicher, es mit einem Verbrecher zu tun zu haben – ohne ihn hinter Gitter bringen zu können?«

Das Schmunzeln in Angelika Taubners Gesicht war noch da, aber etwas in ihrem Ausdruck hatte sich gewandelt, hatte etwa nahezu Maskenhaftes angenommen.

»Wie gesagt«, sprach Mara seelenruhig weiter, »Isabell war eine Hilfe, als es um Karevic ging. Aber dann wurde sie zum Problem. Sie wollte Geld. Sie wollte ihr Schweigen erkaufen, denn sie konnte eins und eins zusammenzählen und kam darauf, dass Sie für Karevics Tod verantwortlich sein mussten. Oder war Isabell von Anfang an eingeweiht?« Mara runzelte kurz die Stirn. »Das kann ich mir bei Ihnen nicht vorstellen. Wie auch immer, es war Ihnen recht. Isabell hatte Ihnen geholfen, einen Mann abzuservieren, an dem Sie sich auf rechtmäßigem Wege die Zähne ausgebissen haben. Sollte die Kleine also ruhig entschädigt werden. Mit Geld. Aber das genügte Isabell nicht, richtig? Sie wollte auch ein Dach über dem Kopf und einen sorglosen Alltag haben, und den sollten Sie finanzieren. Vielleicht wollte sie sich noch einen Sportwagen zulegen und zu einem ausgedehnten Karibikurlaub aufbrechen. Jedenfalls hatte Sie Geschmack an Ihren Euros gefunden und verlangte mehr davon. Also haben Sie ihr eines Abends einen Überraschungsbesuch abgestattet. Sie hatte es sich gerade vor dem Fernseher gemütlich gemacht, und Sie hatten nicht etwa vor, mit Isabell über ihre Forderungen zu diskutieren. Nein, Sie waren in Schwarz erschienen, in praktischer Kleidung, hatten sogar eine Skimaske dabei, falls irgendwer Sie sehen würde. Wahrscheinlich haben Sie Isabell, als sie Ihnen die Tür öffnete, direkt die Pistole an den Kopf gehalten und sie ins Haus gedrängt. Und dort haben Sie kurzen Prozess gemacht. Dann wurden Sie dummerweise von mir gestört.«

»Sie haben nicht nur einen Dickschädel, Frau Billinsky, sondern auch eine blühende Fantasie.«

»So?« Mara zuckte mit einer Augenbraue. »Ich wette, das Nummernkonto, von dem reichlich Geld auf Isabells Konto gewandert ist, gehört Ihnen.«

»Wer würde denn noch mit Ihnen wetten, Frau Billinsky? Oder Ihnen auch nur zuhören?« Abschätzig ließ die Staatsanwältin den Blick an Mara herabwandern. »Ein Beweis liegt nach wie vor nicht auf dem Tisch.«

»Ich habe auch keine Beweise«, entgegnete Mara ruhig. Sie zog das gesplitterte Plastikstück der Autorücklleuchte aus der Innentasche ihrer Lederjacke. »Bis auf dieses Ding hier, das Sie in der Nähe von Isabells Haus verloren haben. Doch wie ich Sie einschätze, haben Sie das Rücklicht Ihres Fahrzeugs zügig reparieren lassen.« Sie lächelte. »Andererseits ließe sich bestimmt herausfinden, bei wem Sie das haben machen lassen.«

Angelika Taubner lachte noch einmal auf, ein seltsam heiserer Laut. »Ich bitte Sie, Frau Billinsky. Mehr haben Sie nicht? Das ist wirklich alles? Ich habe Klimmt vorhin eine SMS geschickt, er wird sicher gleich hier sein. Dann steht Ihr Wort gegen meins. Und was schätzen Sie, wem wird man eher Glauben schenken? Einer mittlerweile ziemlich gerupften Krähe oder …«

»Oder einem erfolgreichen, über jeden Zweifel erhabenen, makellos schönen Schwan«, fiel Mara ihr ins Wort. »Im ersten Moment wird man Ihnen glauben.«

»Und einen zweiten Moment wird es leider nicht für Sie geben.«

»Doch. Denn ich werde nicht lockerlassen, nicht einmal, wenn man mich auf den Mars versetzen würde. Ich könnte gar nicht anders, als immer weiterzumachen. Ich bin mir sicher, dass es so gewesen ist. Ich bin mir sicher, dass Sie diese vier Männer und zudem Isabell umgebracht haben. Und ich werde mir Gehör verschaffen.«

»Sie haben weder handfeste Beweise noch ein Motiv.«

Mara nickte. »Das Motiv. Richtig. Da haben Sie mich.«

»Wenigstens sehen Sie es ein.« Die Staatsanwältin warf ihr einen gönnerhaften Blick zu.

»Isabell, die Erpresserin. Ermordet. Und Karevic, Pohl, Köybasi, Lessing. Allesamt Vergewaltiger. Nicht einfach nur ermordet, sondern vorher bestialisch gequält. Köybasi weniger ausgiebig, weil er jünger war und noch nicht so viel Schmutz in seinem Leben hatte anhäufen können. Aber nichtsdestotrotz musste auch er einen grauenhaften Tod sterben.« Mara betrachtete sie abwägend. »Wissen Sie, Frau Taubner, vor Kurzem hatte ich ein grauenhaftes Erlebnis. Mir wurde eine Falle gestellt.« Ihre Stimme war noch ruhiger als zuvor. »Sie waren zu dritt. Sie überwältigten mich. Sie rissen mir die Hose herunter, und es war klar, was sie beabsichtigten. Ich hatte davor mehr Angst als vor dem Tod. Und ich wusste, wenn ich diese Nacht überleben würde, dann würde ich dieses Erlebnis für immer mit mir herumtragen. An jedem einzelnen Tag. Ich wusste, dass es eine andere Form von Tod sein würde. Dass etwas in mir absterben würde.«

»Kam es zu der Vergewaltigung?«, fragte die Staatsanwältin, ohne eine Regung erkennen zu lassen.

»Nein. Ein Freund stand mir bei. Gerade noch rechtzeitig. Aber dieser Moment, das Bewusstsein, dass diese drei Fremden gleich etwas mit mir machen würden ...« Sie verstummte.

Ein Moment der Stille.

»Seien Sie froh, dass Sie davongekommen sind, Frau Billinsky.«

Maras Blick bohrte sich in das plötzlich wieder maskenhafte

Gesicht der Staatsanwältin. »Sie sind nicht davongekommen, oder?«

Angelika Taubner erwiderte nichts.

»Ihnen ist das auch passiert, Frau Taubner, nicht wahr?« Mara hörte nicht auf, ihr unentwegt direkt in die Augen zu sehen. »Irgendwann einmal. Und in Ihrem Berufsleben sind Ihnen immer wieder ähnliche Fälle begegnet. Frauen, die vergewaltigt, erniedrigt, misshandelt wurden und Schaden an ihrer Seele erlitten hatten – und Männer, die das getan, sich allerdings nicht dafür zu verantworten hatten. Unschuldige Mädchen wie Selina Madjer, die nie wieder so sein würden wie vor einem solchen Erlebnis. Ein Erlebnis, das – wie Selina mir sagte – immer bei ihr bleiben wird, ganz egal, wie alt sie auch immer werden mag.«

Die Staatsanwältin sagte nichts. Zum ersten Mal verloren ihre Augen die Intensität, ihr Blick schien sich zu verschleiern, ihre Gedanken wanderten offenbar woandershin.

»Viele solche Fälle«, redete Mara weiter, »von denen Sie im Zuge bestimmter Ermittlungen erfuhren. Fälle, die nie zur Verhandlung kamen. Fälle, die einen fertigmachen, auszehren. Und da war natürlich die Erinnerung an das, was Ihnen selbst geschehen ist. Irgendwann konnten Sie es nicht mehr mit ansehen. Genau wie Ihre Freundin, die Jugendrichterin. Hendrike Feil hat mir von ihr berichtet. Nur dass die Verzweiflung, die Ohnmacht, die Ungerechtigkeit Sie, Frau Taubner, nicht in den Selbstmord getrieben haben, sondern in einen Rachefeldzug. Kein Amoklauf, sondern etwas, das Planung bedurfte. Und einer gewissen Vorbereitung. Sie haben deswegen sogar trainiert, nicht wahr? Sie wollten stark sein, kräftig, physisch wie psychisch. Ich konnte vorhin nicht umhin, Ihre Fitness, Ihre Muskulatur zu bewundern.«

Die Staatsanwältin blinzelte kurz, kaum wahrnehmbar, holte sich wieder in die Unmittelbarkeit des Moments zurück. »Gar nicht mal schlecht, Frau Billinsky. Mein Kompliment«, sagte sie dumpf. »Anfangs hatte ich Sie wohl etwas unterschätzt.«

»Genau deswegen gaben Sie sich zunächst hilfsbereit, als ich den Karevic-Mord zugeteilt bekam. Sie dachten, wenn ich Vertrauen zu Ihnen fassen würde, wüssten Sie jederzeit sofort darüber Bescheid, wie ich vorankäme. Nur für den Fall, dass ich etwas herausfinden würde, das Ihnen nicht gefallen könnte. Aber das war lediglich eine Vorsichtsmaßnahme. Denn im Grunde gingen Sie davon aus, dass Ihnen von mir sowieso keine Gefahr drohte. Als ich allerdings hartnäckiger wurde, bestärkten Sie Klimmt dann doch lieber darin, mich wieder aus dem Rennen zu nehmen.«

»Glauben Sie mir«, erwiderte die Staatsanwältin sarkastisch, »darin brauchte man ihn nicht zu bestärken.«

»Ich bin trotzdem drangeblieben«, sagte Mara schlicht.

Der Blick aus den klaren blauen Augen erfasste Mara ganz direkt. »Wie ich schon sagte: mein Kompliment.«

»Und ich bin außerdem absolut überzeugt, dass mit Richter Lessing nicht Schluss sein sollte. Oder? Gibt es für Rache wirklich ein Maß? Ja, vielleicht wenn man es auf einen einzigen Menschen abgesehen hat, der einem Leid zugefügt hat. Bei Ihnen jedoch verhielt es sich anders, ganz anders. Sie starteten Ihren Rachefeldzug nicht nur für sich, sondern für alle vergewaltigten Frauen. Für Selina, Isabell, für all die Namenlosen.« Mara hielt kurz inne, ehe sie anfügte: »Doch damit ist es nun vorbei.«

»Es gibt so viele Schweinehunde«, sagte Angelika Taubner unvermittelt.

»Das ist wahr. Aber man kann sie nicht alle abschlachten.«

Ein Funkeln in den Augen der Staatsanwältin. »Man kann es wenigstens versuchen.«

»Sie haben also noch ein paar Namen auf Ihrer Liste?«

»Nicht nur ein paar, sondern etliche, Frau Billinsky. Sie können sich nicht vorstellen, wie viele Männer es gibt, die ... Aber lassen wir das.«

»Bei Ihren ersten drei Opfern hielt sich das öffentliche Mitleid in Grenzen, bei einem Mann wie Lessing ist das natürlich anders ...« Mara ließ den Satz in der Luft hängen.

»Das war mir vorher durchaus klar.«

»Sie hätten sich vor Lessing weitere Kandidaten vorknöpfen können, deren Ende weniger starke Reaktionen hervorgerufen hätte. Um später auf ihn zurückzukommen, um es mal so auszudrücken.«

Die Staatsanwältin erwiderte ihren Blick. »Schon möglich.«

»Aber Sie haben nicht warten können, nicht warten wollen.«

»Denken Sie das?«

Mara nickte. »Er war es. Richter Lessing.«

»Er war was?«

»Er hat Sie vergewaltigt. Die Französin war kein Einzelfall, oder? Es war kein Kurzschluss gewesen, damals, bei der Party, es hatte nicht nur am Alkohol gelegen, dass er die Studentin eine Stunde lang vergewaltigt hat. Praktisch im Beisein von anderen Menschen, in jeder Sekunde in Gefahr, entdeckt zu werden.«

Die Staatsanwältin schüttelte den Kopf. »Nein, kein Kurzschluss. Nicht zu viel Alkohol. Er hat viele, viele junge Frauen angetatscht, erniedrigt, sexuell genötigt, vergewaltigt. Es gehörte bei ihm dazu wie Atmen und Essen und Trinken. Jahrelang. Jahrzehntelang. Die perfekte Fassade des ehrenwerten Saubermanns. Er hat mich zweiundzwanzigmal vergewaltigt, alles mit mir getan, wozu er gerade Lust hatte. Mich in Fallen gelockt, sich dafür vorher Alibis verschafft und mir das ganz nonchalant mitgeteilt. Ich war einundzwanzig. Und je öfter er mir wehgetan hat, desto mehr hat er mir an der Uni geholfen, desto mehr hat er dafür gesorgt, dass ich weiterkam, Prüfungen bestand, Beziehungen knüpfen konnte. Meine Karriere war ein Schnelldurchlauf. Ich habe mich kaufen lassen, ohne dass er es je ausgesprochen hätte. Er hat mich dazu gebracht, es mir gefallen zu lassen. Er hat mich dazu gebracht zu glauben, so wäre das nun einmal, das wäre eben die Welt der Erwachsenen, der Erfolgreichen, der Überdurchschnittlichen. Ich verdrängte es, versuchte es auszuschalten. Natürlich war ich nicht die Erste, bei der er das tat, und nicht die Letzte.« Zum ersten Mal stockte sie, doch nur kurz. »Es hat Jahre gedauert, um sich einreden zu können, dass man darüber hinweggekommen wäre. Und noch mehr Jahre, um einzusehen, dass man niemals darüber hinwegkommen kann. Es ist wie ein Tumor, der langsam und unbemerkt gewachsen ist, der ausgestrahlt hat, der nicht abzutöten war.«

Sie hob den Kopf, sah zur Decke, dann wieder zu Mara. »Ich habe nie mit jemandem darüber gesprochen. Nicht mit den Eltern, nicht mit Freunden, nicht mit Leidensgenossinnen, nicht mit Therapeuten. Bis zu diesem Tag. Nur mit Ihnen.«

»Es ist vorbei«, wiederholte Mara leise. »Ihr Rachefeldzug ist vorbei.«

Die Staatsanwältin richtete sich auf, holte tief Luft – und plötzlich stürmte sie auf Mara zu, in der Hand den Brieföffner in Form eines Schwertes.

Mara versuchte auszuweichen, schaffte es jedoch nicht ganz. Ein Schmerz in ihrem linken Oberarm, in den die Klinge eindrang, während sie mit der Rechten die Waffe zog und einmal zuschlug.

Der Lauf traf auf den Kopf der Staatsanwältin, die sofort zu Boden sank.

Der blutverschmierte Brieföffner fiel polternd zu Boden.

Mara wich zwei Schritte zurück, verzichtete aber darauf, ihre Pistole auf Angelika Taubner zu richten.

Die Staatsanwältin rappelte sich auf. Sie rieb sich den Kopf, wirkte allerdings nicht benommen. Sie überprüfte ihre Handfläche, auf der Blut zu sehen war.

Mara betrachtete die Frau, ihre weiße Bluse, ihre langen nackten Beine, ihre schmalen Füße. Etwas glomm plötzlich in Maras Innerem auf, und es war nicht der Abscheu vor der Art, wie die Staatsanwältin den Weg der Rache beschritten hatte. Da war noch etwas anderes. Vielleicht nicht gerade Bewunderung für diese Frau, aber doch Verständnis.

Auf einmal ertönte das Geräusch von Schritten. Klimmt und Rosen stürmten, Waffen im Anschlag, durch die nach wie vor offen stehende Glasschiebetür, die zum Garten führte.

Die Mündung von Klimmts Dienstpistole war auf Mara gerichtet. »Billinsky!«, rief er. »Waffe weg!«

Mara ließ ihre P30L fallen und fasste sich an ihren verletzten Arm.

Ihr entging nicht der bedauernde Blick, den Rosen ihr zuwarf.

»Frau Taubner, sind Sie halbwegs okay?«, fragte Klimmt.

Die Staatsanwältin beachtete ihn nicht einmal.

»Billinsky, Sie sind erledigt«, zischte er. »Das schwöre ich Ihnen. Sie müssen komplett wahnsinnig geworden sein. Ich werde dafür sorgen, dass Sie für alles zur Verantwortung gezogen werden und ...«

»Lassen Sie Frau Billinsky in Ruhe«, schnitt Angelika Tauber ihm das Wort ab, noch immer ohne ihn oder sonst jemanden anzusehen. Sie starrte mit müden, beinahe leblos wirkenden Augen auf den Boden.

»Was?«, blaffte Klimmt entgeistert.

»Lassen Sie sie in Ruhe«, wiederholte sie.

»Aber ...«

Erst jetzt betrachtete ihn die Staatsanwältin. »Ich bin es, die zur Verantwortung gezogen werden muss.«

65

Jetzt gab es ein weiteres Grab, zu dem es Mara Billinsky regelmäßig hinzog. Um die Mittagszeit war sie wieder dort gewesen, eine stille, einsame Stunde auf dem Friedhof. Für ihre Mutter hatte sie eine Rose dabeigehabt, eine weitere für Carlos Borke.

Nun war es schon fast zwei Uhr nachmittags, sie wollte ihre Pause nicht noch weiter ausdehnen, sondern zurück ins Präsidium fahren. Es war keine Rede mehr davon, dass sie nicht mehr zum Team gehören sollte. Nach ihrem turbulenten Einstand hatte sie sich vorgenommen, in etwas ruhigeres Fahrwasser zu kommen, aber sie kannte sich zu gut und wusste, dass aus solchen Vorhaben bei ihr meist nichts wurde. Klimmt ging ihr aus dem Weg, und wenn es ihm einmal nicht möglich war, dann verhielt er sich ihr gegenüber betont sachlich.

Mara stand auf dem Eisernen Steg, ans Geländer gelehnt, und ließ den Blick über den Main schweifen. Hier hatte es angefangen, ihr erster Arbeitstag in der neuen Truppe nach der Rückkehr nach Frankfurt. Hier hatte sie sich einige Wochen später auch mit Carlos Borke getroffen. Und hier hatte sie außerdem versucht, sich auch mit Angelika Taubner zu treffen. Hätte Jan Rosen sie an jenem Tag nicht mit einer Nachricht kurz entschlossen vor der Falle gewarnt, die man ihr an der Brücke gestellt hatte, wäre alles anders gelaufen.

Ja, Rosen. Mal sehen, wie sie in Zukunft mit ihm zurechtkäme. Ob er endlich seinen Hintern hochbekommen und ein richtiger Bulle werden würde. Sie schmunzelte bei dem Gedanken an ihn.

Die Presse hatte sich wie ein Wolfsrudel auf die mordende Staatsanwältin gestürzt. Den Unterwelt-Ripper gab es nicht mehr, jetzt war nur noch von dem schönen blonden Racheengel die Rede, der einen Feldzug gegen Vergewaltiger gestartet hatte. Die Geschichte hatte eine Menge Staub aufgewirbelt. Angelika Taubner wartete auf ihren Prozess. Wie es hieß, reagierte sie weder auf Interviewanfragen noch auf Buchverträge, die ihr angeboten wurden.

Mara fuhr mit der Hand über ihren Oberarm. Er schmerzte fast gar nicht mehr, aber eine Narbe als Andenken an die Staatsanwältin war ihr sicher. Auf jeden Fall würde Mara genau verfolgen, wie es mit dieser Frau weiterging. Die ganze Stadt, das gesamte Land würde das tun. Viele verurteilten, dass Angelika Taubner das Gesetz in die eigenen Hände genommen hatte. Erst recht den Sadismus, den sie dabei an den Tag gelegt hatte. Und dennoch – es gab auch andere Stimmen, die versuchten, aus ihr eine Heldin zu machen. Ihre Beweggründe waren für zahlreiche Menschen, Frauen wie Männer, nachvollziehbar, erfüllte wohl manche mit einer gewissen Genugtuung. Die öffentliche Diskussion um Vergewaltigungsopfer, Vergewaltiger und das Strafmaß für Vergewaltigung hatte sich neu entfacht und wurde zusehends hitziger geführt.

Mara erinnerte sich ganz lebhaft an die Situation in Angelika Taubners Wohnung. Auch daran, dass es ihr selbst ähnlich gegangen war wie den vielen Leuten, die von allem aus den Medien erfahren hatten: Sie empfand durchaus Abscheu vor den Taten der Staatsanwältin, doch in ihrem tiefsten Inneren konnte sie sie verdammt gut verstehen. Und auch die Erinnerung an die furchtbare Situation in dem Kirchhof flammte in ihr immer mal wieder auf. Seither stellte sie sich Fragen, die sich gewiss alle Frauen auf der Welt schon einmal gestellt hatten. Wie wärst du damit umgegangen, wenn dir das widerfahren wäre, was Angelika Taubner durchlitten hatte? Wie hättest du es verarbeitet? Wie hätte es dich verändert?

Die dichten Wolken über der Stadt bekamen Risse, ein paar Sonnenstrahlen drangen durch. Doch die Luft war rau und kalt, es roch nach dem Winter, der vor der Tür stand. Mara fragte sich, was er wohl bringen würde. Wirklich ruhigere Gewässer? Immerhin befand sich noch ein gewisser Novian auf freiem Fuß, jener Mann, der für Carlos Borkes Tod verantwortlich war. Mara war überzeugt davon, dass sie es nicht zum letzten Mal mit ihm zu tun bekommen hatte.

Sie schloss für ein paar Sekunden die Augen. Weitere Bilder aus den letzten Wochen blitzten in ihrem Kopf auf, grell und intensiv. In der Tat turbulente, gefahrvolle Wochen. Doch sie hatte es geschafft, gegen alle Widerstände. Tief atmete sie durch und betrachtete erneut den Fluss und die Gebäude im Hintergrund, die Bankentürme, die Paulskirche, dieses Labyrinth aus Beton und Stein. Das war Frankfurt, ihr Frankfurt, und sie war wieder da. Sie hatte sich festgebissen, mit dieser Zähigkeit, die man ihr auf den ersten Blick nicht unbedingt ansah, und sie würde nicht lockerlassen.

Mara drehte sich weg vom Geländer und machte sich auf den Rückweg zu ihrem Auto, das in einem Parkhaus stand, weil sie nach dem Friedhofsbesuch noch in der City eine Kleinigkeit gegessen hatte. Es war Freitag, das Wochenende stand bevor – das erste seit Langem, auf das sie sich freute. Das lag an Hanno. Und vor allem an Rafael Makiadi.

Morgen war sie mit den beiden verabredet. Sie würden in Bornheim miteinander essen gehen, Handkäs' mit Musik und Schnitzel mit Frankfurter Soße. Rafaels Verhandlung war ein weiteres Mal verschoben worden, doch er befand sich da, wo der ewig optimistische Hanno ihn von Anfang an gesehen hatte: auf einem guten Weg. Mara machte sich keine Sorgen mehr um

Rafael, ganz und gar nicht. Er war ein klasse Junge, der nicht nur den Kontakt mit ihr und Hanno, sondern auch mit seiner Mutter aufrechterhielt.

Vor dem morgigen Schnitzelessen hatte Mara noch einen anderen Termin ausgemacht: in einem Tattoostudio, das im Herzen des Bahnhofsviertels lag. Es wurde höchste Zeit für eine neue Tätowierung. Das Motiv stand natürlich längst fest. Wie traurig, dass Carlos Borke niemals die schwarze Krähe auf Maras weißer Haut würde sehen können.

Den Unschuldigsten unter euch wird das Schlimmste widerfahren ...

Helen Fields
DIE PERFEKTE
UNSCHULD
Thriller
Aus dem Englischen
von Frauke MeierFrauke
Meier
560 Seiten
ISBN 978-3-404-17795-0

Zwei Mordfälle in ein und derselben Nacht erschüttern Edinburgh: Zuerst wird inmitten eines Rockfestivals ein junger Besucher erstochen, und dem Täter gelingt es, in der Menge unterzutauchen. Dann wird nur wenige Stunden später die Leiche einer Krankenschwester entdeckt. Es gibt keine verwertbaren forensischen Spuren, doch eine Gemeinsamkeit: Beide Opfer werden von ihren Mitmenschen als »gute Seelen« beschrieben — und beide mussten unter besonders grausamen Umständen sterben. Detective Callanach steht vor dem Beginn einer Mordserie, die ihm das Blut in den Adern gefrieren lässt ...

Bastei Lübbe

Ein grausamer Mord, ein tödliches Geheimnis und eine gefährliche Freundschaft

Julia Hofelich
TOTWASSER
Kriminalroman
320 Seiten
ISBN 978-3-404-17800-1

Gleich die erste Mandantin ihrer neugegründeten Kanzlei stellt die Anwältin Linn Geller vor gewaltige Probleme: Grace Riccardi ist wild entschlossen, den Mord an ihrem Ehemann zu gestehen – ein gefundenes Fressen für den Staatsanwalt. Linn findet jedoch bei genauerem Hinsehen Hinweise auf die Unschuld ihrer Mandantin. Aber warum sollte eine Unschuldige freiwillig ins Gefängnis gehen? Oder ist Grace Riccardi doch die Mörderin? Linn beginnt auf eigene Faust zu ermitteln, nicht ahnend, wie nahe sie dem Bösen kommen wird und dass sie selber von der Jägerin zur Gejagten wird ...

Bastei Lübbe

Er will die Sünder retten.
Er will uns alle erlösen – auf ewig

Peter Laws
SÜHNEOPFER
Thriller
Aus dem Englischen
von Christoph
Hardebusch, Dr. Arno
Hoven
ISBN 978-3-404-17803-2

Matt Hunter hat seinen Glauben schon lange verloren. Als Ex-Pastor berät er die Polizei bei religiös motivierten Verbrechen. Als seine Frau, eine Architektin, eine alte Kirche in Oxfordshire restaurieren soll, nutzt Matt dies für eine Auszeit. Doch das Dorfidyll zerrt bald an seinen Nerven. Und der charismatische Pastor der Gemeinde stellt sich als alter Studienkollege heraus, mit dem Matt ein Zerwürfnis hatte. Dann verschwinden mehrere Frauen spurlos, und Matt ahnt, dass hinter der frommen Fassade etwas abgrundtief Böses lauert ...

Bastei Lübbe

Die Community für alle, die Bücher lieben

Das Gefühl, wenn man ein Buch in einer einzigen Nacht verschlingt – teile es mit der Community

In der Lesejury kannst du

★ Bücher lesen und rezensieren, die noch nicht erschienen sind

★ Gemeinsam mit anderen buchbegeisterten Menschen in Leserunden diskutieren

★ Autoren persönlich kennenlernen

★ An exklusiven Gewinnspielen und Aktionen teilnehmen

★ Bonuspunkte sammeln und diese gegen tolle Prämien eintauschen

Jetzt kostenlos registrieren: www.lesejury.de
Folge uns auf Facebook:
www.facebook.com/lesejury